Teufelsloch

Christoph Heiden ist in Berlin geboren. Derzeit wohnt er in Berlin-Lichtenberg. »Teufelsloch« ist sein Debüt.

Dieses Buch ist ein Roman. Handlungen und Personen sind frei erfunden. Ähnlichkeiten mit lebenden oder toten Personen sind nicht gewollt und rein zufällig. Orte können verlegt, verändert oder hinzugefügt worden sein.

CHRISTOPH HEIDEN

Teufelsloch

KRIMINALROMAN

emons:

Bibliografische Information der Deutschen Nationalbibliothek
Die Deutsche Nationalbibliothek verzeichnet diese Publikation
in der Deutschen Nationalbibliografie; detaillierte bibliografische
Daten sind im Internet über http://dnb.d-nb.de abrufbar.

© Emons Verlag GmbH
Alle Rechte vorbehalten
Umschlagmotiv: Matthias Pick/www.matthiaspick.de
Umschlaggestaltung: Tobias Doetsch
Gestaltung Innenteil: César Satz & Grafik GmbH, Köln
Lektorat: Lothar Strüh
Druck und Bindung: CPI – Clausen & Bosse, Leck
Printed in Germany 2014
ISBN 978-3-95451-443-4
Originalausgabe

Unser Newsletter informiert Sie
regelmäßig über Neues von emons:
Kostenlos bestellen unter
www.emons-verlag.de

Dieser Roman wurde vermittelt durch die Dörnersche Verlagsgesellschaft, Reinbek.

Für
A.S.

Prolog

In einer sternenlosen Nacht lenkte sie das Auto über den Asphalt, während auf der Rückbank ihre Kinder vor Müdigkeit plärrten, sich die Haare rauften, einander zu kneifen versuchten. Der Junge war fünf Jahre alt, das Mädchen drei. Weder der Junge noch das Mädchen begriffen, dass ihre Mutter zu viel Alkohol im Blut hatte und kaum imstande war, den Wagen zu steuern. Die Frau hatte jedes Gespür für Maß und Realität verloren. Mit einer Hand hielt sie das Lenkrad, mit der anderen schlug sie blindlings nach hinten. Doch dieser Versuch, Ruhe zu stiften, einte die Kinder nur in ihrem Verdruss und machte aus Nörglern unberechenbare Monster. Sie hielten ein, zogen einander nicht mehr an den Haaren, kniffen einander nicht mehr in die Wangen. Stattdessen erkannten sie nun in Mutti die Hexe, und sie traten gemeinsam von hinten gegen den Fahrersitz, strampelten wie die Zwerge einer bösartigen Gegenwelt drauflos, und all das in schönster Eintracht. Unter anderen Umständen hätte diese Geschwisterliebe echte Schwärmerei hervorgerufen, aber hier draußen boten die Umstände bloß eine dunkle Straße, einen noch dunkleren Himmel und Bäume, die sich der Schnelligkeit wegen zur Erde bogen, und zuletzt eine Frau am Steuer, die ihren Verlobten mit dieser Flucht zu verlassen gedachte und es ohne Alkohol nicht zu schaffen glaubte. Während die Kinder unermüdlich austraten und krakeelten, gab die Frau jeden Widerstand auf und träumte sich bereits in ein neues, schöneres Leben. Da erstrahlten in der Finsternis zwei grelle, mechanische Augen, und es folgte ein dumpfer Knall, und der Junge flog an der Frau vorbei, zerbrach mit seinem Dickkopf die Frontscheibe und verschwand in eine Nacht, wo weder Augen noch Sterne leuchteten. Keine drei Stunden später war das Mädchen unter den blutverschmierten Handschuhen hilfloser Ärzte ihrem Bruder gefolgt.

Erster Teil

*»... und ich habe die Schlüssel des Todes
und der Unterwelt ...«*
Offenbarung, 1,17

*»... Cause this is the naked truth
and this is the light ...«*
»Auberge«, Chris Rea

Sonntagmorgen

1

Der Alkohol hatte sie fest im Griff. Den Riesen, seinen Arsch-
lecker und dieses Miststück. Während ihn die Männer gegen
die Mauer drängten, hockte die Frau auf dem Bordstein. Sie
keifte, er habe sie eine Schlampe genannt. Er sei ihr auf die
Pelle gerückt wie ein geiler Bock. Jetzt würdigte sie ihn keines
Blickes. Fluchte stattdessen zum Himmel hinauf, als hoffte sie
bei dunklen Mächten Gehör zu finden.
»Was hast du gesagt?«, fragte der Riese.
»Nichts hab ich gesagt.«
»Wie nichts?«
»Na, einfach nichts.«
»Willst du mich verarschen?«
»Ich will niemanden verarschen.«
Sebastian hatte keinen Schimmer, wie er der Situation ent-
fliehen konnte. Der Riese hielt ihn am Kragen und drückte ihn
gegen die Mauer. Offenbar glaubte er, die Ehre dieses Miststücks
verteidigen zu müssen. »Ich frag kein drittes Mal«, sagte er. »Was
hast du gesagt?«
»Er ist mir an die Wäsche gegangen«, schrie die Frau hysterisch.
»Du Schwein«, brüllte der Arschlecker. »Du perverses
Schwein.«
Allmählich verdampfte in Sebastian die aufputschende Wir-
kung des Alkohols. Er sehnte sich nach seinem Bett, nach einem
Sonntag auf der Couch. Unvermittelt öffnete sich sein Mund,
völlig autonom gegenüber Willen und Verstand. »Ich hab's nicht
nötig, so eine Nutte anzumachen, kapiert?«
Und der Riese kapierte sofort. Eine Faust traf Sebastian am
Kinn, worauf sein Gesicht nach links und gegen die Mauer
klatschte. Unterm Wangenknochen platzte ihm die Haut. Der
Riese packte ihn an den Haaren, zog seinen Kopf zurück und
stieß ihn erneut gegen den Beton. Schwarze Flügel zerschnitten
seinen Blick, als stünde er inmitten einer Schar Krähen. Er kniff
die Augen zusammen, doch das Geflatter wollte nicht enden.

Die Arme schützend über den Kopf gehoben, rutschte er zu Boden. »Hör auf, du Arschloch.«

»Niemand nennt meine Freundin eine Nutte«, sagte der Riese.

»Verpisst euch endlich!«

»Niemand nennt sie eine Nutte.«

»Okay, ich nehm alles zurück.«

»Dafür ist es jetzt zu spät.«

Einen Moment lang klärte das Adrenalin Sebastians Blick. Er sah, wie der Riese mit dem Fuß Schwung holte. Sah einen sauberen Turnschuh, der plötzlich das Licht aus seinen Augen riss. Als ihm das Jochbein brach, zerstob auch der letzte Gedanke an Widerstand. Jetzt lenkten ihn nur noch Angst und Schmerzen. Er hatte den Wunsch, sich zu entschuldigen, wollte um Nachsicht betteln, wollte sagen, dass es ihm leidtue. Doch sein Mund brachte nur Gestammel hervor.

Eine Triole des Jähzorns schlug auf ihn nieder: »Er hat mich eine Schlampe genannt.«

»Das wird ihm eine Lehre sein.«

»Du perverses Schwein.«

Er sackte seitwärts, wandte sein Gesicht zur Mauer, krümmte sich zusammen. Irgendwas traf ihn am Hinterkopf, und er verlor für Sekunden die Besinnung.

Als er wieder aufwachte, rann ihm eine warme Flüssigkeit über die Lippen. Blut, Spucke, vielleicht Urin. Seine Zunge war taub und angeschwollen, unter seiner Nase zerplatzten blutige Blasen. Dann aus der Ferne eine Stimme.

»Scheiße, ich hab mich dreckig gemacht.«

2

Fürstengraben Ecke Weigelstraße verabschiedete sich die Frau von den Männern. Der größere machte Anstalten, sie zu begleiten. Er umschlang ihre Hüfte, hauchte ihr Liebesschwüre ins Ohr. Als sie ihn wegschubste, brüllte er aufgebracht, sie solle sich nicht so haben. Früher sei sie mit ihm auch besoffen in die

Kiste gesprungen. Ja, sie habe darum gebettelt, seinen Schwanz lutschen zu dürfen.

Der kleinere Mann fasste ihn bei den Schultern und zerrte ihn in die andere Richtung. Der Riese schnauzte ihn an, worauf sein Arschlecker kleinlaut protestierte. Sie fielen in ein halbherziges Gerangel, derweil sich die Frau still und heimlich verdrückte. Erst als sie ihr Fehlen bemerkten, ließen die Männer voneinander ab. Der Riese nannte den Arschlecker eine schwule Sau, der Arschlecker schnitt eine Grimasse. Wenig später schlugen auch die beiden Männer getrennte Wege ein. Der kleinere nahm die Dornburger Straße, der größere den Spitzweidenweg.

Jetzt umhüllte den Riesen das Morgengrauen gleich einem störrischen Fell. Er ballte die Fäuste und zuckte unkontrolliert mit den Schultern. Ohne sich umzublicken, wechselte er die Straßenseite, trat einen Mülleimer vom Laternenmast und kickte ihn über den Bordstein. Wie ausgespuckte Kirschkerne leuchteten die wunden Knöchel seiner Linken.

Gewiss hatte er diesen Typen niemals zuvor gesehen. Aber das hatte ihn nicht daran gehindert, ihm das Gesicht zu zertrümmern. Er hatte ihn übel zugerichtet, zugerichtet und kaputt gemacht. Und alles wegen einer Frau, die anscheinend neben der Spur lief.

Im Eingangsbereich eines Zehngeschossers verharrte er vor dem Klingelschild, als würde ihm jeden Moment geöffnet werden. Aber ihn erwartete niemand. Keine Familie, keine Freunde, kein neues Opfer. Und die Frau, die er hatte beschützen wollen, schlief lieber in der eigenen Kiste. Der Gewaltausbruch hatte ihn erschöpft, den Rest besorgte der Alkohol. Eine Viertelstunde brauchte er hinauf ins achte Stockwerk, danach eine Ewigkeit für das Türschloss. Er furzte und lachte und sagte: »Du blöde Nutte.«

Sobald er über der Schwelle war, öffnete sich hinter ihm die Tür zum Treppenhaus. In seinem Rausch nahm er weder den Durchzug noch das Klappen der Tür wahr. Er bemerkte nicht einmal, dass ein anderer für ihn die Wohnung schloss.

Geräuschlos.

Und von innen.

Montag

1

Er passierte unter einer Brücke hindurch die A 4 und lief weiter nach Süden. Smog bläute die Luft, und er versuchte möglichst flach zu atmen. Ob er seine Lunge tatsächlich schonte, wusste er nicht. Henry Kilmer war kein Arzt.

Henry Kilmer war Polizist.

Er durchquerte ein Gewerbegebiet, rechter Hand ein Autohaus, darauf ein Baumarkt mit Außenlager. Sobald das Rauschen des Verkehrs abebbte, drosselte er das Tempo. Seine Schuhe fielen nun sanfter auf den Asphalt, seine Miene begann sich zu entspannen.

Jeden Morgen das Gleiche. Eine Stunde Lauftraining, ganz gleich, ob Regen oder Schnee.

Nach zehn Minuten erreichte er die Gemeinde Zöllnitz. Er passierte den Dorfplatz, die Kirche und die schwarze Kaisereiche. Nahm über eine Brücke den Nebenzweig der Roda und kehrte Zöllnitz den Rücken. Aus Asphalt wurde Sand, aus Fachwerk wurden knorrige Apfelbäume. Rings auf den viehlosen Weiden ein Nebel wie gärende Milch. Ende September waren die Temperaturen rapide gesunken, nachts bis unter fünf Grad. Doch der Anblick des nahen Waldes verscheuchte in Henry jeden Kältesturm. Bemooste Baumstämme und aus dem Erdreich gesprengte Wurzeln führten in eine Höhe von dreihundert Metern.

Jeden Morgen das Gleiche. Jeden Morgen ein Kampf.

Unter den Tannen und Fichten befiel ihn die Erinnerung an einen ehemaligen Mitschüler. Patrick mit der flinken Faust und der hinterfotzigen Lache. Patrick, der Schrecken seiner Kindheit. Ein Zustand zwischen Frust und Scham verlangsamte seinen Schritt. Aber er lieferte sich den negativen Gefühlen nicht aus. Er hatte gelernt, das böse Blut zu bändigen. Mit einem Paar Laufschuhe, einer Strecke von A nach B, einem inneren Schweinehund. Sich selbst zu quälen, hatte ihm den Therapeuten erspart.

Nach wenigen Minuten hatte er den Anstieg auf zweihundertzweiundneunzig Meter bezwungen. Das aus zwei Stämmen geschlagene Gipfelkreuz wirkte kümmerlich neben den mächtigen Nadelbäumen. Gleich einem Boxer begann er unter dem Kreuz zu tänzeln. Schlug dabei wilde Haken in die Luft, als hätte er noch Kraft für zehn solcher Gipfel. Als wäre Patrick nicht der Schatten seiner Kindheit, sondern ein Niemand aus der letzten Reihe. Aber die Erschöpfung ließ sich nicht einfach wegboxen. Er stakste auf der Nordseite abwärts und passierte die Ortschaften Sulza und Rutha. Rannte unter der A 4 hindurch ins Plattenbaugebiet Lobeda-Ost.

2

Henrys Wohnung befand sich in einem ehemaligen Hotel. Das Gebäude unterschied sich kaum von den umliegenden Plattenbauten. Allein das noch existierende Foyer erinnerte an die einstige Nutzung. Nachdem die Betreiber Mitte der Neunziger den Bankrott verkündet hatten, erwarb eine Genossenschaft das Anwesen. Binnen kurzer Zeit wurden sämtliche Gästezimmer zu Ein- bis Zwei-Zimmer-Apartments umgestaltet.

Um seinem Körper den Rest abzuverlangen, nahm er statt des Fahrstuhls die Treppe ins sechste Stockwerk. Seit seinem Einzug war er noch niemandem im Hausflur begegnet. Er wusste nicht einmal, ob jemand Kenntnis von seiner Anwesenheit hatte. Vor einem Jahr hatte er von Berlin nach Jena gewechselt. Unter keinen Umständen hatte er ins Zentrum ziehen wollen, zu viele Studenten, zu viel Jungvolk. Sein Idealbild einer Behausung glich den Überresten eines ausgebrannten Bienenstocks. Lobeda-Ost erfüllte ihm diesen Wunsch mit Plattenbauten, Struktur und Monotonie. Er hatte Ruhe gesucht und Anonymität gefunden.

Vor dem Duschen absolvierte er ein zwanzigminütiges Workout: Liegestütze, Sit-ups, Dehnung. Mit Hilfe zweier Hanteln trainierte er seine Arme, mit einem Deuserband seine Beine. Weil das Apartment über keine Duschkabine verfügte, brauste er sich in der Wanne ab.

Nach dem Duschen schnürte er sein Haar zu einem kleinen Zopf zusammen. Während seiner Zeit als Kommissaranwärter hätte er mit längeren Haaren nur plumpe Sprüche kassiert. Im Allgemeinen hatten ihm das Studium und die Praktika keine guten Erinnerungen beschert. Kaum war er in den gehobenen Dienst aufgestiegen, hatte er sich die Haare wachsen lassen. Heute nannten ihn allenfalls die Techniker von der Spurensicherung »Samurai«. Dabei grinsten sie unter ihren weißen Kapuzen, als sähen sie ihn bereits am nächsten Baum zappeln.

Noch im Bademantel nahm er auf der Couch vor dem Panoramafenster Platz. Er schenkte sich eine Tasse Kaffee ein, lehnte sich zurück und ließ den Blick schweifen. Ihm kam der Gedanke, sich einen Fernseher zu kaufen. So würde er sich wenigstens das Fensterputzen sparen. Dann dachte er an all die Bücher, die er noch lesen wollte, und verwarf den Plan. Er schaute auf seine Armbanduhr und lauschte dem Ticken des Sekundenzeigers. Er wusste, dass das Ticken bei dem winzigen Räderwerk und der Entfernung nicht zu hören war. Dass es ihm allein von seinem Hirn vorgegaukelt wurde. Doch die Illusion beruhigte ihn, was ihm letztlich auch genügte.

Mit der Tasse in der Hand schlurfte er ins Badezimmer, streifte seinen Bademantel ab und die Arbeitskleidung über. Jeans und Socken und einen schwarzen Pullover. Ein Jackett, das weder Aufsehen erregte noch allzu förmlich wirkte. Man hätte ihn leicht für einen jungen Lehrer halten können.

Halb sieben klingelte das Telefon. Henry stellte die Tasse ins Spülbecken, legte seine Dienstwaffe an und verließ die Wohnung.

3

Hauptkommissarin Linda Liedke hatte ihren Passat am Bordstein geparkt. Sie qualmte eine Zigarette und blies den Rauch durchs offene Fenster. Im Radio lief ein Song von Chris Rea.

»Gut geschlafen?«, fragte Henrys Kollegin.

»Sechseinhalb Stunden.«

»Ist das gut?«

»Es genügt«, sagte Henry und schnallte sich an.

Ohne den Wagen zu starten, rauchte Linda bedächtig ihre Zigarette. Eine solche Ruhe brachte einige Kollegen schnell auf die Palme. Wenn Linda auch kaum vor Diensteifer sprühte, nahm sie die Arbeit ernst. Henry konnte sich gewiss sein, dass im Augenblick keine Eile geboten war. In diesem Fall hätte sie längst das Gas durchgetreten. Stattdessen hielt sie Henry ein Taschenbuch unter die Nase. »Hab ich aufm Trödel erstanden.«

»Für mich?«

»Nein, für deine Nachbarin.«

Henry las den Titel, blätterte wahllos umher und bedankte sich.

»Sieht nach Schund aus«, sagte Linda.

»Und da musstest du an mich denken?«

»Sei doch froh drüber.«

»Wieso?«

»Dein Laster wird dich nicht umbringen. Immerhin hat die Pharmaindustrie noch keinen Lesekrebs erfunden.« Linda neigte den Kopf in den Nacken und ließ das Lachen einer Krähe hören. Ihr blondiertes Haar hüpfte über den Kragen ihrer Lederjacke. Mit ihren zweiundfünfzig Jahren hätte Linda seine Mutter sein können.

Henry bedankte sich abermals und schob das Buch in seine lederne Umhängetasche. Er verlor kein Wort darüber, dass er den Roman bereits gelesen hatte. Linda schnippte die Kippe aus dem Fenster, startete den Wagen, und sie fuhren über die Erlanger Allee Richtung Zentrum. Als Linda in die Einfahrt zum Universitätsklinikum schwenkte, fragte Henry, was denn anliege.

»Gefährliche Körperverletzung«, sagte Linda.

»Mit welcher Waffe?«

»Keine, aber mehrere Täter.«

»Gibt es Zeugen?«

»Dreimal darfste raten.«

Sie informierte ihn, wie der Geschädigte hieß und wo der

Übergriff stattgefunden haben soll. Henry rieb sich erwartungs-
voll die Hände. »Darf ich ihn befragen?«
»Ich bitte darum.«

4

Der Neu- und Umbau des Universitätsklinikums war das Mam-
mutprojekt Thüringens. Turmkräne, Zäune und Bauwagen
hoben sich aus leblosem Grund. Männer mit Helmen und
orangefarbenen Westen verwirklichten das Dystopia einer längst
verblassten Phantasie. Der Geruch von Kranken, Verletzten und
Beinahetoten sollte Geschichte sein.
   Während Henry sich in die Unfallchirurgie begab, suchte
Linda die Cafeteria auf. Entgegen seiner Erwartung verblüfften
ihn die lichtdurchfluteten Flure. All die nackte Hässlichkeit
war wohl dem Gedanken der Transparenz geschuldet. Er fuhr
mit dem gläsernen Fahrstuhl in die dritte Etage. Station 230,
Unfallchirurgie. Zückte seinen Ausweis und ließ sich von einer
Schwester zum Krankenzimmer führen. Unterwegs dorthin
informierte sie ihn über die Verletzungen von Herrn Rode:
gebrochenes Jochbein, Bruch des äußeren Nasenknochens,
Fraktur des Unterkiefers, Prellung der Rippen. Leichte Ge-
hirnerschütterung, die eine Ohnmacht verursacht hatte. Etwaige
Gedächtnislücken können nicht ausgeschlossen werden. Auch
die Schwester wirkte mit ihrer maßlosen Freundlichkeit trans-
parent.
   »Guten Morgen, Herr Rode.«
   Eine scheinbar kraftlose Stimme grüßte zurück, worauf
Henry sich vorstellte. In Nasenhöhe umhüllte ein Verband
das Gesicht des Siebenundzwanzigjährigen. Die schmierige
Tamponade zwang ihn zur Mundatmung. Seine Augen lugten
voller Feindseligkeit hinter dem Verband hervor. Allein dieser
Blick überzeugte Henry davon, dass sein eigenes Alter bei der
Befragung relevant sein würde. Mit hoher Wahrscheinlichkeit
war Sebastian Rode von Altersgenossen verprügelt worden.
   Laut einer ersten Aussage hatte Rode am Samstag um drei-

undzwanzig Uhr den »Rosenkeller« aufgesucht. Der Rosenkeller, meist »Rose« genannt, war ein bei Studenten beliebter Club. Der gebürtige Jenenser studierte an der hiesigen Universität Erziehungswissenschaften. Er berichtete, dass er zwischen fünf Uhr und fünf Uhr dreißig den Club verlassen habe. Am Botanischen Garten habe ihm eine Gruppe aufgelauert. »Zwei Männer und eine Frau.«

»Haben Sie eine der Personen im Club gesehen?«

»Nein, bin ihnen zum ersten Mal begegnet.«

»Haben Sie einen Verdacht, weshalb man Ihnen nachstellte?«

Sebastian Rode richtete sich auf und stieß mit dem Ellbogen das Kissen im Rücken zurecht. »Die Schweine waren total besoffen. Die wollten sich prügeln.«

»Die Frau auch?«

»Die Schlampe hat sie doch aufgestachelt.«

»Inwiefern?«

»Sie hat irgendwelchen Scheiß behauptet.«

»Was für Scheiß?«

»Na, eben Scheiß.«

»Geht's präziser?«

»Angeblich hätte ich sie angebaggert.«

»Und, haben Sie?«

Rode zögerte mit einer Antwort. Irrigerweise glaubten viele Opfer, sie gäben bessere Opfer ab, wenn sie vorbildliche Bürger wären. Für Henry spielte das allerdings keine Rolle. Einbruch blieb Einbruch, Diebstahl blieb Diebstahl. Auch wenn der Geschädigte tagein, tagaus die eigenen Kinder verdrosch. Ohne allzu bestimmt zu wirken, wiederholte Henry die Frage.

»Quatsch«, sagte Rode schließlich. »Ich steh nicht auf Schlampen.«

»Können Sie die Personen näher beschreiben?«

»Nicht richtig … Alles ging furchtbar schnell.«

»Falls die Gruppe im Rosenkeller war, ist sie bestimmt jemandem aufgefallen.«

»Die Schlampe garantiert.« Rode stieß seinen Ellbogen wieder ins Kissen. Rutschte hin und her, als suchte er noch immer eine bequeme Position.

»Trug diese Frau auffällige Kleidung?«

»Nee, der reichte ihr Blinker-blinker.«

»Blinker-blinker?«

»Sie hat allen schöne Augen gemacht und sich einladen lassen. Und jetzt schauen Sie mich an! Das bekommt man als Dank für seine Freundlichkeit: einen Nonstopflug ins Krankenhaus. Diese Drecksfotze!«

Auf diesen Zorn war Henry nicht vorbereitet. Er wandte den Blick ab und betrachtete die Blumen neben dem Krankenbett. Der Strauß war kaum das Mitbringsel einer Freundin als vielmehr das einer besorgten Mutter. Der nächsten Frage gab Henry den Anschein einer Behauptung. Ein Versuch konnte nicht schaden. »Sie haben die Frau also im Club gesehen!«

»Ja, aber nur ganz kurz«, antwortete Rode blitzartig.

»Reicht dieses *ganz kurz* aus, um die Frau zu beschreiben?«

»Glaub schon.«

Henry öffnete demonstrativ seinen Notizblock. Die Redewendung schwarz auf weiß hatte im digitalen Zeitalter nur wenig Relevanz eingebüßt. Spätestens beim Anblick des Blocks fühlten sich auch die unwichtigsten Zeugen wichtig. Rode meinte, sie sei knappe eins siebzig gewesen. Sie habe einen extrakurzen Rock und ein hauchdünnes Oberteil getragen. Er beschrieb die Frau so eindringlich, dass *ganz kurz* eine völlig neue Dimension gewann. Henry skizzierte nach Rodes Worten eine Person, die am Ende einer Comicfigur glich.

»So in etwa?«

»Größere Titten.«

Henry beschrieb ein W auf ihrem Brustkorb.

»Und ein Piercing.«

»Wo?«

»Am rechten Nippel.«

»Ring oder Stecker?«

»Stecker.«

Henry fügte ein Piercing hinzu. Er war kein guter Zeichner, und bestenfalls hatte Linda schon den offiziellen bestellt. Der nannte sich heutzutage »Bildersteller« und trug statt Papier und Stift einen Laptop bei sich. Henrys Skizzen verrieten neben seinem miesen Talent einiges über die Wahrnehmung von Opfer oder Zeugen. In diesem Fall blieb das Gesicht der Frau so charakterlos wie eine leere Sprechblase. An den Brüsten hatte Henry mehr Korrekturen vornehmen müssen als am Rest des Körpers. Vermutlich war sie von anderen Männern auf gleiche Weise betrachtet worden. Sie ausfindig zu machen, würde kein Problem sein.

Dagegen hielt sich die Beschreibung der Männer hinsichtlich irgendwelcher Details in Grenzen. Den größeren bezeichnete Rode als Riesen, den kleineren als Arschlecker. Der Riese habe eine weiße Stoffhose, Sneakers und ein Muskelshirt getragen, der Arschlecker ein T-Shirt mit Aufdruck. Das bescheuerte Motiv sei ihm entfallen, meinte Rode. Am Ende der Befragung lief ihm von den ganzen Flüchen der Sabber übers Kinn. Sebastian Rode war kein Opfer aus dem Bilderbuch. Sobald ihn Henry über den Fortgang der Ermittlung aufgeklärt hatte, verabschiedete er sich.

Unten im Foyer wartete Linda mit zwei Bechern Kaffee. Henry präsentierte ihr seine Zeichnung, worauf sie übertrieben die Brauen hob. Sie sagte, dass sie den Chef vom Rosenkeller kenne und ihn anrufen werde. Sicherlich könne er ihr sagen, wer vorgestern am Einlass gestanden habe. Eine Dame mit solchem Vorbau müsse den Türstehern ins Auge gesprungen sein.

5

Linda lenkte den Wagen über die Erlanger Allee. Das Radio schnarrte im Hintergrund. Henry schaute aus dem Fenster und ließ sich von der Gegend berieseln. Sie fuhren in die Altstadt und weiter zur Straße Am Anger. Mit dieser Gegend warb man in Reiseführern und Prospekten. Jena, die Stadt der Frühromantiker. Dichtung und Wissenschaft. Dass der klare Blick hier industriell gefertigt wurde, schützte kaum vor Betriebsblindheit.

»Pelle hat mir zwei Nummern gesimst«, sagte Linda und öffnete einhändig ihre Zigarettenschachtel.

»Pelle?«

»Der Besitzer der Rose. Eigentlich Paul Emanuel.«

»Du kennst hier wohl jeden?«

»Fast jeden. Ich bin hier geboren.«

»Tut mir leid.«

»Dass du's vergessen hast? Oder dass ich hier geboren bin?«

»Von beidem etwas.«

»Und das aus dem Mund eines Berliners«, sagte Linda und schob sich eine Kippe zwischen die Lippen. Spitzen gegen die Heimat wurden in der KPI nicht gern gehört, schon gar nicht von einem Zugezogenen. Für viele Kollegen unterschied Henry sich kaum von diesen Studenten, denen er selbst aus dem Weg ging. Um die sechsundzwanzigtausend Hochschüler lebten in der Region. Ein Altersdurchschnitt von dreiundvierzig Jahren hatte Jena zur jüngsten Stadt Thüringens gekürt.

»Notier dir mal die Nummern«, sagte Linda und reichte Henry ihr Handy. »Du rufst an, und ich besorge ein richtiges Frühstück.«

Henry nickte.

6

Die Kriminalpolizeiinspektion Jena befand sich östlich der Innenstadt und westlich der Saale. Mit seinen grauen Korridoren erinnerte Henry das Gebäude an eine Schule. Allein das ewige Treppensteigen schürte Erinnerungen. Auf seinen Kommentar hin hatte Linda gemeint, sie müsse eher an eine Kita denken. Im Tonfall eines Kleinkindes hatte sie gesagt: Verrate ich das der Erzieherin oder nicht? Bin ich Petze, korruptes Arschloch oder beides? Damals hatte Henry ihre Worte als Anspielung auf Nichtigkeiten verstanden. Zum Beispiel private Dinge während der Dienstzeit zu erledigen oder bei den Überstunden zu mogeln. Dass die Dinge viel schlimmer lagen, begriff er erst später.

Er fütterte die Kaffeemaschine mit einem Filter und sechs Löffeln Kaffee. Dann nahm er auf seinem Drehstuhl Platz. Sie hatten ihre Schreibtische zusammengeschoben, sodass sie sich gegenübersaßen. Im Anbetracht der Bürogröße war das zwar nicht nötig gewesen, aber Linda hatte mit ihrer Erfahrung argumentiert. Hatte gemeint, es ließe sich auf diese Weise effizienter arbeiten. Informationen würden schneller von einem Tisch zum anderen wandern, törichte Ideen schneller im Papierkorb landen. Außerdem könne sie so unbeobachtet im Internet surfen.

Neben Henrys Laptop stand eine Buddhastatue, auf deren Schädel die geschwärzten Haare einer Barbie klebten. Ein kleiner Zopf zierte den Nacken. Willkommen in der KPI Jena, hatte Martin Vossler aus der Technik gemeint und ihm den Buddha feierlich überreicht. Einen Samurai hätten sie leider nicht auftreiben können. Zunächst hatte Linda lautstark gelacht. Dann hatte sie sich entschuldigt, dass die Idee nicht auf ihrem Mist gewachsen war. Seit knapp einem Jahr griente ihn nun der Samurai, der eigentlich ein Buddha war, an. Tag für Tag, Woche um Woche das stete selbstherrliche Lächeln.

Derweil die Kaffeemaschine gluckerte, wählte Henry eine der Nummern, die er von Linda erhalten hatte. Ein eventueller Zeuge, der in der Tatnacht am Einlass der Rose gearbeitet hatte. Sobald Henry Namen und Dienststelle genannt hatte, folgte die obligatorische Beschwichtigung. Allein das Wort Polizei genügte vielen Menschen, um automatisch an die eigenen Vergehen zu denken. Falschparken beim letzten Einkauf, Drogenkonsum am Wochenende, fehlende Zivilcourage. Nein, sagte Henry zu dem jungen Mann, er habe nichts angestellt. Es ginge um eine Frau und zwei Männer. Nein, er müsse nicht in die KPI kommen, er und seine Kollegin würden vorbeikommen. Nein, es würde nicht lange dauern. Nein, sie seien in Zivil und völlig unauffällig. Ja, sie würden pünktlich sein.

Die zweite Telefonnummer gehörte einer Nadine Wegener. Sie hatte in der Nacht vom Samstag auf Sonntag hinter der Bar gestanden. Sie wirkte keineswegs erschrocken über den Anruf der Polizei. Bereits am Sonntagmorgen habe sie von der Tat erfahren. Sie sei noch mit einem Kollegen in eine andere Absteige gegangen, für einen Absacker, wie sie meinte. Auf dem Weg dorthin habe sie den Rettungswagen gesehen und sofort an eine Schlägerei gedacht. Selbstverständlich habe sie Zeit, sagte sie in ironischem Tonfall. Sie sei Studentin.

Als Linda mit zwei Stück Kuchen ins Büro trat, hatte Henry zwei Termine ausgehandelt. Sein Arrangement würde Linda freuen, beide Besuche waren in einem Rutsch abzuwickeln.

»Aber vorher was zum Beißen«, sagte sie und hielt Henry eine Aluschale hin. »Frisch aus der Kantine.«

»Sieht lecker aus«, sagte Henry ohne Überzeugung.

»Aber?«

»Ich mache Diät.«

»Du bist doch nur Haut und Knochen.«

»Ich trainiere auch täglich.«

»Dann verträgst du auch ein Stück.«

»Ich mag keine Streusel.«

»Ich pule sie ab für dich.«

»Ich mag auch keinen Zucker.«

Diesen Dialog führten sie mindestens alle zwei Wochen. Seiner Behauptung zuwider lief Henry der Speichel im Mund zusammen. Linda meinte, er könne ihr nichts vormachen. »Los, nimm schon, dein Blick ist unerträglich!«

»Ich will nicht so enden wie der da.«

»Du meinst Samurai Kilmer?«

»Ich meine die fette Sau von Buddha.«

»Wenigstens lächelt er.«

7

Gegen zehn erreichten sie die Talstraße. Das Auftreten der Polizisten schien Nadine Wegener nicht zu verunsichern. In ihrem Job als Barkeeperin gehörten aufdringliche Typen bestimmt zur Routine, dachte Henry.

Ungefragt servierte die junge Frau den Kommissaren einen Kaffee. Ohne dass Henry um Milch hatte bitten müssen, stellte sie ihm ein Tetrapak hin. »Sie trinken ihren Kaffee weiß, nicht wahr?«

»Woher wissen Sie das?«

»Reine Intuition.«

Henry betrachtete die Tattoos auf ihrem Oberarm und ihrer

Schulter. Efeuähnliche Schnörkel umrankten ein Pin-up Marke fünfziger Jahre. Henry wurde schlagartig bewusst, dass der Hinweis auf seine Trinkgewohnheit kein Kompliment war. Kaffee mit Milch klang gefährlich nach Milchbubi. In aller Nüchternheit begann er, das Äußere der Gesuchten zu beschreiben.

»Die ist jeden Samstag da«, fuhr Nadine Wegener dazwischen.

»Kennen Sie ihren Namen?«

»Nein.«

»Und den ihrer Begleiter?«

»Sind fast nie dieselben.«

»Nicht dieselben, mit denen sie kommt? Oder nicht dieselben, mit denen sie geht?«

»Nicht dieselben, mit denen sie den Tresen belagert.«

Henry öffnete seinen Notizblock und tat, als würde er ablesen. »Wir suchen einen hageren Typen und einen mit kräftiger Statur.«

»Sie meinen, einen Fettsack?«

»Nein, eher einen Pumpertypen.«

Nadine Wegener kniff die Augen zusammen und schaute zum Fenster. Das kannte Henry zur Genüge: demonstratives Grübeln. Der Versuch zu signalisieren, man bemühe auf energische Weise das Gedächtnis.

Henry und Linda harrten aus.

Nach einer Weile meinte Nadine Wegener, sie habe den hageren Typen schon außerhalb der Rose gesehen. Darauf verfiel sie wieder in Schweigen. Henrys erwartungsvoller Blick schien an ihr abzuprallen wie das Betteln um ein Freibier.

»Und?«, sagte Linda ungehalten.

Nadine Wegener zuckte zusammen.

»Wir warten!«

»Ich glaub, der arbeitet in diesem Spieleladen.«

»In der Goethe Galerie?«

»Genau.«

Linda bedankte sich und zückte eine Visitenkarte. Auf der Rückseite notierte sie ihre Handynummer. Natürlich hätte die Nummer auf der Vorderseite abgedruckt sein können. Das Nachtragen bewirkte allerdings beim Zeugen den Eindruck, es handle sich um Lindas Privatnummer. Man sei ein ganz besonderer Zeuge. Einer, dessen Hilfe unentbehrlich war. Linda Liedke beherrschte ihr Handwerk.

8

Das »GameStar« im Einkaufscenter Goethe Galerie führte Computer- und Konsolenspiele. Der junge Verkäufer hinter der Kasse trug ein schwarzes T-Shirt mit dem Aufdruck »Last Survivor«. Die Haare fielen ihm lässig in die Stirn, seine Arme waren dürr und blass. Er entsprach ganz und gar nicht dem Bild eines Schlägers. Zwischen all den Spielen wirkte er eher, als wohne er noch bei Mami und Papi.

Die Kripobeamten schauten sich in aller Ruhe um. Sie wendeten die Pappschachteln und präsentierten einander die skurrilsten Cover. Linda meinte, ihr Sohn zocke meistens Ego-Shooter. Ihr Mann sei sein stärkster Gegner. Zu zweit würden sie ganze Sonntage verzocken. Henry stellte sich Lindas Mann als eine Art Superdad vor. Dann sagte er: »Ich finde Ballerspiele langweilig.« Er zeigte Linda eine klobige Spielebox. »Ich mag so was.«

»Hätte ich mir denken können«, sagte Linda. »Direkt aus der Mottenkiste.«

»Das ist der Klassiker schlechthin!«

»Aus einer Zeit, als du noch Quark im Schaufenster warst.«

Henry schob die Box zurück, und sie gingen gemeinsam zur Kasse. Seit sie ins Geschäft getreten waren, hatte sie der junge Mann argwöhnisch beäugt. So, wie er nicht die Stereotype eines Schlägers erfüllte, glichen sie kaum der üblichen Kundschaft. An seinem T-Shirt hing ein Namensschild.

Sie zückten ihre Ausweise und sagten, was man auch hätte lesen können: Namen und Dienststelle.

»Wir führen keine indizierten Spiele«, sagte Thomas Zabel. Er zog einen Ordner unter der Theke hervor. »Alles, was wir verkaufen, ist hier aufgelistet.«

»Wir sind wegen einer anderen Sache hier«, sagte Linda.

Zabels Blick irrte verunsichert im Laden umher, als hätte man ihn beim Stehlen erwischt. Kein Lieferant wartete vor der Glastür. Kein Kunde verschaffte ihm Zeit, eine Ausrede zu erfinden. Es war fünf Minuten vor elf.

»Sie wissen, warum?«, fragte Linda und fixierte Zabel.

»Ich kann's mir denken.«

»Und was sagen Sie dazu?«

»Wir standen unter Alkohol.«

»Das wird zu prüfen sein.«

»Außerdem hab ich nicht zugeschlagen.«

»Wollen wir das in aller Öffentlichkeit besprechen, oder wollen Sie vielleicht den Laden schließen?«

»Nein, das geht nicht«, antwortete Zabel kleinlaut.

»Wir können Sie auch einpacken.«

»Einpacken?«

»Mitnehmen auf Muttis Wache.«

»Verfickte Scheiße.«

»Ja richtig: verfickte Scheiße.«

»Und jetzt?«

»Jetzt kleben Sie einen Zettel an die Tür und schließen den Laden vorübergehend. Ist doch halb so kompliziert.«

9

Thomas Zabel führte sie in ein enges Kabuff. Ein Plastiktisch und zwei Stühle. Ringsum türmten sich Kartons bis zur Decke. Linda und Zabel nahmen Platz, Henry lehnte sich an die Wand. Allein die Belehrung über seine Rechte und Pflichten als Zeuge schüchterte Zabel ein. Die Worte platzten förmlich aus ihm heraus. Er sei noch nie mit dem Gesetz in Konflikt geraten. Nie und nimmer. Keine Drogen, keine Strafzettel. Aber Philipp sei ein echter Haudrauftyp. Wenn der loslegt, bleibe kein Gegenstand an Ort und Stelle. Er verglich ihn mit einer Computerspielfigur, die weder Henry noch Linda kannte.

»Und seine Anschrift lautet?«, wollte Linda wissen.

»Kenn ich nicht.«

»Ich dachte, ihr seid Kumpels.«

»Ja, und?«

»Kennt man da nicht die Adresse des anderen?«

»Früher vielleicht«, sagte Zabel und warf Linda einen trotzigen Blick zu. »Aber Vanessa weiß, wo Philipp wohnt. Die waren mal liiert.«

»Okay, Vor- und Nachnamen.«

»Thomas Zabel.«

»Von Philipp Stamms Ex?«

»Vanessa Fiebig.«

»Brauchen Sie keine Adresse?«

»Brauchten wir früher vielleicht.« Linda zückte eine Visitenkarte und notierte ihre Nummer auf der Rückseite. »Für den Fall der Fälle.«

»Ich hab alles gesagt.«

»Ich dachte, falls Ihr Kumpel auftaucht. Der wird sicher nicht erfreut sein, dass Sie ihn verpfiffen haben.«

Nervös wischte sich Zabel die Haare aus der Stirn, wobei er abermals seine Unschuld beteuerte. Henry wies ihn darauf hin, dass er in den nächsten Tagen eine Vorladung bekomme. Seine Aussage müsse protokolliert werden.

10

Der Mann mit dem Licht stand auf der Felsbank, die ein Viertel des Hohlraums ausmachte. In seinem Rücken Dunkelheit und in der Dunkelheit eine Stahltür. Unterhalb der Felsbank erstreckte sich das ausgetrocknete Becken eines unterirdischen Sees. Er kniete nieder und ließ den Scheinwerfer so lange kreisen, bis er ihn aufgespürt hatte.

Wie ein verängstigter Höhlenmensch hockte der Gefangene in der Tiefe. Seine Hände waren mit Kabelbinder an die Fußknöchel geschnürt, zwischen seinen Lippen klemmte ein Knebel. Schon jetzt wirkte seine Nacktheit weniger anstößig als vielmehr primitiv. Keine zwei Schritte entfernt war eine Pfütze. Offenbar hatte der Gefangene in die Höhle gepisst. Wie ein

Schwein in den eigenen Stall, dachte der Mann mit dem Licht. Schon bald würde er sich vollständig leer geschissen haben. Dem Mann waren die Stadien des Verfalls längst geläufig. Erst verliert der Gefangene die Scham vor der Nacktheit, dann geht auch der Rest flöten. Im Elend wird der Mensch zum Tier, das wusste der Mann mit dem Licht. Helle Geister verkümmern zu Grenzdebilen, Schönheiten zu Aussätzigen. Doch leider verhält es sich nicht umgekehrt. Aus Primitivlingen werden auch in Zeiten der Dürre keine Leuchten.

Ungeachtet davon, dass ihn der Mann beobachtete, hüpfte der Gefangene vorwärts. Zwischen seinen muskulösen Schenkeln wackelte sein Schwanz wie der Hals einer verfressenen Gans. Die Fesseln um Hände und Knöchel brachten ihn ständig aus der Balance. Langsam kämpfte er sich über einen flachen Anstieg, dann weiter an den unteren Rand des Beckens. Vor ihm ragte nun die steile Felswand empor. Ein Abhang, der den Gefangenen um zweieinhalb Meter von der Hochebene trennte.

Ohne das geringste Mitleid für sein Opfer löschte der Mann sein Licht. Er horchte in die Dunkelheit, vernahm ein Schnaufen und Stöhnen. Kurz darauf ein wütendes Knurren. Voller Genugtuung hörte er, wie der Gefangene wegrutschte und auf das Felsgestein schlug. Er knipste den Scheinwerfer wieder an und leuchtete hinab ins Becken. Tatsächlich: Der Gefangene kauerte auf der Seite liegend am Boden. Sein Schwanz war zu einem Kükenhals geschrumpft, die linke Kniescheibe entweder dreck- oder blutverschmiert. Aber in seinen Augen glomm ungebrochen der Lebenswille.

»Es wird Zeit«, rief der Mann, »dass du deine Sünden bereust. Spätestens in zwei Tagen trinkst du deine eigene Pisse.«

Der Gefangene versuchte zu schreien, doch der Knebel saß zu fest. Nur das Knurren kam über seine Lippen. Da sah sich der Mann mit dem Licht in der Entscheidung, ihn auserwählt zu haben, bestätigt. Denn dies waren die Laute der Schlange und die Laute des Drachens. Ohne jeden Zweifel. Er löschte das Licht, wandte sich um und holte den Schlüssel hervor.

Montagnachmittag

1

Laut Meldeamt wohnte Philipp Stamm im Spitzweidenweg 20. Linda parkte den Wagen eine Querstraße weiter. Dann zündete sie sich eine Kippe an und wartete auf den Rückruf der KPI. Falls es über Philipp Stamm einen Akteneintrag gab, würden sie unverzüglich informiert werden. Es galt als fahrlässig, einen der Körperverletzung Verdächtigen ohne vorige Abfrage aufzusuchen. Linda fragte Henry, wann er sein letztes Schießtraining absolviert hatte.

»Da waren wir zusammen.«

»Wirklich?«

»Meine Schussfrequenz wurde auf zweihundertfünfzig erhöht.«

»So schlecht? Muss ich verdrängt haben.«

»Danke für die Blumen.«

Linda strich ihm mütterlich über die Schulter. »Nicht traurig sein. Aus dem Jungen wird irgendwann ein echter Cowboy.«

»Ich wollte Indianer werden. Die Cowboys waren die Bösen.«

»Ach du Scheiße, der imperialistische Feind!«

»Mich beeindruckte der Freiheitskampf des roten Mannes.«

»Und jetzt liest du amerikanischen Schund.«

»Jetzt bin ich Bulle.«

Sobald Linda die Daten vom Erkennungsdienst erhalten hatte, instruierte sie Henry. Unauffällig checkte er seine Pistole. Magazin, Sicherung, Abzug. Dann schob er die P10 zurück ins Holster, zog sein Jackett darüber und zwinkerte Linda zu.

2

Das zehnstöckige Hochhaus war im Umkreis das höchste seiner Art, ein orangefarbener Bauklotz aus den Spielkisten der Emiter. Stamm wohnte im achten Stockwerk auf der linken Seite. Henry drückte die Klingel eines anderen Mieters. Um sich unnötige Erklärungen zu sparen, meldete er ein Paket an.

»Klingle nächstes Mal woanders, du Arschloch?«

»Sorry.«

»Geschenkt!«

Der Summer ertönte.

Linda und Henry trennten sich hinter der Tür. Sie nahm den Lift, er das Treppenhaus. Bislang hatte er keinen Schuss auf eine Person oder ein Tier abfeuern müssen, nicht einmal einen Warnschuss in die Luft. Lediglich zur Eigensicherung hatte er einige Male den Druckknopf des Holsters gelöst.

Vorbildliche Polizisten äußerten in der Öffentlichkeit, dass sie dankbar seien, noch nie geschossen zu haben. Im Fernsehen pflegte man das Image des sympathischen Freund und Helfers. Polizisten, die unter ihrer Arbeit zu zerbrechen drohen und sich dennoch keinen anderen Broterwerb vorstellen können. Gleichwohl kannte Henry das Gerede in der Umkleide. Das Posieren mit gezückter Pistole vor dem Spiegel, die Actionmotive auf Fotos. Die Besessenheit, mit der manche Polizisten ihre Waffen reinigen. Irgendwann will man wissen, ob das eigene Kind Papa sagen kann. Hatten die Gesetzeshüter genug intus, polterten die leichthin gesagten Sätze: *Am liebsten hätte ich dem Wichser den Schädel weggeblasen. Ein einziger Schuss erspart Unsummen an Gerichtskosten. Sobald der draußen ist, spielt er wieder verrückt. Von wegen Resozialisierung. Also kurzer Prozess und peng!*

Bei den meisten Menschen blieb es bei Geschwätz unter Freunden oder heimlich gepflegten Phantasien. Doch er und seine Kollegen trugen den Abzug direkt am Körper. Eine greifbare Phantasie ist wie eine angelehnte Tür, hatte Henry irgendwo gelesen. Nur wenigen Kollegen war es vergönnt, ein angefahrenes Reh vor den Lauf zu bekommen.

Dank seiner Kondition traf Henry vor Linda im achten Stock ein. Der Lift öffnete sich, und sie stand da, die rechte Hand unter ihrer Lederjacke am Holster.

Henry nickte nach links. Linda nickte zurück.

Aus der Wohnung drang kein Mucks, und auf Lindas Klopfen

meldete sich niemand. Sie klopfte ein zweites Mal, und noch immer blieb alles still. »Vielleicht ist er bei seiner Freundin.« Henry und Linda zogen ab.

3

Im Wagen steckte sich Linda eine Zigarette an. »Gleich Mittagspause. Bock auf Pommes?«

»Hätten wir nicht die Nachbarn befragen sollen?«

»Finde ich zu früh. Wir haben keine Ahnung, in welchem Verhältnis sie zum Gesuchten stehen. Ich hab da schon die unglaublichsten Zufälle erlebt. Sie könnten ihn vorwarnen oder so.« Lindas Tonfall ließ vermuten, dass die unglaublichsten Zufälle gleichzeitig die bösartigsten gewesen waren. »Lass uns erst mal seiner Freundin einen Besuch abstatten.«

»Laut Herrn Zabel sind sie kein Paar mehr.«

»Okay, dann eben seine Ex.«

Als Linda den Zündschlüssel drückte, bekamen sie die Nachricht, in Lobeda-West habe es einen Suizid gegeben. Der Notarzt sei sich unsicher, ob man ein Fremdverschulden ausschließen kann. Die Kripo musste in solchen Fällen den Suizid zweifelsfrei bestätigen. Das hieß: Tigerbalsam unter die Nase, Protokolle abzeichnen. Für Finder und Angehörige gegebenenfalls den Krisendienst anfordern. Der Besuch bei der Zeugin verschob sich auf den Nachmittag.

4

Fünfzehn Uhr dreißig. Markt 23, ein Rotzfaden vom Rathaus entfernt. Vanessa Fiebig hatte die Polizei bereits erwartet. Thomas Zabel hatte völlig hysterisch angerufen und ihr mitgeteilt, dass die Bullenschweine bei ihm aufgetaucht wären. Das gab sie freimütig zu und führte die Beamten ins Wohnzimmer.

Sie bot ihnen jeweils einen Sessel an, während sie selbst auf die Couch rutschte. Ohne Umschweife fragte sie Henry, ob man heutzutage als Polizist lange Haare tragen dürfe. Verstoße das nicht gegen irgendeinen Paragraphen? Henry meinte, das Gegenteil sei der Fall. Ein Verbot langer Haare würde den Grundsatz der Gleichheit missachten. Außerdem sei ein Zopf bei der Arbeit nicht hinderlich, also keinerlei Gefahrenquelle.

Die fünfundzwanzigjährige Frau arbeitete in einer Boutique als Verkäuferin. Sie trug eine eng anliegende Jeans und ein ärmelloses Shirt. Durch den Stoff hindurch erkannte Henry das Piercing an ihrer rechten Brustwarze. Die blonden Haare waren mit Hilfe eines Knotens hochgesteckt, der Hals lag frei. Ihre gesamte Erscheinung beurteilte Henry als äußerst attraktiv. Sicherlich hatte sie keine Schwierigkeiten, Männer aufzureißen.

»Aber an diesem Abend war nichts los gewesen«, sagte Vanessa Fiebig. »Fast nur Studenten. Kinder, verstehen Sie?«

»Waren Sie denn auf der Suche?«, fragte Henry.

»Wer ist das nicht?«

»Und was sagt Philipp Stamm dazu?«

»Wir sind getrennt. Ich kann machen, was ich will.«

Ihren Worten zufolge waren sie und der Gesuchte seit Ewigkeiten kein Paar mehr. Das sollte aber keineswegs bedeuten, dass er nicht hin und wieder vor Eifersucht raste. Anscheinend hatte er sie mitnichten abgeschrieben. Zumindest schloss das Vanessa Fiebig aus seinen täglichen SMS-Nachrichten. Henry fragte, ob Philipp Stamm an diesem Abend sehr betrunken gewesen sei.

»Hielt sich für seine Verhältnisse in Grenzen.«

»Das heißt genau?«, hakte Linda nach.

»Das heißt, er war gut zu Fuß unterwegs. Wissen Sie, diese Kinder kippen doch nach zwei Schnäpsen aus den Latschen. In der Uni schwingen sie kluge Reden, im Club reihern sie die Klos voll.«

»Sie schätzen Studenten nicht besonders?«

»Wenn die zu viel saufen, sind die schlimmer als die Prolls. Versuchen einen mit ihrem Gelaber zu beeindrucken. Immer hintenrum. Aber die meisten kassieren von mir eine Abfuhr. Ich sage einfach: Ich steh nicht auf Schwachmaten, und schon verduften sie. Haben halt keine Eier in der Hose.«

»Gehörte Herr Rode auch zu den meisten?«, fragte Henry und streifte mit einem flüchtigen Blick ihre Brüste.

»Das ist der Kerl, der jetzt im Krankenhaus liegt?«

»Ja.«

»Der war besonders penetrant.«

»Inwieweit?«

»Er hat nicht aufgehört zu glotzen.«

»Er hat Sie belästigt?«

»Ach was! Angestarrt hat er mich, völlig irre.«

Henry hatte plötzlich das Gefühl, Vanessa Fiebig meine ihn und nicht das Opfer Thomas Zabel. Um seine Verlegenheit zu überspielen, fischte er wie beiläufig seinen Notizblock aus dem Jackett. »Und wie haben Sie reagiert, als er keine Ruhe gab?«

»Ich bin hin und hab gesagt, er soll sich verpissen.«

»Waren Sie bei der Ansage nüchtern?«

»Meinen Sie, ich weiß nicht, was ich sage?«

»Das behauptet niemand. Ist nur fürs Protokoll.«

»Klar, Sie wollen mir einen Strick draus drehen.«

Ein unbehagliches Schweigen entstand. Das war keinesfalls ungewöhnlich, sobald die Wahrnehmung von Zeugen angezweifelt wurde. Henry blätterte in seinem Notizblock eine leere Seite auf. Als er mit der Befragung nicht fortfuhr, räusperte sich Linda und übernahm. Sie fragte, wie der Rest des Abends verlaufen sei.

Sebastian Rode habe sie trotz der unzweideutigen Abfuhr weiterhin beobachtet, erzählte Vanessa Fiebig. Er sei um sie herumgeschwirrt wie eine lästige Fliege. Um seine Visage zu ertragen, habe sie viel zu viel getrunken. Ihr sei beinahe der Kragen geplatzt. »Gegen vier sind wir dann abgehauen.«

»Sie, Herr Zabel und Herr Stamm?«

»Ja. Und jetzt raten Sie mal, wer draußen stand?«

»Direkt vor dem Club?«

»Nein, am Botanischen Garten.«

»Und wie haben Sie reagiert?«

»Na, wie schon? Der Typ hat mich belästigt.«

Die Selbstverständlichkeit, die aus Vanessa Fiebigs Antwort tönte, schien Linda zu missfallen. Seine Kollegin beugte sich

33

vor und stützte die Ellbogen auf die Knie. »Ich habe Sie gefragt, wie Sie reagiert haben!«

»Ich hab Philipp Bescheid gesagt.«

Mit ungebrochener Selbstverständlichkeit berichtete Vanessa Fiebig von einem kleinen Handgemenge. Mehr sei nicht vorgefallen, schließlich hatten sie ihm nur einen Schrecken einjagen wollen. Bei seinem nächsten Besuch sollte er sich genau überlegen, wem er auf die Titten starrte. Aber getreten habe ihn niemand, sagte sie. Erst recht nicht gegen den Kopf. Und ebenso wenig hätten sie ihn bespuckt und angepisst. Jedenfalls könne sie sich nicht daran erinnern. Der Alkohol habe ihr ziemlich zugesetzt.

»Haben Sie gewusst, dass ihr Ex aktenkundig ist?«

Vanessa Fiebig reagierte mit einem Schulterzucken.

»Zum Beispiel wegen schwerer Körperverletzung.«

Gegen die leere Wand starrend, zuckte Vanessa Fiebig erneut die Schultern. Henry konnte förmlich spüren, wie ihr die Folgen einer Mitschuld durch den Kopf brausten.

»Und Sie wissen wirklich nicht, wo sich Herr Stamm aufhält?«, fragte Linda.

»Nein«, sagte sie kleinlaut. »Ich habe ihn das letzte Mal am Sonntagmorgen gesehen.«

»Ist Ihnen ein Ort bekannt, an dem er sich verstecken könnte?«

Vanessa Fiebig schüttelte den Kopf.

»Bei seinen Eltern?«

»Die haben kaum Kontakt.«

»Oder bei Freunden?«

»Länger als eine Nacht hält er's bei keinem aus.«

»Und was ist mit Arbeitskollegen?«

»Er ist seit einem halben Jahr Hartzie.«

»Haben Sie einen Schlüssel für seine Wohnung?«

»Hatte ich nie.«

»Falls er sich melden sollte, rufen sie umgehend diese Nummer an.« Linda reichte Frau Fiebig ihre Visitenkarte. »Oder wenn Ihnen ein Ort einfällt, an dem er sich aufhalten könnte.«

Die Kommissare erhoben sich. Vanessa Fiebig blieb auf der

Couch sitzen und blickte zu ihnen empor. »Und wer bezahlt mir jetzt den beschissenen Anwalt?«

5

Der Abend graute bereits, als sie wieder im Spitzweidenweg eintrafen. Philipp Stamm schien seine Wohnung nicht aufgesucht zu haben. Henry und Linda erkundigten sich bei den Nachbarn, ob sie ihn gesehen oder gehört hätten.

Im linken Flügel wohnte eine alleinerziehende Mutter. Während sie von den Beamten befragt wurde, wiegte sie ihr fünf Monate altes Baby im Arm. Sie behauptete, mit Herrn Stamm nur sporadischen Kontakt zu pflegen. Ein Hallo im Hausflur, ein Guten Morgen im Fahrstuhl. Seit ihre Tochter auf der Welt sei, hätte sie ohnehin keinen Nerv für andere Menschen. Besonders Männer können ihr den Buckel runterrutschen, sagte sie und zwinkerte ihrem Baby zu.

Henry bat darum, die Toilette benutzen zu dürfen. Auf dem Weg dorthin linste er durch den Türspion. Lediglich der Bereich vor dem Fahrstuhl und der direkten Nachbarwohnung war einsehbar. Hinweise auf dauerhafte Männerbekanntschaften fanden sich nirgends im Bad. Die Nachbarin würde ihnen kaum weiterhelfen können.

Stamms direkte Nachbarn waren ein älteres Ehepaar. Marcus und Marina Glimm. Seit Jahren in Rente und nach eigenem Bekunden so glücklich wie am Tag ihrer Hochzeit. Auf dem Wohnzimmertisch türmten sich Stapel und Stoß einer Partie Canasta, daneben ein randvoller Aschenbecher. Marcus Glimm rauchte Kette und unterstrich die Aussagen seiner Frau lediglich mit einem Nicken.

»Häufigen Besuch hat Herr Stamm nicht«, sagte Marina Glimm. »Aber eine Zeit lang kam eine junge Frau.«

»Eine junge Frau?«, wiederholte Linda.

»Ja, mit blonden Haaren. So'n Hungerhaken.«

Herr Glimm nickte, und Henry notierte, was sie ohnehin schon wussten. Die Hoffnung, neue Informationen zu gewinnen, war dennoch berechtigt. Rentner erwiesen sich oft als gute Zeugen. Ihre Paranoia Fremden gegenüber und ein langweiliger Alltag waren das beste Rezept gegen taube Ohren.

»Haben Sie ihn gestern gesehen?«

»Nein, der geht jeden Sonnabend feiern«, erwiderte Frau Glimm. »Und am Sonntag schläft er seinen Rausch aus.«

»Und heute?«

»Nee. Der ist Sonnabend weg und dann …« Marina Glimm brach ab und präsentierte eine Geste der Ahnungslosigkeit. »Hat er was ausgefressen?«

Dienstag

1

Henry stoppte vor dem Gipfelkreuz. An diesem Morgen fühlte er sich überaus energiegeladen. Die Lust, nach dem Abstieg noch einmal hochzulaufen, kitzelte seinen Ehrgeiz. Die Zeit hatte er. Es war fünf Uhr dreißig, und seine Kollegin würde ihn erst in einer Stunde einsacken. Mit der Entscheidung zaudernd stand er da und kühlte aus.

In seiner Schulzeit hatte er jegliche Disziplin vom Laufen übers Turnen bis zum Volleyball begrüßt. Gleichwohl waren ihm die Sportstunden ein Gräuel gewesen. Denn zu seinem Leidwesen entpuppte er sich nur als mittelmäßiger Sportler. Füllstoff zwischen den Besten und Besseren. Sobald eine Mannschaft gebildet wurde, musste er mit den Letzten auf der Bank ausharren. Saß dort neben Dicken und Verweigerern und warf den Spielführern sehnsüchtige Blicke zu.

Äußerlich tat er diese Erfahrung mit einem Schulterzucken ab. Insgeheim jedoch wollte er seinen Mitschülern noch heute beweisen, dass er kein Versager war. Diesen Mädchen und Jungen, die ihre Sportabzeichen längst im Müll entsorgt hatten. Mädchen und Jungen, die längst erwachsen waren und seinen Komplex gewiss nicht teilten.

Für nächstes Jahr war ein Klassentreffen geplant, aber er zögerte mit einer verbindlichen Zusage. Obwohl er im Wettkampf jeden seiner ehemaligen Mitschüler schlagen würde, säße er noch immer auf der Bank. Denn das Spiel hatte sich verändert, das ahnte er. Heute wurde man wegen anderer Qualitäten ins Team gewählt. Frau und Kinder und ein guter Job. Davon konnte er lediglich ein Drittel vorweisen.

Vor dem Kreuz versuchte er, das aufkeimende Unbehagen runterzuwürgen. Ausgerechnet hier und jetzt befielen ihn solche Gedanken. Warum hatten sie ihn nicht beim Start seiner Runde ereilt? Unten in Lobeda, wo ein harter Anstieg auf ihn gewartet hatte. Er hätte seine Muskeln bis zur Erschöpfung strapazieren können. Jetzt hingegen drohte er vor Energie und dunklen

Gedanken zu explodieren. Er schloss die Augen, gab sich einen Ruck und rannte in waghalsigem Tempo hinab nach Sulza.

In der Wohnung angelangt, ließ er das Stretching ausfallen und begann sogleich mit den Kraftübungen. Er stemmte die Gewichte in aller Eile. Wechselte vom Stand auf den Boden und hob abwechselnd die Hanteln. Drehte sich in den Liegestütz, hob und senkte seinen Körper. Fünfundsiebzig Kilo Groll und Frust. Fünfundsiebzig Kilo ohne die Spur einer Träne. Er ging erneut in den Stand und stemmte wieder die Hanteln. Schneller Rhythmus an der Grenze zum Schmerz. Nach vier Abläufen lief ihm der Schweiß über Brust und Rücken. Er boxte ein paarmal in die Luft. Genau wie in Schulzeiten und noch immer gegen unsichtbare Gegner.

Dann atmete er durch.

Und fühlte sich besser.

2

Auf dem Weg in die KPI Jena erzählte Linda von ihrem Kochkurs in Sachen Sushi. Für gewöhnlich nutzte sie fürs Rauchen die Zeit, ehe Henry ins Auto stieg. Jetzt fegte der Fahrtwind durchs offene Fenster, und er wandte das Gesicht ab. Die Dämmerung streute ein diffuses, schleierhaftes Licht. Der Berufsverkehr wälzte sich über Jenas Pflaster. Linda schoss von einer Lücke in die nächste. Einhändig und rauchend und trotz des hohen Tempos die Ruhe selbst. »Tut mir leid. Aber wir sind spät dran.«

»Kein Problem.«

»Haste schlechte Laune?«

»Nee, alles bestens.«

»Ich hoffe, jemand hat Kaffee gekocht.«

»Wer ist denn dran?«

Jeden Dienstag um sieben Uhr war Dienstbesprechung in Anwesenheit aller Kommissare. Vier Ermittlerteams hatte die Polizeiinspektion Jena, Abteilung Kriminalwesen. Im wöchentlichen Wechsel war jeweils ein Team dafür verantwortlich, frischen Kaffee zu machen. Mitunter erbarmte sich jemand und spendierte eine Runde Gebäck oder Kuchen.

»Wenn der Kaffee wieder lauwarm ist, feuer ich ihnen die Plörre um die Ohren«, sagte Linda. »Das kannste wissen.«

3

Frank Wenzel, der Leiter der Kripo Jena, präsentierte der Gruppe ein schiefes Grinsen. Nach vierzig Jahren Bullerei schienen Wenzels Mundwinkel zu jeder anderen Regung unfähig. Spöttische Kommentare garnierte er ebenso mit einem Grinsen wie schlechte Nachrichten. Entweder war dieser Mann die Ironie in Person, oder er litt an einer Störung des Nervus facialis. Niemand konnte das beantworten.

Im Gestus äußerster Langeweile strich er sich die Krawatte glatt. Dann umfasste er mit beiden Händen die Tischkante und sagte: »Liebe Genossen und Genossinnen, der Kaffee ist kalt, das Wetter scheiße und die Welt schlecht. Was gibt's Neues?«

Henry prostete Linda mit seiner Tasse zu, worauf Linda angewidert das Gesicht verzog. Er erinnerte sich gern an die Zeit, als er zum ersten Mal ein vollwertiges Mitglied dieser Runde gewesen war. Er hatte dazugehört. Ebenso wie das schiefe Grinsen von Frank Wenzel und die Vorfreude auf den schlechten Kaffee.

Nacheinander begannen die Teams, ihre aktuellen Vorgänge darzulegen. Team eins ermittelte in einem Fall von Vergewaltigung und einem von mehrfachem Vandalismus. In beiden Fällen waren die Verdächtigen Jugendliche. Team zwei folgte seit zwei Monaten einem Ring findiger Betrüger, die sich auf betuchte Rentner spezialisiert hatten. Der ungeklärte Fall einer Brandstiftung war schon über die Schreibtische aller Teams gewandert. Kaum dass Linda die Sache Philipp Stamm erläuterte, funkte ihr Wenzel dazwischen.

»Bevor Sie unsere Zeit vergeuden, Frau Liedke. Das kam eben rein.«

Er ließ einen Hefter über die Tischmitte schlittern.

Linda blätterte auf die erste Seite. »Hätten Sie mich nicht anrufen können? Dann hätten wir uns den Weg gespart.«

»Ich war genauso pünktlich wie Sie«, sagte Wenzel und zeigte sein bekanntes Grinsen.

Henry faltete den Durchsuchungsbeschluss zusammen und schob ihn in sein Jackett. Team vier ließ die vollen Tassen stehen und verabschiedete sich vom Kollegium. Unterwegs in den Spitzweidenweg forderte Linda einen Schlüsseldienst an.

4

Linda klopfte.

Keine Reaktion.

Henry wählte die Nummer, die ihnen Vanessa Fiebig übermittelt hatte. Wie am gestrigen Tag meldete sich lediglich Stamms Mailbox. Linda huschte ins Treppenhaus und rauchte eine Zigarette. Henry blieb an der Wohnungstür stehen, um den Schlüsseldienst zu empfangen.

Fünf Minuten später trat ein etwa sechzigjähriger Mann aus dem Fahrstuhl. Er trug einen Alukoffer und stellte sich als lizenziertes Einbruchskommando vor. Henry reichte ihm mit einem Lächeln die Hand. Linda hatte Jan Sattler schon des Öfteren anrufen müssen. In aller Seelenruhe tauschten sie Neuigkeiten aus, wobei Henry sofort ihre Vertrautheit bemerkte. Sie fragten einander, wie es Mann, Frau oder Kindern gehe. Wo sie den letzten Urlaub verbracht hätten. Schließlich fragte Sattler, wer ihr neuer Kollege sei. Nach Henrys Antwort bedachte er ihn mit einem amüsierten Blick. »Also aus der Hauptstadt?«

Henry nickte.

»Hoffentlich langweilen Sie sich hier nicht.«

»Berlin ist auch nicht spannender.«

»Kann ich mir kaum vorstellen.«

»Das Image wird gepflegt, mehr nicht.«

»Also alles vergoldete Hundescheiße?«

»So ungefähr.«

Jan Sattler setzte die Türklemme an, ging leicht in die Knie und stöhnte auf. Ein hohles Knacken folgte. Die Tür öffnete sich einen Spaltbreit, und Sattlers unbekümmerte Miene verschwand. Es hatte den Anschein, als wollte er unter allen Umständen einen Blick in die Wohnung vermeiden. Als könnten ihn im Innern böse Geister erwarten. Er trat einen Schritt zurück und überließ den Polizisten das Feld.

Linda kündigte lautstark den Zugriff an. Ihre Rechte umschloss zur Eigensicherung die Waffe. Sie wiederholte ihre Ansage, trat über die Schwelle, und Henry folgte dichtauf. Sein Herz raste vor Aufregung. Am liebsten hätte er fünfzig Liegestütze gemacht, um sich zu beruhigen, um sein Adrenalin abzubauen.

In Windeseile konnten sie die Wohnung als gesichert betrachten. Ein Philipp Stamm war nirgends auffindbar. Sattler erhielt eine Unterschrift, einen Gruß an seine Frau und schlurfte mit seinem Koffer in den Fahrstuhl.

5

Nachdem Henry die Tür von innen geschlossen hatte, erzählte er Linda von seiner Beobachtung.

»Jan hat schon 'ne Menge Scheiß gesehen.«

»War er mal Bulle?«

»Nee, aber das macht's nicht besser. Sonst öffnet er die Wohnung von Leuten, die sich freuen, dass sie reinkönnen. Leute, die sich ungewollt ausgesperrt haben. Aber wenn wir ihn rufen, begrüßen ihn schlimmstenfalls Verwesungsgase oder halb verhungerte Gören.« Lindas Augen wanderten den Flur hinunter. »Ich kann mich an eine Situation erinnern, in der sich eine Frau in der Diele erhängt hat. Zwei Wochen baumelte sie dort. Als er die Tür aufbrach, schlug ihm die Leiche direkt ins Gesicht.«

»Bietet sich kein anderer Schlüsseldienst an?«

»Ich mag Jan. Und die Stadt zahlt gut.«

Henry zeigte ein vages Nicken.

Direkt neben der Tür hing Stamms Ersatzschlüssel, den Linda

an sich nahm. In aller Routine begannen sie, die Wohnung zu inspizieren. Henry nahm sich die linke Seite vor, Linda die rechte. Nicht anders, als säßen sie hinter ihren Schreibtischen, warfen sie einander Informationen zu. Damit der Partner entsprechend reagieren konnte, kommentierten sie jede Auffälligkeit laut.

Aus ästhetischer Sicht hätte Henry die Einrichtung als minimalistisch bezeichnet. Eine weiße Ledercouch stand vor einem eckigen schwarzen Tisch, der Tisch vor einem eckigen schwarzen Fernseher. Kein Sessel, keine Pflanze. Den Boden bedeckte eine piekfeine Auslegware, auf der man unweigerlich Fußspuren hinterließ.

»Mist«, fluchte Linda.

Sie schauten beide in Richtung Wohnungstür, und ihnen offenbarten sich die Umrisse ihrer eigenen Sohlen. Henry deutete auf die flache Schuhschale im Flur.

»Wir sind scheiß Amateure«, sagte Linda.

»Der Teppich ist aus Polyester. Das geht raus.«

»Unser Freund ist also ein Sauberkeitsfanatiker.«

»Und wir sein persönlicher Alptraum.«

»Selbst schuld«, sagte Linda und zuckte mit den Schultern. »Kein vernünftiger Mensch kauft sich weiße Auslegware. Ist genauso blöd wie schwarze Fliesen.«

Henry streifte sich ein Paar Latexhandschuhe über und öffnete die Konsole unter dem Fernseher. Einige Pornos, eine abgelaufene TV-Zeitschrift, zwei Tafeln Schokolade. Linda fand neben der Couch einen Stapel Fitnessmagazine. Dann gingen sie gemeinsam in die Küche.

Dort war alles blitzblank. Der Kühlschrank sei zwar nicht voll, meinte Linda, aber für einen Singlehaushalt ausreichend gefüllt. »Der muss Hals über Kopf verduftet sein.«

»Sofern er noch eins und eins zusammenbekam.«

»Oder er war gar nicht besoffen.«

In der Badewanne entdeckte Henry einige Kleidungsstücke. Eine weiße Stoffhose, ein schwarzes Muskelshirt, Unterwäsche und Socken. Laut seinen Notizen musste es sich um jene Kleidung handeln, die Stamm zur Tatzeit getragen hatte. Er wies auf ein Paar Sneakers, das ordentlich vor der Wanne stand. Linda fragte sich laut, weshalb die Klamotten in der Wanne lagen.

»Seltsam, nicht wahr?«, sagte Henry.

»Vielleicht wollte er die Spuren vernichten?«

»Du meinst das Blut von Sebastian Rode?«

»Gut möglich, dass er's auswaschen wollte.«

»Aber weswegen ist er dann abgehauen?«

»Weil ihn die Panik übermannt hat«, sagte Linda und prüfte die Hosentaschen nach Gegenständen. »Vielleicht ahnte er, dass sein Kumpel nicht dichthalten würde? Ich meine, der Typ ist vorbestraft.«

»Vielleicht hat er auch nur seine Dreckwäsche in die Wanne geschmissen. Ohne Hintergedanken. Dass Stamm einen Sauberkeitsfimmel hat, steht ja außer Frage.«

Linda legte die Hose zurück, worauf Henry ins Schlafzimmer ging. Beim Anblick des gemachten Betts kam ihm der Gedanke, dass Philipp Stamm und Vanessa Fiebig darin Sex gehabt hatten. Sportlersex, wie er nicht frei von Neid dachte. Der muskulöse Stamm und die schlanke Fiebig. Sicherlich hatte sie es in ihren jungen Jahren schon unzähligen Typen besorgt. Und sicherlich waren diese Typen stolz auf die eigenen Eroberungskünste gewesen. Vanessa Fiebig als schwer zu erlegendes Wild. Henry ermahnte sich, nicht abzuschweifen und am Fall zu bleiben.

Entweder hatte Stamm auf der Couch geschlafen oder das Bettzeug vor seiner Flucht gerichtet. Oder er hatte sich nicht lang in der Wohnung aufgehalten, und das Bett war noch im Zustand vom Vortag. Das spräche dafür, dass er sich über seine Tat im Klaren gewesen war. Die Nachbarn hatten ihn am Sonntag nicht gehört, was den Verdacht einer sehr frühen Flucht untermauerte.

Doch Henry bremste sich in seinen Spekulationen. Die Aufgabe lautete: Indizien sammeln, Indizien sammeln, Indizien sammeln. Mit seinem Handy begann er, die gesamte Wohnung abzufotografieren.

»Henry?«

»Ja.«

»Komm mal, bitte.«

Linda hatte im Flur das Deckenlicht angeknipst und kniete nahe der Wohnungstür am Boden. Sie deutete auf eine Stelle in der weißen Auslegware. »Siehst du das?«

»Ich seh nichts.«

»Das weiße Zeug da.«

Henry beugte sich hinunter und wischte mit dem Finger über eine weiße pulverartige Substanz. »Könnte Koks sein.«

»Quatsch«, sagte Linda.

»Vielleicht 'ne neue Sorte.«

»Doppelter Quatsch.«

»Hast recht.« Henry hielt ihr einen durchsichtigen Beweisbeutel hin. »Stamm lehnt ja Drogen ab.«

»Außer Alkohol«, präzisierte Linda.

»Versteht sich von selbst.«

»Und von wem wissen wir das?«

»Von Vanessa Fiebig.«

»Was sagt uns das also?«

»Dass nichts eindeutig belegt ist.«

»Prima, Kilmer.«

6

Jasmin Sander rollte den kleinen Bücherwagen in die Abteilung für Belletristik. Die Räder hatte sie erst gestern vom Hausmeister schmieren lassen. Knarrende Achsen wurden hier nicht geduldet, nicht in den historischen Räumen der Ernst-Abbe-Bibliothek. Jetzt bewegte sich der Wagen wie auf Samt über das Parkett.

Sie betrat die Reihe der Autoren O bis R, schob ein paar Bücher ins Regal und überflog das Sortiment. Manchmal stellten Kunden einen Titel falsch zurück. Ein einziger Buchstabe weiter links oder rechts genügte, um beim nächsten Nutzer Verwirrung zu stiften. Hatte der dann per Computer sichergestellt, dass der Titel vorrätig war, ging er abermals auf die Pirsch. Doch nach entnervter Suche fand sich anstelle des Buches nur der Weg zur Information. Genau dorthin, wo Jasmin hinter einem schmucklosen Schreibtisch saß und für jedes Anliegen ein offenes Ohr hatte.

Sie stoppte beim Buchstaben P und ging vor der Silbe PO in die Knie. Prüfte, ob eines von Edgar Allen Poes Werken ausgeliehen war. Sie hätte sich auch per Computer vergewissern können, aber damit wäre das Einsortieren noch langweiliger geworden. Da die Neuerwerbungen im Eingangsbereich auslagen, hatte Jasmin den Großteil des Sortiments bereits unzählige Male geschen, berührt, vermittelt. Schutzumschläge und Einbände waren ihren Fingern kaum weniger vertraut als der eigene Körper.

Sie selbst schwärmte für Weltraumopern und die Literatur des neunzehnten Jahrhunderts. An fremden Ufern eines fremden Planeten in einer fremden Zeit fühlte sie sich genauso heimisch wie zwischen den Büchern. Was ihr die Fremde an Distanz gab, fand sie auch in der Reserviertheit des neunzehnten Jahrhunderts.

Hatte jemand ein Buch ihrer Lieblingsautoren ausgeliehen, malte sie sich aus, wie der Leser in dem Buch blätterte. Früher hatte sie dessen Personalien per Computer recherchiert. Erst als sie gemerkt hatte, dass der Großteil aller Poe-Leser über fünfzig war, hatte sie das Stalken aufgegeben. Edgar Allen Poes »Eleonora« sollte ein Mann um die dreißig mit wildem Haar und zerrütteter Miene lesen. In ihrer Phantasie stets bei Kerzenschein. Schließlich lebte sie in einer Metropole der Romantik. Jasmins Jena war nicht die Heimat von Technikern oder BWL-Studenten. Wenn schon Wissenschaft, dann Alchemie anstelle von Biotech, Mesmerismus statt Pharmazie.

Jasmin seufzte ernüchtert. Poes Werken hatte niemand Interesse geschenkt. Sie schlurfte weiter zum Buchstaben K wie Keats. Beide Bände, die von John Keats zum Bestand gehörten, schienen ausgeliehen zu sein. Das »Endymion« und die »Gesammelten Briefe«. Verwundert strich sie sich den Pony aus der Stirn. Im nächsten Moment fiel ihr ein, dass die Bücher letzte Woche ins Archiv geschafft worden waren. Dank fehlender Nachfrage abgeschoben in den Keller des Vergessens. Sie rollte den Wagen eine Reihe weiter. Dachte an den »Fluss des Schweigens« und das »Tal des vielfarbigen Grases«.

Ab sechzehn Uhr übernahm sie den Platz hinter der Abgabe.

Die Leute schoben ihre Bücher über den Tisch, sie strich mit dem Scanner über den Barcode. Sie sagte entweder, alles sei in Ordnung, oder wies auf eine überschrittene Ausleihfrist hin. Auch die Welt der Bücher war ein Ort der Fristen und Gebühren.

7

Gegen neunzehn Uhr schloss die Bibliothek. Ihre Kollegin und Freundin Sabrina Menzenbach fragte, ob sie noch auf einen Schlummertrunk in die Wagnergasse mitkommen mochte. Dass Jasmin zurzeit keine Beziehung führte, war kein Geheimnis. Umso unangenehmer war es ihr, eine Einladung auszuschlagen. Sabrina ließ sich mit der schlichten Antwort, sie habe keine Zeit, allerdings nicht abspeisen. Jasmin hatte das Gefühl, ihre Freundin ahne, dass es sich um eine Ausrede handelte. Dennoch begann sie, sich mit neuen Ausreden zu rechtfertigen. Ihre Mutter wolle heute Abend vorbeikommen, sie hätten so selten Zeit füreinander. Die Familie eben.

Jasmin wusste, dass Sabrina es ihr nicht nachtragen würde. Gleichwohl schämte sie sich für ihre lethargische Art. Eine Verabredung absagen, um stattdessen daheim auf der Couch zu lesen. Ein Glas Wein in geselliger Runde ablehnen, um daheim eine eigene Flasche zu öffnen. Um anstelle von Geselligkeit melancholischen Popsongs zu lauschen. Das war keine Abendgestaltung, mit der man hausieren ging. Und noch weniger waren das Gründe, derentwegen man die Einladung einer Freundin ausschlug. Noch vor wenigen Wochen wäre sie jeder Einladung gefolgt. Damals hätte sie ihr jetziges Verhalten ebenso fragwürdig gefunden, wie es ihre Freunde heute tun. Irgendwas hatte sich hinter ihren Augen aufgestaut, aber sie konnte es nicht fassen, geschweige denn benennen. Ein Druck, der sich gleich zu entladen schien und letztlich doch nur weiter anschwoll.

Sie traten unter dem Rundbogen hinaus auf die Straße. Jasmin bedachte das Volkshaus mit einem letzten Blick. Alle Lichter waren erloschen. Sabrina schaltete die Alarmanlage an, dann wünschten sie einander einen schönen Abend. Jasmin hatte die Enttäuschung in Sabrinas Augen nicht übersehen können. Indem sie jeden Anflug eines Selbstvorwurfs unterdrückte, blieb sie standhaft.

Über kleine, verwinkelte Straßen gelangte sie in die Quergasse. Hier im historischen Stadtkern leerten sich die Straßen nicht bei Einbruch der Dunkelheit. Studenten und Touristen säumten die Wege. Ein paar Abgehärtete saßen in Windjacken draußen vor den Bars und schlürften bunte Cocktails. Jasmin sehnte sich schon jetzt zurück in die stillen Räume der Bibliothek. Sie legte einen Gang zu.

Ihre Wohnung lag in der obersten Etage eines dreistöckigen Backsteinbaus. Das schlichte Haus war um die Jahrhundertwende erbaut worden. Im Treppenhaus roch es stets nach feuchtem Kalk und frischem Leder. Jasmin verband diese Gerüche mit längst vergangenen Epochen, was ihr das Haus zum zweitliebsten Ort machte. Sie nahm die Post aus dem Briefkasten und stieg die ächzende Treppe hinauf.

Von der Straße her drang das dumpfe Laternenlicht des gegenüberliegenden Hauses in die Küche. Mit viel Phantasie schimmerte dort eine Karbidlampe auf dem Kutschbock einer Droschke. Sie stellte sich ans Fenster und sah ohne jede Erwartung ihre Post durch. Ein Brief mit Kontoauszügen, weil sie versäumt hatte, welche zu ziehen. Eine Einladung der Städtischen Kunstsammlung. Seit die Bücherei so eng mit der Galerie kooperierte, wurden die Bibliothekare zu Veranstaltungen persönlich angeschrieben. Am 5. Oktober wolle man den Empfang einer neuen Leihgabe feiern. Das Foto eines Gemäldes war in die Karte kopiert worden. »Erzengel Michael von Matthäus Günther« stand unter dem Bild. Jasmin klemmte das Schreiben mit einem Magneten an den Kühlschrank. Dann nahm sie in der kleinen Essnische Platz und schloss die Augen.

8

Henry kopierte die Fotos, die er von Stamms Wohnung gemacht hatte, auf seinen Laptop. Während des Transfers brühte er sich eine Kanne Tee. Dann setzte er sich auf die Couch vor dem großen Fenster.

Er fragte sich, ob Linda eine Handyortung beantragt hatte. Das würde den Rahmen für Spekulationen deutlich einengen. Befände sich Stamms Handy in Betrieb, wäre es ein Leichtes, seinen Aufenthaltsort zu ermitteln. Ein abgeschaltetes Telefon würde immerhin den Verdacht der Flucht erhärten. Henry ließ der Gedanke nicht los. Er stemmte sich hoch und schlich wie ein streunender Hund durch die Wohnung. Er zog wahllos Bücher aus dem Regal und musterte die Titelbilder. Schund, Schund, ein Bestimmungsbuch der heimischen Flora. Billige Mörderbücher. Alles Schund. Nach einer Viertelstunde wusste er, welche Romane er abermals lesen mochte. Eine halbe Stunde später war die Kanne leer und seine Geduld am Ende.

Er wählte Lindas Nummer.

Ihr Mann nahm ab.

»Guten Abend, Stefan. Hier ist Henry.«

»Henry?«

»Henry Kilmer. Lindas Kollege.«

»Ja, ja, ich weiß. Ist was Schlimmes passiert?«

»Nein, nur Routine. Ist Linda zu sprechen?«

»Ist ziemlich spät für nur Routine.«

Henry schaute auf die Uhr. Erschrocken stellte er fest, dass es zehn war. Lindas Sohn lag sicherlich schon im Bett, während ihr Mann bis eben vor der Glotze gelümmelt hatte. Nach einer kurzen Pause sagte Stefan, Linda sei in der Badewanne. Aber wenn es dringlich sei, würde er ihr das Telefon bringen.

Henry zögerte mit einer Antwort. Er betrachtete auf seinem Laptop das Foto von Philipp Stamms Badezimmer. Die Wanne mitsamt seiner Kleidung. Davor seine Schuhe. Als Henry schließlich verneinen wollte, hörte er Stefan bereits im Flüsterton reden. »Schatz, dein Kollege.«

»Danke«, hauchte Linda zurück.

Henry hatte sofort das Bild seiner im Schaumbad liegenden Kollegin vor Augen. Entspannung nach der Arbeit: Dampf und

Kerzen und ein fürsorglicher Gatte, der Canapés und Rotwein kredenzt.

»Hi, Henry.«

»Guten Abend.«

»Was gibt's?«

Trotz ihres vorwurfsfreien Tons schämte er sich plötzlich seines Überfalls. Mit einem Mal erschien ihm sein Anliegen irrelevant. Sie ermittelten nicht in einem Mordfall, bei dem ein neues Opfer drohte. Gefahr für Leib und Leben sah de facto anders aus. Notgedrungen entschied sich Henry für die Defensive. »Ich habe vergessen, eine Handyortung zu beantragen.«

»Kein Problem.« Lindas Stimme blieb entspannt. »Hab ich aufm Heimweg erledigt.«

»Tausend Dank.«

»Und die Antwort kam schon rein.«

»Wow!«

»Vossler sagt, das Handy ist außer Betrieb.«

»Passt ja.«

»Ja, bestätigt deinen Verdacht.«

»Eventuell liegt sein Handy in der Wohnung«, sagte Henry und klickte sich nebenbei durch die Fotos, die er am Nachmittag geschossen hatte. »Stamm könnte sich eine Prepaidkarte besorgt haben.«

»Morgen, Henry, morgen.«

»Oder er ist doch bei einem Freund.«

»Henry.«

»Oder bei dieser Vanessa.«

»Henry!«

»Tut mir leid.«

Sie wünschte ihm einen schönen Abend und legte auf. Ungeachtet der unterbrochenen Leitung glaubte Henry, das Plätschern des Wassers zu hören. Vielleicht sollte er selbst ein Bad nehmen, schoss es ihm durch den Kopf. Linda sagte immer, der Job dürfe einen nicht auffressen. Entspannung nach der Arbeit sei das A und O. Ansonsten könne man sich wegen Burn-out einen Platz im Stuhlkreis reservieren.

Wie von selbst sank Henrys Blick zurück auf die Fotografien.

49

Er studierte das Bild, das den Bereich direkt vor der Badewanne zeigte. Irgendetwas stimmte damit nicht. Irgendetwas widersprach dem ersten Eindruck, den er heute von Stamms Wohnung gewonnen hatte.

Noch immer grübelnd notierte er sich, dass sie die Kontodaten und -bewegungen prüfen mussten. Auch wenn Stamm sein Handy klugerweise abgeschaltet hatte, schloss das keineswegs einen Besuch beim Geldautomaten aus. Obendrein schien ihm die erneute Überprüfung von Vanessa Fiebig, Stamms Exfreundin, wichtig. Sie sollten in Erfahrung bringen, ob sie dem Drogenkonsum zu- oder abgeneigt war. Daraus ließen sich eventuell Schlüsse auf Stamms eigenen Konsum ziehen. Spätestens übermorgen würde das Labor das weiße Pulver analysiert haben.

Er stellte die leere Tasse auf den Boden und schaute hinaus. Das Holzland lag vor ihm wie eine von Wundbrand geschwärzte Haut. Er war froh, dass sich ihm nicht die Aussicht nach Nordwesten bot. Andernfalls hätte er von seinem Fenster aus Stamms Wohnung observiert.

9

Er spürte, wie es allmählich kälter wurde. Das konnte nur den Einbruch der Nacht bedeuten. Also war er seit zwei Tagen in diesem Loch gefangen. Zwei Tage ohne Essen, ohne Trinken, ohne ein Bett. Zwei Tage, in denen er auf blanken Stein hatte pissen müssen.

Anfänglich hatte er sich gesträubt, die Felswand abzulecken. Im Schutz der Finsternis konnten sonst was für Tiere umherkrabbeln. Er dachte an Spinnen und Asseln und allerlei Viecher, deren Namen ihm niemals eingefallen wären. Den Rücken krumm und das Kinn gehoben, rutschte er auf Knien gegen den Fels. Gleich einem Sklaven vor einer Domina. Indem er unter dem Knebel hindurch aufs Gestein blies, hoffte er die Viecher zu verscheuchen. Ohne den Brand in seiner Kehle hätte er seinen Ekel niemals überwinden können. Er presste seine Lippen auf den nackten Stein und gierte nach jedem Tropfen Feuchtigkeit.

Einmal hatte er eine Doku über einen Häftling gesehen, den die Schließer in der Zelle vergessen hatten. Um nicht zu verdursten, hatte der junge Mann seine eigene Pisse getrunken. Zudem erinnerte er sich an einen jungen Mann, der bei einem Erdbeben verschüttet worden war. Allein durch das Trinken seines eigenen Urins hatte er tagelang unter den Trümmern überleben können. Oder ein achtzehnjähriger Mann, der sich im australischen Outback verirrt hatte. Auch er hatte seinen Urin getrunken, auch er war gerettet worden.

Dass ihm sein Gedächtnis nur junge Männer präsentierte, deutete er als Zeichen. Junge Männer, die den Umständen trotzten. Aber zunächst würde er die Wände dieser Höhle mit seinen Lippen trocknen müssen. Er würde Kraft schöpfen, seine Fesseln lösen und sich erheben. Und dann, wenn dieser Hurensohn wiederkäme, würde er ihn mit seinem eigenen Knebel erdrosseln.

10

Mitten in der Nacht wachte Henry auf. Seine Augen öffneten sich blitzartig, während der Rest seines Körpers reglos verharrte.

Er hatte geträumt.

Und dabei nachgedacht.

Das Bad. Die Kleidung. Das Paar Schuhe.

In seinem Traum hatten er und Linda erneut Stamms Wohnung inspiziert. Nur diesmal war er wie auf Wolken über die weiße Auslegware gelaufen. Die Tapete reflektierte ein gleißendes Licht, sodass er nicht unterscheiden konnte zwischen Wänden und Fenster. Linda summte eine Melodie von Chris Rea, vielleicht »Driving Home For Christmas«. Dann brach sie plötzlich ab und sagte: »Wir sind scheiß Amateure!«

Sie schauten beide in Richtung Flur. Teerschwarze Fußspuren zogen sich von der Eingangstür ins Wohnzimmer. Zunächst betrachtete Henry seine dreckverschmierten Sohlen.

Dann entschuldigte er sich bei Linda, doch ihr Interesse war längst Geschichte. Offenbar in Gedanken versunken, summte sie wieder die bekannte Melodie.

»But soon there'll be a freeway
Get my feet on holy ground.«

Und Henry schwebte über die Spuren hinweg ins Badezimmer und entdeckte die Sportschuhe von Philipp Stamm.

Irgendjemand sagte: »Unser Freund ist also ein Sauberkeitsfanatiker.« Die Worte hallten hundertfach von den lichten Wänden wider. Da bemerkte Henry, dass es keine Fußspuren von der Wohnungstür ins Badezimmer gab. Er schwebte in den Flur und sah sich dort um. Verharrte wie ein gelangweilter Himmelsbote über einer Reihe Straßenschuhe. Plötzlich splitterte die Tür auf, und ein alter Mann zuckelte herein und schob Henry einen Alukoffer unter die Füße. Noch ehe er sich hätte erden können, wachte er auf.

Jetzt stand er barfuß vor dem Fenster und starrte in die Nacht hinaus. Es war vier Uhr morgens. Das Bad. Die Kleidung. Das Paar Schuhe. Er glaubte in Philipp Stamm einen Menschen zu erkennen, der niemals mit Straßenschuhen durch seine Wohnung laufen würde. Nicht einmal von der Wohnungstür ins Badezimmer.

Mittwoch

1

Mit Stamms Zweitschlüssel öffnete Linda die Wohnung. Im Nacken spürte Henry den Blick der Nachbarin. Sicherlich presste sie gerade ihr Auge an den Spion, während ihr Mann die Couch und das Kartenspiel bewachte. Als Linda eintreten wollte, zupfte Henry sie am Ärmel. Er zog aus seiner Ledertasche vier Füßlinge in Universalgröße.

»Du schleppst wohl ein ganzes Labor mit«, flüsterte Linda.

»Ich bin nur vorbereitet.«

»Als Schüler hattest du bestimmt Kondome im Federmäppchen.«

Henry rang sich ein Schmunzeln ab. Während seiner Schulzeit war er stets errötet, sobald die frühreifen Mädchen mit ihren Gummis kokettierten. Gibt's auch in extra small, hatten sie jedes Mal losgeprustet. Henry war bis zur achten Klasse überzeugt gewesen, irgendwann eine Zeitmaschine bauen zu können.

Mit den übergestreiften Füßlingen inspizierten sie erneut Raum für Raum. Dem Anschein nach hatte Stamm seine Wohnung gestern nicht mehr betreten. Linda ließ immer wieder den Bund ihrer Latexhandschuhe auf das Handgelenk knallen. Ihr Blick wanderte gelangweilt aus dem Fenster. »Alles genau wie gestern.«

»Ich weiß, Linda.«

»Und was wollen wir hier?«

»Bitte, setz dich auf die Couch.«

»Jetzt mach doch kein Geheimnis draus.«

Henry bat sie abermals, sich zu setzen. Linda zuckte die Schultern, nahm Platz und kramte ihr Handy hervor.

In der Badtür stehend, versuchte sich Henry den betrunkenen Philipp Stamm vorzustellen. Stark alkoholisiert und fluchend. Seine Bewegungen unkoordiniert, aber der Wille zur Sauberkeit ungebrochen. Stamm streift sich die Schuhe ab und schlüpft anschließend aus seiner Kleidung. Erst ausziehen, dann ins Bett.

Allein. Ohne Vanessa. Verdammtes Miststück.

Er kocht vor Wut, weil sie ihn abgewiesen hat. Und wirft seine Kleidung in die Wanne.

Henry fragte sich, warum Stamm seine Wäsche nicht gleich in die Waschmaschine geworfen hat. Seine Antwort klang so einleuchtend wie unbefriedigend. Philipp Stamm war eben betrunken. Nicht zurechnungsfähig.

Darauf spulte Henry eine alternative Version ab. Diesmal war Stamm nüchtern oder nur auf niedrigem Level alkoholisiert.

Er zieht sich aus, die Schuhe, die Kleidung, und alles gelingt ihm ohne Probleme. Der Gestank von Zigaretten steigt ihm in die Nase. Die stickige Luft aus dem Rosenkeller hat seine Sachen verpestet. In der Wohnung nirgends ein Aschenbecher. Stamm raucht nicht, und allein der Geruch vom Zigarettenrauch ekelt ihn an.

Genau wie diese scheiß Studenten. Diese Schwätzer und Besserwisser. Hirnficker und Tittengaffer. Haben alle eins auf Maul verdient.

Die stinkenden Klamotten schnell in die Wanne. Alles nüchtern und ohne Geschrei. In Henry wuchs der Verdacht, dass Stamm weder betrunken noch wütend gewesen war. Vielleicht litt er einfach unter einer Marotte. Die Marotte, seine Dreckwäsche bis zum großen Reinemachen in die Wanne zu werfen. So wie andere ihre Wäsche im Zimmer zu mehreren Haufen verteilen. Deshalb standen auch seine Sportschuhe so akkurat nebeneinander.

Er besah sich die Sohlen der Sportschuhe genauer. Bis auf leichte Gebrauchsspuren waren sie sauber. Kein übermäßiger Dreck in den Profilrillen. Bestenfalls hatten die Schuhe kaum sichtbare Abdrücke auf der Auslegware hinterlassen. Aber um solche minimalen Profilrückstände zu erkennen, bedurfte es Martin Vossler und der Spurensicherung.

Aus seiner Ledertasche zog Henry ein Döschen Rußpulver. Kohlenstoff plus Eisenoxid, der Klassiker in der Spurensuche. Mit einer Marabufeder begann Henry, den Wannenrand zu bestäuben.

»Und was soll das werden?«

Erschrocken wandte sich Henry um. Linda stand im Türrahmen und schaute ihn entgeistert an.

»Stamm ist einer von den Bösen«, sagte sie. »Seine Fingerabdrücke sind längst registriert.«

»Ja, ich weiß.«

»Aber?«

»Hier stimmt was nicht.«

»Ja, dass Menschen auf offener Straße krankenhausreif geschlagen werden.«

»Nein, nein«, stammelte Henry. »Die Szenerie ist nicht stimmig.« Lindas Gegenwart machte ihn nervös. Anscheinend wartete sie noch immer auf eine befriedigende Antwort. Mit flinker Feder schwärzte er den Wannenrand, und schon bald bedeckte das Rußpulver die gesamte Emaille. »Kaum zu glauben«, sagte er bedeutungsschwer und richtete sich auf. Er trat einen Schritt zurück, als betrachtete er statt einer Badewanne ein Readymade.

»Was ist kaum zu glauben?«, fragte Linda nach. »Hat unser Saubermann seine Wanne nicht gescheuert?«

»Guck dir das an.«

»Fingerabdrücke. Das ist bei so einer Beschichtung normal.«

»Ist mir klar.«

»Und ich wette, die sind alle von Philipp Stamm.«

»Ist mir auch klar. Aber sieh mal hier.« Henry kreiste mit dem Federstiel über einen offenbar verwischten Fingerabdruck. Dann schritt er nach links und wies auf den ähnlich verwischten Abdruck eines Handballen.

»Sieht nach unbrauchbaren Spuren aus«, sagte Linda.

»Nein, keineswegs. Das sind Merkmale von Handschuhen.«

2

Henry enthüllte Linda seine Zweifel, dass Stamm jemals mit Schuhen ins Bad gegangen wäre. Falls er sich jedoch täusche, bliebe die Frage offen, weshalb sich nirgends die passenden Profilelemente fanden. Auf den Fliesen waren nur die ihrer eigenen Schuhe zu sehen.

»Er hat seine Botten halt draußen ausgezogen«, erwiderte Linda, »und ist auf Socken ins Bad.«

»Wegen seines Reinlichkeitsfimmels?«

»Gut möglich.«

»Aber ist er so penibel, dass er seine Schuhe mit Handschuhen ins Bad trägt?«

»Das wäre krank. Absolut krank.«

Henry präsentierte ihr einen der Schuhe. Er spreizte den kleinen Finger ab und deutete auf zwei Abdrücke ohne Papillarleisten. »Irgendwer hat die Schuhe im Fersenbereich angefasst, um sie hier abzustellen. Hätte der Hersteller den Haken nicht mit Leder verstärkt, wären keine Spuren zurückgeblieben.«

Linda betrachtete die mit Ruß bestäubte Fersenkappe des Schuhs. Zwei Flecken in Daumenbreite schimmerten vage hervor. Als sie ihre Brauen zusammenkniff, reichte ihr Henry eine Lupe.

»Was schleppst du denn alles mit rum?«

»Nur das Nötigste.«

»Dann ruf ich lieber Vossler an.«

»Danke.«

Linda war schon im Begriff aufzubrechen, als Henry sie um fünf Minuten bat. Fünf mickrige Minuten, um ein letztes Mal nach Stamms Handy zu suchen. Linda nickte, und Henry nahm sich das Wohnzimmer vor.

Während er abermals Schränke öffnete, Zeitschriften hob und Kartons verschob, telefonierte Linda mit der Bürofahndung. Im Anschluss an das Gespräch berichtete sie, dass sich auf Stamms Foto hin die ersten Zeugen gemeldet hatten. Wenn sich bis nächsten Sonntag kein Ermittlungserfolg einstellte, würden sie auch via Fernsehen fahnden. Die »Kripo live«-Redaktion vom Mitteldeutschen Rundfunk sei schon informiert. Linda fuhr sich mit einer lasziven Geste durchs Haar. »Die Sendung macht jetzt ein Typ.«

»Keine Ahnung, kenn ihn nicht.«

»Der hat früher den European Song Contest moderiert.«

»Ach, der Lackaffe.« Henry zwängte seine Linke in die Couchspalte und schob sie von links nach rechts. »Oh, sieh mal.«

»Was gefunden?«

»Ja, Staubflusen.«

»Du spinnst.«

»Nein, wirklich.«

»Ein richtiges Ferkel, dieser Stamm.«

Nachdem Henry im Wohnzimmer seine Suche beendet hatte, ging er erneut ins Bad. Lindas Einwand, dort habe er bereits gesucht, quittierte er mit einem Schulterzucken.

Er bewegte sich dicht an der Wand entlang, um Vossler nicht noch mehr Fremdspuren zu liefern. Schon bei ihrem Erstzugriff hatten sie fahrlässig gehandelt. Zum zweiten Mal nahm er sich Stamms Kleidung vor. Kein neues Ergebnis. Darauf tat er etwas, wofür er Linda keine Begründung hätte geben können.

»Oh Mann, Henry. Dein Diensteifer in allen Ehren, aber …« Sie stand im Türrahmen, die Hände in die Hüfte gestützt. Henry hatte sein Jackett abgelegt, die Ärmel seines Pullovers hochgekrempelt und die Klobrille angehoben. Ohne den Spülrand zu berühren, bog sich sein linker Arm ins Becken.

»Na ja, bei ihm kann man bestimmt ausm Lokus saufen«, sagte Linda, ohne aus der Tür zu treten. Henry wandte den Kopf seitwärts und starrte sie voller Ernsthaftigkeit an. Sein halber Arm steckte in der Toilette. Unverhofft huschte der Anflug eines Lächelns über sein Gesicht.

»Bingo, ein Handy!«

3

Sie fuhren in die KPI und taten dort, was sie am liebsten taten: Berichte schreiben, Protokolle kopieren, Überstunden zählen. Bullenalltag.

Linda hatte sich mit Süßkram eingedeckt. Ohne Haribo, so meinte sie, überstehe sie das nicht. Hin und wieder fragten sie einander, was wann wo geschehen war. Gegen Mittag rief Vossler von der Spurensicherung an. Er bestätigte den Eingang des Handys und den morgigen Termin. Nach dem Telefonat meinte Henry, sie müssten eigentlich Maike benachrichtigen.

»Wenzel wird uns die Hundestaffel nicht genehmigen.«

»Aber unsere Bedenken sind doch berechtigt.«

»Lassen wir erst mal die SpuSi rein.«

»Stimmt wohl.« Henry klickte sich ins Internet. Auf der Homepage der Thüringer Allgemeinen war ein Foto von Philipp Stamm zu sehen. Seine muskulösen Schultern dominierten den unteren Bildausschnitt. Sein Blick wirkte entschlossen, und Henry musste an das lädierte Gesicht von Sebastian Rode denken. Über dem Foto stand in dicken Lettern: »Fahndung nach Schlägerei«. Unter dem Foto in kleinerer Schrift: »Nach einer Prügelei am Sonntagmorgen fahndet jetzt die Polizei nach einem Verdächtigen. Der siebenundzwanzigjährige Philipp Stamm gilt als äußerst gewaltbereit und verbüßte bereits eine mehrjährige Haftstrafe. Die Polizei bittet um Mithilfe. Folgend die Nummer ...«

Henry klickte sich zur nächsten Homepage. Der Mitteldeutsche Rundfunk hatte ebenfalls einen Artikel veröffentlicht. Diesmal hieß es: »Neunundzwanzigjähriges Opfer nach Prügelei im Krankenhaus. Die Kripo Jena fahndet nach diesem Mann«. Dann das Foto von Philipp Stamm. Entschlossener Blick und maskuline Schultern. Auf dem öffentlichen Portal Jenapolis fand sich eine ähnlich lautende Meldung.

Henry vergewisserte sich, dass Linda beschäftigt war. Sie hatte Kopfhörer in den Ohren, kaute Haribos und starrte auf ihren Monitor. Er googelte den Namen Vanessa Fiebig.

Offenbar war sie in zwei sozialen Netzwerken angemeldet. Auf Facebook entdeckte er ein frei verfügbares Fotoalbum, das eine Serie Urlaubsbilder zeigte. Laut Bildunterschriften waren die Aufnahmen in Thailand entstanden. Vanessa im Bikini, Vanessa unter Palmen. Vanessa mit einem Lächeln, das in diesem Moment allein ihm zu gelten schien. Wie ein japanischer Blattfächer reflektierte ihr blondes Haar die Abendröte. Henry war froh, dass keines der Bilder Vanessa in Begleitung von Philipp Stamm zeigte. Und auch nicht in der Nähe eines anderen Mannes.

Plötzlich klopfte es, und Sabine Freigau aus der Bürofahndung trat ein. Blitzartig klappte Henry den Laptop zu. Er hatte das Gefühl, ein Regen feinster Nadeln zersteche sein Gesicht, und hoffte inständig, nicht rot zu werden. Sabine Freigau sagte Hallo, grinste unbestimmt und überreichte Linda eine Mappe. Darin waren die Adressen und Telefonnummern jener Zeugen, die sich aufgrund der Fahndungsfotos gemeldet hatten. Henry schlüpfte in sein Jackett. Er brauchte frische Luft.

4

Linda fummelte unentwegt am Radio herum. Nach einer Ewigkeit begrub sie die Hoffnung, den passenden Sender zu finden, und stöpselte ihren MP3-Player an. Chris Rea ertönte mit gewohnt rauchiger Stimme. Bei der Musik wurden Henry die Augenlider schwer. Er dachte daran, gleich nach Dienstschluss ins Bett zu krauchen. Die Enttäuschung der letzten Stunden verstärkte nur seine Müdigkeit. Sie hatten drei der vier Zeugen abgeklappert. Alle drei hatten Philipp Stamm in Begleitung einer Frau gesehen. Jedes Mal waren sie ihm am Samstag im Rosenkeller begegnet. Keiner der Zeugen hatte ihnen neue Informationen liefern können.

Während Linda zum Rhythmus von »Looking For The Summer« aufs Lenkrad klopfte, rief sie: »Hey, Samurai Kilmer.«

»Mmh.«

»Sind Sie müde?«

»Mmh.«

»Oder haben Sie schlechte Laune?«

»Quatsch!«, stieß Henry aus und mied Lindas Blick.

»Wenn's im Kopf passt«, sagte sie ruhig, »scheint die Welt in Ordnung.«

»Und was soll das heißen?«

»Eigentlich nur, dass im Kopf im Kopf bleibt.«

»Aha.«

»Die Realität steht auf einem anderen Blatt.«

»Ist das deine Weisheit zum Abend?«

»Also doch schlechte Laune.«

Henry kniff seine Augen zu, atmete durch, versuchte sich zu

fangen. In der flimmernden Dunkelheit hinter seinen Lidern tauchte das Gesicht eines ehemaligen Mitschülers auf. Patrick Kramer aus der neunten Klasse. Die Erinnerung ließ ihn sein linkes Ohr berühren. Als greife der Juckreiz aus einem früheren Leben direkt in die Gegenwart.

»Sieh mal«, durchbrach Linda seine Gedanken. »Ohne einen Zeugen, der Stamm am Sonntag gesehen hat, erhärtet sich deine Theorie.«

»Welche Theorie denn?«

»Na, dass eine zweite Person in der Wohnung war.«

»Das ist Rotz.«

»Woher dein plötzlicher Sinneswandel?«

»Weil die Spuren von seinen eigenen Handschuhen stammen können. Ein Sauberkeitsfanatiker putzt seine Wanne garantiert nicht mit bloßen Händen.«

Henrys Argument ließ Linda verstummen, derweil Chris Rea sang: »There's nothing to fear«.

5

Der vierte Zeuge, der sich auf Stamms Foto hin gemeldet hatte, wohnte am südlichen Rand von Lobeda-Ost. Erst als sie aus dem Wagen stiegen, bemerkte Henry, dass seine Laufrunde an dem Grundstück vorbeiführte. In Sichtweite des Hauses lag der Bahnhof Neue Schenke. Doch während der Bahnhof zur Gemeinde Zöllnitz gehörte, stand das Haus noch in Jena.

»Ist das auch die richtige Anschrift?«, wollte Henry wissen.

»Ja, ganz sicher.«

»Ein richtiges Hexenhaus.«

»Wohl eher ein Waisenhaus.« Ohne eine Erklärung beizufügen, schob Linda die Gartenpforte auf. Von Unkraut und Geröll verrückte Schieferplatten führten zur Haustür. Unter dem Fenster lag ein zerbrochener Nistkasten. Dunkle Gardinen waren blickdicht vorgezogen. Henry schob seine Ledertasche auf den Rücken und schlug den Türklopfer.

Langsam, als bewege sich ein Invalide ohne seine Krücken

vorwärts, schlurfte jemand zur Tür. Eine halbe Minute verstrich, dann wurde einen Spaltweit geöffnet.

»Timo Spindler?«, fragte Linda.

»Ja.«

»Wir haben angerufen.«

»Ja.«

»Dürfen wir eintreten?«

Eine Pause entstand. Linda rollte die Augen nach oben und ließ ihren Atem hörbar aus der Nase entweichen. »Herr Spindler, erinnern Sie sich?«

»Ja, ja, die Herren von der Polizei.«

Linda hielt ihren Ausweis in den Türspalt. »Die Herren von der Polizei in Begleitung von Frau Liedke.«

»Ich kann lesen.«

»Na dann.«

Zögernd öffnete sich die Tür, und die Gestalt eines jungen Mannes erschien. Mit einem Schulterblick dirigierte er die Beamten durch den Flur in die Wohnstube. Er ließ sich aufs Sofa plumpsen, drapierte eine Wolldecke über seine Knie, zündete sich eine Zigarette an. Sein stumpfes, kinnlanges Haar umrahmte das Gesicht eines Toten.

Henry fühlte sich unbehaglich in der Stube. Die niedrige Decke senkte alles auf Augenhöhe. Obgleich er kerzengerade stehen konnte, glaubte er eine gebückte Haltung einnehmen zu müssen. Im Hintergrund flimmerte lautlos der Fernseher, als gäbe es hier kein zweites Licht. Der junge Mann bot Linda eine Zigarette an.

Henrys Kollegin bedankte sich, worauf Spindler sagte: »Ich rieche Lungenkrebs auf hundert Meter.«

»Und ich einen Kiffer auf tausend.«

»Jedem das Seine«, entgegnete Spindler.

»Meine Rede.« Linda präsentierte ihm Stamms Porträt. »Sie haben uns wegen dieses Mannes angerufen.«

»Die Schnauze hat mich im Netz angelacht. Vorbildlich, wie ich bin, hab ich durchgerufen.«

»Das ist lobenswert, Herr Spindler.«

»Ja, ja, so ist *er*.«

»Und jetzt sollte *er* mal losschießen.«

»Den Kerl hab ich in der Rose gesehen.«

Henry spürte unter seinem Nagel den Splitter aus Frust und Enttäuschung. Vier Zeugen, die Philipp Stamm allesamt im Rosenkeller gesehen haben. Vier Zeugen, ohne nennenswerte Informationen. Henrys rastloser Blick strebte zum Fernseher. Eine blonde Frau schob sich eine Kugel weißer Schokolade in den Mund. Kokossplitter sprangen von ihren Lippen. Henry dachte einen Namen, und der Splitter unter seinem Nagel stach hinab zwischen seine Beine. Reiß dich zusammen, ermahnte er sich. Das ist Polizeiarbeit. Verdammte Konzentration jetzt.

»Später bin ich ihm draußen begegnet«, fuhr Spindler fort.

Henry horchte auf und löste seinen Blick vom Fernseher.

»Ich hab auf einer Bank gesessen und mir was Kleines für den Heimweg gebastelt. Sie verstehen schon.«

»Ja, ja«, winkte Linda ab.

»Jedenfalls marschiert dieser Affe mit seinem Kumpel an mir vorbei. Hinter ihm so'n heißes Eisen. Ich hab mir nix dabei gedacht und glotz ihr nach. Ganz harmlos, wie man eben mal glotzt. Ist ja nicht verboten. Und plötzlich dreht sich der Kerl um und kommt auf mich zugetorkelt. Was haste gesagt?, brüllt er mich an. Was haste gesagt? Ich sag zu ihm, dass ich nix gesagt habe. Seine Olle läuft einfach weiter, Richtung Botanischer Garten. Und sein Kumpel steht hinter ihm wie sein persönlicher Arschlecker. Beide gaffen mich an und er immer wieder: Was haste gesagt, was haste gesagt? Und dann macht er diesen hier …« Spindler hievte sich hoch, plusterte sich auf und ruckte mit seinem Kopf vor. Eine schnelle, harte Bewegung. »Ich kenn ja den Scheiß. Die wollen Softies wie mich einschüchtern. Bloß dass der Affe richtig drauf war. Da war nicht nur Alk im Spiel. Ich kenn diesen Blick genau. Der bohrt sich durch einen glatt hindurch.«

»Haben Sie auch diesen Mann gesehen?«

Ein Foto von Sebastian Rode wanderte über den Tisch. Spindler betrachtete es eingehend, schien geradezu in das Gesicht des anderen zu versinken.

Nach zwei Minuten Bedenkzeit schnipste Linda mit den Fingern. »Hallo, Herr Spindler?«

»Ja?«

»Und was sagen Sie?

»Hab ich noch nie gesehen.«

Die kleine Stube hatte sich mittlerweile mit Qualm gefüllt. Linda blies den Rauch gegen die Decke und schwieg. Henry fragte Spindler, ob er sich über den Zustand des Verdächtigen sicher sei.

»Hundertpro«, antwortete Spindler. »Der Kerl war drauf.«

»Und ihr eigener Zustand? Ich meine, bei ihrer Begegnung.«

»Nicht anders als jetzt.«

»Sie waren also nicht betrunken?«

»Ich lehne Alkohol ab.«

»Und andere Drogen?«

»Heißt es nicht, die Summe aller Laster ist gleich?«

Henry fühlte sich nicht nur Spindlers Schlagfertigkeit ausgeliefert. Der Qualm, die niedrige Decke und seine unnötig gebückte Haltung bedrückten ihn. »Könnten Sie bitte meine Frage beantworten.«

Statt etwas zu sagen, hielt Spindler nur seine Zigarette in Blickhöhe. West Red. Hoher Nikotingehalt. Linda rupfte sich eine Kippe aus Spindlers Schachtel und schob anschließend ihr Kärtchen hinter die Klarsichtfolie.

6

Die Kommissare traten aus dem Halbdunkel der Räucherhöhle in die nautische Dämmerung. Grelles Scheinwerferlicht huschte über den Vorgarten.

Sie stiegen ins Auto, um Vanessa Fiebig erneut einen Besuch abzustatten. Unterwegs dorthin rekapitulierte Henry die letzte Zeugenbefragung. Seine Resignation war einer zaghaften Zuversicht gewichen. »Da war nicht nur Alk im Spiel, hatte Spindler gesagt.«

»Und das soll bedeuten?« Linda schnitt wegen eines anderen

Autofahrers eine Grimasse. Dass sie jetzt lieber auf dem Heimweg gewesen wäre, verdeutlichte jede ihrer Gesten.

»Das spricht gegen eine kalkulierte Flucht«, erwiderte Henry.

»Und die Klamotten in der Wanne, das Handy im Klo? So flieht doch kein Besoffener aus der Wohnung.«

»Genau das denke ich auch.«

»Kommt da wieder deine Zwei-Mann-Theorie ins Spiel?«

»Die war nie draußen.«

»Aber wir sollten Spindlers Aussage mit Bedacht genießen.«

Lindas Einwand vermochte Henry nicht zu entkräften. Er hatte Timo Spindler höchstpersönlich gesehen und erlebt. »Sicher, es gibt zuverlässigere Zeugen.«

»Das ist noch nett ausgedrückt«, sagte Linda mit einem Anflug von Spott. »In Spindlers Kindheit muss irgendwas mächtig schiefgelaufen sein.«

Bei diesen Worten fasste sich Henry automatisch hinters Ohr. Dorthin, wo Patrick Kramer vor zwanzig Jahren seine Zigarette ausgedrückt hatte. Er dachte an Patricks feuerroten Schopf und sein bleiches Gesicht. Eine Hand hatte ihm genügt, um Henry gegen die Schulhofmauer zu drücken. Mit der anderen Hand hatte er ihm die Zigarette am Schläfenbein ausgedrückt. Bis dahin hatte Henry geglaubt, diese Form der Züchtigung sei ein Mythos.

»Henry?«, durchbrach Linda seine Gedanken.

»Ja.«

»Es ist besser, wenn ich die Fiebig befrage.«

»Wieso?«

»Ich will es mal so ausdrücken …«

7

Vanessa Fiebig empfing sie im gleichen Outfit, das sie schon bei ihrer letzten Befragung getragen hatte. Enge Jeans und ein ärmelloses Shirt. Offenbar ihre Arbeitskleidung in der Boutique, mutmaßte Henry. Es war mittlerweile neunzehn Uhr dreißig. Sobald die Wohnungstür geschlossen war, fragte Vanessa Fiebig: »Haben Sie ihn gefunden?«

»Nein«, sagte Linda, »leider nicht.«

»Ich mache mir langsam Sorgen.«

»Wir tun unser Bestes.«

Eine Einladung in die Küche lehnte Linda ab, und sie blieben zu dritt im Flur stehen. Henry ahnte, dass seine Kollegin nicht um den heißen Brei herumreden würde.

»Wann haben Sie das letzte Mal mit Herrn Stamm gesprochen?«

»Wie ich gestern schon gesagt hab: am Sonntagmorgen.«

»Und das letzte Mal telefoniert?«

»Irgendwann am Morgen.«

»Am selben Morgen?«

»Ja.«

»Hatten sie nicht gestern was anderes behauptet?«

»Weiß ich nicht mehr.« Vanessa Fiebig wirkte plötzlich von der Befragung genervt. Sie klemmte sich die Hände unter die nackten Achseln und fixierte einen Punkt auf der Tapete. Henry fragte sich, ob sie mit dieser Geste lästige Gespräche zu beenden pflegte.

»Um was ging es?«, bohrte Linda weiter.

»Wobei?«

»Bei ihrem letzten Telefonat.«

»Er hat mich weggedrückt.«

»Wann war das genau?«

Vanessa Fiebig stellte ihr Handy auf ausgehende Anrufe und zeigte das Display den Beamten. Henry war erleichtert, endlich etwas tun zu können. Ihre Nähe brannte ihm zwischen den Fingern wie der Biss einer Pferdebremse. Er zückte seinen Block und notierte die Uhrzeit.

Linda fragte, ob es der Art ihres Exfreundes entsprach, Anrufe wegzudrücken. Vanessa Fiebig schüttelte vehement den Kopf. Sagte: »Vielleicht, wenn seine Mutti angerufen hat. Aber nicht bei mir. Ich hätte ihn vom Klo klingeln können.«

»Und weshalb haben Sie ihn zu erreichen versucht?«

»Ich wollte mich entschuldigen.«

»Für was?«

»Ich hab ihn weggeschubst, als er mich begrabscht hat.«

»Und das hätten Sie nicht tun dürfen?«

»Das war nicht gerade nett. Schließlich hatte er mich vor diesem Vergewaltiger beschützt.«

»Sie meinen vor Herrn Rode?«

»Klar, wen denn sonst?«

Linda hakte abermals nach, ob sie in der Zwischenzeit mit dem Gesuchten telefoniert habe. Vanessa Fiebig verneinte knapp und schluchzte. Sie schien nicht allein von der Befragung genervt. Ihre Sorge um den Verschwundenen schätzte Henry als authentisch ein. Eine Einschätzung, die ihn wünschen ließ, jemand würde ihr die Augen öffnen. Philipp Stamm war kein Mensch, für den man Tränen vergießen sollte. Früher oder später hätte er sie vermutlich auch geschlagen.

»Trauen Sie ihm eine Flucht zu?«, fragte Linda.

»Nein.«

»Warum nicht.«

»Jena ist seine Heimat. Hier sind seine Freunde.«

»Ich denke, er ist mit niemandem dicke.«

»Philipp mochten alle.«

»Das klang gestern nicht so.«

»Ach, Sie haben keine Ahnung.«

8

Gegen einundzwanzig Uhr setzte Linda ihren Kollegen zu Hause ab. Sie wünschte ihm eine Gute Nacht, und er solle sich nicht zu sehr das Hirn zermartern.

»Keine Sorge, ich werde heute nicht mehr anrufen.«

»Stefan wird's dir danken.«

Henry warf die Autotür zu, und Linda brauste davon. Vereinzelte Regentropfen trafen sein Gesicht und perlten ihm am Hals hinunter. Er schaute zum Himmel empor, als könne er aus ihm die Zukunft lesen. Als leuchteten dort oben Sterne, die entweder Genugtuung oder Bitterkeit versprachen, Seelenfrieden oder ewige Unrast. Aber über Jena zeigte sich kein einziger Stern, nur ein dunkles Grau-in-Grau. Er schloss die Augen und wischte sich mit der Linken die Stirn trocken. Er fühlte sich plötzlich erschöpft und von aller Welt verlassen.

9

Der Gefangene hatte nicht die geringste Ahnung, wie lange er schon im Dunkel kauerte. Zweimal war der Mann mit dem Licht aufgetaucht und hatte von der Felsbank hinabgeleuchtet. Konnte das bedeuten, dass inzwischen zwei Tage vergangen waren? Hatte der Mann die Höhle jeden Tag einmal aufgesucht? Oder war der Mann einmal am Morgen und einmal am Abend erschienen? Das würde bedeuten, dass er erst einen Tag in diesem Loch hockte. Vielleicht sollte er einfach nachrechnen, wie oft er sich bereits vollgeschissen hatte. Doch seine Gedanken ließen sich kaum noch ordnen. Kälte und Schlaflosigkeit raubten ihm die letzte Energie.

Irgendwann hatte sich ein Rinnsal gebildet, das von der Hochebene über den Felsen sickerte. Zunächst war er dankbar gewesen für das Wasser. Er hatte endlich seinen Durst löschen können, ohne die Wände mit seinen Lippen abwischen zu müssen. Bald dämmerte ihn, dass das Rinnsal nicht mehr versiegen wollte. Das Wasser brach aus dem Lauf und bildete erste Pfützen. Es schwemmte über seine nackten, grindigen Füße. War bitterkalt, und er begab sich panisch auf die Suche nach trockenen Stellen.

Ihn überfiel die Angst, in seiner Desorientierung dorthin auszuweichen, wo er sich zuvor entleert hatte. Allein der Gedanke daran trieb ihn in den Wahnsinn. Er verlor das Gleichgewicht, plumpste zur Seite, schrammte sich die Hüfte. Mit einem Ruck rollte er gegen eine Felswand. Auf dem Rücken liegend, stemmte er die Fußsohlen an das Gestein. Wären seine Hände und Füße nicht aneinandergeschnürt, hätte er die Kabelbinder am Gestein zerreiben können. Aber er bekam die scheiß Dinger nicht nah genug an die Wand. Seine Fersen waren im Weg wie zu große Pantoffeln. Er hätte sich das Fleisch wegscheuern müssen.

Angesichts dieser Ausweglosigkeit straffte er sämtliche Muskeln seines Körpers. Spürte den Widerstand der Fesseln, spürte ein Pochen in seinem Kopf. Vielleicht würde sein Schädel vor Anstrengung platzen, dachte er. Oder irgendwas würde dadrinnen einfach kaputtgehen, und dann wäre alles vorbei.

Aneurysma.

Ohnmacht.

Tod.

Ja.

Er spannte die Muskeln und knurrte, und das Blut pulste durch seine Adern. In seinem Körper glimmte noch Restwärme, ein letzter Funken ganz tief in seinem Innern. Doch wo zum Teufel waren die Kumpels, die ihm applaudierten? Wo die Mädels, deren Muschis bei seinem Anblick trieften wie Hundeschnauzen? Und wo die Schwachmaten, die er allein mit seinem Bizeps in die Schranken wies? Dieses verdammte Loch war kein Fitnessstudio, und sein Körper erschlaffte und kühlte aus. Sein Schädel würde nicht platzen, das wusste er jetzt. Er würde entweder erfrieren oder ertrinken oder beides zur selben Zeit.

Dann drang aus der Höhe, von dort, wo das Wasser über den Felsen plätscherte, ein Geräusch. Ein dumpfes klatschendes Geräusch, als wäre ein Stein ins Becken gespült worden. Aber auf der Felsbank blieb es finster, und der Mann mit dem Licht zeigte sich nicht. Der Hurensohn hat wohl Besseres zu tun, dachte der Gefangene in seinem Zorn. Bestimmt vögelt er gerade mit seiner Mutter, seinem Vater, seiner ganzen Hurensohnfamilie. Bastard.

Donnerstag

1

Acht Uhr morgens. Die Techniker von der Spurensicherung trabten hintereinander in Stamms Wohnung. Sie trugen allesamt Einweg-Overalls und Mundschutz. Martin Vossler, ein Mann Ende vierzig, ließ seinen Blick rotieren. Dann scheuchte er seine beiden Kollegen ins Bad. Es sei ziemlich eng hier drinnen, sagte er zu Linda und Henry. Sie müssten draußen bleiben. Tut mir leid, Samurai. Plattenbau eben. Sucht euch nächstes Mal einen Verdächtigen mit Luxusvilla. Sein Gelächter blähte den Mundschutz, und Linda schob ihm den Wohnungsschlüssel in die Seitentasche.

Während Linda und Henry im Auto die Zeit totschlugen, prasselten schwere Tropfen auf die Motorhaube. Seit gestern Nacht regnete es ununterbrochen. Henry hatte das Gefühl, es würde sogar von Stunde zu Stunde heftiger werden. Er sagte, er habe die Region immer für sehr niederschlagsarm gehalten. Daraufhin meinte Linda, zwei Dinge dürfe man in ihrem Beruf nicht erwarten: das passende Wetter und eine lückenlose Aufklärung. Sie schloss ihren MP3-Player an, und Chris Reas Stratocaster verzerrte sich vor Liebe. Das Fenster einen Spalt geöffnet, paffte sie eine Zigarette. »Das kann noch Stunden dauern.«

»Ist in der Wohnung wirklich zu wenig Platz?«, fragte Henry und knautschte den Gurt seiner Umhängetasche.

»Keine Ahnung. Techniker sind eine Spezies für sich.«

»Ich fühl mich irgendwie vor den Kopf gestoßen.«

»Sei nicht so empfindlich. Du bist nur angespannt.«

»Hast ja recht.«

»Aber keine Sorge, ich bin es auch.«

»Ernsthaft?«

»Klar, ich sitz auf glühenden Kohlen.«

In diesem Moment war er dankbar, dass ihn sein Weg hierhergeführt hatte. Hier nach Jena, in die KPI, in dieses Auto. Neben diese Kollegin. Linda schien ihn zu verstehen oder zumindest oft genug die richtigen Worte zu finden. In der Bemühung, sich zu entspannen, lehnte er sich zurück. Erzählte ihr von dem Roman, den sie ihm vor zwei Tagen geschenkt hatte.

»Hast du das Buch etwa schon ausgelesen?«

»Klar«, sagte er, »ich konnte es nicht aus der Hand legen.«

2

Im Büro erwartete sie der Schreibkram. Linda hatte sich Ohrhörer reingeschoben, und Henrys Blick driftete immer wieder zum Telefon. Wann würde Vossler anrufen und ihnen die Ergebnisse der Begehung übermitteln? Sein Verstand predigte ihm, dass es idiotisch war, heute schon mit Resultaten zu rechnen. Die Spuren mussten nicht nur gesammelt, sondern auch im Labor ausgewertet und anschließend dokumentiert werden. Als das Telefon doch noch klingelte, fuhr Henry innerlich zusammen.

Es war die Leitstelle.

Ein Mann drohe sich umzubringen. Er befinde sich derzeit auf dem Friedhof Nord, Hufelandstraße. Er sei betrunken und in Besitz eines Luftgewehrs. Nach Aussage des hiesigen Gärtners waren bereits mehrere Diabolos durch die Luft gepfiffen.

Linda meinte, kein Mensch könne sich durch ein Luftgewehr selbst töten. Es sei denn, er zertrümmere mit dem Schaft seine Schädeldecke. Für Henry waren ihre Bedenken zweitrangig. Allein die Aussicht, während der nächsten Stunden nicht an den Fall Stamm denken zu müssen, hob seine Stimmung. Dafür nahm er auch den Regen inklusive eines Verrückten in Kauf.

3

Auf dem Rücken liegend, hatte er den Stein zwischen seine zusammengeschnürten Fersen gepresst. Hatte den Schmerz ignoriert, als ihn die scharfen Kanten ins Fleisch schnitten. Dann begann er, Hände und Beine zu bewegen und so den Kabelbinder über den Stein zu reiben. Unermüdlich, getrieben von Wut und Todesangst.

Ohne Pause floss das Wasser von der Hochebene ins Becken hinunter. Er konnte das Plätschern hören und auch, dass es heftiger wurde. Aus einem Rinnsal hatte sich ein Sturzbach entwickelt, der bald den gesamten Hohlraum fluten würde. Als der Kabelbinder schließlich nachgab, hatte der Stein nicht nur das Plastik zerrieben. Auf seinen Händen klebte das Blut seiner offenen Füße.

Er richtete sich auf, und der Schmerz war unerträglich. Er hatte das Gefühl, seine Knochen würden aus den Gelenkpfannen springen. Sobald er sich auch von dem Knebel befreit hatte, kletterte er den Abhang hinauf.

Auf der Felsbank angelangt, bemerkte er, dass er den Knebel vergessen hatte. Der Knebel, an den sein Sabber, sein Rotz, sein Blut geschmiert waren. Der Stofffetzen, mit dem er diesen Hurensohn erdrosseln wollte. Er war kurz davor, in Tränen auszubrechen. Er sehnte sich nach *seinem* Knebel. Doch für nichts in der Welt wäre er zurück in dieses scheiß Loch gestiegen.

Stattdessen kroch er blind und zerschunden in der Dunkelheit umher. Glitt auf dem nassen Gestein aus, schlug sich das Kinn wund, kroch weiter. Nach langer Suche ertastete er einen stählernen Türrahmen. Anstelle einer Klinke hatte die Tür einen massiven Griff. Nachdem er sich vergebens daran abgemüht hatte, tastete er sich weiter die Felswand entlang. Irgendwann entdeckte er einen Spalt, vielleicht vier Handbreit. Unentschlossen blieb er davor stehen, die eine Hand am Gestein, die andere zwischen den Beinen. Dann hockte er sich auf den Boden, um sich von Kopf bis Fuß mit Schlick einzureiben. »Schwärzer als die Nacht«, murmelte er vor sich hin und grunzte und kicherte. »Du scheiß Hurensohn.« Sobald er seinen Körper dunkel genug glaubte, schlüpfte er in die Spalte wie eine augenlose Höhlenassel.

4

Der Mann mit dem Licht folgte dem Stollen in die Unterwelt. Vom Regen war seine Kleidung bis auf die Haut durchnässt.

Dennoch gab ihm der vertraute Geruch von schaler Luft und Fledermauskot ein Gefühl der Sicherheit. Hier kannte er sich aus, hier blieben seine Taten ohne Echo.

Eher beiläufig registrierte er das Wasser, das dicht am Fels in den Stollen floss. Regenwasser, dachte er und stapfte unverdrossen weiter. Er gelangte zu einer Stahltür, die den Kolossen in Schutzbunkern ähnelte. Die Verwaltung der Naturschutzbehörde hatte die Tür vor mehr als zwanzig Jahren einsetzen lassen. Die Stabilität der Hohlräume sei angeblich nicht mehr zu garantieren, deshalb müsse das Betreten von Unbefugten verhindert werden. Für so viel Naivität hätte er der Behörde eigentlich danken müssen.

Er langte nach dem Schlüssel, den er an einer Kette um seinen Hals trug. Dann stemmte er sich gegen die Tür, damit sich der Schlüssel im Schloss drehen ließ. Mit geducktem Kopf trat er durch die Tür hinaus auf die Felsbank.

Was sich seinem Blick offenbarte, verdüsterte schlagartig seine Stimmung. Hatte er die Zeichen des Himmels falsch gedeutet? War er zu voreilig zum Handeln bereit gewesen? Eine tiefe Irritation erfasste ihn. Er war kaum noch fähig, den Scheinwerfer ruhig in den Händen zu halten.

Das Becken unterhalb der Felsbank war vom Regenwasser überschwemmt. Von dem Gefangenen nirgends eine Spur. Er schätzte den Wasserstand auf eine Höhe von einem Meter. Zu hoch für einen Mann, der wegen der Fesseln in der Hocke verbleiben musste. Gewiss hatte die Menge genügt, den Gefangenen ertrinken zu lassen. War die alte Schlange somit dem Hungertod entkommen? Oder hatten die Zeichen des Himmels genau dieses Schicksal prophezeit? Dass die Schlange in einem unterirdischen See ertrinken sollte? Dass sie durch das Wasser gerichtet werden sollte? Und nicht durch Hunger und Einsamkeit, nicht von der übermächtigen Last ihrer Sünden.

Um Fassung bemüht, leuchtete er die Oberfläche des Sees ab. In der Dunkelheit erschien das Wasser wie ein geteertes Dach. Kein Lichtstrahl gelangte auf den Grund. Er ging in die Knie, um sich über den Rand der Hochebene zu beugen. Schwenkte den Scheinwerfer beharrlich von rechts nach links und wieder zurück. Aber nichts. Kein Kopf, kein Bein, keine im Todeskampf erstarrten Augen.

Plötzlich ein animalischer Schrei.

Er wandte sich um und sah aus einer Felsspalte das Tier springen. Heimtückisch, nackt und verdreckt, wie die Unterwelt es geschaffen hatte. Das Tier hob den Arm, und in seiner Pranke lag ein Stein von der Größe eines Faustkeils. Ohne in Panik zu verfallen, richtete er das Licht auf den Drachen.

5

Der Gefangene schirmte mit beiden Händen seine Augen ab. Dieses Licht schien ihn zu verbrennen. Darauf hatte ihn sein Martyrium in Nässe und Düsternis nicht vorbereitet. Jeder Gedanke an Rache erstarb, jetzt wollte er nur noch die eigene Haut retten.

Er stieß den Mann beiseite und sprang über die Türschwelle in den Stollen. Trotz der Orientierungslosigkeit kein Blick zurück. Trotz der Nacktheit kein Frösteln. Offenbar führte der Stollen in die Freiheit, mit jedem Schritt schien es heller zu werden. Als er endlich den Ausgang der Höhle erreichte, musste er unkontrolliert auflachen. Das Gelächter brach aus ihm heraus und übertönte selbst das Geheul seiner Angst. Im Geiste vernahm er den Applaus von Freunden, die er nicht hatte. Die Lustschreie einer Frau, die ihn abgewiesen hatte. In Sichtweite blinkten die Lichter einer mehrspurigen Straße.

Er stolperte den Hang hinab und gelangte in die Ebene. Trieb seine Fersen in die verschlickte Erde, bis er auf einen Grenzweg zwischen zwei Grundstücken stieß. Erst da spürte er den Regen, der seine geschwärzte Haut bleich spülte. Beiderseits kein Haus, kein Schuppen, nur ein Zaun, dessen Pfähle mit den Köpfen pausbäckiger Puppen geschmückt waren. Er schrie auf, ohne zu stoppen. Taumelte unbeirrt weiter nach Westen. Im Auge stets die Straße, das Blinken der roten und weißen Lichter.

Als er schließlich auf die Fahrbahn preschte, wedelte er hektisch mit den Armen umher. Fiel über die Leitplanke, blieb einfach liegen und küsste den Asphalt.

Dann ein ohrenbetäubender Klang. Gleich dem Gebrüll einer Posaune. Dazu zwei grellweiße Lichter. Wie die Augen einer Bestie.

Er rollte rechter Hand in den Straßengraben, und ein Ungetüm von einem Lastwagen schoss an ihm vorbei. Der Fahrer drückte die Hupe, als wollte er die ganze Welt zum Erzittern bringen. Der Nackte hielt sich die Ohren zu und schrie gegen den Lärm an. Kaum waren die Lichter in der Ferne erloschen, wollte er zurück auf die Straße. Doch da entdeckte er den Hurensohn. Mitten im strömenden Regen. Als wäre er von dem fahrenden Ungetüm gesprungen wie ein Reiter von seinem Ross.

6

Henry warf die Bettdecke zurück und schleppte sich mit steifen Schritten in die Küche. Seine Kehle fühlte sich an, als hätte er Sägemehl geschluckt. Er trank ein Glas Wasser und verharrte vor der Anrichte. Die digitale Uhr vom Elektroherd zeigte drei Uhr vierzehn. Unwillkürlich dachte er an die Küche seiner Mutter, damals im Berliner Altbau, mit Boiler und Gasherd. Morgens aus dem Bett und barfuß durch die kalte Wohnung zum Frühstück. Gegen sieben musste er losspurten, um seinen einzigen Freund an der vereinbarten Straßenecke zu treffen. Mit ihm gemeinsam hätte der Schulweg Stunden dauern dürfen. Doch wenn er ihn verpasst hatte, musste er notgedrungen allein laufen. In diesem Fall hieß es, auf der Hut zu sein. Denn die Frucht von Achtlosigkeit und Tagträumerei war voller Bitternis. So hatte er es in seiner Schulzeit gelernt.

Henry berührte die Narbe hinter seinem Ohr. Es war drei Uhr einundzwanzig. Er schlurfte zum Schreibtisch und zog aus dem untersten Schubfach ein Bündel Akten. Während er die Packschnur von dem Bündel löste, trommelte unermüdlich der Regen ans Fenster. In dieser frühen Stunde wünschte er sich

nichts sehnlicher als eine Zeitmaschine. Vor ihm lagen sechs
Akten. Jede einzelne mit der Aufschrift »Patrick Kramer«.

7

Der Mann, der jetzt ohne Licht war, erblickte das Antlitz der
Schlange und schrie. Schrie voller Inbrunst: »Und der Mensch
trägt das Mal des Tieres.« Dann hob er das Messer, das ihm sein
Schwert war, und nahm die Verfolgung auf.

Der Nackte flüchtete in Richtung Saale. Wie ein Tollwütiger
rannte er durch das Gestrüpp auf das Wasser zu. Sein Verfolger
wusste, dass die Schlange in ihrer Angst wild um sich beißt.
Im sicheren Abstand belauerte er den Nackten. Tauchte für
Sekunden aus der Dunkelheit hervor und zerschnitt ihm mit
flinken Hieben die Haut. Der Drache brüllte und zuckte vor
Schmerz. Dann duckte sich der Mann und zog die Klinge in
einem Bogen durch die Luft. Sobald dem Drachen das Blut aus
den Kniekehlen spritzte, knickten seine Beine ein.

Der Mann mit dem Messer trat an ihn heran und legte ihm
die Hand auf die Stirn. Der Nackte begann zu wimmern und
zu flehen. Glich nun mehr einem Welpen als einem Drachen.
Aber der Mann mit dem Messer ließ sich nicht irreführen. Er
wusste, dass das Tier für jedes seiner tausend Gesichter eine
Sprache hatte. Dass das Tier sich für nichts und niemandem
erbarmte.

Mit einer flinken Bewegung zog er das Messer über die Kehle
des Nackten. Ein Blutschwall ergoss sich auf dessen Brust und
hinab ins Gras. Seiner Luftröhre entsprang ein Gluckern, als
würde man eine geöffnete Flasche unter Wasser drücken. Dann
sackte das Tier zu Boden und verstummte. Der Mann schob das
Messer, das ihm sein Schwert war, zurück in den Gürtel. Spähte
über den Fluss, breitete die Arme aus und rief: »Halleluja!«

Der Junge, dessen Eltern mit gebrochenen Knochen und zerquetschten Organen eingeäschert worden waren, hockte im Laderaum eines rostigen Busses und weinte sich das Wasser aus dem Leib, all das Wasser, das den Gesundheitsaposteln oft Anlass für eine Predigt bot und das doch mit keinem einzigen Tropfen sein Seelenheil retten konnte. Kein Tränenmeer würde aus der Asche seiner Eltern wieder zwei Geschöpfe aus Fleisch und Blut machen. Seine Hoffnung: So lange zu weinen, bis sein Körper völlig ausgetrocknet war, bis auch er zu einem Häufchen Asche zerfallen würde.

Der Junge krümmte sich zusammen, und seine nackten Füße rutschten über den Urin der letzten Tage, doch fühlte er weder Ekel noch Beklemmung, denn in der Welt außerhalb des Busses herrschte das wahre Grauen. Selbst Durst und Hunger, Zahnschmerzen oder die von schlaflosen Nächten verklebten Augen, selbst der Gestank der ganzen Pisse und Scheiße in diesem fleischlosen Walbauch verblassten angesichts einer Welt, die einem Kind die Eltern in einer Blechurne hinterließ.

Zweiter Teil

*»… Er machte Finsternis ringsum zu seinem Zelt,
in schwarzen, dicken Wolken war er verborgen …«*
Erstes Buch, Psalm 18,12

*»… I'm gone fishing
sounds crazy I know …«*
»Gone Fishing«, Chris Rea

Dienstag

1

Jasmin Sander saß hinter ihrem Schreibtisch und starrte ins Leere. Die Ernst-Abbe-Bibliothek war an diesem Vormittag kaum besucht. Keine Schulklasse hatte sich für eine Führung angemeldet, kein Pulk geschwätziger Rentner vereinnahmte die Räume. Die zurückgebrachten Bücher waren einsortiert worden, die Reservierungen zur Ausgabe bereit. Es war kurz nach elf.

In solchen Momenten verfiel Jasmin rasch den Tagträumen. Doch die Etikette verlangte, dass man zu jeder Zeit Geschäftigkeit markierte. Dass man engagiert wirkte, obwohl einem der Druck hinter den Augen zu schaffen machte. Den Umstand, inmitten von sechsundneunzigtausend Büchern nicht lesen zu dürfen, fand sie absurd. Hier verkamen Bücher zu bloßen Zahlen und Signaturen. Kürzel für Hochliteratur, Kürzel für TV-Romane. Unterschiede sollten Einbände und Barcodes belegen. Jasmin notierte einen Titel und begab sich in die Abteilung für Belletristik. Tat so, als müsste sie die Vorbestellung eines Lesers ausfindig machen.

Durch die Reihen schlendernd, ließ sie ihre Finger über die Buchrücken wandern. Einige Autoren füllten mit ihren Wälzern ganze Regale. Vom keuschen Vampir oder vom Zauberlehrling wurden sämtliche Titel mehrfach angeboten. Jasmin hatte sie alle gelesen. Den Zauberlehrling, weil ihr Exfreund Briten und Schotten hasste. Die Vampirsaga, weil sie etwas anderes erwartet hatte.

»Guten Morgen, Jasmin.«

Sie fuhr hastig herum. »Guten Morgen, Herr Krone.«

»Robert, bitte.«

»Guten Morgen, Robert.«

Im Gang der Buchstabengruppe A bis C stand ihr ein etwa vierzigjähriger Mann gegenüber. Er trug ein T-Shirt und eine olivfarbene Armeehose. Seine blonden Locken hatte er mit Haarwachs gebändigt, seinen Bart auf wenige Millimeter gestutzt. In der Rechten hielt er ein Buch.

»Und, fündig geworden?«, fragte Jasmin im Tonfall der routinierten Bibliothekarin.

»Schon lange.«

»Das freut mich.«

»Eigentlich habe ich dich gesucht.« Robert Krones Stimme klang sanft und freundlich. »Hast du unsere Einladung erhalten?«

»Ja«, sagte Jasmin, »vorige Woche.«

»Das Gemälde wird im Herbst unser Highlight.«

»›Der Erzengel Gabriel‹ von Matthäus Günther?«

»›Der Erzengel Michael‹.«

»Ach ja. Wie peinlich.«

Alle zwei Wochen ließ sich der Galerist in der Bibliothek blicken. Immer am Vormittag, immer nur für kurze Zeit. Kaum dass sich Jasmins Blick auf sein Buch senkte, präsentierte er das Cover. Es zeigte einen kahlen Baum vor einer tristen Landschaft. Der Titel prangte in eisblauen Lettern auf dem Einband. Robert Krone lieh sich größtenteils skandinavische Kriminalromane aus. Mord in karminroten Hütten, Totschlag auf unwirtlichen Inseln. Künftigen Mangel an Toten brauchte er nicht zu befürchten. Das Interesse am nordischen Trübsinn war so immens, dass auch deutsche Autoren die Fjorde durchschwammen.

»Sieht nach Einsamkeit aus.«

Robert reagierte nicht.

»Ich meine das Cover.«

Ohne auf Jasmins Kommentar einzugehen, fragte Robert: »Kommst du nun am Samstag?«

»Ich weiß noch nicht.«

»Du sagst Nein zu Sekt und netter Gesellschaft?«

»Kann sein, dass meine Mutter kommt.«

»Dann bring sie mit. Muttis schwärmen fürs Rokoko.«

»Ich werde sie fragen, okay?« Jasmin begann, ihr kurzes Nackenhaar mit den Fingern zu zwirbeln. Diese Marotte konnte einige Männer unter Druck setzen. Offenbar glaubten sie, darin ein Zeichen von Langeweile zu erkennen. Zumindest hatte das ihre beste Freundin behauptet.

Seit dieser Äußerung fühlte Jasmin sich ihrer eigenen unbewussten Geste ausgeliefert. In der Sorge, einen falschen Eindruck zu vermitteln, griff sie nach einem x-beliebigen Buch.

»Wir würden uns jedenfalls über deinen Besuch freuen«, sagte Robert Krone und schaute auf seine Uhr.

»Wir – sind das Sie und Ihre Frau?«

»Erstens heißt es *du* und *deine* Frau. Zweitens heißt dich die ganze Sammlung willkommen.« Nachdem er abermals einen Blick auf die Uhr geworfen hatte, hob er zum Abschied sein Buch. Im Weggehen blitzte ein flüchtiges Lächeln aus seinem Bart. Dann war er verschwunden, und Jasmin hing zwischen den Regalen dem Bild einer tristen Landschaft nach.

2

Der Wagen der Feuerwehr parkte auf dem Bürgersteig, der Rettungswagen vom DRK dahinter. Obgleich übers Wochenende kein Regen gefallen war, blieb der Himmel bleiern. Der baldige Schauer ließ sich bereits in der Luft wittern. Linda lehnte am Dienstwagen, rauchte eine Zigarette, schaute zur Saale. Sie sagte, dass es ihr leidtue. An sich störe sie der Anblick von Leichen nicht. Nur Wasserleichen seien etwas anderes, da mache sie eine Ausnahme.

»Kann ich nachvollziehen«, sagte Henry.

»Die sehen irgendwie lebendig aus.«

»Du meinst, so organisch.«

»Ja, organisch, das trifft es.«

»Du kannst ja Kaffee besorgen«, bot Henry an und schob seine Ledertasche zurück auf den Beifahrersitz. Dann stakste er mit vorsichtigen Schritten auf den Fluss zu. Über die Wiese und durch das Gestrüpp. Die Erde unter seinen Sohlen schwarz und matschig. Erinnerungen an das letzte Hochwasser wurden wach. In diesem Abschnitt war die Stadtrodaer Straße vollkommen überflutet gewesen. Die mittlere Leitplanke hatte sich in der braunen Suppe nur erahnen lassen. Weitaus lebendiger als die

Szenerie hatte sich ihm der Geruch eingeprägt. Damals hatte er den Eindruck gehabt, die Luft stinke nach versifftem Keller. Erst jetzt bemerkte er, dass der Fluss bei mittlerem Wasserstand nicht anders roch. Die Saale verströmte den Geruch von etwas, das jenseits von Licht und Sonne existierte.

Mit einem Nicken begrüßte Henry den Mannschaftsführer der Rettungseinheit. Dies war seine erste Begegnung mit Oliver Tietz. Der Mann glich der geschrumpften Version eines amerikanischen Superhelden. Über seiner wasserdichten Schutzjacke wirkte das breite Kinn noch eckiger, die hohe Stirn noch massiver. An Tietz' Schulter vorbei sah Henry zwei Sanitäter. Sie standen an der Uferböschung, zu ihren Füßen der Leichensack.

»Selbstmord?«, fragte er.

»Wohl kaum«, erwiderte Tietz.

Sein bestimmter Tonfall machte jede weitere Frage unnötig. Henry streifte sich ein Paar Latexhandschuhe über, schob das Gestrüpp beiseite und trat ans Ufer. Die beiden Sanitäter blickten auf.

»Henry Kilmer. Kripo Jena.«

»Guten Morgen«, kam es unisono.

Unter dem Leichensack lag eine blaue Plastikplane. Um zu verhindern, dass der Sack die Böschung abwärtsrutschte, war die Plane auf der Wasserseite hochgesteckt worden. Als läge die Leiche hinter einem Windschutz. Sobald Henry sich hinunterbeugte, öffnete einer der Sanitäter den Reißverschluss.

»Wir dachten an Suizid«, bemerkte der Sanitäter. »Aber dann …«

Henry hätte nicht sagen können, was ihn mehr erschreckte: das aufgedunsene Gesicht des Opfers oder die Wunde, die quer über dessen Hals verlief. Er wandte sich zum Ufer, neigte sich vor und stützte die Arme auf die Knie. Sofort stieg ihm der Geruch des Wassers in die Nase. Der Mief von versifften Kellern und Räumen, die weder Licht noch Sonne kannten.

»Ihre erste Wasserleiche?«, fragte Oliver Tietz. Seine Stimme klang plötzlich mitfühlend.

»Nein«, sagte Henry. »Ich kenne den Mann.« Er zückte das

Telefon und benachrichtigte Linda. Dann begann er, mit Flatterband den Fundort abzusperren.

3

Henry und Linda saßen im Passat und schlürften Kaffee aus Pappbechern. Durch die Frontscheibe konnten sie beobachten, wie die Feuerwehr und der Rettungswagen des DRK abfuhren. In einem Transportsarg wurde das Opfer zur Leichenschau ins Institut für Rechtsmedizin überführt.

»Wundert mich kaum, dass ein Typ wie Stamm Feinde hat.« Linda schnippte mit ihrem Daumen gegen den Kaffeebecher. »Vielleicht eine alte Geschichte aus Knastzeiten.«

»Aber seine Ex hat kein Wort darüber verloren.«

»Ich glaube, die wollte nichts sehen. So, wie Frauen eben sind. Wissen von ihren untreuen Männern und halten brav die Klappe. Irgendwann geht der Mann nicht mehr fremd, sondern ist einfach unterwegs. Im Kopf bleibt im Kopf.«

»Ist das dein neuer Lieblingsspruch?«

»Nein, meine neue Wahrheit.« Linda kurbelte das Fenster herunter und zündete sich eine Zigarette an. Sie schaltete das Radio ein, um es gleich darauf wieder abzuschalten. »Das Ergebnis der Obduktion erhalten wir in zwei, drei Tagen.«

»So lange dauert das?«

»Wenn wir Glück haben.«

»Dass es Mord war, sieht ein Blinder.«

»Die Halswunde kann auch vom Treibgut stammen.«

»Das war ein Schnitt, eindeutig.«

»Bei Wasserleichen ähneln sich Schnitte und Risse. Da wird alles zu einem Brei.«

»Und genau das macht mich stutzig«, sagte Henry. »Die Haut beginnt sich erst nach einer Woche abzulösen. Im Sommer früher als im Winter. Davor zeigt sich diese Waschhaut. Kennste aus der Badewanne.«

»Ja, Schrumpelpelle.« Linda hob ihren Ellbogen und grinste breit. »Die krieg ich auch ohne Badewanne.«

»Stamms Handrücken war jedenfalls frei von Waschhaut.«

»Das heißt, er lag keine Woche im Wasser?«

»Vielleicht drei bis fünf Tage.«

»Dir ist klar, was das bedeutet?«

»Dass wir ein Loch von mehreren Tagen haben.« Nachdenklich schüttelte Henry den Kopf. In Gedanken sah er Philipp Stamm auf der Flucht. Wie er klaren Kopfes sein Handy in der Toilette entsorgt, seine Kleidung wechselt, seine Wohnung verlässt. Um nach drei Tagen nichts Besseres fertigzubringen, als in die Saale zu springen und abzusaufen. Sich mausetot in einer rostigen Fischreuse zu verheddern. Das klingt nicht nur unwahrscheinlich, dachte Henry. Das ist die bescheuerte Idee eines Anfängers. Und an das Treibgut, das Stamm die Kehle aufschlitzte, wollte er auch nicht glauben. Es sei denn, jemand erbrachte den Beweis, dass Stamm durch einen Kanal scharfer Klingen getrieben war.

»Henry.«

»Ja.«

»Selbst wenn Stamm erst drei Tage im Wasser war, bedeutet das nicht, dass er so spät gestorben ist.« Linda löschte ihre Kippe in einem Spuckrest Kaffee. Anschließend nahm sie Henry den leeren Becher aus der Hand und schob beide Becher ineinander.

Nach einer kurzen Pause fragte Henry: »Aber wer bewahrt denn tagelang einen Toten auf?«

»Eventuell gab's keine Möglichkeit, ihn zu beseitigen.«

»Donnerstag und Freitag hat es in Strömen geregnet.«

»Perfektes Wetter, um ungesehen zu bleiben.«

4

Im Büro fand Henry Vosslers Bericht über die Wohnungsbegehung vor. Außerdem hatte Frank Wenzel, der Leiter der Kripo, eine Besprechung auf den Nachmittag anberaumt. Henry wusste, was nun folgen würde: Noch vor Abschluss der Obduktion würden sie eine Mordkommission gründen. Für ihn stand es außer Zweifel, dass Stamm sein Leben nicht durch einen Unfall verloren hatte.

Er saß an seinem Schreibtisch und blickte aus dem Fenster. Direkt vor der KPI war die Straße Am Anger. Den meisten Autofahrern war gewiss das graue Gebäude der Polizeiinspektion Jena bekannt. Einige rümpften sicherlich vor Ekel die Nase, andere zeigten den Stinkefinger. Aber wohl niemand ahnte, dass man vor wenigen Stunden einen Toten aus der Saale gefischt hatte.

In den letzten Tagen war ihm Philipp Stamm zu oft durch den Kopf gespukt. Gegen seinen Willen machte ihn dessen Tod betroffen. Aber nicht auf die Weise, wie ihm sonst der Tod eines fremden Menschen berührte. Nicht so, wie er die Statistiken von Katastrophen- oder Kriegsopfern in den Nachrichten konsumierte. Nicht so, wie er die Leichen auf den Tischen der öffentlichen Sektion studiert hatte.

Philipp Stamm war ihm näher, als ihm lieb war.

Er konnte nicht einmal behaupten, er hätte einen solchen Menschen gemocht. Ohne Zweifel hätten sie bei einer Begegnung über den anderen abgekotzt. In Henrys amerikanischen Krimis gab es zuhauf Figuren wie Philipp Stamm. Schläger und Totmacher. Gut genug, um am Anfang für Action zu sorgen und später über die eigenen Beine zu stolpern. Vielleicht werden Philipp Stamms schon mit roten Zahlen auf dem Konto geboren, sinnierte Henry. Vielleicht war für ihn die Zeit gekommen, die Rechnung zu begleichen.

Was ist dir zugestoßen?

Mit wem hast du dich angelegt?

Wo warst du in den letzten Tagen?

Henry war froh, nicht Stamms Eltern informieren zu müssen. Linda wollte in Gotha anrufen und einen der hiesigen Beamten mit der Aufgabe betrauen. Der psychologische Krisendienst war garantiert schon vor Ort. Das Bild eines thailändischen Strandes drang in sein Bewusstsein. Vanessa unter Palmen und am Horizont der glühende Feuerball. Dazu ein Lächeln, das kein Unglück wegwischen konnte. Er entschied, dass sie es nicht aus den Medien erfahren sollte.

Linda betrat das Büro. »So, alles erledigt.«

»Und, kommen die Eltern nach Jena?«

»Weiß nicht. Die aus Gotha melden sich.«

Henry blätterte in Vosslers Bericht, während Linda sich dem Papierkram widmete. Auf Henrys Frage, ob sie einen Blick hineingeworfen habe, schüttelte sie den Kopf. Aus Lindas Ohrhörern drang ein Schnurren, als sänge Chris Rea von weißen Stränden und gelebten Sünden. Die Minuten verstrichen.

Plötzlich Henry: »Linda, wir müssen los.«

»Wir haben einen Termin bei Wenzel.«

»Wann.«

»Um vier.«

»Dann ist noch Zeit.«

5

Henry hatte ein mulmiges Gefühl. Jetzt standen sie nicht vor der Wohnung eines zur Fahndung ausgeschriebenen Gewalttäters. Jetzt war es die Wohnung eines Toten.

Er wollte, dass Linda einen Betrunkenen spielte und in dieser Rolle die Wohnung betrat. Linda machte darüber weder Scherze, noch bezweifelte sie den Sinn des Spiels. Sie selbst hatte Henry bei einem früheren Einbruchsdelikt geraten, die Möglichkeiten spielerisch durchzukauen. Einen Kuchen kann man auf mehrerlei Wegen backen, hatte sie damals gesagt und ein intaktes Fenster aufgehebelt.

Henrys Anweisung folgend, postierte Linda sich am Fahrstuhl. Er selbst verbarg sich an der Tür zum Treppenhaus. »Dein Einsatz, Linda.«

»Okay.«

Philipp Stamm torkelt vom Fahrstuhl zu seiner Wohnung. Er sucht seinen Schlüssel und greift sich in die Hosentaschen. Er stolpert und lallt wirres Zeug und starrt mit toten Augen gegen die Tür.

Da war nicht nur Alkohol im Spiel, hatte Timo Spindler gemeint.

Und Philipp Stamm findet den Schlüssel und öffnet die Wohnungstür. Betritt den Flur, und ein Unbekannter folgt dichtauf und verschließt die Tür von innen. Noch ehe Stamm den Fremden realisieren kann, wird er niedergeschlagen.

Martin Vossler fand auf der Auslegware Gleitspuren, die vom Flur ins Bad führten. Die Mikropartikel stammten von Stamms Sportschuhen, genauer von der Sohle. Offenbar hatte ihn jemand über die Auslegware geschleift. Allerdings ließen sich nirgends Blutspuren entdecken.

Statt Philipp Stamm niederzuschlagen, bezwingt ihn der Fremde mit Hilfe eines Narkotikums. Eventuell genügt ein in Chloroform getränkter Lappen. Ein Freund oder Bekannter hätte ihn nicht im Flur überwältigen müssen. Ein Freund hätte ihn ins Wohnzimmer begleiten können, um ihn mit einem Getränk zu vergiften.

Das bewusstlose oder zumindest gelähmte Opfer wird ins Bad geschleift und dort entkleidet. Auf den Kacheln fanden sich Hautschuppen, was an einem solchen Ort dem Normalfall entspricht. Aus irgendeinem Grund wirft der Fremde die Wäsche in die Wanne. Doch das Klingeln des Handys überrascht ihn. Reflexartig wirft er das Telefon ins Klo, sodass es verstummt. Deshalb erreicht Vanessa Fiebig bei dem Versuch, sich zu entschuldigen, nur die Mailbox.

Der Unbekannte trägt Handschuhe, da er Fingerabdrücke vermeiden will. Lederhandschuhe, wie Vossler aufgrund feinster Fasern und eines Fettfilms auf der Emaille ermitteln konnte.

Dann packt der Fremde den bewusstlosen Stamm in einen Sack. Vossler fand jedoch keine Gleitspuren, die vom Badezimmer zur Wohnungstür führten. Weder die Fasern eines synthetischen Stoffes noch Hautpartikel. Vielleicht trägt der Unbekannte Philipp Stamm auch auf seinen Schultern hinaus.

»Geht's?«, wollte Linda wissen.

»Ja, ja«, stöhnte Henry. Seine Kollegin hing wie ein schlaffer Sack auf seinem Rücken. Erst vor der Tür ließ er sie wieder zu Boden.

»Ich glaub nicht, dass er getragen wurde«, sagte Henry. »Stamm war ein kräftiger Kerl. Der brachte neunzig Kilo auf die Waage.«

»Außerdem hab ich mich an dir festgeklammert. Wie hätte er mit Stamm auf den Schultern die Tür öffnen können?«

»Also doch eingepackt.«

»Oder er hat die Tür vorher geöffnet und ist dann raus.«

»Zu großes Risiko. Um die Tür zu schließen, hätte er den Nackten im Hausflur ablegen müssen.«

»Gut, dann sollten wir die Variante durchspielen.«

»Im Ernst?«

»Klar, nur spielst du jetzt Stamm.«

»Du willst mich hochhieven?«

»Aber vorher musst du dich nackisch machen.« Linda lachte auf ihre typische Krähenart. Sie fingerte ihre Zigaretten hervor, indes Henry meinte, Vossler solle noch mal jemanden herschicken. Im Hausflur und Treppenhaus müsste nach Spuren gesucht werden.

»Überdenk mal die Konsequenzen«, sagte Linda mit ernster Miene. »Was, wenn sich deine Theorie bewahrheitet?«

»Dass Stamm aus der eigenen Wohnung entführt wurde?«

»Nein, dass man ihn tagelang irgendwo eingesperrt hat.«

6

Im Auto nahm Henry sich erneut Vosslers Bericht vor. Ihm war bewusst, dass sich die Tatsachen zugunsten einer Theorie manipulieren ließen. Ähnlich einem Puzzle, von dem nur die Hälfte der Teile greifbar waren. Die Leerräume würden immer Platz für neue Variationen bieten. Tief über den Hefter gebeugt, drängte sich ihm die Möglichkeit von zwei Tätern auf. »Wie der Hillside Strangler«, sagte er.

»Noch nie gehört«, erwiderte Linda.

»Eigentlich heißt es auch Hillside Stranglers. Mehrzahl.«

»Trotzdem keine Ahnung, von wem oder was du redest.«

»Kenneth Bianchi und Angelo Buono. Die beiden haben zwischen 1977 und 1979 mehrere Frauen ermordet.«

»Davon höre ich zum ersten Mal.«

»Die Polizei hat lange geglaubt, es handle sich um einen Einzeltäter.«

»Ein Duo würde das Problem mit dem Transport lösen. Einer hat Stamm getragen, der andere alle Türen aufgehalten.«

»Stamms Wohnungstür, die Tür zum Treppenhaus, die Haustür.«

»Und aller Wahrscheinlichkeit nach eine Kofferraumtür.«

Henrys Stirn zog sich über Vosslers Bericht in Falten. »Die haben das Pulver analysiert.«

»Das weiße Zeug auf der Auslegware.«

»Ja, und das Ergebnis lässt uns ziemlich blöd aussehen.«

»Also doch Koks?«

»Nee, stinknormaler Gips.«

»Ach, Scheiße. Deshalb war das Zeug auch geruchlos.«

»Bingo. Gips nimmt nur den Geruch der Umgebung an.«

Linda startete den Wagen und schoss aus der Parklücke. »Die Fiebig meinte doch, Stamm wäre arbeitslos.«

»Hat vielleicht aufm Bau schwarzgearbeitet.«

»Scheiße, das klingt nach Klinkenputzen.«

Henry dachte an Bauwagen und Kerle, deren Bäuche sich über enge Gürtel wölben. Er schlug vor, noch einmal Vanessa Fiebig zu vernehmen. »Immerhin sind Zabel und Fiebig die Letzten, die Stamm lebend gesehen haben. Unsere Annahme, sie hätten sich unterwegs getrennt, fußt nur auf ihren Aussagen.«

»Traust du denen ernsthaft eine Entführung zu?«

Henry sah vor sich eine Frau, leicht bekleidet und lächelnd, in einer Kulisse aus Palmen und Meer. Erblickte Wasser, dessen Blau kein Fluss zu tragen vermochte. Sehnte sich nach fremder Haut, wodurch das Antworten mühsam wurde.

7

Robert Krone hielt auf der zweiten Spur und starrte über die August-Bebel-Straße zur Grundschule West. Im CD-Player lief »The River« von Ketil Bjornstad und David Darling. Klavier und Cello und die große Stille unter dem Eis. Das Album hatte er dieses Jahr zu seinem zweiundvierzigsten Geburtstag geschenkt bekommen. Von seiner Frau Annett.

Die Stücke hatten ihn auf unverhoffte Weise berührt. Wenn er in seinen schwedischen Krimis las, ließ er die CD im Hintergrund laufen. Die Musik schien die Melancholie der Helden perfekt zu untermalen. Obendrein hatte er bemerkt, dass sich sein Puls während der Musik verlangsamte. Als würde er unter einer Eisdecke dahingleiten und hätte den Kampf, sie zu durchbrechen, längst aufgegeben. Ein Arrangement aus Klavier, Cello und Resignation.

Er starrte auf das Gebäude, in dem seine Frau als Lehrerin arbeitete. Seit sieben Uhr auf Arbeit, kurz nach sechzehn Uhr zu Hause. Vorausgesetzt, dass kein Elterngespräch oder Geburtstag von einem ihrer hunderttausend Kollegen anstand. Sein Arbeitstag als Assistent von Dr. Boenicke sah wesentlich entspannter aus. Die Städtische Kunstsammlung öffnete um zehn, und da er die Spätschicht bestritt, langte es, gegen zwölf anzurücken. Zudem nahm es sein Chef mit der Uhrzeit selten genau.

Roberts Blick schweifte über die hohen Fenster der pseudobarocken Fassade. Vor wenigen Jahren hatte die Schule ihr Hundertjähriges gefeiert. Dr. Boenicke hatte der Schule ein paar Grafiken, die das Gebäude zeigten, zur Verfügung gestellt. Damals, so erinnerte er sich, hätte er sich einen glücklichen Mann genannt. Hatte geglaubt, Zorn könnte kein Gefühl von Dauer sein. Zorn würde kommen und gehen. Aber er hatte sich geirrt.

Sein Augenmerk galt den Fenstern im zweiten Stockwerk. Blätter aus braunem Papier waren von innen an die Scheiben geklebt worden. Herbstdeko, auf der irgendwann die Weihnachtsdeko folgen würde. Seine Frau bezog den Wechsel der Jahreszeiten stets in den Unterricht mit ein. Kein Frühling ohne einen Ausflug ins Pflanzenreich, kein Sommer ohne gelbe Papiersonnen. Eigentlich war er sich unsicher, ob sie überhaupt hinter diesen Fenstern unterrichtete. Er vermutete es, weil sie letzte Woche von Bastelstunden gesprochen hatte. Sie, die Kinder und ein Muttertier von Erzieherin. So hatte er sich das jedenfalls vorgestellt. Die plötzliche Unsicherheit behagte ihm nicht. Er fuhr nervös mit den Fingern über das Lenkrad. Schloss für einen Moment die Augen und konzentrierte sich auf die Musik.

Das Klavier, das Cello und der Fluss.

Der Fluss, die Tiefe und das Dunkel.

Das Dunkel und das Unbegreifliche.

Er wollte jetzt nicht daran denken, dass sich mit dem Auszug ihres Sohnes alles verändert hatte. Seit Johannes in Berlin lebte, schien sich mehr als ein Zimmer geleert zu haben. Seine Frau hatte in ihrem Leben einiges umsortiert. Hatte eine Ordnung erschaffen, die auch ihm eine neue Stellung verlieh.

Als Johannes geboren wurde, glaubte er, ihre Gemeinschaft sei für alle Zeit besiegelt. Fleisch, das durch das Fleisch eines anderen noch enger zusammenwuchs. Fleisch von *deinem* Fleisch. Fleisch von *meinem* Fleisch. Fleisch von *unserem* Fleisch. Johannes entwickelte sich zum Musterbeispiel eines jungen, tatkräftigen Mannes. Er bewies Eigenständigkeit und Ehrgeiz. Schon vor dem Erreichen seiner Volljährigkeit äußerte er den Wunsch, nach Berlin zu gehen. Robert unterstützte ihn darin mit ganzer Kraft. Aber kaum war der Sohn aus dem Haus, hieß es wieder von *deinem* Fleisch, von *meinem* Fleisch. Alles, was er bisher an Annett bewundert hatte, wurde ihm ein Groll. Ihre Schönheit, ihre Redekunst und nicht zuletzt ihre Autonomie ihm gegenüber. Sie traf sich vermehrt mit Freunden und Kollegen, zog abends durch die Wagnergasse. Während er allein die Couch hütete. Irgendwie hatte er den Anschluss verpasst.

Frustriert spähte er zu den dekorierten Fenstern hinauf. Sie hatte letzte Woche nichts von Blättern erzählt, sondern von Tieren. Er versuchte sich krampfhaft an das Gespräch zu erinnern. Herbsttiere. Herbstvögel. Zugvögel. Er prüfte Fenster für Fenster, und tatsächlich: Im dritten Stock hingen stereotype Vogelschnitte neben grauen Wolken. Er hätte keinen Grund nennen können, aber das Bild der ziehenden Vögel kränkte ihn. Dennoch fiel es ihm schwer, den Blick zu lösen. Er zählte die Wolken und die Vögel. Dachte an Kraniche auf dem Weg nach Süden. Hauptsache, weit weg. In eine andere, eine wärmere Welt. Sobald die CD zu Ende war, machte sich im Auto eine grauenhafte Stille breit. Er hob die Hand, wollte auf das Lenkrad schlagen, beherrschte sich aber in letzter Sekunde. Er drückte erneut die Playtaste und wartete. Als sich eine Horde Kinder durch die Schultür quetschte, startete er den Motor. Elf Uhr fünfzig. Die dritte Stunde war vorbei, und er musste zur Arbeit.

8

Frank Wenzel fummelte an seiner Kaffeemaschine herum wie ein Holzfäller an einer widerborstigen Kettensäge. Auch die Gegenwart zweier Kommissare konnte ihn nicht davon abbringen. »Nehmen Sie Platz oder Habachtstellung ein«, nuschelte er. »Ganz wie Sie mögen.«

Er stand mit dem Rücken zum Schreibtisch. Sein weißes Hemd war an der Hüfte über die Hose gerutscht. Mit ein paar undeutlichen Lauten schien er die Kaffeemaschine beschwören zu wollen. Während Henry in einem der Sessel versank, begutachtete Linda den Philodendron auf Wenzels Schreibtisch.

»Der braucht mal Wasser«, sagte Linda.

»Ist bis oben voll«, entgegnete Wenzel, ohne sich umzudrehen.

»Sieht mir nicht so aus.«

»Dann sind Sie auf beiden Augen blind.«

»Mein Finger sagt das Gleiche. Total trocken.«

»Wenn Sie so ermitteln, kann ja nichts bei rauskommen.«

Wenzel drehte sich um, worauf ihn Linda irritiert betrachtete.

»Ich hätte Ihnen gern einen Kaffee angeboten«, sagte er, »aber die Maschine ist völlig im Arsch.«

Über Lindas Gesicht huschte ein Ausdruck der Einsicht, gefolgt von einem Schmunzeln.

»Bitte, wenn Sie das amüsiert«, blaffte Wenzel, »machen Sie ein Foto für die Wandzeitung.« Er setzte sich und legte ein bissiges Grinsen nach. Hinter dem Schreibtisch war Wenzel der Chef, auch wenn man das anderorts in Frage stellen mochte. »So, jetzt haben wir in unserer Stadt einen toten Rowdy.«

Linda entnahm der Kaffeemaschine den Tank und goss mit dem Wasser den Philodendron. Dabei berichtete sie ihn vom Stand der Ermittlungen.

Nach einer Weile sagte Wenzel: »Kurz und gut. Ihre Fakten

beziehen sich alle auf den Täter Philipp Stamm. Zum Mordopfer Philipp Stamm bleibt es dünn.«

»Alles stellt sich jetzt in einem neuen Licht dar.«

»Ich hoffe, recht bald im Licht der Erkenntnis.«

»Schön wär's.«

»Wie wurde Stamm ermordet?«

»Die Leichenöffnung findet heute Nachmittag statt.«

»Aber wir vermuten«, sagte Henry, »dass ihm die Kehle durchgeschnitten wurde.«

»Dann lasst uns beten, dass die Leichenfledderer was anderes rausfinden. Kehle durchgeschnitten ...« Wenzel machte eine Pause und lockerte seine Krawatte. »... das hatten wir das letzte Mal bei dieser tschechischen Prostituierten. Erinnern Sie sich, Liedke?«

»Ja, leider. Ist schon Ewigkeiten her.«

»Da waren wir noch jung. Wie unser Samurai.«

Henry seufzte. Jetzt hatte es sein Spitzname von der Technik hinauf in die Chefetage geschafft. Er ahnte, dass er den Titel nicht so schnell loswerden würde. Entweder freundete er sich mit ihm an oder trennte sich von seinem Zopf. Wie automatisch strich er sich mit einer Hand übers Haar.

»Ich hab Unterstützung aus Erfurt angefordert«, fuhr Wenzel fort. »Morgen früh trifft sich die erste Mordkommission unter Ihrer Führung, Frau Liedke. Ich organisiere bis dahin einen Raum.«

»Klasse«, sagte Linda.

»Und Sie werden die Neuen einweihen«, wandte er sich an ihren jungen Kollegen.

»Ich kann das auch machen«, entgegnete Linda.

»Unser Samurai wird das Ding schon rocken, oder?«

Henry nickte wortlos.

9

Henry und Linda fuhren in den Fürstengraben zum Institut für Rechtsmedizin. Sie fragte ihn, ob er allein an der Leichenschau teilnehmen könne. Wo er doch schon Bescheid wisse, Schrumpelhaut und so weiter. Henry hob als Antwort seinen Notizblock und machte sich auf den Weg.

Vor dem Sektionsraum empfing ihn Martin Vossler aus der Spurensicherung. Er trug einen grünen Kittel und einen Mundschutz, den er aufs Kinn gestreift hatte. Er würde Stamms Körper nach nicht biologischen Spuren absuchen. Um eine Leichenöffnung vornehmen zu dürfen, brauchte das Institut noch das offizielle Ja der Staatsanwaltschaft. Henry ahnte, dass die Genehmigung nicht vor morgen Abend ins Haus flattern würde. Rasch warf er sich ebenfalls einen Kittel über.

»Nicht das Haarnetz vergessen.« Vossler deutete auf Henrys Zopf.

»Kein Problem.«

»Wo ist deine liebe Kollegin?«

»Die hat zu tun.«

»Ah, so nennt man das heute.«

»Aber ich bin ja hier.«

»Und deine sechsundvierzig Freunde, wo sind die?«

Henry hatte nicht die geringste Lust, der Höflichkeit halber zu grinsen. Stattdessen sagte er: »Ich bin nicht bei Facebook.«

»Ich meine auch die 47 Ronin?«

»Ronin? Noch nie gehört.«

»Das ist die Bezeichnung für einen herrenlosen Samurai.«

Henry wusste nicht, ob Vossler auf seinen Zopf oder eine vermeintliche Abhängigkeit von Linda anspielte. Weil es bösartiger war, entschied er sich für das Zweite. Er meinte zu Vossler, er sei nicht Lindas Hund oder Laufbursche.

»Hey, so war das nicht gemeint«, verteidigte sich Vossler. »Aber google mal die 47 Ronin. Interessante Story.«

Dann betraten sie gemeinsam den Sektionsraum.

10

Der Körper auf dem Edelstahltisch war für eine Wasserleiche im guten Zustand. Nach einem ersten Blick meinte Vossler, der Tote habe nicht länger als drei Tage im Wasser gelegen. Der anwesende Rechtsmediziner bestätigte Vosslers Auffassung. Kleidung oder Papiere, die sie hätten sicherstellen müssen, waren nicht vorhanden. Allein Stamms Körper und darauf verborgene Fremdpartikel konnten über die letzten Stunden des Toten Auskunft geben.

Henry erklärte abermals, dass es sich um Philipp Stamm, wohnhaft im Spitzweidenweg 20, handelte. Entgegen seiner Erwartung empfand er die Atmosphäre in dem sterilen Raum als sehr friedfertig. Es wurden keine Witze gerissen, selbst Vossler hatte seinen Sarkasmus draußen gelassen. Stattdessen hörte Henry nur eine Stimme, die unermüdlich Informationen in ein Diktaphon sprach. Vossler nahm mit Klebestreifen und Wattebäuschen Spuren von Stamms Körper. Henry notierte sich jede seiner Bemerkungen. Hin und wieder schoss er zur Dokumentation ein Foto.

Dann öffnete Vossler Stamms Mundhöhle und strich mit einem Wattebausch über das Zahnfleisch. »Kilmer, sehen Sie das?«

»Offenbar Fremdmaterial.«

Vossler hatte Stamms Lippen mit zwei Fingern zurückgeschoben. Auf dem Zahnfleisch, das wund und verquollen war, klebten feinste Fasern. Mit Hilfe einer Pinzette förderte er eine der Fasern ans Licht.

»Sieht nach Stoff aus«, sagte Vossler.

»Vielleicht vom Treibgut«, meinte Henry.

»Würde ich auch sagen. Aber in der Mundhöhle?«

»Es hatte stark geregnet.«

»Na ja, wird das Labor analysieren müssen.«

Mit einem neuen Stäbchen fand Vossler in der Mundhöhle noch etliche Faserspuren. Als hätte er auf Stoff gebissen, dachte Henry. Andererseits war ihm bekannt, dass Wasserleichen nicht allein eine Chronologie ihres eigenen Todes skizzieren. Eine Wasserleiche spiegelte ebenso das Gewässer und dessen Verschmutzung wider.

Als Vossler sich den Füßen zuwandte, stupste er Henry am Ellbogen. Er wies auf den linken Spann. Die im Normalfall straffe Haut war schlaff, aber noch nicht seifig. Gleichwohl hätte man glauben können, sie ließe sich mit einem Fingerwisch vom Fleisch streichen. Vossler fragte Henry, was er von der Wunde halte.

»Sieht aus wie eine geometrische Figur.«

»Oder ein Zeichen.«

»Kann Treibgut so was verursachen?«

»Kannst du dir selbst einen blasen?«

»Verstehe.«

Vossler dehnte die Haut an den entsprechenden Stellen so weit, dass sie den Wundrändern folgen konnten. Henry kopierte den Verlauf der Linien in seinen Notizblock. Ein Rechteck, dessen untere Seite von einer Diagonalen gekreuzt wurde.

»Eindeutig ein Zeichen«, sagte Vossler.

»Vom Mörder?«

»Vielleicht.«

»Mit demselben Objekt verursacht wie die Halswunde?«

Vossler zuckte die Schultern.

11

Im Wagen erkundigte sich Linda sogleich nach Stamms Todesursache. Henry wusste nicht recht, wo er anfangen sollte. Seine Notizen gingen kreuz und quer über das karierte Papier. Ob der Kehlenschnitt für Philipp Stamms Tod ursächlich war, lasse sich noch nicht beantworten. Der Schnitt könne ihm auch post mortem zugefügt worden sein. Stamms gesamter Körper sei mit Wunden übersät. Schürfwunden, Blessuren, Hämatome. Die Fischreuse, die der letzte Anker des Toten war, habe eine tiefe Wunde verursacht. Etwaige innere Verletzungen würde erst die Sektion aufzeigen. Linda reckte ihre Hand zur Beifahrerseite und tippte auf die Zeichnung. »Soll wohl das Haus vom Nikolaus werden.«

»Nein, das fand sich auf Stamms Fuß.«

»Komischer Zufall.«

»Wieso komischer Zufall?«

»Na, was man sich alles für Wunden einfangen kann.«

»Ich glaube nicht, dass das ein Zufallsprodukt ist.«

Als Linda nichts erwiderte, ergänzte Henry zur Untermauerung seiner Ansicht: »Und Vossler glaubt das auch nicht.«

Linda lenkte den Wagen Richtung Lobeda-Ost, bis Henry sagte, er wolle in die Goethe Galerie. Er brauche dringend neue Laufschuhe. Lindas Angebot, ihn zu fahren, lehnte er dankend ab.

»Toi, toi, toi«, rief sie aus dem Auto.

»Wofür?«, fragte Henry, plötzlich verunsichert.

»Na, dass du die richtigen Schuhe kriegst.«

»Ja, danke.«

Kaum war sie abgerauscht, machte er sich auf den Weg zu Vanessa Fiebig.

Dienstagabend

1

Als Vanessa Fiebig sich über die Gegensprechanlage erkundigte, wer dort sei, zauderte Henry. Sollte er sich auf die formelle Art vorstellen oder nur mit Namen? Sobald sie nachfragte, sagte er schlicht und einfach, hier sei die Polizei.

Der Summer ertönte.

Vanessa Fiebig öffnete die Tür einen Spalt, linste hinaus und verharrte. Henry streckte ihr wie zur Entschuldigung seinen Ausweis entgegen. Er dachte, Menschen, die durch Türspalte gucken, hätten entweder Angst oder etwas zu verbergen. Er schob den Ausweis zurück ins Jackett und hielt der Stille stand.

»Was wollen Sie?«, fragte sie abrupt, und die Frage traf ihn trotz ihrer Schlichtheit unvorbereitet.

»Ich bin wegen Philipp Stamm hier.«

»Haben Sie ihn endlich gefunden?«

»Dürfte ich eintreten?«

Erst jetzt registrierte er, dass sie im Bademantel geöffnet hatte. Weder Angst noch Heimlichtuerei hielten sie hinter der Tür. Schlagartig wurde ihm bewusst, wen oder was er darstellte: ein fremder Mann mit einem Ausweis der Kripo. Ein Mensch, dessen Botschaften oft unerfreulich waren.

»Ich möchte ungern in aller Öffentlichkeit reden.«

»In aller Öffentlichkeit?«, wiederholte Vanessa Fiebig.

Henry nickte dezent zur Wohnung der Nachbarn, und Vanessa Fiebig verstand.

Während sie ihn ins Wohnzimmer lotste, raffte sie ihren Bademantel in Brusthöhe zusammen. Auf dem Tisch ein Aschenbecher mit einer einzelnen Zigarette. Dass Vanessa Fiebig rauchte, war ihm bisher entgangen.

»Und wo hat er sich rumgetrieben?«

»Setzen Sie sich lieber.«

»Ist er rüber nach Tschechien?«

»Frau Fiebig, ich habe keine gute Nachricht.«

Innerhalb eines Atemzugs rasten ihm alle Vorschriften, die er soeben missachtete, durch den Kopf. Aber Wenzel würde ihn wegen dieses Verstoßes wohl kaum suspendieren oder versetzen. Vielmehr fühlte er sich Linda gegenüber schuldig. Das schlechte Gewissen meldete sich, und er verfluchte seine Dummheit, seine Naivität, seine Geilheit.

»Hat er jemanden verletzt?«, fragte Vanessa Fiebig.

Henry schüttelte den Kopf. Er hoffte, sie würde keine Erklärung erwarten und stattdessen aus seinem Gesicht lesen. Hoffte, seine Miene war betrübt und sorgenvoll. Hoffte, einen Mann mit starker Schulter abzugeben.

»Von der redseligen Sorte sind Sie nicht gerade.«

»Es tut mir leid.«

»Die blöde Situation oder ihre Geschwätzigkeit?«

»Wir haben ihn heute Morgen gefunden«, sagte Henry, und seine Stimme klang kalt und mechanisch. »Sein Körper hatte sich in einer Reuse verfangen.«

Aus Vanessa Fiebigs Gesicht wich jede Farbe. Sie starrte ihn eine Ewigkeit an, während sie noch immer den Bademantel zusammenraffte. Als wären ihre Finger in Brusthöhe festgefroren.

Von irgendwoher tönte ein Rauschen, das Henry nicht lokalisieren konnte. Vielleicht entstammte es der Heizung, vielleicht seinem eigenen Kopf. Mit dem Rauschen strömten Bilder von Patricks Mutter in sein Bewusstsein. Gleich einem Fluss, der unter seiner Melodie den Wirbel kantiger Steine verbirgt. Sie war auf dem Schulhof erschienen und hatte die Kinder beim Spielen beobachtet. Ohne sich zu rühren, hatte sie jeden der Schüler ein paar Sekunden angestarrt. Henry hatte das Gefühl gehabt, ihn hätte sie besonders lang ins Auge gefasst. Zumindest länger als jedes andere Kind. Dann war ein Lehrer an Frau Kramer herangetreten, hatte seinen Arm um ihre Hüfte gelegt und sie sanft hinausgeführt.

Jetzt stand Henry einer Frau gegenüber, deren Exfreund tot aufgefunden worden war. Kein Lehrer trat an sie heran, um sie aus dem Zimmer zu führen. Nur er war hier, und sie war hier und zwischen ihnen eine unüberwindbare Distanz. Unverhofft öffnete sich ihr Mund, und eine tonlose Stimme fragte, was eine Reuse sei.

Henry vollführte mit seinen Händen eine bauchige Bewegung. »Eine Art Korb zum Fischfang.«

»Ach so.«

Vanessa Fiebig stürzte aus dem Zimmer.

2

Während sie draußen war, ließ er seinen Blick über die Einrichtung schweifen. Angeblich half das, sich selbst aus der körperlichen Starre zu befreien. In den Augen liegt der Anfang, hatte ein Psychologe im Studium gesagt. Von den Augen hinab zu einer kontrollierten Atmung und danach wieder hoch in den Nacken. Henrys Blick senkte sich auf den Aschenbecher. Nirgends fand sich eine Schachtel Zigaretten. Er vermutete, sie könnte sie mit hinausgenommen haben. Nach dem Schlag musste sie sicherlich eine rauchen. Oder stammte die Kippe nicht von ihr, und sie hatte Besuch gehabt? Er bewegte sich leise auf den Tisch zu, zögerte jedoch, den Stummel einzupacken. Im schlimmsten Fall würde das ihre Aufmerksamkeit erregen und er müsste sich unnötig erklären. Er stupste die Kippe an, sodass er den Schriftzug der Marke entziffern konnte.

»Willst du was trinken?«, rief sie durch die angelehnte Tür.

»Ja, gerne.«

Plötzlich war sie beim Du angekommen. Vielleicht hätte er den Kaffee ablehnen sollen, dachte er. Später würde er wieder die halbe Nacht wach liegen und sich sinnlose Gedanken machen. Neugierig betrachtete er die Fotos an der Wand. Vanessa neben Vanessa neben Vanessa neben Vanessa. Immer lächelnd, immer begehrenswert. Das äußere Foto hatte er bereits auf Facebook gesehen. Er erinnerte sich an die Bildunterschrift: Thailand, Sonne, Meer.

Als sie ins Wohnzimmer zurückkehrte, hielt sie in jeder Hand ein Glas. Sie stellte die Getränke ab und rutschte auf die Couch. Statt des Bademantels trug sie nun eine beigefarbene Leinenhose und ein T-Shirt. Die Schlichtheit ihrer Kleidung verstärkte seine Geilheit. Dieses Gesicht, das kein Make-up mehr retten konnte.

Diese ungeschminkte Trauer. Sie schlug die Beine übereinander und sagte: »Ein Bulle mit Zopf darf auch trinken.«

»So einfach ist das nicht.«

»Sag mir nicht, was einfach ist.«

In ihrer Stimme schwang die Wärme und Ruhe tiefer Resignation. Er fragte sich, ob sie Tabletten geschluckt hatte. Gern wäre er aufgesprungen und hätte ihr Bad nach Medikamenten abgesucht. Allein die Möglichkeit, dass er später einen Krankenwagen rufen müsste, mahnte ihn zur Vorsicht. Ein offizieller Vorgang brächte ihn in Teufels Küche. Während er das Glas auf dem Tisch drehte, fragte er, was das sei?

»Tequila.«

»Oh.«

»Du magst keinen Tequila?«

»Ich trinke selten Alkohol.«

»Sportler, nicht wahr?«

»Eher eine Einstellungssache.«

»Dann leisten sie eben Trauerbegleitung.«

»Ich bin kein Psychologe.«

»Aber wollen Sie nicht mein Freund und Helfer sein?«

Henry rang sich ein Grinsen ab. Dann nahm er einen Schluck und brach mit dieser Geste erneut die Vorschriften. Oder spielte das alles keine Rolle mehr? Hatte er nicht schon als Privatperson bei ihr geklingelt? Als Henry Kilmer, der nicht zu sagen vermochte, was er dachte? Dem man eine nackte Frau auf den Schoß binden konnte.

Vanessa fragte ihn, wie es passiert sei.

»Vermutlich ertrunken«, log er.

»Er ist doch ein guter Schwimmer.«

»Er stand unter Alkoholeinfluss.«

»Aber so schnell haut den nichts um.«

»Im Rausch versagen selbst die besten Schwimmer.«

Darauf erwiderte Vanessa nichts.

Er erkundigte sich, ob sie Kontakt mit den Eltern habe. Sie meinte, dass Familie Stamm sie nicht leiden könne. Das Verhältnis zwischen ihnen sei schwierig. Indem sie ohne Übergang das Thema wechselte, begann sie, die Geschichte von Vanessa und Philipp zu erzählen. Allmählich verwandelte sich ihre Resignation in Nostalgie. Henry lehnte sich zurück und lauschte. Er musste ungemein achtgeben. Der Alkohol wollte ihn dazu verlocken, auch von seiner Vergangenheit zu plaudern. Mit Mühe rief er sich den Fall vor Augen. Die Wasserleiche mit aufgeschlitzter Kehle. Vanessa Fiebigs Exfreund. Kaum war sie im Begriff, Stamms Sportleidenschaft auszuwalzen, zückte er seinen Notizblock. Er präsentierte ihr die Skizze vom Rechteck, das eine Diagonale zerschnitt. »Hast du das schon mal gesehen?«

»Was soll das sein?«

»Das wissen wir auch nicht.«

»Hat es mit Philipp zu tun?«

Und wieder hatte er die Vorschriften gebrochen. Dieses Zeichen, sofern es ein Zeichen war, existierte offiziell nicht. Er trug Wissen aus dem Sektionsraum in den Privathaushalt einer Zeugin. Schlimmstenfalls saß er keiner Zeugin gegenüber, sondern einer Tatverdächtigen. Der bloße Gedanke lähmte ihm für Sekunden die Zunge. Er hatte keine Angst vor Vanessa Fiebig. Er befürchtete allein die Konsequenzen, die seinem unprofessionellen Handeln folgen könnten.

Als er sein leeres Glas in die Tischmitte schob, sah Vanessa darin eine Aufforderung. Wankend erhob sie sich, um ihm nachzuschenken. Mit einer fahrigen Geste wischte Henry sich den Schweiß von der Stirn. Er ritt sich immer weiter ins Verderben.

»Inspektor Columbo.« Vanessa servierte ihm ein weiteres Glas Tequila. »Sie haben meine Frage nicht beantwortet.«

»Wir haben es in seiner Wohnung gefunden.«

»An der Wand oder wo?«

»Es war auf einen Zettel gekritzelt.«

»Philipp und Zettel«, lallte sie. »Manchmal glaube ich, ich kenne einen anderen Mann.«

»In einer Sekte war er nicht, oder?«

»Er sagt, Religion ist für Frigide.«

»Hatte er irgendwelche exotischen Hobbys?«

»Philipps Hobbys sind Sport und Ficken.«

Henry fühlte sich unangenehm berührt. Jeder ihrer Sätze

erschien ihm plötzlich doppeldeutig. Er wollte nur noch, dass sie schnellstmöglich einschlief. Er hatte nicht nur die Vorschriften missachtet, sondern obendrein seine Kompetenzen überschätzt. Der Herr Kommissar war ohne seine Regentin nur ein herrenloser Samurai. Ein Ronin ohne sechsundvierzig Gefährten. Asiaten und Alkohol, sinnierte er. Das war keine glückliche Verbindung. Er zwang seinen Blick auf die Fotos an der Wand.

»Gefallen die Ihnen?«, fragte Vanessa.

»Ja, besonders das hintere.«

»Traumhaft, nicht wahr?«

»Ich war noch nie in Thailand.«

»Woher weißt du, dass es in Thailand geknipst wurde?«

»Sieht man doch.«

»Etwa an meinem Lächeln?« Ihre Frage ließ jede Ironie vermissen. Sie leerte ihr Glas und zupfte lasziv an ihrem T-Shirt, wobei sie ihn unverhohlen musterte.

»Nein, an dem Licht auf deiner Haut«, versuchte Henry sich herauszuwinden. Er sprach von Sonne, Lichtreflexen und Thailands Nähe zum Äquator. Sprach vom Wind in ihrem Haar, vom Schweiß auf ihren Schenkeln. Dann meldete sich sein Verstand zurück, abrupt und schrill wie ein Notsignal. Er schob die Karte vom psychologischen Krisendienst unter das Glas und flüchtete aus der Wohnung.

3

In der Straßenbahn tummelten sich Touristen und Studenten. Er konnte sie kaum voneinander unterscheiden. Er bugsierte die Ledertasche auf seinem Schoß und starrte aus dem Fenster. Er hatte das Gefühl, die vergnügte Stimmung unter den Fahrgästen habe nur einen Beweggrund: ihn auf jenes Leben hinzuweisen, das ihm fremd war. Erfolglos versuchte er, die Gedanken an Vanessa zu unterdrücken. Wie hatte er nur solcher Idiotie verfallen können? Linda täuschen und bei einer wichtigen Zeugin aufschlagen, als wären sie alte Bekannte. Seine einzige

Hoffnung: Der Tabletten-Alkohol-Cocktail würde bei Vanessa eine Gedächtnislücke verursachen.

»Hey, alles in Ordnung mit dir?«

Eine junge Frau, vielleicht Mitte zwanzig, stupste ihn an die Schulter. Er wandte ihr das Gesicht zu und sah, dass sie mit einer Gruppe Gleichaltriger unterwegs war. Die anderen schienen ihre Frage nicht bemerkt zu haben.

»Ja, alles klar«, sagte er knapp.

»Siehst aber nicht so aus.«

»Mieser Arbeitstag«, sagte er, ohne es sagen zu wollen.

»Haste bis jetzt gebuckelt?«

Henry nickte.

»Was machste denn?«

»Bullerei.«

»Nee.«

»Doch.«

»Und wo?«

»Kripo.«

»Konfiszieren Sie jetzt unser Gras?« Sie lachte übers ganze Gesicht.

»Bin nicht im Dienst.«

»Ich dachte, Polizisten sind immer im Dienst.«

Darauf wusste er keine Erwiderung. Obwohl er noch zwei Stationen hätte fahren können, stieg er aus. Er fühlte sich auf einmal zu alt für diese Menschen. Erst nach einigen Metern Fußweg erkannte er, dass sein Gefühl einen Rotz wert war. Diese Studenten waren kaum jünger als er. Sein Leben hatte dort einfach nicht hineingepasst.

4

Robert Krone saß im Bett, den Rücken gegen die Wand, einen Ausstellungskatalog auf dem Schoß. Seine Frau Annett lag neben ihm und las einen Roman. Schon bald würde sie das Buch fallen lassen. Danach würde sie kurz blinzeln, das Licht auf ihrer Seite löschen und einschlafen. So war das jeden Abend.

Er hingegen würde noch ein, zwei Stunden aufbleiben. Meist schaute er per Laptop und Kopfhörer eine Serie. Irgendeinen Stuss, den er beim Einschlafen schon vergessen haben würde. Oder er ließ sich vom Internet treiben und klickte sich von einem Artikel zum nächsten. Vor zwölf bekam er nur selten die Augen zu. So war das jede Nacht.

»Du, Robert«, sagte Annett unerwartet. Er hatte sie längst im Halbschlaf gewähnt.

»Ja.«

»Ist es in Ordnung, wenn ich zur Vernissage einige Kollegen mitschleppe?«

»Je mehr, desto besser.«

»Danke.«

»Aber nenn das bitte nicht Vernissage.« Er fuhr sich mit der Linken über den Bart. »Wir präsentieren ein paar neue Bilder, der Rest ist Programm.«

»Ja, ja, ich weiß.«

»Wen willst du denn fragen?«

»Einige Kollegen, vielleicht auch ein paar Erzieher.«

Unwillentlich hatte Robert das Bild schwerbeleibter Erzieherinnen vor Augen. Breitarschige Muttertiere mit einem Stimmvolumen, das jeden Schulhof sprengt. Im Grunde war es ihm recht, dass seine Frau ihre Kollegen einladen wollte. Denn solange sie ihr Leben nicht vollkommen von dem seinen isolierte, schien nicht alles verloren. Er klappte den Katalog zu, rutschte auf die Seite und an seine Frau heran. Langsam schob er sich unter ihre Decke.

»Ein Gutenachtkuss?«, fragte Annett.

»Und ein bisschen mehr.«

»Robert, nein.« Plötzlich schlug ihr Ton um. Dieses sanfte Nörgeln, beinahe schon wehleidig. »Ich bin müde. Der Tag war sehr anstrengend.«

Er verkniff sich einen Kommentar und rückte wieder ab. Auf Sex zu verzichten, stellte für ihn kein Problem dar. Er wichste regelmäßig, wenn seine Frau auf Arbeit war. Allerdings bekam der fehlende Sex ein anderes Format, sobald er glaubte, irgendwas stünde zwischen ihnen. Zwischen ihm und der Frau,

die er über alles liebte. Dann wurde sein Verlangen allein von
aggressiven Gedanken gelenkt.

»Hab dich lieb«, sagte seine Frau.

»Ich dich auch«, erwiderte er.

Dann erlosch das Licht auf ihrer Seite.

Robert widmete sich wieder dem Ausstellungskatalog. Für
nächstes Jahr plante Dr. Boenicke eine Gruppenausstellung von
zeitgenössischen Künstlern aus der Region. Sie hatten Hunderte
von Vorschlägen zu prüfen. Über dem Foto einer splitternackten
Marienfigur schweiften seine Gedanken ab. Er fragte sich, ob
die Heiligen der alten Tage tatsächlich in Keuschheit gelebt
hatten. Heute würdigte die Öffentlichkeit die Fehltritte ihrer
Gottesmänner mit Schlagzeilen. Aber damals hatte das Nein
einer Frau geringeren Wert gehabt als eine wohlgenährte Ziege.
Sehnsüchtig betrachtete er Annetts sich unter der Bettdecke
abzeichnenden Körper. Ihr langes Haar, das linke Ohr. Sah den
stumpfsinnigen Liebesroman, den sie seit Ewigkeiten las. Jeden
Tag eine Seite oder weniger, als strotze der Text vor Schachtel-
sätzen und Fremdwörtern. Dann betrachtete er wieder ihren
Körper, das Haar, das linke Ohr. Er schwor sich, niemals gegen
den Willen seiner Frau zu handeln. Nicht auf diese Art.

Ohne Lärm zu verursachen, schob er sich aus dem Bett und
ging ins Bad. Vor dem Spiegel massierte er sich die Schläfen.
Seine Kopfschmerzen kündigten sich an. In der Regel strahlten
sie aus seinem Hinterkopf, genau genommen aus dem unteren
Teil seines Schädels. Obwohl ihm diese Schmerzen des Öfteren heimsuchten, hatte er Annett bisher nichts davon erzählt.
Er hatte Angst, sie könnte glauben, er wolle nur ihr Mitleid.
In dieser heiklen Phase ihrer Ehe war Mitleid sicherlich das
Letzte, was sie brauchte. Bemitleidenswerte Männer sind un-
attraktive Männer, hatte er irgendwann beschlossen. War ihm
nach Schreien zumute, biss er die Zähne zusammen. Musste
er weinen, trocknete er heimlich seine Augen. Er hatte keine
Tränen, die Zuneigung hervorriefen. Stattdessen hatte er nur
seine Tabletten, Zäpfchen und Injektionen. Er löste ein Aspirin
in einem Glas Wasser auf, und das Geräusch des sprudelnden
Wassers erinnerte ihn an etwas. Er vermochte nicht zu sagen,

an was. An einen Ort, vielleicht auch an eine Begebenheit. Im nächsten Moment strömte eine erste Welle Schmerz aus seinem Hinterkopf hervor. Er stützte beide Arme aufs Waschbecken und schloss die Augen. Öffnete den Mund und schrie stumm wider sein beschissenes Leben.

Mittwoch

1

Henrys Handyalarm klingelte um Punkt fünf Uhr. Er musste heute auf das Lauftraining verzichten. In zwei Stunden würde ihn Linda abholen. Bis dahin wollte er alle Fakten zum Fall Stamm zusammengetragen haben. Wenzels Gebot zufolge sollte er einer neu gegründeten Mordkommission die Einführung servieren.

Nachdem er Kaffee aufgesetzt hatte, stieg er in die Badewanne und duschte sich ab. Das lauwarme Wasser weckte seine Sinne. Doch im Gegensatz zur Müdigkeit ließ sich die Erinnerung an den gestrigen Abend nicht fortspülen. Er fragte sich immerzu, was passiert wäre, wenn er zwei Gläser mehr getrunken hätte. Wahrscheinlich hätte er freimütig erzählt, dass er sie gegoogelt und ihre Fotoalben durchforstet hatte. Dass er sie ohne Absprache mit seiner Kollegin aufgesucht hatte und nicht einmal hätte sagen können, weshalb. Langsam kroch ihm das Bild von Vanessa zwischen die Beine.

Vanessa im Bademantel. Vanessa auf der Couch. Vanessa am Strand.

Nackt, willig und stumm.

Er drehte die Wassertemperatur runter und biss die Zähne zusammen. Er sagte sich: Reiß dich am Riemen. In drei Stunden stehst du vor eine Gruppe Polizisten, die du in einen Mordfall einführen musst. Unter dem kalten Wasser beschwor er das Bild seines Vorgesetzten. Wenzel hinter seinem Schreibtisch. Wenzel mit Krawatte und Grinsen. Wenzel in Angriffslust.

Als er aus der Wanne stieg, spürte er sämtliche Muskeln seines Körpers. Die kalte Dusche hatte ihm die Liegestütze und das Hantelstemmen erspart. Er setzte sich an den Küchentisch und übertrug seine handschriftlichen Notizen in eine Datei. Voller Zufriedenheit stellte er fest, dass er das meiste aus dem Gedächtnis hervorkramen konnte. Der Morgen des Übergriffs auf Sebastian Rode und das anschließende Verschwinden von

Philipp Stamm. Die Befragung der Zeugen respektive Mittäter. Die Spurenlage in Stamms Wohnung. Der Leichenfund und die äußere Leichenschau. Die Ergebnisse der Obduktion waren nicht vor Donnerstag zu erwarten.

Bei einer Tasse Kaffee studierte er die Fotos der gestrigen Leichenschau. Nicht zum ersten Mal bemerkte er, wie der Laptop einen Toten auf Abstand zu rücken vermochte. Das digitale Bild erhöhte die Distanz einer bloßen Fotografie um ein Vielfaches. Jetzt schien das Entsetzen, das ihn vor zwei Tagen am Flussufer gepackt hatte, vergessen. Nüchtern verglich er das Bild des Toten mit dem des Lebenden.

Stamms Körper war weiterhin kräftig. Doch zeugte er nicht mehr von jahrelangem Training. Er wirkte eher kompakt und schwerfällig wie der eines Bauarbeiters kurz vor dem Ruhestand. Was der Tod aus einem macht, dachte Henry und zoomte auf die verquollenen Fingerkuppen. Dann korrigierte er sich und dachte: was das Wasser aus einem Toten macht. Trotz seiner melodramatischen Regung blieb seine Miene frei von Emotionen.

Seine Mutter hatte ihm oft geraten, er solle mehr aus sich herausgehen. Andernfalls würde er sich früher oder später in einen Einzelgänger verwandeln. Im Nachhinein wollte ihm nicht einleuchten, weshalb sie von Verwandeln gesprochen hatte. Sein Charakter offenbarte eine geradezu beängstigende Kontinuität. Der fünfunddreißigjährige Henry unterschied sich nur wenig von dem zwölfjährigen. Als wäre der Junge entweder nicht gealtert oder mit zwölf Jahren abrupt zum Mann geworden. Als hätte er sich damals entschlossen, fortan eine Maske zu tragen. Unvermittelt wie ein Bildschirmschoner erschien Patricks Visage auf dem Laptop. Und begann zu lachen und zu grinsen und wieder zu lachen. Grinsen, lachen, grinsen. Und war tot. Schnell klickte er sich in die Gegenwart zurück.

Seine Recherche zum mysteriösen Zeichen aus Rechteck und Diagonale blieb erfolglos. Weder wurde er bei den Symbolen der Freimaurer fündig noch im Chaos asiatischer Schriften oder antiker Piktogramme. Das Zeichen schien trotz seiner Einfachheit beispiellos. Er würde eine Kopie nach Berlin ins

Archiv für Semiotik schicken müssen. Als das Telefon klingelte, bemerkte er, dass er noch im Bademantel steckte.

2

Frank Wenzel hatte ihnen einen geräumigen Konferenzraum organisiert. Linda und Henry platzierten zwei Kaffeekannen auf die Tische, dazu Milch und Zucker. Henry verschwieg ihr den Besuch bei Vanessa Fiebig. Er wollte nur die nächste Stunde reibungslos hinter sich bringen. Den Rest wähnte er in weiter Ferne.

Wenzel betrat den Raum mit einem Grinsen, als hätte er schon im Gang jemanden demütigen dürfen. Er reichte keinem der Kommissare die Hand. Posaunte nur sein Guten Morgen in die Runde und bediente sich am Kaffee. Dabei verkündete er lautstark, dass seine Maschine noch immer im Arsch sei.

Linda sagte: »Vielleicht will jemand Ihren Kaffeekonsum reduzieren.«

»Warum das denn?«

»Ich hab gehört, Kaffee soll aufputschen.«

»Und wieso bin ich dann nur von Schlaftabletten umgeben?«

Linda lachte das Lachen einer Krähe. Sie machte keinen Hehl daraus, dass sie Wenzels sarkastische Art mochte. Einmal hatte sie Henry erklärt, sie könne sich keinen besseren Chef vorstellen. Wenzel sei ungerecht, launisch und schlage gern unter die Gürtellinie. Aber wenn die Kacke am Dampfen sei, so hatte sie hinzugefügt, springe er für sein Team in die Bresche. Auf einer Betriebsfeier habe sie ihn im Beisein seiner Frau erleben dürfen. Er sei wie ausgewechselt gewesen. Ein galanter Redner und Zuhörer und nicht zuletzt ein galanter Ehemann. Alte Schule eben.

Bis halb neun fanden sich drei weitere Kriminalbeamte ein. Lennart Mikowski aus Team zwei war als Verstärkung in die MK beordert worden. Er hatte weder einen Schreibblock noch einen Laptop bei sich. Auf seinem Pullover prangte das Konterfei einer bunten Maske, darunter der Schriftzug »El Santo«. Seine Turnschuhe sahen aus, als trage er sie seit dem zehnten Lebensjahr. Henry schätzte sein Alter auf ungefähr vierzig. Seine Lässigkeit erinnerte ihn an den Typus eines älteren Bruders. Einen, für den man sich offenbar schämte, während man ihn insgeheim vergötterte.

Die anderen Beamten kamen vom LKA Erfurt. Wenzel hatte angekündigt, dass er sie anfordern würde. Sein Posten und seine Entschiedenheit hatten letztlich ihr schnelles Eintreffen ermöglicht. Gemäß Wenzels Worten. Doch Linda hatte Henry längst auf die Hackordnung innerhalb der Thüringer Polizei hingewiesen. Ihrer Einschätzung nach waren die Erfurter Kollegen der KPI Jena aufgedrückt worden.

Neben einer jungen Frau hatten sie einen Mann Anfang sechzig geschickt. Sein Name war Walter Dörndahl. Mit seiner Behäbigkeit bildete er den Antipoden zu Frank Wenzel. Vor ihm lagen eine in Alufolie eingewickelte Semmel und eine Thermoskanne. Als sich die Kollegin aus dem LKA vorstellen wollte, schnitt ihr Wenzel auf rüde Art das Wort ab. Für Agitation sei später noch Zeit, sagte er und bat Henry anzufangen.

Schon nach wenigen Sätzen spürte er, dass ihn der Fall in Fleisch und Blut übergegangen war. Eine Karte illustrierte Stamms Heimweg vom Rosenkeller in den Spitzweidenweg. Ein Beamer warf Fotos von Tatort und Leiche an die Wand. Henry gab die Aussagen der Zeugen wieder und verwies auf ein von ihm abgefasstes Dossier. Darin befänden sich neben den Fotos auch die Gesprächsprotokolle. Walter Dörndahl hob den Arm, worauf Henry sich tatsächlich wie ein Lehrer vorkam.

Dörndahl fragte: »Philipp Stamms Freunde geben sich also gegenseitig ein Alibi?«

»Nicht ganz«, antwortete Henry. »Thomas Zabel verließ nach Vanessa Fiebig das Opfer.«

»Dann besitzt er im Grunde kein Alibi?«

»Es sei denn, jemand hat ihn unterwegs gesehen.«

»Wurde Thomas Zabel dahin gehend befragt?«

Henry schüttelte den Kopf.

»Ich glaub kaum, dass ein Unbekannter Stamm im Hausflur aufgelauert hat«, sagte Lennart Mikowski. »Früh am Sonntag. Und ohne zu wissen, wann Stamm nach Hause kommt. Wir sollten uns diesen Zabel mal vorknöpfen.«

Ehe Henry den Einwand hätte kommentieren können, beendete Wenzel die Runde. »Solang wir keinen Tatverdächtigen haben, sind alle verdächtig. Also nehmen Sie sich die beiden zur Brust.«

»Thomas Zabel und Vanessa Fiebig?«, fragte Dörndahl nach.

»Nein, Hänsel und Gretel.«

Die junge Kollegin aus Erfurt betrachtete Frank Wenzel voller Skepsis. Henry konnte sich denken, was ihr im Augenblick durch den Kopf ging: dass der Chef der KPI Jena Petersilie mit einem Mähdrescher zu ernten pflegte.

»Bei der Tatortarbeit werden Sie von der Bereitschaft unterstützt«, sagte Wenzel. »Also bilden Sie zwei Gruppen, jeweils unter Leitung von Frau Liedke und Herrn Kilmer.«

Henrys Pulsschlag schoss in die Höhe. Zum ersten Mal würde er in einer Mordermittlung ein Team leiten und Verantwortung tragen. Die eine Gruppe sollte für eine Befragung der Anwohner in den Spitzweidenweg fahren, die andere das Saaleufer abgehen.

»Und mit abgehen meine ich abgehen«, bekräftigte Wenzel.

Henry ergänzte, die SpuSi habe den Zustand der Leiche mit der Strömung des Wassers abgeglichen. Anschließend präsentierte er einen Ausschnitt auf der Karte. Wenzel trat hinzu und meinte, jeder Fliegenschiss zwischen Burgau und Wöllnitz müsse untersucht werden. Niemand wagte aufzustöhnen.

Nach der Besprechung kapselten sich Linda und Henry für zehn Minuten ab. Obgleich er seinen Stolz über die Ernennung zum Gruppenleiter kaschierte, reagierte Linda. Ohne Umschweife holte sie ihn auf den Boden der Tatsachen zurück. Sagte, Wenzel würde ein Schaf die MK leiten lassen, solange das Schaf aus seinem Stall käme. Sie habe von ihm noch kein gutes Wort über die Erfurter gehört. Als sich daraufhin Henrys Kopf senkte, sagte Linda: »Und die kleine Brünette, wär die nichts für dich?«

3

Während Lindas Team Stamms Wohnung aufsuchte, fuhr Henry mit Lennart Mikowski und Svenja Freese ans Saaleufer. Sie benutzten Mikowskis Privatwagen, einen Fiat Bravo. Zwei Einsatzbusse mit uniformierten Polizisten der Bereitschaft folgten ihnen. Kaum hatten sie ihr Ziel erreicht, begann es zu nieseln. Sie warfen sich allesamt dünne Regencapes über. Zwei Uniformierte suchten auf dem begrünten Mittelstreifen der Stadtrodaer Straße nach Hinweisen. Der Rest schritt in kleinen Gruppen das Ufer in Richtung Süden ab.

Rasch näherten sich die Kriminalbeamten jener Zone, wo laut Vossler Stamms Körper ins Wasser hätte gelangen können. Allerdings hatte Vossler auch angefügt, dass die Eingrenzung mit Vorsicht zu genießen sei. Letztlich lasse sich nur schätzen, wie lange die Leiche in der Reuse verheddert gewesen war. Schon bei einer Abweichung von wenigen Stunden müsse man die betreffende Zone woanders verorten.

In eine Wathose geschlüpft, begutachtete Henry aus dem Wasser die Böschung. Svenja Freese stand am Ufer und suchte im Gestrüpp nach Spuren. Als Henry zur Straße aufschaute, folgten ihre Augen seinem Blick. Nahe dem Ufer verlief die Stadtrodaer Straße, dahinter erhob sich das zerklüftete Massiv der Kernberge.

»Vielleicht wurde er an der Straße abgeladen«, rief Henry.

»Ich glaube nicht, dass wir noch Spuren finden.« Svenja Freese umfasste einen schmalen Ast und rüttelte ihn. »Hier hat's mächtig geschifft.«

»Ich erinnere mich an den Sturzregen.« Henrys Blick senkte sich auf die Erfurter Kollegin. Die Kapuze des Regencapes umrahmte ihr Gesicht wie das schwarze Kopftuch die Trauermiene einer Witwe. Er fand Svenja Freeses Züge ausgesprochen weich, und das gefiel ihm. Jetzt, bis zu den Knien im Wasser stehend, hätte er sie gern auf einen Kaffee eingeladen. Dass er nichts über sie wusste, war ihm gleich. Bei so einem Gesicht, dachte er, musste sie ein guter Mensch sein. Unter dem nassen Regencape formten sich die Konturen ihrer Pistole. Instinktiv berührte er seine eigene Waffe. Dann zuckte er unentschlossen die Achseln und bewegte sich zurück ans Ufer.

»Wenn Stamm im Regen hergeschleift wurde«, sagte sie, »hat sich das Gras längst wieder aufgerichtet.«

»In Naturkunde eine eins gehabt?«

»Ich bin aufm Land groß geworden.«

»Und da lernt man so was?«

»Da lernt man so einiges.«

Henry wies über ihren Kopf hinweg in die Kernberge. »Siehst du das Haus dort oben?«

»Klar, ist ja das einzige weit und breit.«

»Von dort kann man das Gelände wunderbar überblicken.«

»Na, dann hoch.«

Unterwegs dorthin wechselten sie kein Wort. Als sie die Stadtrodaer Straße lange im Rücken hatten, vernahm er noch das Rauschen des Verkehrs. An so einer Straße, grübelte er, musste jemand was bemerkt haben. Die Leiche war wohl kaum aus dem fahrenden Auto geschmissen worden und anschließend allein ins Wasser gerollt. Erst durch das ganze Gestrüpp, dann die Böschung hinunter. Der Täter musste sie eigenhändig ans Ufer geschleppt haben. Infolge des heftigen Regens hatten sich die Autofahrer auf Straße und Verkehr konzentrieren müssen. Niemand schenkt unter solchen Umständen einem parkenden Wagen Beachtung. An einem Fluss, den man tagein, tagaus sieht. Der womöglich in völlige Dunkelheit getaucht war.

Nach zehn Minuten Fußweg erreichten Henry und Svenja Freese das Haus. Zufrieden spähte er durch den Regen auf die Stadtrodaer Straße. Aus dieser Höhe hatte man freie Sicht über die Saale bis in das südliche Bergland. Derweil Svenja Freese den Türklopfer schlug, wuchs in ihm eine vage Hoffnung. Die Kurzgardinen in den Küchenfenstern ließen ältere Eigentümer vermuten. Vielleicht die wachsamen Augen von Ruheständlern.

Eine Gardine wurde beiseitegezogen, und Henry drückte seinen Ausweis gegen die Scheibe. Sobald sich die Tür geöffnet hatte, wehte ein Geruch nach Kümmel und Kohlsuppe über die Schwelle. Henry stellte sich und seine Kollegin vor. Frau Bräuer trug einen Kittel aus Polyester, darunter hautfarbene Strumpfhosen und Stoffpantoffeln. Ihre runzligen Hände krallten sich um die Türklinke. Mit besorgter Miene fragte sie, ob ihrem Mann etwas zugestoßen sei.

Henry bemerkte, dass seine Kollegin sich hinter ihm positioniert hatte. Diese Situation war für ihn ungewohnt. In aller Regel stand Linda neben oder vor ihm und führte das Gespräch.

»Keine Sorge«, sagte er kühl. »Wir sind nicht wegen ihres Mannes hier.«

Der Blick der Greisin schlug von Sorge in Misstrauen um.

»Wir sind gar nicht Ihretwegen hier«, fuhr Henry fort. »Wir haben nur ein paar Fragen zur letzten Woche.« Ohne die Details zu erläutern, umriss er den Sachverhalt. Er zeigte ihr das Bild von Philipp Stamm, worauf ihr Gesicht in Erstaunen geriet.

»Das ist doch der Schläger.«

»Sie kennen ihn?«

»Ja, aus der Zeitung.«

Henry erinnerte sich an das offizielle Fahndungsbild: Philipp Stamm mit energischem Blick. Im Vordergrund seine kräftigen Schultern, im Verborgenen all die Dinge, die nicht für die Öffentlichkeit bestimmt waren. Philipp Stamm in einem Zustand, der ihm jede weitere Gewalttat unmöglich machte. Stamm würde nie mehr jemandem wehtun, dachte Henry ohne Mitleid. Ihm flogen Gedanken durchs Hirn, die er von den Kollegen kaum toleriert hätte. Vielleicht erspart sein Tod einigen Menschen Schmerzen. Ein Monster weniger auf der Welt.

4

Die einzigen Gestalten, die sich verdächtig am Saaleufer rumgetrieben hatten, waren ein paar Halbwüchsige gewesen. Sie hatten massenhaft Bier getrunken und waren einander auf den Rücken geklettert. Bei Sonnenuntergang hatten sie sich dann mit Schlamm ihre aufgeblähten Bäuche besudelt. Wie eine Rotte Sauen, unterstrich Frau Bräuer ihren Groll über solche Flausen. Es dauerte eine Weile, bis die Kommissare begriffen, dass es sich um Ereignisse aus ihrer Jugend handelte. Als letzter Hoffnungsschimmer blieb ihnen nur Gustav Bräuer, ihr fünfundsiebzigjähriger Gatte. Nach ihrer Aussage war er in den Kernbergen wandern und käme nicht vor den Sieben-

Uhr-Nachrichten heim. Daher sollten sie es am nächsten Tag versuchen. Gustav brauche nämlich seinen Schlaf, er habe es mit den Nerven. Sie ließ ihren Zeigefinger so lange in Stirnhöhe kreisen, dass es den Anschein machte, sie höre nicht wieder auf. Erst als ihr Henry seine Visitenkarte aushändigte, senkte sich ihr Finger. Sie bot den Ermittlern einen Teller Suppe an, was beide letztlich zum Aufbruch bewog.

Draußen prasselte ihnen der Regen lautstark auf die Kapuzen. Henrys Annahme, seine Kollegin würde direkt die Befragung kommentieren, erfüllte sich nicht. Argwöhnisch schnipste er das Wasser von seinem Umhang. »Komisch, bei diesem Wetter geht der wandern.«

»Welches Wetter denn?«

»Na, dieses Scheißwetter.«

»Stadtmenschen«, lachte Svenja Freese. »Ein Tropfen, und die Welt geht unter.«

5

Robert Krone saß allein in der Küche. Sein Kopf fühlte sich vom gestrigen Abend dumpf an. Er hatte Kopfschmerzen gehabt und zu viele Tabletten eingeworfen. Tabletten, die unabdingbar neue Kopfschmerzen verursachen. Er war längst gefangen in einem Kreislauf aus Triptanen, Neben- und Wechselwirkungen.

Er stützte die Ellbogen auf den Küchentisch und legte die Stirn in die Hände. Bei der Abwärtsbewegung durchfuhr ein undefinierbares Dröhnen seinen Schädel. Als gäbe es im Innern seines Kopfes ein schwarzes Loch, das selbst die leisesten Geräusche aufsog. Er fuhr hoch, doch das Dröhnen wollte nicht abflauen. Jede noch so kleine Regung bot dem schwarzen Loch Futter. Er brauchte sofort Tabletten, ein Zäpfchen, eine Injektion. Oder einen Schluck Alkohol.

Auf wackligen Beinen schlurfte er ins Badezimmer. Öffnete die Schränke, wendete eine Packung nach der anderen. Die Kosmetika, Döschen und Wattebäusche gehörten seiner Frau. Am liebsten hätte er das ganze Zeug achtlos ins Klo gefeuert. Er schmiss die Schranktür zu, und das Knallen hallte tausendfach durch seinen Schädel. Als er daraufhin sein Gesicht im Spiegel betrachtete, explodierte in ihm ein ungeheurer Selbsthass.

Seine blonden Locken zerschnitten ihm schlaff und fettig die Stirn. Unter seinen Augen blähten sich Adern, zuckend und dick wie Spulwürmer. Er hatte seit Tagen seinen Bart nicht mehr gestutzt. Alkoholiker, dachte er abfällig und war sich seiner Ausrede bewusst. Versager, dachte er und fand keine Entschuldigung.

Früher oder später würde Annett ihn verlassen. Das ahnte er. Sie gehörte nicht zu den Frauen, die sich des Alters wegen freiwillig an einen Mann ketteten. Schon gar nicht in der vagen Hoffnung auf einen stressfreien Lebensabend. Sie gehörte zu den Frauen, die immer die Chance bekämen, ihren Mann mit anderen Männern zu vergleichen. Und das nicht nur in sinnlosen Gedankenspielen, sondern auch in der Praxis. Im Kollegium, auf Klassenfahrten, während der Treffen mit ihren Aberhundert Freundinnen. Er berührte seine Stirn und wusste plötzlich, was ihm in naher Zukunft zustoßen würde: Das schwarze Loch hinter seinen Augen würde ihn verschlingen, bis von ihm nur noch eine lästige Erinnerung übrig wäre. Der Mann, der einmal mit Annett Krone verheiratet gewesen war. Er fiel auf die Knie und linste unter die Badewanne. Dort lagen seine Tabletten auch nicht. Er schlug mit der Hand auf den Wannenrand – einmal, zweimal, so lange, bis sein Handballen rot anschwoll. Dann schlurfte er ins Arbeitszimmer.

Das hatte Annett sich vor Jahren eingerichtet, damit sie in Ruhe die Arbeiten ihrer Schüler kontrollieren konnte. An der Wand hingen von Drittklässlern gemalte Bilder. Sie stammten aus den Anfangstagen ihrer Laufbahn. Strichmännchen in grellen Farben wechselten mit grauen Regenwolken auf mittlerweile vergilbtem Papier. *Ihre* Galerie, hatte sie oft im Spaß gemeint. Nicht *seine*. Und dann hatte sie gelacht, wie nur ein glücklicher Mensch zu lachen fähig war. Robert erinnerte sich gern an diese Zeit.

Das Bild direkt über ihrem Schreibtisch stammte von ihrem gemeinsamen Sohn. Ein begnadeter Künstler war Johannes nicht. Schon damals verriet seine akkurate Linienführung den zukünftigen Ingenieur. Dass sein Sohn einmal in Berlin studieren würde, hatte Robert anfangs keine Sorgen bereitet. Der Vorstellung von einem Familienleben ohne Johannes hatte er sogar gute Seiten abgewinnen können. Das neue Leben würde wieder dem Leben vor Johannes ähneln. Robert und Annett Krone allein. Robert und Annett in trauter Zweisamkeit. Das Traumpaar schlechthin. Sex und paradiesische Ferien. Sex und Alltag. Sex und eine Beziehung, frei von ernsthaften Problemen. So hatte er zumindest gedacht.

Robert setzte sich an den Schreibtisch und begann, unsystematisch nach seinen Tabletten zu suchen. Er öffnete Schubladen, schaute unter bunten Mappen und einem Haufen loser Papierbogen. Verrückte Ordner und Ablagen. Plötzlich wurde ihm bewusst, dass das Bild seines Sohnes den einzigen Hinweis auf seine eigene Person darstellte. Johannes, Annett und Robert. Fleisch von *unserem* Fleisch. Ansonsten war nichts von ihm in diesem Raum gegenwärtig. Kein Foto an der Korkwand, kein Vermerk auf dem Kalender. Kein beschissener Schnappschuss vom letzten Urlaub. Nichts.

Er existierte in diesem Teil der Wohnung nicht mehr. Hatte hier vielleicht niemals existiert.

Und mit dieser bitteren Erkenntnis schwoll das Dröhnen in seinem Schädel an. Er senkte leicht den Kopf, riss die Augen auf und wischte voller Wut über den Schreibtisch. Hefter und Ordner schlugen zu Boden. Lose Papierbogen wirbelten im Zimmer umher, flatterten wie greifbares Gelächter durch die Luft. Er griff eine Schatulle mit Buntstiften und warf sie gegen die Tür.

Ich bin hier, dachte er.

Sein Blick schweifte über das angerichtete Chaos.

Ich bin hier.

Linierte Blätter, auf denen der Rotstift gewütet hatte.

Ich bin hier.

Aufsätze über einen Besuch im Tierpark, mit Zeichnungen von Elefanten, Affen, Bären.

Ich bin hier.

Wilde Tiere, eingezwängt in Käfige.

Ich bin hier.

Und darunter ein unscheinbarer Notizzettel mit einer Handschrift, die nicht von seiner Frau stammte.

Er bückte sich und las.

Morgen 18 Uhr.

Statt eines Ausrufezeichens ein Herz über einem Punkt.

Ich bin hier.

Ich bin hier.

Ich bin hier.

Doch sie nicht.

6

Nach drei Stunden wurde die Spurensuche unterbrochen. Ein Polizist hatte mit Hilfe eines Metalldetektors das rostige Blatt eines Spatens aufgespürt. Doch der Schnelltest offenbarte nicht den kleinsten Spritzer Blut. Später hatte ein Wanderer gemeint, sie sollten einmal hundert Meter in Richtung Alte Brücke suchen. Dort lägen mindestens fünf Bierpullen. Die reinste Schweinerei. Hatte gemotzt, vom Rumstehen sei noch keine Straftat verhindert worden. Widerwillig hatte Lennart Mikowski einen mit Mülltüten bewaffneten Polizisten entsandt. Alles für den guten Ruf. Alles, um eine lästige Fliege abzuschütteln. Henry wartete derweil am Straßenrand auf Maike Koch und ihren Golden Retriever.

Sie traf gegen vierzehn Uhr am potenziellen Tatort ein und entschuldigte sich für ihre Verspätung. Ein Schädelfund im Waldgebiet bei Eisenach habe sie aufgehalten. Sie hatte ihr rotes Kraushaar zu einem schweren Zopf gebunden. In ihrer vor Dreck starren Kleidung erweckte sie den Anschein, sie käme direkt aus einem Survivalcamp. »Gut, dass ihr gewartet habt«, sagte Maike mit Blick auf die Truppe.

Die Uniformierten hatten sich um einen Einsatzwagen geschart und tranken Kaffee aus Pappbechern. Von ihren Capes perlte unablässig der Regen. Ihre Hosen waren bis zu den Knien durchweicht. Lennart Mikowski gab unbeeindruckt eine Einführung in Sachen Mexican Wrestling.

»Genau genommen machen wir grad Pause«, sagte Henry. »Wir sind seit heut Morgen hier.«

Maike Koch stand mitten im Regen, ohne Kapuze, ohne Umhang. »Und wart ihr schon unten am Wasser?«

»Ja, die ganze Zeit.«

»Habt alles schön abgegrast, nicht wahr?«

»So gut es eben ging.«

»Mannomann, echt klasse.«

»Kein Ding.«

»Das war ironisch gemeint«, maulte sie ihn an. »Schon mal dran gedacht, dass ihr wichtige Spuren breitlatscht?«

Die Kritik der Hundeführerin war unmissverständlich und einleuchtend. Zunächst entschuldigte sich Henry, darauf Svenja Freese, obgleich sie die Maßnahme nicht zu verantworten hatte.

»Sorry, wir sind scheiß Amateure«, sagte Henry.

»Scheiß ist noch untertrieben«, antwortete Maike Koch und holte ihren Hund aus dem Wagen. Henry reichte ihr als Geruchsprobe das Muskelshirt von Philipp Stamm. Keine Minute später rannte der Golden Retriever mit Maike Koch im Schlepptau los. Henry und Svenja Freese folgten ihr dichtauf.

An derselben Stelle, wo Vossler die Ausbringung von Stamms Körper vermutete, begann der Hund anzuschlagen. Er strebte nach links, er strebte nach rechts. Ruckartig straffte sich die Leine, und er zog seine Führerin zur Straße hoch. Folgte zwei Meter der Fahrbahn, drückte die Nase aufs Pflaster, rannte wieder hinunter und blieb bellend am Ufer stehen. Maike Koch verharrte hinter dem Hund. Als er nicht mehr abrücken wollte, gab sie Henry ein Zeichen. Dann zog sie gemeinsam mit Svenja Freese weiter nach Norden. Henry schlüpfte erneut in die Wathose und winkte Lennart Mikowski herbei.

»Hätte man die Leiche hier reingeworfen«, sagte Mikowski, »wäre sie rasch angeschwemmt worden.« Er trat ins Gehölz und kehrte mit einem mittelgroßen Ast zurück. Ging in die Hocke und schubste ihn aufs Wasser hinaus. Henry beobachtete, wie der Ast schon nach wenigen Metern ans Ufer gespült wurde. Was er sah, passte nicht zu den Fakten. Ende letzter Woche war die Wetterlage ähnlich der heutigen gewesen. Heftiger Niederschlag und eine leichte Böe von Westen her. Die Strömung hatte Stamms Körper so lange mitgetragen, bis er an einer Fischreuse hängen geblieben war. Hätte ihn der Täter hier vom Ufer gestoßen, hätten sie die Leiche auch nahe dieser Stelle entdeckt. Und nicht zweihundert Meter flussab.

Mikowski fischte den Ast aus dem Wasser und hob ihn sich mit gespielter Anstrengung auf die Schulter. »Man hätte die Leiche rausschleudern müssen. Aber bei dem Gewicht ein Ding der Unmöglichkeit.«

Henry duckte sich unter den Ast hindurch, um sich neben Mikowski zu stellen. Ratlos betrachtete er die konzentrischen Kreise, die der Regen aufs Wasser schlug. »Du meinst, wegen der zurückgelegten Strecke?«

Ohne zu antworten, schob Mikowski seinen Kollegen kumpelhaft zur Seite. Er holte mit dem Ast Schwung und schleuderte ihn weit auf den Fluss hinaus. Ein dumpfes Klatschen folge. Dann trieb der Ast trotz Strömung und Westwind ein gutes Stück flussabwärts. »Natürlich ist das nur ein bescheuerter Ast. Der schwimmt oben.«

»Aber das Prinzip ist offensichtlich.« Henry watete bis zur Hüfte ins Wasser. Sobald er einen festen Stand gefunden hatte, fotografierte er mit seinem Handy die Uferzone ab. Mikowski grinste unter seiner Kapuze. »Allerdings kann ich mir nicht vorstellen, dass das Opfer rausgeschwommen ist. Quasi post mortem.«

7

Auf dem Rückweg in die KPI rief Linda an. Sie sagte ihm, sie hätten Stamms Wohnungsschlüssel gefunden. Ein achtjähriger Junge aus dem Haus hätte ihn vor der Kellertür entdeckt und an sich genommen. Als ein Uniformierter seine Mutter befragt habe, sei dem Jungen sein mittlerweile unwichtiger Fund eingefallen. Den Schlüssel hatte er in den Papierkorb geworfen.

»Und Spuren?«, fragte Henry.

»Außer von Joghurt und Schokolade nichts.«

»Und alles stammt aus dem Papierkorb des Jungen.«

»Genau.«

»Und wie ist der Schlüssel vor die Kellertür gelangt?«

»Dörndahl ist drauf gekommen. Aller Wahrscheinlichkeit nach hatte der Täter den Schlüssel zwischen dem Treppengeländer durchrauschen lassen. Wir haben es ausprobiert, und siehe da: Es funktioniert.«

»Bis nach unten?«

»Ja, bis vor die Kellertür.«

»Immerhin wissen wir jetzt, dass der Täter nicht den Fahrstuhl benutzt hat.«

»Okay, bis gleich. Wenzel will uns sprechen.«

»Bis gleich.«

8

»Herzlichen Glückwunsch«, sagte Wenzel. »Wir haben einen Toten und seinen Wohnungsschlüssel.« Er saß hinter seinem Schreibtisch, stemmte beide Arme gegen die Oberkante und grinste. Henry war sich unschlüssig, ob sein Grinsen Bestätigung, Wohlwollen oder totale Ablehnung signalisieren sollte.

»Und wir haben womöglich die Stelle, an der er ins Wasser gestoßen wurde.« Linda ließ sich durch Wenzels Tonfall nicht aus der Ruhe bringen.

»Ausgezeichnet. Wir kennen weder den Täter noch das Motiv. Haben Sie denn klären können, wie Stamm aus seiner Wohnung ins Wasser gekommen ist?«

»Wir vermuten, in einem Sack.«

»Fanden sich irgendwo Faserspuren?«

»Vossler untersucht bereits das Treppenhaus.«

»Ohne Frage, ein ganz fleißiger Junge. Aber was können *Sie* mir servieren?«

»Wir vermuten, dass Stamm mit dem Auto zur Saale gebracht wurde. Irgendwann zwischen Donnerstag und Sonntag letzter Woche.«

»Ich höre immer nur *vermuten* und *womöglich* und wieder *vermuten*. Wie steht's mit handfesten Beweisen?« Unverändert beide Arme gegen die Tischkante gestemmt, starrte Wenzel zu seiner Kaffeemaschine. Henry hoffte inständig, der Anblick würde seine Gereiztheit nicht verstärken.

»Also«, fuhr Wenzel fort, »für die Presseheinis bleibt der Fall tabu. Ich habe keine Lust, irgendwelchen Scheiß von Bandenkrieg und dubiosen Racheakten zu lesen. Philipp Stamm gilt weiterhin als flüchtig. Das bringt uns am ehesten Hinweise aus der Bevölkerung. Okay?«

Linda und Henry nickten.

»Und was hat die Vernehmung seiner Freunde erbracht?«

»Die steht morgen auf dem Programm.«

»Und die Arbeit mit den Erfurtern? Funktioniert die?«

»Sie kennen doch die Erfurter«, sagte Linda, und Henry sah das einvernehmliche Grinsen zwischen ihr und Wenzel. Er atmete innerlich auf. Offenbar gab es für Wenzel schlimmere Dinge als eine kaputte Kaffeemaschine und zwei im Dunkeln tappende Schafe.

9

Er schob sich einen Stuhl in die Mitte des Raums und setzte sich. Seine nackten Füße standen parallel, seine Hände lagen auf den Armlehnen. Er trug die zerschlissene Arbeitshose, die sein Vater schon getragen hatte. Das weiße Hemd hatte er bis zum Kragen hin zugeknöpft. Er fühlte sich wohl in diesen Sachen. Sie rochen nach seinem Vater, nach Schweiß und Arbeit. Er hatte die Sachen noch nie gewaschen, und er würde sie auch niemals waschen. Die Angst, der Geruch könnte verschwinden oder der Stoff sich auflösen, war zu groß. Sein Vater steckte in dieser Kleidung wie der Schweiß des Heilands im Tuch der Berenice.

Während sein Blick rings über die Mauern aus rotem Backstein schweifte, kamen die Erinnerungen. Früher waren diese Räume vom Schnaufen hart arbeitender Männer erfüllt gewesen. Säcke voll mit Mörtel, Gips und Kalk wurden aus Lastern in die Werkstatt gehievt und später wieder verladen. Auf den Händen seines Vaters hatte sich in den Lebenslinien oft Gips gesammelt. Als hätte er hautfarbene Handschuhe mit weißen Ziernähten getragen. Er hatte damals nicht geahnt, wie sehr er einmal diese eingestaubten Handteller vermissen würde.

Aus dem Leder, das an seinem Gürtel hing, zog er ein Messer. Aus der Beintasche seiner Arbeitshose einen fischförmigen Schleifstein. Er begann mit äußerster Ruhe, die Messerscheide über den Stein zu ziehen. Vor und zurück, stets im selben Rhythmus. Vor und zurück. Nicht zum ersten Mal stellte er fest, dass Blut auf Stahl keinerlei Spuren hinterlässt. Er hatte das Messer gesäubert, und nun war die Klinge vom Gift der Schlange befreit. Im Unterschied zum Blut hinterließ jede Bewegung über den Schleifstein eine Spur auf dem Messer. Jede noch so kleine Bewegung machte die Klinge schärfer und schärfer. Und auch darin offenbarte sich die Verschiedenheit zwischen der Macht des Tieres und der Macht des Engels. Das eine verging, während das andere überdauerte. Ihn konnte man nicht auslöschen wie einen dreckigen Flecken Blut. Aufs Tiefste befriedigt, stand er auf, entkleidete sich und legte sich nackt in den Staub.

10

Henrys Magen knurrte, und sein Kopf war schwer vor Müdigkeit. Beim Kochen dachte er darüber nach, was geschehen wäre, wenn Vanessa Stamms Schicksal ausgeplaudert hätte. Wie viele Menschen mussten von einem Mord erfahren, damit er in den Medien landete? Stamms Eltern wussten seit gestern Bescheid. Aber vermutlich hatte Wenzel sie angehalten, über das Schicksal ihres Sohnes Schweigen zu bewahren. Andernfalls wäre der positive Abschluss der Ermittlungen gefährdet. Er konnte sich Wenzels deutliche Art allzu gut vorstellen.

Während das Gemüse in der Pfanne schmorte, krochen ihm Vanessas Urlaubsfotos ins Gedächtnis. Plötzlich entglitt ihm der Kochlöffel, und er stürmte an seinen Laptop. Er musste das Internet nach Meldungen durchstöbern. Nur weil sie mit niemandem sprach, hieß das nicht, dass die Nachricht unter vier Augen blieb. Das verfluchte Internet, dachte er in panischer Erregung. Er tippte den Namen des Toten und begann die Einträge zu durchforsten. Ungeachtet seines Hungers verdampfte das Essen aus seinen Gedanken.

Wie im Rausch strichen die Minuten dahin. Er klickte sich durch unzählige Einträge, von denen ihm jeder sinnloser erschien als der vorherige. Ein Philipp Stamm postete täglich sein Frühstück. Am heutigen Morgen Croissants und Konfitüre in Portionspackungen. Ein anderer Philipp Stamm hatte Videos von tanzenden Hunden hochgeladen. Auf einem sozialen Netzwerk nannte sich jemand Philipp Stamm, der Erste. Für einen Moment vergaß Henry, dass der Name Philipp Stamm nicht nur einmal existierte. Als präsentierte das Überangebot an Philipp Stamms nur die verschiedenen Spielarten eines einzigen Charakters. Stamm, der Frühstücker und Hotelbesucher. Stamm, der Hundefreund. Stamm, der sich zum Ersten gekrönt hatte.

Stamm, der Schläger.

Weder tot noch aufgeschlitzt.

Über den Verstorbenen fand sich lediglich der Aufruf zur Fahndung. Lauter Einträge, die Henry bereits vor Tagen gesichtet hatte. Er klickte sich auf Vanessas Facebook-Profil. Kein neuer Eintrag vorhanden. Nirgends ein Zeichen der Trauer. Nirgends ein Kommentar, der tiefe Betroffenheit oder Depressionen erahnen ließ. Nicht einmal die beiläufige Erwähnung von Stamms Namen konnte er aufstöbern. Ihr letzter Post war datiert auf Samstag, den 21. September. Es lautete: *Endlich Wochenende. Party, Party, Party!*

Erleichtert klappte Henry den Laptop zu. Er wollte nicht daran denken, dass Vanessa sich mittlerweile einer Freundin anvertraut haben könnte. Oder dem Freund und Zeugen Thomas Zabel. In diesem Fall wäre die Verbreitung der Nachricht nur eine Frage der Zeit. Er fasste den Entschluss, gleich am nächsten

Morgen Linda seinen Fehltritt zu beichten. Alles musste auf den Tisch, auch der bittere Wein. Er ließ das zerkochte Gemüse in der Pfanne und begrub sich unter der Bettdecke.

11

Der Mann stand knietief im Wasser, während die Frau vor ihm in der Uferböschung lag. Unter ihrem nackten Körper schwarze Wurzeln und schwarze Erde. Nur ihr linkes Bein hing wie ein abgeknickter Birkenzweig ins Wasser. Ohne die geringste Scheu tasteten die Pranken des Mannes ihren Körper ab. Pressten ihre Brüste zusammen und schoben sie auseinander. Pressten sie wieder zusammen und schoben sie wieder auseinander. Wasser schwappte in sanften Wellen gegen ihre linke Wade. Die Frau war schön und begehrenswert und ohne Leben.

Auf der anderen Seite des Flusses duckte sich Henry hinter einen Busch. Trotz der Dunkelheit konnte er die riesigen Hände des Mannes erkennen. Deren Haut schien im kühlen Mondlicht zu phosphoreszieren. Aber sein Gesicht und auch das Gesicht der Frau blieben verschwommen wie das Sonogramm eines Ungeborenen.

Scheinbar ohne Anstrengung trug der Mann den Leichnam ins Wasser und ließ ihn dort sinken. Jede Welle brachte den bleichen Körper zum Beben. Dann schob er die Frau bis über die Flussmitte, gab sie aber mitnichten frei. Stattdessen umfasste er ihre linke Ferse, als wollte er sie wieder heranziehen. Als könne er nicht loslassen, was längst gegangen war.

Aus dem Nichts materialisierte sich in seiner Rechten ein Messer. Der Frau den Rücken zugewandt, klemmte er sich ihr Schienbein unter die Achsel und begann ihren Fußspann zu bearbeiten. Kein Blut, kein Widerstand. Es sah aus, als schnitze er in eine hölzerne Madonna die Wundmale ihres eigenen Sohnes. Henry spürte, wie ihn eine tiefe Erregung erfasste. Spürte den Schauder von Angst und Begierde.

Sobald der Mann seine Arbeit beendet hatte, stieß er die Frau von sich, und sie trieb flussabwärts. Der Mann watete aus dem

Wasser und verschwand in der Düsternis. Henry war hin- und hergerissen: Sollte er hinter dem Busch ausharren oder nicht? Sollte er dem Mann folgen oder nicht? Dann wählte er den Sprung ins Wasser.

Er schwamm der Frau nach. Dachte ihren Namen bei jedem Stoß seiner Arme, jedem Schlag seiner Beine. Vanessa. Vanessa. Vanessa.

Als er sie eingeholt hatte, glitt er gleich einem Pilotfisch unter ihren Körper. Ihr blondes Haar fächerte über sein Gesicht, ihr Arsch lag auf seinem Schwanz. Im Rhythmus der Wellen wandte sie sich ihm zu. Er schloss seine Arme um ihren Leib, presste sie an sich, schaute ihr ins Gesicht. Er begriff, dass diese Augen und dieser Körper nicht zueinander gehörten. Dachte, während das Wasser in seine Lungen strömte, einen Namen: Patrick.

Mit einem stummen Schrei auf den Lippen fuhr er aus dem Schlaf. Er hatte geträumt. Und nachgedacht.

Der Mann hob den Blick von seiner Lektüre, schaute über den heißen Sand und das verdorrte Gras hinweg auf den Bus, gerade so, als könnte er durch die fensterlose Heckklappe in den Laderaum spähen. Die Mittagssonne brachte die rote Lackierung zum Dampfen, und selbst die Kleiber, die sonst von der Dachrinne trällerten, hatten sich auf dem Blech die Krallen versengt und waren unter das Dach der alten Werkstatt geflohen.

Als der Mann seinen Kopf wieder senkte, löste sich ein Schweißtropfen von seiner Stirn und landete auf dem Wort Sohn, *das in dem Satz geschrieben stand,* wer den Sohn hat, der hat das Leben, *eine Zeile aus den Briefen eines anderen Mannes. Der Schweißtropfen ging über in Papier und Druckerschwärze, doch der Mann rückte nicht ab von der Treppe, auf der er seit den frühen Morgenstunden hockte. Unbeirrt und konzentriert folgte er den Worten, weil eben nur das Wort ihm Kraft und Ausdauer verleihen mochte und alles andere einer Flucht gleichkam.*

Der Mann würde ausharren, auch wenn die Sonne nicht mehr verblassen, auch wenn sie für die nächsten neun Monate ihre unbarmherzige Hitze zur Erde stoßen würde, denn das Buch hatte ihm den Weg zu dieser alten Werkstatt gewiesen und auf die steinernen Stufen, wo er sich seit beinahe einem Monat in Geduld und Demut übte. Mit der Bedachtsamkeit eines fleischlosen Styliten stemmte er sich hoch und lief, das Buch noch in der Rechten, zu dem Bus und umrundete ihn auf leisen Sohlen, wobei er den eigenen Schatten über die Karosserie gleiten sah wie die gespannten Flügel eines Greifvogels. Für einen flüchtigen Moment blickte der Mann zurück auf die alte Werkstatt, und es schien ihm, als würde das Gemäuer lichterloh brennen, so rot und grell leuchtete der Backstein im Sonnenglast.

Gleichwohl wusste der Mann, dass ihn keine Vision ereilte, denn auch in früheren Zeiten war ihm nie dergleichen vergönnt gewesen. Den Mann plagten lediglich Müdigkeit und Hunger und eine unaussprechliche Trauer. Da war die dauerhafte Sorge um den Jungen, der im Innern des Busses der Hitze trotzte wie ein vergessener Hund. Dies allein war die Realität des Mannes. Und er kniete vor der Heckklappe nieder, legte dort das Buch der Bücher in den Sand, kehrte zur Werkstatt zurück und tat, was ihm sein Gewissen befahl: warten auf ein Zeichen. Auf Geburt und Vergebung.

Dritter Teil

*»… Schlag an mit deiner Sichel und ernte,
denn die Zeit zu ernten, ist gekommen …«*
Offenbarung, 14,15

*»… Cut him out
Cut him clean …«*
»Sing Out the Devil«, Chris Rea

Donnerstag

1

»Ich glaube, ich habe einen großen Fehler gemacht.«

Linda hielt vor einer roten Ampel und starrte zum Seitenfenster hinaus. Sie wirkte, als hätte sie ebenso unruhig geschlafen und hinge nun unvollendeten Träumen nach. Aus dem Radio triefte der Schmalz vergangener Zeiten. Henry war kurz davor, das angeschnittene Thema zu wechseln. Rasch führte er sich vor Augen, dass der Ärger in der KPI bereits warten konnte. Vielleicht waren Informationen über die Art und Weise von Stamms Tod längst an die Öffentlichkeit gedrungen. »Linda?«

»Ja.«

»Hast du mich verstanden?«

»Klar und deutlich. Ich sitz auf glühenden Kohlen.«

Die Gleichgültigkeit, die er aus Lindas Tonfall zu hören glaubte, machte es ihm nicht leichter. Er stellte das Radio ab, räusperte sich übertrieben und sagte: »Ich war bei Vanessa Fiebig.«

»Sehr schön.«

»Ich mein's ehrlich.«

»Und wann?«

»Vorgestern.«

»Warum hast du gestern nichts gesagt?«

»Hab ich irgendwie verpeilt. Der Tag war so turbulent gewesen. Draußen die Suche, der Schlüssel und so weiter.«

»Henry Kilmer verpeilt etwas. Das kannste Wenzel versuchen weiszumachen, aber nicht mir.«

Henry konnte Lindas Ton nicht einordnen. Entweder markierte sie die Empörte, um ihm die Nichtigkeit seines Problems zu verdeutlichen. Oder sie hatte einfach keine Lust auf seine Ausflüchte. Er entschied sich für die zweite Variante. »Ich hatte irgendwie den Drang verspürt.«

»Samenstau. Meinst du das mit Drang?«

»Ja, vielleicht. Ich weiß nicht.«

»Henry, Henry«, seufzte Linda. Die Ampel wechselte auf Gelb, und Linda legte den ersten Gang ein. »Polizisten, die mit Zeugen anbändeln, sind keine Exoten. Aber warum du? Und warum ausgerechnet die?«

»Sie tut mir leid.«

»Oh, du edler Samariter.«

»Sie tut mir wirklich leid.«

»Das suggeriert dir dein Gewissen, weil du mit deinen Trieben nicht zurande kommst.«

Darauf wusste Henry kein Gegenargument. Keine Ausrede, kein rührseliges Blabla.

»Du solltest einfach mal ausgehen«, fuhr Linda fort. »In Jena gibt es junge Frauen wie Sand am Meer. Frauen, die dir intellektuell gewachsen sind.«

»Ich geh nicht gerne aus.«

»Da liegt der Hund begraben. Du bist durch und durch ein Eigenbrötler.«

»Aber was hat das mit …«

»Seien wir mal ehrlich«, unterbrach ihn Linda und schaltete in den vierten Gang. »Bis auf ein heißes Fahrgestell hat die Fiebig doch nichts zu bieten. Blonde Mähne und mächtig Holz vor der Hütte. Glaubst du denn, du kannst mit ihr über deinen Job reden? Oder über deine Bücher und den ganzen amerikanischen Schund?«

»Keine Ahnung. Vielleicht.«

»Am Anfang wird sie's dir richtig besorgen, und du wirst auf Wolke sieben schweben. Und nach ein paar Wochen wirst du mir in den Ohren liegen, weil sie dich langweilt. Weil du keinen Bock mehr auf Disco und Asi-TV hast. Weil sie Blasen für einen Diskurs hält. Ich werde dir raten, sie zu verlassen, und du? Du wirst sagen: Sie tut mir leid. Sie tut mir ja so leid.«

Jetzt klang Lindas Stimme alles andere als belustigt. Henry wollte sich verteidigen, fand allerdings keine gescheiten Argumente. Sein Verstand sagte ihm, dass sie recht hatte. Doch der Teil in ihm, dem er keine Stimme verleihen mochte, höhnte über Lindas Warnung.

Mitten in seine Gedanken hinein sagte sie: »Du hast sie hoffentlich nicht am Dienstag besucht.«

»Vorgestern, wie ich gesagt habe.«

»Der Tag, an dem wir Stamm gefunden haben?«

»Ja, am 1. Oktober.«

Linda schüttelte den Kopf. Obwohl sie bei geschlossenem Fenster fuhren, zündete sie sich eine Zigarette an. Sie machte keine Anstalten, das Seitenfenster zu öffnen. »Wenn was nach draußen sickert, reißt dir Wenzel den Kopf ab.«

»Ich hab gestern das Netz durchforstet und nichts gefunden.«

»Sie hat sich bestimmt bei 'ner Freundin ausgeheult. Das wird die Runde machen. Garantiert.«

»Kann Wenzel die Presse nicht um eine Schonfrist bitten?«

»Frank Wenzel kann alles. Außer, um etwas zu bitten.«

»Ohne Ausnahme?«

»Selten. Ganz selten.«

»Scheiße.«

»Ja, große Scheiße.« Linda lenkte den Wagen in die Straße Am Anger. Sobald Henry das Gebäude der KPI erblickte, rumorte in ihm ein mulmiges Gefühl. Aber es glich nicht dem Gefühl, das ihn fast von seiner Beichte abgehalten hätte. Das war eine persönliche Sache zwischen ihm und Linda gewesen. Eine Geschichte um Vertrauen und Ehrlichkeit. Das Gefühl, das ihn jetzt quälte, war die Übelkeit wegen der kaum abschätzbaren Konsequenzen. Linda parkte den Wagen und zündete sich eine weitere Zigarette an. »Hat denn dein Besuch irgendwas gebracht? Ich meine, aus kriminalistischer Sicht.«

Henry atmete durch, zückte seinen Notizblock und begann, ihr die Einzelheiten darzulegen: die Zigarette im Aschenbecher, der Tequila, die Höhen und Tiefen ihrer Beziehung mit Philipp Stamm. Dass er weder einem Verein noch sonst einer Gruppe angehört habe. Dass ihr das merkwürdige Zeichen fremd gewesen sei. Zumindest habe sie das ihm gegenüber geäußert, und er habe ihre Reaktion für authentisch befunden.

»Wenigstens etwas«, seufzte Linda. »Du gehst jetzt zu Wenzel

und berichtest ihm alles. Allerdings tust du so, als wäre dir der
Besuch bei deiner Einführung entfallen. Unabsichtlich, versteht
sich. Warst halt nervös, wegen der neuen Kollegen und so weiter.«

»Und das soll funktionieren?«

»Du musst es halt versuchen.« Linda blies den Rauch durch
den kleinen Spalt im Fenster. »Schon für deine Vergesslichkeit
wird er dir den Arsch aufreißen.«

»Und wenn er auf dich zu sprechen kommt?«

»Dann sagst du, ich hätte davon gewusst. Wenzel wird keine
Brücke zwischen dir und den Möpsen von Frau Fiebig schlagen.«

»Er hat auch Augen im Kopf.«

Linda lachte ihr Krähenlachen. Zigarettenqualm presste sich
aus ihrer Nase, ihre blonden Haare sprangen von den Schultern.
»Glaub mir, Henry. Du wirkst nicht wie ein Bulle, der Zeugen
an die Wäsche geht.«

2

Auf halber Treppe stoppte Sebastian Rode und schaute ein
Stockwerk tiefer. Sein Blick war wachsam, seine Linke krallte
sich am Geländer fest. Noch vor seiner Entlassung aus dem
Klinikum hatte ihm die Schwester den Verband entfernt. Der
behandelnde Arzt hatte gemeint, er müsse nicht mehr aus der
Schnabeltasse trinken. Dabei hatte er gegrinst, als hätte er ihm
einen dreckigen Witz erzählt. Doch Sebastian hatte sein Grinsen nicht erwidert. Er trank weiterhin aus der Schnabeltasse,
bevorzugte Brühe anstelle von fester Nahrung. Er hatte trotz
der ärztlichen Entwarnung eine Heidenangst, sich beim Kauen
einen Knochen auszurenken. Überhaupt wurde sein Leben seit
dem Überfall von Angst und Vorsicht gelenkt. Schon hinter
der nächsten Ecke konnten sie mit harten Sohlen und flinken
Fäusten und ungehemmter Brutalität lauern.

Sie – das waren der Riese, sein Arschlecker und dieses Miststück.

Sebastian erreichte das Erdgeschoss und verharrte vor den Briefkästen. Er lauschte den Geräuschen, die von der Straße her ins Haus drangen. Autos, Busse, das Quietschen der Straßenbahn. Wortfetzen von ahnungslosen Passanten. Keines dieser armen Schweine ahnte, dass hinter der nächsten Ecke eine Gefahr für Leib und Leben warten konnte. Der Trommelwirbel geballter Fäuste kam so plötzlich wie lautlos, das hatte Sebastian lernen müssen.

Im Krankenzimmer hatte ihn die Erinnerung an die Tat wütend gemacht, und die Wut hatte ihm Kraft verliehen. Unzählige Male hatte er die Schlampe, die den Riesen aufgestachelt hatte, in die Knie gezwungen. Hatte sie nach allen Regeln der Kunst durchgefickt. Aber nicht auf die nette Art, sondern genau so, wie sie es verdient hatte. Allein die Vorstellung daran hatte ihn die Schmerzen beinahe vergessen lassen.

Dann war dieser dämliche Bulle aufgetaucht und hatte lauter dämliche Fragen gestellt. Wer und was, wie und warum, und alles mit einer Penetranz, als wäre er der verfickte Täter und nicht das Opfer. Er hatte gehofft, der Bulle würde ihn nicht mehr belästigen. Es sei denn, um ihm mitzuteilen, dass man den Scheißriesen bei einer neuen Schlägerei in den Rollstuhl geprügelt habe. Seine Hoffnung hatte sich wenigstens in einer Beziehung erfüllt.

Nach der Entlassung war die Wut allmählich abgeebbt. Sie hatte einer Angst Platz gemacht, die ihn an seine Wohnung kettete wie einen Köter an die verhasste Hütte. Er schämte sich für seinen eingezogenen Schwanz, seinen ängstlichen Blick. Damit er nicht vom Fleisch fiel, brachte ihm seine Mutter alle drei Tage die Einkäufe vorbei. Immerhin wagte er mittlerweile den Gang zum Briefkasten.

Jetzt hielt er zwei Umschläge in den Händen. Einer war von der Krankenkasse, die ihn beinahe jeden Tag mit irgendwelchem Dreck behelligte. Als würden nicht Medikamente seine Schmerzen verringern, sondern Anfragen und auszufüllende Bogen. Er stopfte den Brief ungelesen in seine Hosentasche. Das zweite Kuvert war unbeschriftet. Ohne Umschweife öffnete er es und las:

»Seien Sie beruhigt. Der Drache hat für seine Schuldigkeit gebüßt.«

3

Henry fragte sich, was Wenzel letzten Endes vor einem Aus-raster bewahrt hatte. Entweder die Tatsache, dass sie alle an einem Feiertag ihren Dienst antreten mussten. Oder die neue Kaffeemaschine, die ihm Frau Wenzel spendiert hatte.

Unterwegs in das eigene Büro schwor sich Henry, nie wieder so kopflos zu handeln. Linda hatte nicht nur recht, sie hatte vielmehr die absolute Wahrheit ausgesprochen. Der Besuch bei Vanessa Fiebig war allein seinen Trieben geschuldet. Er musste die Sehnsucht nach ihrem Körper niederknüppeln wie den Heißhunger auf Süßigkeiten. Vanessa war keiner der Dämonen, die aus seiner Jugend heraus sein gegenwärtiges Leben zu beherrschen suchten. Die unabsehbar gleich einem Wetterumschwung seine Narbe reizten und reizten und immer wieder aufs Neue reizten. Vanessa war lediglich ein Splitter unter seinem Nagel, und der musste gezogen werden. Noch während er sich für seine fehlende Selbstkontrolle ohrfeigte, kam die Lust zurück. Das Begehrenswerte ließ sich nicht häss-lichreden. Er ahnte, dass der Splitter sich nur schwer ziehen lassen würde.

Direkt vor der Bürotür fiel ihm sein Traum von letzter Nacht ein. Der schwarze Fluss, der entblößte Körper, die blonden Haare. Der Mann, der sein Zeichen in einem Fuß verewigt hatte. Das Gesicht, das ihn zuletzt angestarrt hatte, war Teil eines anderen Alptraums. Das verscheuchte er aus seinen Gedanken. Aber der Rest des Traums erschien ihm in diesem Moment von großer Bedeutung.

»Dein Kopf ist ja noch dran.« Linda hatte die Füße auf den Schreibtisch gehoben und blickte über einen Hefter hinweg.

»Das war mir eine Lehre«, sagte Henry. »Das kannste wis-sen.«

»Also ist es jetzt vorbei?«

»Was vorbei?«

»Die Sache mit der Fiebig.«

»Ja.«

»Sag es lauter.«

»Ja.«

»Mit mehr Elan!«

»Ach, Linda.«

»Okay, okay.« Sie musterte ihn, derweil sie mit ihrem Kugelschreiber rhythmisch auf den Hefter klopfte. Henry bemühte ein Lächeln und nahm ihr gegenüber Platz. Der fette Buddha glotzte ihn selbstgefällig an. Indem Henry seinen Laptop aufklappte, verschwand der Buddha aus seinem Sichtfeld. Wie nebenher ließ Linda verlauten, dass sie den Bericht der Rechtsmedizin habe. Er bat um ein paar Sekunden, um die Fotos von der Leichenschau zu öffnen. Dann signalisierte er Linda seine Aufnahmebereitschaft.

»Sein Körper lässt etliche Schürfwunden erkennen«, begann Linda. »Laut Gutachten sind sie von schweren Stürzen verursacht worden. Eine Patellaluxation – Verrenkung der Kniescheibe – scheint den Befund zu stützen. Wenn Stamm gelaufen ist, dann nur unter großen Schmerzen.«

»Die Schürfwunden sind nicht zu übersehen«, kommentierte Henry mit Blick auf die Fotos.

»Die Fleischwunden müssen von einem scharfen Gegenstand verursacht worden sein. Die glatten Wundränder sprechen eindeutig für ein Schnittwerkzeug. Eine Klinge ohne Wellenschliff. Vermutlich stammen alle diese Wunden von demselben Gegenstand. Also die kleineren Schnitte und der Kehlenschnitt.«

»Steht dort, von welcher Seite die Klinge geführt wurde?«

»Von rechts nach links.«

»Philipp Stamm war Rechtshänder.«

Linda hob den Blick vom Hefter. »Du glaubst doch nicht, er hätte sich selbst …«

»Ich wollte es nur ausschließen.«

»Okay, das war's. Bis auf den Halsschnitt liegen keine inneren Verletzungen vor.«

»Können wir festhalten, dass diese Verletzung zum Tod führte?«

»Definitiv. Beide Hauptschlagadern wurden durchtrennt.«

Für die meisten Polizisten waren die Berichte aus der Rechtsmedizin eine Ansammlung chinesischer Schriftzeichen. Doch Linda war geschult darin, den Fachjargon mitsamt seiner Terminologie ins Verständliche zu übersetzen. Nachdem Henry sich ein paar Notizen gemacht hatte, fragte er: »Gibt es schon eine Analyse der Fasern?«

»Alle Materialproben sind ab ins Labor.«

»Nach Erfurt?«

»Ja.«

Er drehte sich auf seinem Bürostuhl zum Fenster. Heute am Feiertag war die Straße Am Anger beinahe leer. Kein Berufsverkehr, keine Studenten auf dem Weg zur Uni. Etliche Kollegen hatten sich freigenommen und würden auch den morgigen Brückentag nutzen. Henry behagte diese Leere. Zufrieden schloss er die Augen und versuchte den Modus Operandi zu ergründen.

Gewiss hatte sich Philipp Stamm zu wehren gewusst. Verurteilt wegen schwerer Körperverletzung, hatte er eine mehrjährige Gefängnisstrafe verbüßt. Er war durchtrainiert und mit seiner Größe von eins dreiundneunzig sicherlich kein leichtes Opfer. Allein dieser Umstand ließ Henry vermuten, dass Stamm auf dem Rücken liegend getötet worden war. Und wenn nicht im Liegen, dann hatte ihn der Täter auf irgendeine Art fixiert. Der Kehlenschnitt war beinahe waagerecht ausgeführt worden, dazu äußert schnell. Andernfalls wären die Wundränder weniger sauber. Auch das sprach dafür, dass Stamm auf dem Rücken gelegen hatte. Dagegen begünstigten zwei Optionen einen anderen Schluss: Stamms Mörder besaß eine außerordentliche Körpergröße. Oder Stamm hatte im Augenblick des Todes vor seinem Mörder gekniet. Wie bei einer Hinrichtung.

Wäre ihnen der Tatort bekannt, hätten die Techniker anhand des Blutes ein Sprühmuster erstellen können. Die Frage, ob Stamm liegend, aufrecht oder kopfüber starb, wäre längst beantwortet. Schwein gehabt, dachte Henry. Oder bist du einer von der ausgefuchsten Sorte? Einer, der nichts dem Zufall überlässt? »Du würfelst wohl nicht«, murmelte Henry bedeutungsschwer.

Dann begann er, vor Linda seine noch unsortierten Gedanken auszubreiten. Wäre jemand bis ans Ufer gefahren, so erklärte er, hätten sie Reifenspuren im Gras entdeckt. Dennoch würde er ausschließen, dass Stamm auf Schultern durch die Gegend geschleppt worden war. Die Strecke von der Stadtrodaer Straße hinunter zum Flussufer hielt er bei seinem Gewicht für machbar. Größere Entfernungen dagegen nicht. Linda segnete Henrys Spekulation mit einem Nicken ab.

»Doch der Leichnam ist nicht nur zum Wasser getragen worden«, ergänzte Henry. Ab diesem Punkt begleitete der gestrige Alptraum seinen Deutungsversuch wie ein blasses Dia. Er wechselte den Schreibtisch und bat Linda, sie möge das linke Bein ausstrecken. Vor dem Stuhl kniend, umfasste er ihre Ferse. »Der Täter hat den Spann nach unten gebogen, damit sich die Haut strafft. Wahrscheinlich gibt es keine bessere Stelle. Selbst beim dicksten Buddha schwabbelt dort kein Fett.« Henry griff sich Lindas Kugelschreiber, versenkte die Mine und führte ein paar imaginäre Schnitte aus.

»Ein bisschen umständlich«, entgegnete Linda. »Du musst meinen Fuß mit der Rechten ausbalancieren und die Linke zum Ritzen benutzen. Ziemlich blöd, oder?«

Trotz ihrer Skepsis gewann sein Traum an Klarheit. Er drehte Linda den Rücken zu und klemmte sich ihr Schienbein unter die Achsel. Damit sich die Haut auf ihrem Spann straffte, bog er ihre Zehen abwärts. »Tut das weh?«

»Hey, ich bin keine Mimose.«

»Okay, so liegt das Bein stabil …«

»… und man kann in Ruhe schnippeln.«

»Aber was bringt uns das?«, fragte Henry nachdenklich.

»Spiele eröffnen neue Räume.«

»Zitat Linda Liedke: ›Im Kopf bleibt im Kopf.‹«

Sie stupste ihn mit der nackten Zehe gegen den Hinterkopf. »Hey, man zitiert seine Kollegen nicht.«

»Wenzel glaubt jedenfalls an einen Racheakt«, sagte Henry, ohne sich zu erheben.

»Sicher wegen Stamms Knastgeschichte.«

»Vermutlich.«

»Und was denkst du? Rachegeschichte, Eifersuchtsdrama oder der unwahrscheinlichste Selbstmord aller Zeiten.«

»Ich weiß nur, wem ich die Tat nicht zutraue.«

»Verdammt, du sollst sie dir aus dem Kopf schlagen.«

»Ich denke, im Kopf bleibt im Kopf.«

»Kein Kommentar, Samurai Kilmer.«

4

Gegen neun traf sich die erste Mordkommission im Konferenzraum. Wenzel verkündete, dass der Auftritt in der »Kripo live«-Sendung verschoben worden sei. Die neue Faktenlage erzwinge eine sensible Vorgehensweise. Man müsse nun abwägen, was man der Öffentlichkeit präsentiert und was nicht. Natürlich wisse er, dass Frau Liedke sich zu einem gewissen Moderator hingezogen fühle. Nur leider sei der Fall zu *brisant* und der Moderator schwul. Und leider, so fügte Wenzel ohne eine Spur von Scham hinzu, ließe sich nur an einer Sache arbeiten. Für heute waren erneute Zeugenbefragungen anvisiert. Ein Feiertag bot die beste Gelegenheit, auch wenn die Leute sich schnell in ihrer Ruhe gestört fühlten. Wenzels Anweisung zufolge sollte Philipp Stamm bis zum Wochenende als flüchtig gelten. Das hatten alle sich einzutrichten. Es gab keinen Toten. Punkt. Wenzel bildete zwei Teams unter Lindas und Henrys Führung. Lennart Mikowski solle das Büro hüten und das Internet durchforsten. Er selbst sei jederzeit übers Handy erreichbar. Zum Abschied klopfte Wenzel mit den Fingerknöcheln auf die Tischplatte.

Linda warf eine Liste in die Runde, auf der die Bekannten von Philipp Stamm vermerkt waren. Sie hatte gestern eine Stunde mit der Meldestelle telefoniert. Jedem einzelnen Namen war eine Wohnadresse hinzugefügt worden. Linda würde mit Walter Dörndahl die Innenstadt abklappern, während Henry und Svenja Freese in den Außenring fuhren. Zu Henrys Tour gehörten unter anderem Timo Spindler und Hildegard Bräuer. Ein zweifelhafter Zeuge und eine verwirrte Greisin, deren Geschichten er bisher keine Relevanz beimessen mochte. Viel wichtiger erschien ihm eine Adresse, die nicht auf seiner Tour lag. Unter seinem Nagel machte sich wieder der Splitter bemerkbar.

5

Der Tag begann für Robert Krone mit einem Gefühl der Enttäuschung. Sein Wecker zeigte zehn Uhr fünfzehn. Die linke Seite seines Bettes war leer. Annett musste seit mehr als zwei Stunden in der Schule sein. Willkommen im Alltag von Ehepaar Krone. Noch vor einigen Wochen hätte sie ihn wachgeküsst. Hätte ihn getriezt, mit aufzustehen und mit ihr gemeinsam zu frühstücken. Aber diese Zeit schien endgültig passé.

Robert mochte nicht mehr darauf bauen, dass ihm im Laufe des Tages Naivität und Verblendung ein Hochgefühl bescherten. Manchmal hatte er mit Hilfe alter Fotos die Realität zu verdrängen gesucht. Oder er hatte so lange an Annetts Kleidung gerochen, bis sie tatsächlich neben ihn aufgetaucht war. Lächelnd und entblößt, ihn mit gespreizten Schenkeln einladend. Auch diese Zeiten schienen endgültig passé. Jetzt erfasste ihn das Gefühl der Enttäuschung, sowie er die Augen aufschlug.

Er fuhr mit der Hand unter ihre Bettdecke. Versuchte sich einzubilden, er spüre die Restwärme ihres Körpers in den Fingerspitzen. Aber sein Kopf ließ sich nicht irreführen. Auf ihrer Seite war nichts mehr. Alles leer, alles kalt, alles eine einzige Enttäuschung.

Eigentlich hatte er sie mit dem Zettel, den er gefunden hatte, konfrontieren wollen. Die Handschrift darauf war beileibe nicht die ihre. Und genauso wenig die eines Kindes. Wenn er die Buchstaben in ihrer Gesamtheit betrachtete, zeigte sich ihm die Linienführung eines Mannes. Keine Frau verfügte über eine derart statische Handschrift. Gleichwohl steckte der Zettel unverändert zwischen Matratze und Bettrahmen. Ihm hatte der Mut gefehlt, ihr sein Beweismittel zu präsentieren. Er hatte Angst, sich lächerlich zu machen. Noch mehr Beweise mussten gesammelt werden, denn er wollte absolut sicher sein. Und dann Gnade ihr Gott, dachte er wütend. Dann könnte er für nichts mehr garantieren. Weder für sie noch für diesen Typen. Dieses hinterfotzige Schwein, das sich an eine verheiratete Frau rangemacht hatte.

Aufgebracht warf er die Bettdecke zurück und stapfte ins Bad. Unter der Dusche bearbeitete er seinen Schwanz so heftig, dass ihm das Fleisch brannte. Derweil phantasierte sein Bewusstsein einen großen Unbekannten herbei. Einen Mann, muskulös und männlich, sensibel und erfolgreich. Einen Mann im Besitz seiner Frau. Robert sah sie beim Ficken, beim Händchenhalten, bei endlosen Gesprächen. Hartnäckig onanierte er dagegen an. Gegen diese Bilder, gegen Wut und Verzweiflung.

6

Linda hatte Walter Dörndahl nicht hinters Steuer lassen wollen. Sie fuhren auch nicht in seinem Wagen, sondern mit ihrem Passat. Linda und Frank Wenzel waren einer Meinung, dass sie den Erfurtern nicht das Ruder aushändigen durften. Andererseits schienen ihr Walter Dörndahl und Svenja Freese nicht gewillt, die KPI Jena zu okkupieren. Sicherlich, so dachte sie, ist den Erfurtern die ganze Prozedur vertraut. Bei ungelösten Mordfällen wurde früher oder später immer das LKA herangezogen. Insofern mussten sie es gewöhnt sein, woanders einzusteigen und sich mit der Rolle des Copiloten zu begnügen. Dennoch wollte Linda dem Frieden nicht gänzlich trauen. Eine Stimme, die auch die Stimme ihres Chefs hätte sein können, warnte sie vor der Einflussnahme von außen.

Walter Dörndahl saß dermaßen steif auf dem Beifahrersitz, dass Linda glaubte, Musik würde ihn belästigen. Sie widerstand der Versuchung und ließ ihren MP3-Player unangetastet. Auch das Radio hatte Sendepause.

»Wo fahren wir zuerst hin?«, fragte Dörndahl.

»Zur Zeugin Vanessa Fiebig.«

»Also zum Marktplatz.«

»Da hat wohl jemand seine Hausaufgaben gemacht.«

Dörndahl reagierte zumindest äußerlich nicht auf ihre Bemerkung. Er las in einem Dossier, das auf seinem Schoß lag. Aus den Augenwinkeln erkannte Linda das Foto von Philipp Stamm. Dörndahls mit Altersflecken übersäte Hände ruhten steif wie Prothesen auf dem Papier. »Schlimmer Bursche, dieser Stamm«, sagte Dörndahl.

»Ohne Frage«, pflichtete ihm Linda bei.

»Und hat er verdient, was er bekommen hat?«

Die Frage traf Linda völlig unvorbereitet. Sie hatte sich schon des Öfteren Gedanken um eine moralische Bewertung der Person Philipp Stamm gemacht. Im Grunde war der Mann ein Wiederholungstäter gewesen. Erst eingebuchtet wegen schwerer Körperverletzung, dann draußen und abermals die Keule im Handgepäck. Niemand konnte sagen, wie oft er nach seiner Entlassung zugeschlagen hatte. Ohne Geschrei kein Blaulicht. Ohne Strafanzeige kein Blutvergießen. Das war die offizielle Denkart.

Eines Abends hatte sie mit ihrem Mann darüber diskutiert, ob Stamms Ende insgeheim zu begrüßen war. Sie hatte die üblichen reaktionären Geschütze aufgefahren. Hatte Stefans moralischen Zeigefinger brechen wollen. Aber ihr Mann war ein Gutmensch, dessen Ansichten nur selten ins Wanken gerieten. Bisweilen wünschte sie sich, sein Idealismus würde sie anstecken. Immerhin hatte Philipp Stamm einen Schwächling zusammengetreten. Skrupellos und fern jeglichen Mitgefühls. Unter widrigen Umständen hätte der Mann als Pflegefall enden können. Allerdings war das Opfer in diesem Fall auch ein Schwein. Zumindest nach Vanessa Fiebigs Aussage. Letztendlich lief es auf die Frage hinaus, ob Schweine andere Schweine beißen dürfen. Und Lindas Antwort war eindeutig: »Nein, er hat's nicht verdient.«

»Du hast lange überlegt.«

»Ist ein heikles Thema. Wie denkst du darüber?«

»Ich kann nur nach seiner Akte urteilen.«

»Bitte, tu dir keinen Zwang an.«

»Ich finde, er hat's verdient.«

»Jetzt bin ich echt baff.«

»Aber die Tat war unrecht.«

»Sind das zwei Paar Schuhe für dich?«

»Meistens«, sagte Dörndahl und schloss das Dossier. »Mit einem Paar geh ich jeden Tag zur Arbeit, und das andere wartet zu Hause. Die alten Schlappen sieht Gott sei Dank nur meine Frau.«

Linda grinste ihm offen ins Gesicht. Mit einer derartigen Antwort hatte sie nicht gerechnet.

Sie parkte den Wagen auf dem betonierten Eichplatz im Schatten des Jentowers. Als Dörndahl die Beifahrertür öffnete, bat sie ihn, hier zu warten. Er starrte sie irritiert an. Seine Hand blieb am Türgriff kleben.

»Frau Fiebig ist von der Tragödie sehr mitgenommen«, sagte Linda. »Mich kennt sie, da erfahren wir mehr.«

»Ich denke, Stamms Ermordung ist unter Verschluss.«

»Sie hat bei unserm ersten Besuch schon etwas geahnt.« Linda hievte sich vom Sitz und stieg aus. »Sie ist hypersensibel. Ich hoffe, du verstehst das.«

»Schon kapiert. Du suchst das Gespräch von Frau zu Frau.«

»Mensch, Dörndahl. Du solltest Psychologe werden.«

Kaum hatte Linda die Tür zugeschmissen, tadelte sie sich für ihre lockere Art. Dörndahl ist ein alter Hund, und alte Hunde sind oft die schlauesten Hunde. Wenn ihnen nicht Müdigkeit und Lethargie im Wege standen, witterten sie jede Lüge. In dieser Hinsicht war Frank Wenzel einem Walter Dörndahl sehr ähnlich.

Im Eilschritt lief Linda zur Anschrift Markt 23. Plötzlich war sie von Menschen umringt. Hier zwischen dem Rathaus und der Göhre, dem Stadtmuseum von Jena, sah ein 3. Oktober nach Feiertag aus. Wachsam spähte sie zwischen den Passanten hindurch zum Auto. Offenbar widmete sich der alte Hund seinem

Dossier. Sie drückte die Klingel, und aus der Gegensprechanlage krochen Trauer, Schmerz und Ablehnung.

7

Den Anblick, den Vanessa Fiebig bot, hatte Linda nicht erwartet. Das Gesicht der jungen Frau war von Tränen gerötet, von einem Kopfkissen wundgerieben. Einzelne Haarsträhnen hatten sich aus ihrem Zopf gelöst und hingen ihr über die Schläfen. Ohne sich nach dem Grund des Besuches zu erkundigen, ließ sie die Beamtin eintreten.

»Sie wechseln sich wohl immer ab«, sagte Vanessa und schlurfte in die Küche. Sie trug Pantoffeln und einen rosafarbenen Bademantel.

»Herr Kilmer ist anderweitig beschäftigt.«

»Schade.«

»Sie mögen ihn?«

»Nein, ich finde ihn amüsant.«

Linda ermahnte sich, dass ihr Besuch einer anderen Sache galt. Doch als ihr Vanessa Fiebig ungefragt einen Kaffee servierte, kam das einer Einladung gleich. »Sie finden ihn wirklich amüsant?«

»Amüsant, lustig. Irgendwie schräg.«

»Als lustiger Typ ist mein Kollege nicht bekannt.«

»Haben Sie ihn schon mal angeguckt?«

»Wie meinen Sie das?«

»Ach, kommen Sie. Ein Bulle mit Zopf.«

»Andere Männer tragen auch Zöpfe.«

»Andere Männer sind auch schwul.«

»Schöne Logik«, sagte Linda mit emotionsloser Stimme. »Ich bin jedenfalls wegen Philipp Stamm hier.«

Vanessa Fiebig gab ihrem Kaffee einen Schuss Amaretto hinzu. Dann schob sie Linda die Flasche unter die Nase. Sie schien der Kommissarin den abrupten Themenwechsel nicht zu verübeln.

»So gern ich das Zeug mag, aber nicht im Dienst.«

»Ihr Kollege war da nicht so zimperlich.«

»Könnte das unter uns bleiben?«

»Also wollen Sie doch ein Schlückchen?«

»Nein, dass mein Kollege hier getrunken hat.«

Vanessa Fiebig zuckte unbestimmt mit den Schultern. Linda versuchte, in ihrem Auftreten einen Funken Liebenswürdigkeit zu entdecken. Sie konnte nicht begreifen, weshalb Henry sich ausgerechnet von dieser Frau angezogen fühlte. Vanessa Fiebig war weder schön noch intelligent. Männer würden sie als geil bezeichnen, entschied Linda. Doch musste ihr das Geile während der letzten Tage abhandengekommen sein. Zwei Tage Trauer hatten einen Tempel der Lust in eine Ruine verwandelt. Hätte Linda für diese Frau ein Mindestmaß an Sympathie gehegt, wären Mitleid und Anteilnahme nicht weit gewesen. Jetzt half ihr die aufgezwungene Distanz, sich auf den Mordfall Stamm zu konzentrieren. Ohne Überleitung fragte sie Vanessa Fiebig, was sie am Sonntagmorgen gemacht habe.

»Bin ich jetzt verdächtig?«

»Nein, reine Formalität.«

»Ich hab geschlafen.«

»Ab wann genau?«

»Nachdem ich Philipp angerufen habe, bin ich ins Bett.«

Vanessa Fiebig griff aus dem Regal einen Aschenbecher und stellte ihn auf den Tisch. Linda hielt ungewollt inne. Sie entsann sich Henrys Kommentar, er habe bei seinem Besuch eine Kippe im Aschenbecher liegen gesehen. Als Vanessa Fiebig jedoch keine Zigarette folgen ließ, zerrte Linda ihre Schachtel hervor.

»Wollen Sie?«

»Der war für Sie gedacht.«

Linda rang sich ein höfliches Lächeln ab. Sobald sie sich eine Zigarette angefacht hatte, nahm sie die Befragung wieder auf:

»Und bis wann haben Sie geschlafen?«

»Bis zwei. Nachmittags.«

»Gibt es dafür einen Zeugen?«

»Nein, dann hätte ich jemanden abschleppen müssen.«

»Oder mit Ihrem Ex mitgehen.«

»Soll das witzig sein?« Vanessa Fiebig schniefte. Binnen weniger Sekunden füllten sich ihre Augen mit Tränen. Sie riss sich ein Stück Küchenpapier von der Rolle und putzte sich die Nase. Mit halb erstickter Stimme sagte sie: »Ich habe ihn geliebt.«

»So sehr, dass Sie sich von seiner Anmache belästigt fühlten?«

»Das ist eine Lüge. Das stimmt so nicht.«

»Bei unserem letzten Besuch hat's noch gestimmt.«

Vanessa Fiebig schenkte sich abermals Amaretto ein. Sie trank, schniefte lautstark, schmierte Rotz und Tränen ins Küchenpapier. Trank weiter. »Wissen Sie«, setzte sie an. »Sie sind doch eine Frau. Sie müssten eigentlich verstehen, wie schwer das ist.«

Und Linda verstand sofort.

Quasi von Frau zu Frau. Von Opfer zu Opfer. Das Geschlecht der Gefickten.

Ab sofort hatte die Taktik, in die Ecke zu drängen und festzunageln, ausgedient. Jetzt mussten die Zügel gelockert werden. Linda legte ihre Hände in den Schoß und nickte mit geduldiger Miene.

»Wenn man die Kerle ranlässt«, fuhr Vanessa Fiebig fort, »denken die gleich, man gehört ihnen. Als würden sie uns im Paket kaufen. Titten, Muschi und immer 'nen gedeckten Tisch. Aber wenn man sie wegstößt, werden sie bockig. Auf meiner Stirn steht jedenfalls nicht geschrieben: Ich bin juckig, also begrabsch mich. Oder steht auf meinem Arsch: Selbstbedienung? Nicht, dass ich wüsste.« Sie holte hörbar Luft, trank einen Schluck, sprach weiter: »Erst Philipp, dann Tommy, dann wieder Philipp und zum Schluss Ihr lieber Kollege. Die ganzen Spacken im Club will ich gar nicht erwähnen.«

»Tommy? War das ein Freund von Ihnen?«

»Na, Thomas.«

»Thomas Zabel?«

»Ja.«

»Der hat sie angemacht?«

Vanessa Fiebig stöhnte auf. »Das war furchtbar gewesen. Der arme Kerl war bestimmt ein Jahr in mich verschossen. Aber er ist nie zudringlich geworden, das muss ich sagen.«

»Und was meinte Philipp dazu? Immerhin waren die beiden befreundet.«

»Na ja, er hat mit ihm geredet.«

Das Wort »geredet« setzte Vanessa Fiebig in Gänsefüßchen. Innerhalb einer Minute hatte sich eine tiefe Erschöpfung in ihr Gesicht gegraben. Als hätte ihr der Redeschwall die letzte Kraft geraubt. Sie trank ihre Tasse leer und schenkte sich sogleich Alkohol nach. Randvoll und ohne Kaffee. Sie leerte die Tasse und sackte auf dem Küchenstuhl zusammen. Auch der Amaretto vermochte ihre Zunge nicht mehr zu beleben. Linda fragte vorsichtig, wie Philipp Stamm genau reagiert habe.

Vanessa Fiebig sagte: »Er hat ihn eines Tages verprügelt.«

8

Um zehn vor zwölf erreichte Robert Krone seinen Arbeitsplatz, das Platanenhaus. Auf dem steinernen Erdgeschoss folgte ein dreistöckiger Fachwerkbau. Im siebzehnten Jahrhundert errichtet, war das Haus eines der ältesten Gebäude in Jena. Vor langer Zeit hatte Robert dem sichtbaren Gebälk eine gewisse Romantik abgewinnen können. Doch heute war für ihn das Andreaskreuz ein Symbol für Schmerz und Tod. Die Balkenanordnung war nichts weiter als die tiefschwarze Geometrie einer tiefschwarzen Epoche. Unter dem Türsturz blieb sein Kopf meist gesenkt.

Der Schlüssel ließ sich nur einmal im Schloss drehen. Anscheinend wirbelte sein Chef bereits in den Räumen umher. Robert fragte sich, woher dieser Mann seine Energie nahm. Er war stets der Erste in der Galerie und verließ sie auch gern als Letzter. Im Anbetracht von Dr. Boenickes Arbeitspensum verloren Früh- und Spätschicht jegliche Relevanz.

Robert schloss die Tür und steuerte direkt die Wendeltreppe ins Obergeschoss an. Die Bilder und Skulpturen der aktuellen Ausstellung beachtete er kaum. Stattdessen streifte sein Blick über das glatt polierte Holz der Stufen. Der Geruch von Bohnerwachs stieg ihm in die Nase. Die Ahnung von hochgekrem-

147

pelten Ärmeln blitzte auf. Bei Bedarf griff sein Chef selbst zum Wolltuch. Arthur Boenicke war sich nicht zu fein, auf Knien durch die Räume zu robben.

»Guten Morgen«, sagte Robert und trat in das schummrige Büro.

»Mahlzeit«, erwiderte Arthur. Über eine Schreibkommode gebeugt, blätterte er in einem Ausstellungskatalog. Die Kommode an sich hätte eine eigene Ausstellung verdient. Laut Arthur hatte sie ein badischer Schreiner im Spätbarock gezimmert. Entgegen der landläufigen Vorstellung von barocker Kunst überzeugte dieses Möbelstück durch Schlichtheit. Wie in Zeitlupe wandte sich Arthur Boenicke seinem Assistenten zu. Trotz seines Lächelns strahlte seine Miene tiefe Besorgnis aus. Er fragte Robert, ob mit ihm alles in Ordnung sei.

»Ja, alles wunderbar«, sagte Robert zögernd. Er wusste, dass ein kurzes Zaudern genügte, um Arthurs Sorge zu verstärken. Er musste mit jemandem reden.

»Wohl gestern einen gekippt«, sagte Arthur Boenicke und hielt das Lächeln. Sein nackenlanges Haar hatte er mit Hilfe von Birkenwasser nach hinten gestrichen. Über seinen Ohren tanzten einzelne Strähnen, was seiner Gestalt etwas Wildes verlieh. Bei einer Größe von einem Meter neunzig dominierte er mit seiner geraden Haltung jeden Raum. Robert hatte schon oft bedauert, dass Arthur die Frau abgehauen war und er sich nie wieder verliebt hatte. Sicherlich einer der Gründe, weshalb sich sein Chef dermaßen für die Kunstsammlung aufopferte. Weshalb er am Boden kriechend das Parkett schrubbte, weshalb er in diesen Räumen stets anzutreffen war.

»Dir drückt doch das Herz«, sagte Arthur mit väterlichem Unterton. Er zog aus seiner Leinenweste eine Schachtel Zigaretten und bat Robert auf den Hof hinunter.

Es dauerte keine drei Minuten, und Robert flossen die Tränen. Unter der mächtigen Platane, die dem Haus den Namen gab, offenbarte er sich. Er sagte »die Schlampe«, er sagte »die Hure«. Er trat mit dem Fuß auf, als sollte ihm nicht nur Arthur Gehör schenken. Im Astwerk über ihnen saßen zwei Tauben und drängten ihre Leiber aneinander. Wie schmutzige Engel, die den Flug unter einem noch schmutzigeren Himmel scheuten. Arthur steckte sich eine zweite Zigarette an, inhalierte und schwieg.

»Ich habe diesen Zettel gefunden.« Robert reichte ihn Arthur, der ihn kommentarlos betrachtete. Er spürte die Entlastung, seinen Verdacht jemand anderem anvertraut zu haben. War insgeheim froh darüber, dass Arthur nicht das Wort Scheidung in den Mund nahm. Nie und nimmer würde er sich von Annett trennen, geschweige denn scheiden lassen. In schlechten sowie in schlechteren Zeiten, dachte Robert. Er wischte sich die Tränen ab und kam sich ein wenig lächerlich vor. Über ihnen durchbrach heftiges Flügelschlagen die Stille. Robert sah empor, und die Tauben hoben ruckartig in den Himmel. Nach einer Weile löste sich ihr graues Gefieder unter der bleiernen Wolkendecke auf.

Arthur neigte sich ein Stück herab und sagte: »Ich habe deine Frau mit jemandem gesehen.«

»Wo?«

»Im Botanischen Garten.«

»Wann?«

»Vor zwei Monaten.«

Robert wandte sich ab und erbrach sich im Hof der Städtischen Kunstsammlung.

9

Schweigend lenkte Henry den Wagen zum Bahnhof Neue Schenke. War er mit Linda unterwegs, fuhr in der Regel sie. Er saß nur ungern hinter dem Steuer, hatte sich aber vor Svenja Freese nicht erklären wollen.

»Was muss ich über Timo Spindler wissen?«, fragte sie.

»Ich würde sagen, Spindler ist speziell.«

»Klingt ziemlich detailliert.«

»Und ein Kiffer.«

»Nicht so viele Fakten auf einmal.«

»Du bist wohl der Clown in Erfurt?«

»Nein, eigentlich das Luder.«

Henry fühlte sich von Svenja Freeses forscher Art überfordert. Ihre Schlagfertigkeit hatte sie schon bei ihrer ersten Begegnung demonstriert. Er entschloss sich, fortan einen sachlichen Ton zu pflegen. In aller Nüchternheit klärte er sie über die letzte Befragung auf.

»Und warum fahren wir erneut hin?«

»Er hat sich bei Linda gemeldet.«

»Ist ihm noch was eingefallen?«

»Ich glaube, der braucht bloß Aufmerksamkeit.« Henry bremste ein paar Meter vom Haus entfernt. Kaum hatte er die Gartenpforte aufgestoßen, meinte Svenja Freese, es sähe ja aus wie ein Hexenhaus. In Erinnerung an seine eigene Reaktion vor einer Woche musste Henry innerlich lächeln. Der gestrige Regen hatte Erde über die Gehwegplatten gespült. Die Gardinen waren unverändert zugezogen. Nachdem Spindler ihnen die Tür geöffnet hatte, schlurfte er wortlos den Flur hinunter. Ganz so, als vertraue er auf Henrys Ortskenntnisse vom letzten Besuch. In der Wohnstube empfing sie das Miasma aus Nikotin und Schweiß. Der Fernseher lief stumm. Timo Spindler lümmelte auf der Couch und trank aus einem Tetrapak Orangensaft. Er hielt zunächst Svenja Freese, dann Henry den Saft hin. Beide lehnten dankend ab.

»Und 'ne Kippe?«

Wieder lehnten beide ab.

»Ihr seid ja richtige Langweiler. Konsumiert ihr noch was anderes als Wasser?«

Henry ließ seine Frage unbeantwortet und sagte stattdessen: »Sie haben Frau Liedke angerufen.«

»Ja, ich wollte sie treffen.«

»Nun sind wir ja hier.«

»Dann muss ich wohl erblindet sein.«

»Spindler, Sie wollen uns doch helfen.«

»Genau. Und ich will mit Linda Liedke sprechen. Oder hat sich die werte Frau über Nacht verjüngen lassen?« Er musterte Svenja Freese aus klebrigen Augen, worauf sie sich affektiert räusperte.

Henry missfiel die gegenwärtige Situation. Es wurmte ihn, dass Linda einen Draht zu dem Jungen hatte, während er gegen eine Mauer redete. Er versuchte, ihren resoluten Tonfall nachzuahmen. »Sie sprachen von neuen Informationen.«

»Ich hab nur gesagt, dass mir was eingefallen ist.«

»Und was ist Ihnen eingefallen?«

Spindler fachte sich eine neue Zigarette an. Der Aschenbecher war randvoll gefüllt. Henry kam der Verdacht, dass die einzelne Kippe in Vanessas Aschenbecher von Spindler stammte. Unwillkürlich versuchte er, sich die beiden im Bett vorzustellen. Die auf ihr Äußeres bedachte Vanessa Fiebig und der Einsiedler Timo Spindler. Doch das Bild wollte ihm seiner Absurdität wegen nicht gelingen.

»Und wie laufen die Ermittlungen?«, fragte Spindler zurück

»Wenn wir Philipp Stamm aufgespürt hätten, wären wir wohl kaum hier.« Erst nach seiner Antwort bemerkte Henry, dass Spindlers Frage in eine ganz andere Richtung gezielt hatte. Seine Antwort war eher das brave Befolgen von Wenzels Diktat gewesen, Stamm sei nicht tot, sondern flüchtig.

Svenja Freese fragte, ob sie das Fenster ein bisschen öffnen dürfe. Grinsend sagte Timo Spindler, er bitte darum. Henry sehnte sich nach Linda mit ihrem untrüglichen Gespür für Schwingungen. Sie konnte eine arme Sau in die Mangel nehmen, ohne sie zu brechen. Auf Svenja Freese ließ sich die Verantwortung nicht abwälzen. Er hatte keine Wahl: Er musste über seinen Schatten springen.

Mit einer Geste, die Offenheit ausdrücken sollte, setzte er sich neben Spindler auf die Couch. »Ich will ehrlich mit Ihnen sein«, begann er. »Wir tappen in der Sache Stamm völlig im Dunkeln. Jeder noch so kleine Hinweis kann uns weiterhelfen.«

»Das habe ich mir auch gedacht.«

»Dann helfen Sie uns bitte.«

»Ruhig Blut, ich muss mich erst erinnern.«

»Nehmen Sie sich die Zeit, die Sie brauchen.«

Spindler schaute schräg nach oben, wobei er die Stirn in Falten legte. Wieder dieses demonstrative Grübeln. Henry lehnte sich zurück und spürte das Lederholster unter der linken Achsel. In seinen Krimis hätten die Bullen einem Zeugen mit anderen Methoden das Gedächtnis aufgefrischt. Aber wie sollten zwei verunsicherte Neulinge guter Bulle, böser Bulle spielen?

»Als er mit seiner Clique abgehauen ist, wollte ich mein Tütchen rauchen«, sagte Spindler. »Sie erinnern sich?«

Henry nickte.

»Ich strecke mich auf der Bank aus, schaue in den Nachthimmel und rauche gemütlich meinen Feierabendjoint. Meistens philosophiere ich dann über Gott und die Welt. Wissen Sie, das ganze Chaos und so weiter. Jedenfalls nehme ich aus den Augenwinkeln …« Plötzlich stoppte sein Redefluss, und er wandte sich Henry zu. »Kennen Sie das? So aus den Augenwinkeln, also nicht direkt vor der Nase.«

»Ja, ja, kenn ich genau«, antwortete Henry überstürzt. Er merkte, wie seine Beine vor Ungeduld auf den Fußballen wippten. Svenja Freese stand am Fenster und raffte mit einer Hand die Gardine beiseite. Sie schnappte nach Frischluft.

»Jedenfalls sehe ich hinter der Truppe einen Typen.«

»Der Club würde bald schließen, da sind 'ne Menge Leute unterwegs.«

»Ja, Betrunkene«, protestierte Spindler. »Aber der Typ ist nicht getorkelt oder so. Der Typ ist mehr gehuscht.« Spindler zeichnete mit seinem Arm eine flinke Bewegung von rechts nach links. »Wie ein Dämon. Oder ein Engel oder so was.«

»Können Sie ihn beschreiben?«

»Klar kann ich das.«

10

Kaum waren sie ins Auto gestiegen, wählte Henry Lindas Nummer. Er berichtete ihr, was Spindler ihnen beiden erzählt hatte. Nur mit Mühe gelang es ihm, den sachlichen Ton zu wahren. Svenja Freese sollte nicht glauben, er sei wegen Spindlers Beobachtung völlig aus dem Häuschen. Doch längst wendete sein

Verstand die Neuigkeiten hin und her. Plötzlich erschien auf der Bildfläche eine Gestalt, die Stamm verfolgte. Vielleicht hatte jemand sie im Club bemerkt. Die Befragung des Personals hatte schon einmal zu einem Erfolg geführt. Ohne die Barkeeperin hätten sie womöglich niemals Thomas Zabel mit dem Opfer Sebastian Rode in Verbindung gebracht. Ohne Thomas Zabel kein Weg zu Vanessa Fiebig und Philipp Stamm. Henry grübelte und sprach zur selben Zeit.

»Warte mal«, unterbrach ihn Linda. »Du telefonierst und fährst Auto, nicht wahr?«

»Wie kommste denn darauf?«

»Du wirkst, als wärst du nicht richtig bei der Sache.«

»Nee, ich stehe vor Spindlers Haus.«

»Na, dann hör mal zu.« Linda erwähnte mit keinem Wort, was ihr Besuch bei Vanessa Fiebig ergeben hatte. Sie meinte, dafür sei später noch genügend Zeit. Aber sie habe Hildegard Bräuer, die Frau des Wanderers, kontaktiert. Ihr Mann sei gerade zu Hause und esse Abendbrot. Linda wollte die Befragung gern erledigt wissen. Henry meinte, sie seien schon auf dem Weg, und startete den Motor.

11

Erst nachdem Hildegard Bräuer durchs Fenster gespäht hatte, öffnete sie die Tür. Wieder führte sie Henry und Svenja Freese in die Küche. Wieder war die Luft von Gerüchen nach Kümmel und Kohl gesättigt. Die Kommissare nahmen am Küchentisch Platz und warteten auf Herrn Bräuer.

Scheinbar unbeeindruckt stand die Greisin am Herd und rührte in einem hohen Topf. Sie erzählte von ihrem heutigen Einkauf im Supermarkt. Schimpfte halbherzig über die hohen Preise und das gammlige Gemüse. Svenja Freese stupste Henry mit dem Fuß an, und sobald er reagierte, schob sie ihm ihr Handy hin. Auf dem Display die Worte: »Feiertag. Heute hat alles zu«. Als würde sie jeden Zweifel ausräumen wollen, tippte sie sich mit einem Finger an die Schläfe.

Henry sah eine große Ähnlichkeit zwischen Hildegard Bräuer und seiner eigenen Großmutter. Die hautfarbene Strumpfhose und der Kittel aus Polyester. Das mit einer Spange fixierte Haar, das von den Küchendämpfen fettig auf ihrem Schädel klebte. Vielleicht ähnelt sie auch nur jeder anderen Oma, dachte er nüchtern. Hätte er allein die Entscheidung treffen dürfen, wären sie schon auf halbem Weg in die KPI. Er musste hören, was Linda über ihren Besuch bei Vanessa zu erzählen hatte. Er gab in Freeses Handy sechs Buchstaben ein und schob es ihr zurück.

»Geduld.«

Einmal in die Welt gesetzt, konnte man sich daran festhalten. Geduld! Er faltete die Finger ineinander und stützte die Ellbogen auf den Tisch. »Frau Bräuer«, sagte er in bemüht ruhigem Tonfall. »Wir müssen dringend Ihren Mann sprechen.«

»Meinen Mann?«, sagte die alte Frau.

»Ja, Ihren Mann. Herrn Gustav Bräuer.«

»Der kommt bald.«

»Sie meinen, gleich.«

»Nein, nein, bald.«

»Wir würden ihn auch aufsuchen«, bot Henry an. »Ist er draußen im Hof?«

»Nein, Gustav ist wandern.«

»War er nicht gestern wandern?«

»Gustav geht jeden Tag raus. Egal was für'n Wetter ist. Wenn er mal drinnenbleibt, ist er krank.«

»Seit wann ist ihr Mann denn unterwegs?«

Die Greisin schaute zu der Uhr, die über dem Türsturz hing. Ihr Blick haftete konzentriert auf der Uhr, als habe sie das Zifferblatt zu lesen verlernt. Nach einer Weile sagte sie: »Seit einer Stunde.«

»Haben Sie nicht vor einer Stunde mit meiner Kollegin telefoniert?«

»Ja.«

»Und warum haben Sie behauptet, er wäre jetzt hier?«

»Da war er auch noch da gewesen.«

»Und jetzt ist er weg?«

»Jetzt ist er weg.« Unverdrossen rührte Hildegard Bräuer ihre Suppe. Henry beugte sich zu Svenja Freese und meinte, dass sie nicht weiterkämen. Svenja Freese schüttelte leicht den Kopf. Sie flüsterte ihm ins Ohr, er solle ihre Nähe suchen. Bei Spindler habe er bereits seine Menschenkenntnis unter Beweis gestellt. Henry unterdrückte ein Lächeln. Hob das Kinn und sagte: »Haben Sie Ihrem Mann von unserem Besuch erzählt?«

»Ja, gestern Abend. Bei den Nachrichten.«

»Und was hat er dazu gemeint?«

»Er hat gemeint, es hätte die ganze Nacht geregnet.«

Henry verließ den Tisch und stellte sich in respektvollem Abstand neben Frau Bräuer. Er wählte seine Worte besonnen aus, als würde er mit der eigenen Großmutter reden. »Da hat Ihr Gustav recht. Es hat in Strömen geregnet.«

»Gustav hat immer recht.«

»Das glaube ich gern.«

»Das können Sie, das können Sie.«

»Und, ist ihm noch was aufgefallen? Ich meine, draußen.«

»Ein roter Bus. Der fuhr hoch und runter, hoch und runter.«

»Was für ein Bus?«

»Na, der rote.«

»Ein Auto der Feuerwehr?«

»Ein rotes Auto. Rot und runter, rot und runter.«

Henry spürte, dass es keinen Zweck hatte. Die alte Frau vermochte ihnen nicht zu helfen. Sie rührte unverdrossen ihre Suppe, während ihr die Dämpfe das Gesicht aufschwemmten. Blasen, die geräuschvoll aus den Tiefen des Topfes hochstiegen. Hoffnungen, die still und heimlich zerplatzten. »Meine Kollegin wird eine Karte hierlassen.« Er deutete auf Svenja Freese, und als Frau Bräuers Augen dem Fingerzeig folgten, drehte er das Gas ab.

Auf dem Weg zur Wohnungstür platzierten sie an unübersehbaren Stellen ihre Visitenkarten. Womöglich würde Gustav Bräuer eine dieser Karten bei seiner Rückkehr finden und zum Telefon greifen. Henry versprach sich nicht viel von dieser Aktion. Seine Hoffnungen ruhten längst auf der Aussage eines anderen Zeugen.

12

Während sich die Kollegen aus Erfurt nach Hause begaben, erledigten Linda und Henry den Papierkram. Es war siebzehn Uhr dreißig.

Lindas Mann hatte seiner Frau kleine PC-Lautsprecher besorgt. Damit euch bei dem ganzen Stress nicht die Laune vergeht, hatte er gesagt. Jetzt schallte aus den Lautsprechern eine Fender Stratocaster namens Pinky.

Henry meinte, sie müssten einen Phantomzeichner zu Timo Spindler schicken. Die Notizen, die er sich nach Spindlers Worten gemacht hatte, beschrieben einen blond gelockten Chorknaben. Keine finstere Gestalt, die anderen in böser Absicht nachsetzte. Sobald Henry seinen Bericht beendet hatte, stellte Linda die Musik leiser. Sie lehnte sich zurück und sagte, jetzt platze die richtige Bombe.

Was Henry serviert bekam, ließ ihn schlucken. Anscheinend hatte Philipp Stamm seinem eigenen Freund eine Abreibung verpasst. Bisher hatte es niemand für notwendig erachtet, Zabels Verbleib nach dem Übergriff zu prüfen. Fahrlässigerweise. Immerhin war er der Letzte gewesen, der Philipp Stamm lebend gesehen hatte. Ein mögliches Motiv dränge sich nun förmlich auf, meinte Linda. Überhaupt finde sie es nicht mehr erstaunlich, dass Zabel seinen Kumpel so schnell ans Messer geliefert habe. »Wir müssen jetzt zweigleisig fahren.«

»Du sprichst von Thomas Zabel und dem Unbekannten?«

»Ja, Priorität sollte aber Zabel haben.«

Im beiläufigen Tonfall fragte Henry, ob neben der Beziehungskiste noch etwas anderes bei Vanessa Fiebig zur Sprache gekommen sei.

»Nur das, was ich dir bereits erzählt habe«, antwortete Linda.

»Hat sie mit irgendjemandem wegen Stamms Tod gesprochen?«

»Ich glaube, sie hat seit deinem Überraschungsbesuch mit niemandem mehr gesprochen.«

Henry atmete erleichtert auf.

»Morgen werden wir es an die Presse weiterleiten«, sagte Linda.

»Morgen schon?«

»Die Leute gehen auf Arbeit. Sie reden.«

»Stimmt.«

»Und Bullen besonders. Die reden mit ihren Frauen und Männern, mit ihren Freunden. Man kann sich nicht ewig auf die Zunge beißen.«

13

Dornburger Straße, am östlichen Rand des Damenviertels. Thomas Zabel wohnte in einem viergeschossigen Haus mit Klinkerfassade. Über den Fenstern der ersten Etage prangten androgyne Engelsgesichter aus Terrakotta. Ein kurzer Fußmarsch hätte genügt, um zum Nordfriedhof zu gelangen. Erst am Mittwoch hatten sie dort einen Suizid verhindern können. Ein Mann hatte sich mit einem Luftgewehr richten wollen und anstelle von Mitleid nur Spott geerntet. Mittlerweile kam es Henry so vor, als wäre dieser Mittwoch hundert Jahre her. Aus einem früheren Leben, fern und ohne emotionale Bindung zur Gegenwart. Noch halb in der Vergangenheit gefangen, drückte er im dritten Stock die Klingel.

Der Anblick der Polizisten schien Thomas Zabel mitnichten zu verblüffen. Vielmehr offenbarte sein Gesicht ein unleugbares Entsetzen. Als hätte er die Polizei erwartet und gleichzeitig ihren Auftritt befürchtet. Henry kannte diesen Ausdruck von Straftätern, die nahe einer Überführung standen. Lange vor dem Schuldeingeständnis verzerrt das Wissen um das Unvermeidliche ihre Mienen. Nur die Härtesten bringen ein Lächeln zustande.

Linda und Henry präsentierten ihre Ausweise, worauf Zabel sie hereinließ. Er trug eine graue Jogginghose und bewegte sich so wachsam wie ein Kaninchen im Bau eines fremden Rudels.

Auf der rechten Flurseite stapelten sich Kartons bis in Bauchhöhe. Henry dachte an die kleine Kammer, in der sie Zabel das erste Mal befragt hatten. Dort waren die meisten Kartons geöffnet gewesen. Hier dagegen hielt silbernes Panzertape jeden Karton blickdicht verschlossen. Es weckte den Verdacht, Zabel würde in nächster Zeit ausziehen.

Zu dritt betraten sie ein spärlich möbliertes Zimmer. Auf einem riesigen Flachbildschirm blinkte das Menü eines Konsolenspiels. Offenbar ein Ego-Shooter. Aus zwei Boxen lärmte eine Stimme: »Survivor, biste noch da? Hey, Survivor!«

»Bin gleich zurück«, sprach Zabel in ein kabelloses Headphone. Er stellte den Ton ab und wandte sich den Polizisten zu. »Ist mein Mitbewohner. Wir spielen immer online.«

»Ist Ihr Mitbewohner momentan in der Wohnung?«, wollte Linda wissen.

»Mike sitzt in seinem Zimmer.«

»Das Zimmer am Ende des Flurs?«

»Ja.« Seine Hände rutschten zunächst in die Hosentaschen, dann nach hinten auf die Gesäßtaschen, wo er die Daumen einhakte. Keine Sekunde Stillstand, während seine Kaumuskeln unter der angespannten Haut pochten.

Linda, die sich direkt vor ihm positioniert hatte, fragte: »Warum haben Sie uns Ihr Interesse an Vanessa Fiebig verschwiegen?«

Zabel antwortete nicht.

»Ich höre«, sagte Linda.

Zabels Hände wanderten wieder nach vorn. Er verschränkte die Finger so fest ineinander, dass seine Knöchel erblassten.

»Und, Herr Zabel?«

»Ich dachte, es wäre nicht wichtig.«

»Aber Sie fanden es wichtig, uns auf Philipp Stamms Eifersucht hinzuweisen?«

»Er ist der Schläger, nicht ich.«

»Nein, Sie sind weiß Gott kein Schläger.«

»Ich verprügle niemanden, der wehrlos ist.« Zabel spuckte

158

die Wörter förmlich heraus. Wie ein in die Ecke gedrängtes Kind. Henry registrierte, dass er von Philipp Stamm im Präsens sprach. Mit viel gutem Willen hätte man dies als Indiz für Zabels Ahnungslosigkeit deuten können. Oder er gaukelte ihnen auf durchtriebene Art vor, nicht den leisesten Schimmer zu haben.

»Wissen Sie, was mich stutzig macht?«, sagte Linda und reckte ihr Kinn vor. »Bisher haben Sie auf mich nicht den Eindruck gemacht, Sie und Stamm wären echte Kumpels.«

»Und?«

»Aber Sie besaufen sich mit ihm.«

»Ach, leck mich.«

»Ich frage mich, wie sehr Sie Vanessa anhimmeln.«

»Sie spinnen doch.«

»So sehr, dass Sie Philipps Nähe erdulden? Dass Sie den ganzen Scheiß in Kauf nehmen, nur um bei ihr zu sein?«

Zabel blieb stumm.

»Am Sonntagmorgen haben Sie Vanessa vor Philipps Annährungsversuch bewahrt. Man könnte meinen, Sie wären ein echter Gentleman.« Lindas Gesicht war nur zwei Handbreit von Zabels entfernt. Jeder ihrer Sätze schien die Luft zwischen ihnen aufzuheizen. »Aber eigentlich haben Sie's nicht getan, um Vanessa zu beschützen, sondern aus purem Egoismus. Oder irre ich mich?«

Zabel schwieg weiterhin.

»Hatten Sie gehofft, Eindruck zu schinden?«

Keine Reaktion.

»Sie sind nämlich gar nicht der Lappen, für den Vanessa Sie hält. Sie sind nicht Philipps Arschlecker. Sie wollten ihm eine Lektion erteilen und zugleich bei Vanessa punkten.«

»Philipp ist ein Schläger«, entlud sich Zabel lautstark. »Der Typ hätte sich zusammenreißen sollen. Man grabscht eine Frau nicht einfach an.«

»Sie meinen, wie es Sebastian Rode getan hat?«

»Ich hab den Wichser nicht angerührt.«

»Obwohl er Vanessa belästigt hat?« Kopfschüttelnd trat Linda einen Schritt zurück.

159

Zabel schob seine zitternden Hände wieder in die Hose. Er starrte die Kommissare an, als würde er durch sie hindurchgucken. Henry war dieser Tunnelblick vertraut. Er führte direkt in das Land der Demütigungen. Ein dunkler Bezirk, dessen Straßen aus verschmähter Liebe und dessen Häuser aus ungestillter Lust erbaut wurden. Das Land der Verlierer, der ewigen Zweiten. Aber wenn Henry auch schon in dieselbe Richtung geschaut hatte, jetzt empfand er für Thomas Zabel keinerlei Mitleid.

»Was haben Sie am Sonntagmorgen gemacht?«, fragte Linda.

»Ich bin nach Hause und ins Bett.«

»Gibt es Zeugen?«

»Ich bin allein nach Hause.« Und in dieser schlichten Antwort schwang all seine Resignation mit. In Anbetracht der Vernehmung, die er nicht zu kontrollieren vermochte. Angesichts der Gewissheit, *seine* Frau niemals nach Haus begleiten zu dürfen.

»Irgendwann hat mich Mike aufgeweckt, und wir haben gezockt.«

»Wann?«

»Gegen zwölf.«

»Wir werden ihn fragen müssen.«

Zabel zuckte entmutigt die Schultern.

Während Linda das Alibi prüfen ging, fragte Henry ihn, ob er ausziehen wolle.

»Wieso?«

»Wegen der vielen Kisten.«

»Ach, da ist nur Schrott drin.«

Henry bemerkte eine unverhohlene Feindseligkeit in Zabels Mimik. Es war, als habe der Themenwechsel seine Resignation blitzartig vergessen gemacht. Linda kam im forschen Schritt aus dem anderen Zimmer und sagte, ohne Zabel anzugucken, Auf Wiedersehen.

14

»Ich glaube, der macht krumme Geschäfte«, sagte Henry im Auto.

»Die Kisten sind von seinem Mitbewohner«, stellte Linda richtig.

»Wirklich?«

»Ja, der will ausziehen.«

»Hat er gesagt, warum?«

»Ihn nervt Zabels ständiges Selbstmitleid.«

»Arme Sau. Wollte er vor mir nicht zugeben.«

»Kein Wunder«, sagte Linda und langte über ihre Schulter hinweg nach dem Anschnallgurt. »Ich wette, Vanessa hat ihm schon von dir erzählt. Ich meine, als guter Freund erfährt er alles aus erster Hand.«

»Ein guter Freund ist bestimmt das Letzte, was er sein will.«

»Solche Männer werden nie bei so einer Braut landen. Im Film wäre Zabel der nette Schwule von nebenan.«

»Arme Sau«, wiederholte Henry.

»Heute schon deine zweite.« Sie drückte den Anlasser und fuhr los.

15

Henry lag im Dunkeln auf seinem Bett. Mit geschlossenen Augen ließ er die letzten zwei Wochen Revue passieren. Vor beinahe zwölf Tagen war Sebastian Rode ins Klinikum geprügelt worden. Und der Mann, der das zu verantworten hatte, war jetzt tot.

Die Kripo hatte nicht die leiseste Ahnung, wer diesen Mord verübt haben könnte. Menschen, denen das Opfer am Morgen seines Verschwindens aufgefallen war, gab es genügend. Aber einen Zeugen des Mordes oder der unmittelbaren Stunden vor seinem Ableben hatten sie nicht aufspüren können. Kein einziger verdammter Zeuge, der was gesehen, was gehört oder wenigstens gerochen hatte. Jena stellte sich blind und taub. Schwieg. Und das, obgleich die Zunge noch verbrannt war von der letzten Mundfäule.

Henry vergegenwärtigte sich Spindlers Hinweis. Mit nüchternem Verstand betrachtet, war die Beschreibung ein Witz. Ein blonder Jüngling, der dem Hirn eines Kiffers und Depressiven entsprungen war. Dennoch klammerte sich Henry an diese Spur. Ihm war bewusst, dass es dem sprichwörtlichen Griff zum Strohhalm gleichkam. Er schob alle Zweifel beiseite, denn anders würde er keine Theorien ausbrüten können.

Im Geiste sah er, wie das Phantom Stamm und seinen Begleitern folgte. Wie es im Schatten der Häuser den Streitereien zwischen Stamm und Zabel lauschte. Nachdem sich die Männer voneinander getrennt hatten, folgte es Stamm in den Spitzweidenweg. Aber weshalb wählte es Philipp Stamm und nicht Vanessa Fiebig? Warum den Stärkeren und nicht den Schwächling Thomas Zabel? Henry spürte, dass seine Gedanken anhoben. Er winkelte die Beine aus dem Bett, neigte sich vor und stützte die Ellbogen auf die Knie.

Hätte sich der Täter für Schwachmaten interessiert, wäre er nicht Stamm gefolgt. Entweder fühlte er sich von Stamms Stärke angezogen, oder ihn lenkte ein persönlicher Grund. Vielleicht hatte der Täter bereits im Club Kontakt mit Stamm gehabt. Vielleicht eine Auseinandersetzung auf der Toilette, wofür es keinerlei Zeugen gab. Ein Gerangel, das den betrunkenen Stamm nicht weiter berührte, weil seine ganze Aufmerksamkeit seiner Exfreundin galt. Was er schnell vergessen hatte, mochte einen anderen umso mehr erzürnen. Henry hatte das Gefühl, dass jede Möglichkeit neue Sichtweisen schuf. Jetzt war Schlaf kaum mehr als ein Traum vom Schlaf.

Er betrachtete seine Armbanduhr. Zwei Uhr fünfunddreißig. Er zählte die Sekunden einer halben Minute, hörte das Ticken des Zeigers, das nicht zu hören war. Es half nichts. Er begann, aufgeregt in der Wohnung umherzuwandern. Wenn Stamm niemanden im Club aufgebracht hatte, dann womöglich vorher. Hatte Vanessa Fiebig etwa einen heimlichen Liebhaber? Hätte Thomas Zabel Stamm ungesehen folgen können, um ihn dann in der eigenen Wohnung zu überwältigen? Das erschien Henry unplausibel. Thomas Zabel, der vermeintliche Kumpel von Philipp Stamm, hätte ihn nicht zu verfolgen brauchen. Er hätte ihn begleiten und im Wohnzimmer außer Gefecht setzen können.

Und wieder die Variante des unbekannten Täters: Die fehlenden Spuren ließen darauf schließen, dass der Übergriff geplant worden war. Die Beseitigung von Stamms Körper ähnelte nicht im Mindesten einer Affekthandlung. Henry entfernte sich von der Möglichkeit, jemand sei mit Stamm auf der Toilette in Streit geraten. Stattdessen wuchs in ihm der Verdacht, irgendjemand habe Stamm draußen aufgelauert.

Seine Hoffnung blieben Spindler und der Phantomzeichner. Der große Unbekannte hing wie eine Glasglocke über seinem Leben. Nahm ihn in Momenten der Schwäche die Luft zum Atmen. Erst Patrick Kramer, jetzt Philipp Stamm. Wenn der Unbekannte für immer abtauchen würde, gäbe es kein Ende, und ohne Ende gäbe es keine Genugtuung. Ein Berg ohne Gipfelkreuz. Er dachte an den Zodiac-Killer und die Leere, die er bei seinen erfolglosen Jägern hinterlassen hatte.

Er öffnete seinen Notizblock und schrieb:

Überwältigung mit KO-Tropfen
Abtransport mit dem Auto
Wurde Stamm in einer Wohnung versteckt?
In einem Keller?
Auf dem Land in einer Scheune?
Warum landete Stamm in der Saale?

Und als letzte Frage in fetten Druckbuchstaben:

Welches Motiv hat der Täter?

Sein Herz raste noch immer vor innerer Anspannung. Er schlüpfte in seine Sportsachen und verließ die Wohnung. Ohne Genugtuung bliebe ihm nur Kampf oder Resignation.

16

Eine Stunde später kroch er unter die Decke. Während er durch Düsternis und Einsamkeit gelaufen war, hatten seine Gedanken

Ruhe gefunden. Er hatte aufs Duschen verzichtet und schlief augenblicklich ein.

Kurz nach vier klingelte das Telefon. Die Leitstelle der KPI meldete, man habe einen Toten gefunden.

Freitag

1

Wie ein Ascheregen hing die Dämmerung in den Kernbergen. Die Polizisten hielten sich, umgeben von Wald und kahlen Felspartien, an ihren Kaffeebechern fest. Zuvor hatten sie den Leichenfundort weitläufig mit Flatterband abgesperrt. Da der anwesende Rechtsmediziner vorläufig eine natürliche Todesursache ausschloss, musste die Leiche ins Institut überführt werden. Die Kommissare konnten dem nur zustimmen. Das Team vom Bestattungsinstitut schob den Transportsarg in den Wagen und verabschiedete sich.

Zwischen den Bäumen stehend, sah Henry den Hang hinauf. Das Gefälle war steil, nass und glitschig. Er betrachtete die Rutschspur, die sich aus der Höhe bis zu ihnen herabzog. Um die aufgeworfene Erde dem Sturz des Toten zuzuschreiben, bedurfte es keiner Erfahrung in Spurenkunde. »Er scheint nirgendwo gegengestoßen zu sein.«

»Was für ein Zufall«, sagte Linda und rieb sich die müden Augen. »Bei all den Bäumen.«

»Lass uns mal hochlatschen.«

»Okay, jeder nimmt sich eine Seite vor.«

Sie informierten den Leiter der Bereitschaft, schnürten ihre Schuhe fest, nahmen den Aufstieg. Ringsum tschilpten die Vögel. Die Luft roch nach Nadeln und feuchter Erde, und Henry fühlte sich an seine Laufrunde erinnert. Allein die erhöhte Rutschgefahr verhinderte, dass die friedliche Atmosphäre ihn einlullte. Glitten seine Sohlen auf der schmierigen Erde ab, musste er haltsuchend nach einem Ast langen. Lindas unbekümmerte Art, mit der sie ihre nackten Finger in den Waldboden grub, imponierte ihm. Sie stoppte, lehnte sich an eine Buche und rief: »Hey, Samurai!«

»Jetzt fängst du auch schon an!«

»Sorry.« Sie deutete auf den unteren Stammbereich. An der Rinde hing ein Fetzen Stoff in der Größe eines Schwalbenflügels. Unaufgefordert reichte ihr Henry einen Beweisbeutel und ein Messer. Sobald Linda sich einen Handschuh übergestreift hatte, löste sie den Stofffetzen von der Rinde. Sie tütete die Fasern sowie ein paar Proben der Rinde ein. »Scheiße, nicht mal der Baum konnte ihn bremsen.«

Henry schaute das Gefälle hinab. »Er muss mit einer enormen Geschwindigkeit gestürzt sein.«

»Auf wie viel Meter schätzt du die Strecke?«

»Um die achtzig Meter.«

»Von oben bis unten?«

»Mindestens.«

Zwanzig Minuten später erreichten sie einen Pfad. Auf der anderen Seite der schmalen Ebene setzte sich der Anstieg fort. Henry stützte die Arme in die Hüfte und atmete durch. Als er den Blick über den Waldboden schweifen ließ, entdeckte er einen Alustock.

»Nordic Walking«, meinte Linda und ergänzte, dass hier irgendwo ein zweiter rumliegen müsse. Niemand wandere mit nur einem Stock. Das wäre bescheuert.

Nachdem sie den Pfad erfolglos abgesucht hatten, sagte sie: »Den haben wir bestimmt beim Aufstieg übersehen.«

Henry stützte sich mit einer Hand an einem Baum ab. In seinen Augen funkelte unter der Müdigkeit eine gehörige Portion Skepsis. »Ja, das wäre die eine Möglichkeit.«

»Und die andere?«

»Jemand hat den Stock mitgenommen.«

2

Linda rief Mikowski an und bat ihn, ein paar Männer hochzuschicken. Sie sollten allesamt mit Tüten und Latexhandschuhen ausgestattet sein. Außerdem müsse Vossler von der Spurensicherung benachrichtigt werden. Sie zündete sich eine Zigarette an und fragte Henry, ob der Krisendienst zur Unterstützung der Angehörigen informiert sei. Ehe Henry antwortete, schaute er auf sein Handy. »Sind seit etwa einer Stunde da.«

»Gut. Dann müssen wir auch hin.«

»Lass mich das machen.«

»Allein?«

»Ja.«

»Nimm wenigstens die Kleine mit.«

Bei diesen Worten erwartete Henry ein anzügliches Grinsen. Als das jedoch ausblieb, sagte er bestimmt: »Vertrau mir. Ich krieg das gebacken.«

»Ich vertraue dir ja«, sagte Linda. »Aber ich will nicht, dass mich die Erfurter im Duett belagern.«

Henry zurrte die Ledertasche fest um seine Brust und joggte den Pfad hinunter.

3

Henry und Svenja Freese saßen in der mittlerweile so vertrauten Küche. Auf dem Herd dampfte ein Wasserkessel, die Fenster waren beschlagen. Über das Spülbecken gebeugt, schrubbte Hildegard Bräuer den Suppentopf. Das Geräusch, das die Stahlwolle auf der Emaille verursachte, erfüllte den Raum. Das stete Kratzen bohrte sich in Henrys Ohren wie das Surren unsichtbarer Mücken.

»Er soll sich ein Handy anschaffen«, murmelte sie. »Immer wieder hab ich das gesagt, aber ...«

Unter jedem ihrer Worte das Kratzen der Stahlwolle, unter jedem ihrer Sätze die Ahnung eines anderen Lebens. Henry wusste nicht, ob sie zu ihnen sprach oder Selbstgespräche führte. »... der alte Dussel will ja nicht hören. Immer raus, auch wenn's wie aus Eimern gießt ...« Sie schüttelte missbilligend den Kopf. Offenbar hatte sie der Tod des Gatten so abrupt aus dem Zweisein gerissen, dass sie nur mit Unverständnis reagieren konnte. Als wären über Nacht die Latschen vor ihrem Bett vertauscht worden. Der Psychologe vom Krisendienst hatte gesagt, ihre Verhaltensweisen seien den Umständen entsprechend. Sie mache einen stabilen Eindruck, eine Affekthandlung ihrerseits sei nicht zu befürchten.

»Gustav, du bist kein junger Bursche, hab ich gesagt. Du bist kein junger Bursche.«

»Frau Bräuer«, begann Henry sachte. »Hat ihr Mann gesagt, wohin er wollte?«

»Er geht jeden Tag wandern.«

»Und wohin?«

»Na, raus. Wohin denn sonst?«

»Immer so früh?«

»Nein, nein.« Sie schüttelte vehement den Kopf, als spräche sie mit dem Topf.

»Und warum heute?«

»Heute nicht.«

»Ich spreche von heute Morgen, Frau Bräuer.«

»Nein, nein, nein.«

»Was meinen Sie mit nein?«

Die Greisin nahm den Kessel von der Herdflamme und goss das heiße Wasser in eine Kanne. Dann stellte sie die Kanne, drei Tassen und ein Päckchen Kaffeesahne auf den Tisch.

Henry bedankte sich und wiederholte seine Frage.

»Er wollte zum Abendbrot hier sein«, erwiderte die alte Frau. Ihr Gesicht spiegelte den Verdruss darüber, dass er nicht zum Abendbrot käme.

Henry versuchte, die Länge seiner geplanten Wanderung einzuschätzen. Da sie weder Geld noch Wegzehrung in seinem Rucksack gefunden hatten, schloss er einen Tagesmarsch aus. Plötzlich dämmerte ihm, dass Frau Bräuer von gestern Abend gesprochen hatte. Gustav Bräuer war bereits gestern losgezogen und würde zum zweiten Mal dem Abendbrot fernbleiben. Er fragte sie, wann ihr Mann gestern aufgebrochen war.

»Nach dem Mittag.«

»Und er wollte zum Abendbrot zurück sein?«

»Ja, wollte er. Aber jetzt hab ich die Suppe weggeschüttet«, erwiderte Frau Bräuer voller Verärgerung. Sie kehrte an die Spüle zurück und stieß die Stahlwolle ruppig über die Topfwand. »Der Dussel hat gesagt zum Abendbrot, und ich hab gesagt, sei bloß pünktlich. Hast du gehört, Gustav? Aber da war er längst aus der Tür.«

Noch flirrten die Vermutungen wie lose Spinnfäden durch Henrys Hirn. Möglicherweise war Gustav Bräuer in der Nacht von gestern auf heute verstorben. Der Pfad oberhalb des Leichenfundorts galt nicht als Mekka der Touristen und Wallfahrer. Unter diesen Bedingungen hätte Bräuer seit gestern Abend dort liegen können. Ungesehen, verdreckt und ohne Abendbrot.

4

Die äußere Leichenschau zeigte einen Körper, der von Schürfwunden übersät war. Dazu etliche Prellungen und über der rechten Augenbraue eine Platzwunde. Eine Fraktur des linken Handgelenks und eine Fraktur im Oberarm konnten ebenso festgestellt werden. Dort, wo Bräuers Hemd bis auf die Haut eingerissen war, schimmerte eine größere Abschürfung. In sämtlichen Wunden fanden sich Fremdpartikel, eventuell Spuren von Rinde oder Holz. Inwiefern der Baumbestand für diese Wunden ursächlich war, würde erst die Laboruntersuchung ermitteln. Momentan waren Partikel ortsfremder Holzarten nicht auszuschließen. Die Beamten erwogen, dass Gustav Bräuer eventuell mit einem hölzernen Gegenstand niedergeschlagen worden war. Beispielsweise einem Knüppel oder Baseballschläger. Selbst ein roher Ast konnte in Frage kommen.

Auf einem Metalltisch waren jene Gegenstände ausgebreitet, die Bräuer mit sich getragen hatte. Ein Wanderstock aus Alu und eine Brille in der Stärke zwei Dioptrien. Seine Ober- und Unterbekleidung. Ein leichter Rucksack, der sich nicht von den Schultern des Toten gelöst hatte. Henry streifte sich die Latexhandschuhe über und öffnete die Gepäckfächer.

Im Vorderfach steckten Bräuers Personalausweis und ein Kompass. Das Hauptfach war bis auf eine veraltete Wanderkarte leer. Für Henry veranschaulichten Inhalt und Zustand des Rucksacks die Routine eines Rentners. Nichts von all dem wirkte tatsächlich benutzt. Alles schien in dem Rucksack zu liegen, weil es schon immer dort lag. Henry betrachtete die Karte genauer. Sie machte nicht den Eindruck, als wäre sie oft entfaltet worden. Mit dem Finger fuhr er über das Naturschutzgebiet Kernberge und Wöllmisse. Keine einzige Strecke war von Hand eingezeichnet oder markiert worden. Er entsann sich, dass Frau Bräuer gemeint hatte, ihr Mann gehe jeden Tag wandern. »Ich denke, Bräuer ist immer die gleiche Strecke gelaufen.«

»Kann ich mir nicht vorstellen«, entgegnete Linda zögernd.

»Ja, weil du das Wort Wanderung im Kopf hast.«

»Ich versteh nur Bahnhof.«

»Die Karte ist quasi neu, und auf dem Kompass findet sich kein einziger Kratzer. Was zum Futtern hatte Bräuer auch nicht dabei.« Er neigte das Gesicht zu Linda. »Oder glaubst du, er praktizierte Fastenwandern?«

»Und das soll heißen?«

»Dass alles nur aus Gewohnheit in seinem Rucksack lag. Bräuer ging nicht wandern, sondern spazieren. Vielleicht ist er früher einmal wandern gegangen. Aber im Alter waren aus den Wanderungen Spaziergänge geworden. Ein, zwei Stunden raus und abends ein deftiges Abendbrot.«

»Wie alt war er denn?«

»Fünfundachtzig.«

»Wow.«

»Ich wette, Bräuer hatte eine feste Runde. So, wie ich meine feste Laufrunde habe.« Henry beschrieb auf der Karte eine Strecke von der Wöllnitzer Straße über die Sophienhöhe und weiter zur Studentenrutsche. »Eventuell hier entlang.«

»Schöne Runde«, sagte Linda.

»Wichtiger ist, was uns das sagt.«

»Ich bin ganz Ohr.«

»Wenn sich ein Fremdeinwirken bestätigt, finden wir den Grund vielleicht auf seiner Runde.«

»Noch ist eine Fremdeinwirkung reine Spekulation.«

»Aber er könnte etwas gesehen haben. Etwas, das er nicht hätte sehen dürfen.«

»Und deshalb musste er sterben?«

»Zu welchem Zweck wollten wir Bräuer sprechen?«

»Wegen einer möglichen Zeugenaussage.«
»Eben.«

5

Sämtliche Mitarbeiter der ersten Mordkommission Jena hatten
sich im Konferenzraum eingefunden. Neben Linda und Henry
waren Mikowski und die beiden Erfurter Kollegen anwesend.
Mikowski reihte vor sich verschiedenste Energydrinks auf.
»Greift zu«, sagte er. »Ist die reinste Chemie, haut aber rein
wie 'ne Klatsche von Angel Blanco.«
Während Henry sich wahllos eine Dose griff, prüfte Svenja
Freese gewissenhaft die Inhaltsangaben auf der Rückseite.
Linda ließ sich eine Dose von Mikowski zuwerfen. Dörndahl
verzichtete und klammerte sich stattdessen an seine Ther-
moskanne. Nacheinander klackten die Verschlüsse der Dosen.
Sofort schwängerte der süßliche Geruch der Energydrinks den
Raum.
»Vorerst behalten wir unsere Dreiteilung bei«, sagte Linda.
»Zwei Außenteams und ein Bürohengst.«
Mikowski prostete Linda mit einem lüsternen Zwinkern zu.
Dörndahl nickte, und Svenja Freese lächelte unbestimmt in die
Runde. Das Gefühl, angekommen zu sein, übermannte Henry.
Ein ähnliches Gefühl hatte er bei seiner ersten Teamsitzung
in der KPI verspürt. Aber er ahnte auch, dass die Kollegen
es durchaus anders empfanden. Linda wäre in dieser Minute
garantiert lieber daheim bei Mann und Sohn, Mikowski sicherlich gern im Kreis seiner Kumpels. Dass Dörndahl eine
fürsorgliche Frau hatte, verrieten allein seine Thermoskanne
und Brotbüchse. Dörndahls Alltag verläuft gewiss in geordneten
Bahnen, dachte Henry. Ein Leben, das sich in seiner Mappe
und seiner akkuraten Schrift manifestiert. Ob Svenja Freese
zu Hause erwartet wurde, vermochte er nicht zu sagen. Sie
hatte ihm erzählt, dass sie auf dem Land aufgewachsen war.
Da lernt man einiges, hatten ihre Worte gelautet. Ein Kommentar, der ihm im Nachhinein ziemlich doppeldeutig erschien.

Gleichwohl kannte er seinen Hang, alles zu hinterfragen oder zu überinterpretieren. *Da lerne man so einiges.* Wären diese Worte aus Vanessas Mund gekommen, hätte er sie zweifellos als sexuelle Anspielung verstanden. Bald drei Tage war er mit Svenja Freese unterwegs. In dieser Zeit hatten sie dieselbe Frau mehrfach aufsuchen müssen. Anfänglich hatten sie in ihr eine Zeugin und Gattin gesehen, später eine Zeugin und Witwe. Was auch immer die Kollegen daheim erwartet, resümierte Henry, dieses Schicksal wird ihnen erspart bleiben.

Sie würden sichern. Sie würden ermitteln. Sie würden fahnden.

Entweder mit Erfolg oder ohne Erfolg. Längerfristig betrachtet fiel das kaum ins Gewicht. Denn schneller, als ihnen lieb wäre, würde ein neuer Fall auf ihren Schreibtischen landen. Der ältere Fall würde verblassen und zu einer angestaubten Akte werden. Dieses Weiter-und-so-fort gab Henry ein Gefühl der Sicherheit. Und im Augenblick nährten die Namen zweier Toter dieses Gefühl: Philipp Stamm und Gustav Bräuer. Mit einem Schluck aus der Dose spülte er seine Gedanken hinunter.

Linda zeichnete auf einer Karte alle fallbezogenen Orte ein. Die Adressen der Opfer und Zeugen. Den Fundort von Stamms Leiche und den Abschnitt, wo sie vermutlich zu Wasser gelassen worden war. Nachdem alle Orte, die mit Stamm in Verbindung standen, markiert waren, folgten jene zum Fall Bräuer.

»Frau Bräuer muss unter allen Umständen nochmals vernommen werden«, sagte Linda. »Am besten im Beisein eines Psychologen. Sie war mit ihrem Mann über fünfzig Jahre verheiratet. Sie hat Informationen, von denen sie selbst nichts ahnt.«

Lindas Worte kamen mit Nachdruck. Henry wusste, dass sie schnellstmöglich einen Zusammenhang zwischen Stamm und Bräuer herstellen mussten. Andernfalls würde der Vorgang Bräuer separat bearbeitet werden. Bei zwei autonomen Ermittlerteams wären die Probleme vorprogrammiert.

»Nach den Befragungen knöpfen wir uns die Biografien

vor«, entschied Linda. »Stamms Akte ist sehr auskunftsfreudig. Bräuer hingegen hatte nicht mal einen Strafzettel.«

»Was ist mit den Verdächtigen?« Mikowski setzte das Wort Verdächtige in Anführungszeichen.

Linda benannte ausdrücklich Thomas Zabel und Vanessa Fiebig. Sie merkte an, dass Vanessa Fiebig als Einzeltäterin nicht in Frage komme. Sie wäre kaum imstande gewesen, Stamms Körper aus dem Haus zu transportieren. Weder Zabel noch Fiebig könnten allerdings ein handfestes Alibi vorweisen. Die Annahme, dass sie sich unterwegs von Stamm getrennt haben, basiere allein auf ihren Aussagen. Das sei sehr fragwürdig. »Henry und ich bleiben an den beiden dran.«

»Wäre ein Wechsel nicht von Vorteil?«, bemerkte Dörndahl. »Neue Sinne, neue Eindrücke.«

Henry war versucht, dem gesamten Team seinen Fehltritt anzuvertrauen. Er glaubte für einen Moment, es würde keine Folgen haben. Die Kollegen würden nicken und »Schwamm drüber« rufen. Schließlich säßen sie in einem Boot. Dann entsann er sich Lindas Worte. Dass sie den Erfurtern nicht hundertprozentig vertraue. Sein Geständnis könnte für sie den passenden Anlass liefern, das Ruder zu übernehmen.

»Dem stimme ich im Grundsatz zu«, antwortete Linda. »Aber wir kennen die beiden inzwischen ganz gut. Ich habe ein Vertrauensverhältnis zur Zeugin Fiebig aufgebaut. Ich verspreche mir in den nächsten Tagen einen Durchbruch.« Abrupt schwenkte sie zum nächsten Punkt. »Bisher ist der einzige Zusammenhang die Nähe der Tatorte. Oder besser: der Leichenfundorte. Während die eine Gruppe ein Opferbild erstellt, nimmt sich die andere noch mal die Gegend vor.«

Walter Dörndahl erhob den Einwand, dass sich alles um einen dummen Zufall handeln könne. Immerhin wiesen die Verletzungen der beiden Opfer Merkmale unterschiedlicher Art auf. Es falle ihm schwer, sich ein und denselben Täter vorzustellen. Die Perfektion und Grausamkeit des ersten Mordes stünde in krassem Gegensatz zum Fall Bräuer. Zudem der große Altersunterschied zwischen den beiden Opfern. Lediglich die Vermutung, Bräuer sei Zeuge der Tat gewesen, klinge für ihn plausibel.

Auf diesen Einwand vermochte Linda nur mit einer Standardfloskel zu reagieren. »Wir dürfen nichts ausschließen.« Die Kollegen nickten einvernehmlich.

6

Svenja Freese und Henry schritten die Wöllnitzer Straße entlang. Sie wollten die Runde abgehen, von der Henry glaubte, der alte Bräuer sei sie tagtäglich gelaufen. Er zeigte in Richtung Westen und erklärte, dass sich hinter den Häusern und der Stadtrodaer Straße die Saale befand. Wenn er sprinten würde, ergänzte er, wäre er in weniger als drei Minuten am Ufer. Svenja Freese nannte ihn einen Angeber und grinste. Er erwiderte, er habe ihr nur die Entfernung verdeutlichen wollen. Schließlich hätten sie dort Philipp Stamms Leiche gefunden.

Auf der Ostseite der Wöllnitzer Straße ragten schroffe Felsformationen in die Höhe. Drahtiges Gestrüpp und vereinzelte Bäume drängten über die Abhänge. Henrys erster Gedanke war, dass es hier früher einmal schön ausgesehen haben mochte. Dann fragte er sich, weshalb es hier früher anders ausgesehen haben sollte. Erde und Bäume und Felsen. Nichts, was man in drei Tagen aus dem Boden stampfte.

»Dort sind die Teufelslöcher.« Svenja Freese wies mit ihrem Smartphone den Hang hinauf.

Wie auf ein geheimes Kommando hin verließen sie die Straße, streiften durchs Gestrüpp und erklommen den Hang. Oben angelangt, blieben sie vor dem Höhleneingang stehen und glotzten wie zwei beseelte Schwemmhölzer in den Stollen. Mit Hilfe ihres Smartphones führte Svenja Freese ihn in die Sage vom Vogelsteller ein. Sie erzählte von einem Knaben, der beim Anblick der Teufelslöcher »Ha! Ha!« ausrief, ohne sich darauf zu bekreuzigen.

»Und deshalb wurde er verflucht?«, hakte Henry nach.

»So steht's geschrieben. Eine Dirne, die in Wirklichkeit eine Hexe war, wollte ihn verführen. Das würde dir doch gefallen, oder?«

Henry sagte nichts.

»Jedenfalls suchte er Rat bei einem Abt. Der sagte, er soll vor den Teufelslöchern ein Vaterunser beten, das Ave-Maria aufsagen und einen Krötenstein hineinwerfen.«

»Was ist ein Krötenstein?«

»Versteinertes Zeug. Donnerkeile und so was.«

»Okay.«

Svenja stellte sich breitbeinig in den Eingang und schrie voller Inbrunst: »Ha! Ha!« Sie wandte sich an Henry und sagte, er müsse das Vaterunser sprechen, sonst sei sie verflucht.

Henry erwiderte, dass er das Vaterunser nicht kenne. Seine Mutter sei zwar evangelisch, aber er habe mit Religion nichts am Hut. Lachend meinte Svenja Freese, dann sei sie jetzt den Fängen des Vogelstellers ausgeliefert. Oder Herr Kilmer würde, weil er das Vaterunser nicht gelernt habe, in der Hölle schmoren.

Samstag

1

Am Samstag schloss die Ernst-Abbe-Bibliothek um dreizehn Uhr ihre Säle. Jasmin versuchte, nicht an den heutigen Abend zu denken. Jeder Gedanke daran machte sie nervös. Nach langer Zeit würde sie wieder ausgehen. Sie hatte ihre Freundin gebeten, sie in die Ausstellung zu begleiten. Sie hatte gesagt, sie sei bereit für einen lustigen Abend. Sabrina hatte sich den Finger in den Mund gesteckt und Kotzlaute imitiert. Hatte gemeint, es könne nur langweilig werden mit diesen ganzen Kunstfreaks und Intellektuellen. Außerdem habe sie keine Ahnung, wen oder was man dort ausstellen würde. Zugesagt hatte sie dennoch.

Jasmin stellte eine Flasche Sekt kühl und ließ sich Badewasser ein. Noch sechs Stunden, dachte sie. Am frühen Abend käme Sabrina zum Vorglühen. Sie erinnerte sich an die Zeit, als Sabrina bald jeden zweiten Tag vorbeigeschaut hatte. Immer war der Sekt geflossen, immer waren sie später zu Wein und Tränen übergegangen. Sabrina hatte ihr während der Trennung von Manuel Bauer beigestanden. Poe hätte wohl geschrieben, Sabrina habe sie wie ein nubischer Geograph aus dem schwärzesten aller Meere geleitet. Inzwischen lag das Ende ihrer Beziehung ein Jahr zurück.

Von ihren Freunden war Manuel fast einhellig gemocht worden. Er hatte sich auf geradezu magische Art präsentieren können. Stets ein Lachen an passender Stelle, ein Arm auf dieser oder jener Schulter, stets den richtigen Trinkspruch in petto. Was nur wenige ahnten: Manuel litt unter krankhafter Eifersucht. Anfangs hatte sie sein Bedürfnis nach ständiger Nähe als Ausdruck seiner romantischen Natur aufgefasst. Ein Schwärmer, dessen Universum um eine einzige Frau kreist. Später hatte sie lernen müssen, dass Nähe und Kontrolle gern einander die Hände reichten.

Im Liebesrausch der ersten Wochen war Jasmin auf Abstand zu ihren Freunden gerückt. Hatte damit Manuel in seiner Anhänglichkeit nur bestärkt. Im Grunde war sie selbst schuld, gestand sie sich heute ein. Hätte sie ihr früheres Leben nicht vernachlässigt, wäre ihr eine Menge Schmerz erspart geblieben. Vielleicht hätte er sich sogar geändert, und sie wären noch heute ein Paar. Manuel, den alle mochten, und Jasmin, die jeden kannte.

In langen, schlaflosen Nächten setzte ihr diese Ungewissheit noch heute zu. Gerade dann, wenn sie die Einladungen ihrer Freunde ausschlug und stattdessen allein und zu viel trank. Aber sie trauerte Manuel, den alle mochten, nicht nach. Dazu war seine Eifersucht im letzten Stadium ihrer Beziehung zu heftig gewesen. Er hatte sie beinahe täglich in der Bibliothek angerufen. Dann hatte er darauf bestanden, sie täglich von der Arbeit abzuholen. Als er irgendwann das Passwort ihres E-Mail-Kontos aufgeschnappt hatte, war das tägliche Ausspionieren ihrer Mails gefolgt. Dieser Kontrollwahn hatte zu noch mehr Eifersucht und Geschrei geführt. Er hatte geschrien und geschrien und geschrien. Während sie direkt vor ihm gestanden hatte, während sie aus der gemeinsamen Wohnung geflüchtet war. Geschrien und geschrien und geschrien. Wegen der nichtigsten Gründe.

In seiner Verzweiflung hatte er sie mit SMS-Nachrichten bombardiert. Nachrichten, die teilweise jeden Zusammenhang vermissen ließen. Er schlage ihren neuen Stecher tot. Ja, es gebe keine andere Frau für ihn. Niemals. Er wolle ihr ein Nest bauen, für ihre gemeinsamen Kinder, ihren Hund und eine Zukunft ohne Sorgen. Nach dieser SMS hatte sie im Suff versucht, Sabrina John Keats nahezubringen. Hatte aus dem Hyperion zitiert, hatte von »einem rechten Dach für dieses Nest der Qual« gelallt. Und dann hatte sie humorlos gelacht, um anschließend lautlos zu weinen.

In den Worten eines wahnsinnigen Poeten dachte sie heute: Mit ihm endete die erste Epoche meines Lebens. Vielleicht war Manuel inzwischen tot oder terrorisierte eine andere Frau. Oder − und das wollte sie sich nur ungern vorstellen − hatte er sich geändert? Manuel, den alle Welt mochte. Plötzlich wurde ihr bewusst, dass noch immer das Wasser lief.

Sie rannte ins Bad und fasste in die volle Wanne. Das Wasser war viel zu heiß.

2

Sabrina hielt Jasmin ein neues Sektglas unter die Nase. Jasmin wollte ablehnen, bemerkte jedoch rechtzeitig die unbeugsame Miene ihrer Freundin. Um Sabrina einen Gefallen zu tun, nippte sie zaghaft. Ihrer Ansicht nach war die Ausstellungseröffnung ein voller Erfolg. Die Gäste hatten sich zu kleinen Inseln formiert und rückten in wachsamer Distanz von einem Bild zum nächsten. Hier debattierte man über Sinn und Unsinn städtischer Kunstförderung, dort erklärte man sich gegenseitig Offensichtliches. Da Matthäus Günther für seine Fresken berühmt war, prangten zahlreiche Fotografien an den Wänden. Von Kuppeln und Himmelsgewölben, von Altarblättern und Chorwänden. Dazwischen hingen Federzeichnungen und Ölskizzen, die der Maler als Entwurf für seine Fresken angefertigt hatte.

»Hier erschuf Günther eine Scheinarchitektur«, sagte ein Mann mit Halstuch. »Als ob der Raum in grenzenlose Höhe steigt.«

»Steigt er denn nicht in die Höhe?«, erwiderte Sabrina.

»Ja, schon. Aber nicht so hoch.«

»Also ist er in Wirklichkeit flacher?«

»Flacher, als man gemeinhin annimmt.«

»Ich mag hohe Räume nicht.«

»Sie mögen hohe Räume nicht?«

»Nein, ich mag flache Räume.«

»Aber niemand mag flache Räume.«

»Wie Günthers Kunst bestens beweist.«

»Das war sein Broterwerb«, protestierte der Mann. »Er hatte keine Wahl.«

»Fuck, ist das traurig.«

»Was ist traurig?«

»Stell dir mal vor, er hätte flache Räume gemocht.«

Jasmin versuchte, sich auf das Gespräch zwischen Sabrina

und dem Fremden zu konzentrieren. Aber schon bald entglitt ihr der Faden. Sie schaute an Sabrinas Schulter vorbei und beobachtete Robert Krone. Er stand neben einem Mann von stattlicher Größe. Dr. Arthur Boenicke, der Direktor der Städtischen Kunstsammlung, sein Chef. Boenicke steckte in einem formlosen Leinenanzug, der ihn wie einen unterbezahlten Sargträger erscheinen ließ. Robert trug über seiner Armeehose ein Sakko, darunter ein T-Shirt mit dem Logo der Kunstsammlung. Dieses wurde offenkundig von der alten Platane hinter dem Haus inspiriert. Eine kahle, filigrane Baumkrone in Brusthöhe. Aus der Entfernung ähnelte das Logo einer Spinne, die auf Roberts T-Shirt zerquetscht worden war.

Als er den Kopf hob, trafen sich ihre Blicke. Er reagierte mit einem Lächeln, und Jasmin prostete ihm zu.

Nach einer halben Stunde spürte sie die Wirkung des Alkohols. Sie stieg auf Wasser um, während Sabrina unbeirrt weitertrank. Günthers biblische Motive vermochten in ihr keinerlei Ehrfurcht oder Bewunderung zu erzeugen. Engel wurden zu Lustknaben und Propheten zu Lustmolchen in steifen Kutten. Günthers Œuvre, so hatte Jasmin in Erfahrung gebracht, rechnete man dem Rokoko zu. Seine Figurenzeichnung fand sie kaum beeindruckend. Irgendwie kitschig. Ihr drängte sich der Gedanke an Großmutters Porzellan auf. Zweifellos hätten Poes von Ernsthaftigkeit und Melancholie beseelte Maler Günthers Bildern jedes Interesse verwehrt. In seinen Geschichten thronte die Heilige Jungfrau nicht auf einer Wolke und schwang den Lilienzweig. Stattdessen lag sie tief unter der Erde und harrte ihrer Wiederkunft entgegen.

»Und, sagt es Ihnen zu?«

Arthur Boenicke hatte sich Jasmin hinzugesellt. Sie reichte ihm gerade bis unter die Schulter. Sie hatte das Gefühl, seine Stimme grolle direkt aus seiner Brust an ihr Ohr. Es war ein warmer, tiefer Klang. Ohne ihre Antwort abzuwarten, fuhr Arthur Boenicke fort: »Das ist der Erzengel Michael. Bezwinger des Teufels und Seelenwäger aller Menschen.«

»Und Patron unserer Kirche.«

»Da sprechen Sie einen wunden Punkt an.«

»Das wollte ich nicht.«

»Keine Sorge, Sie sind doch eher eine Freundin des Buches als des Hauses.«

Arthur Boenickes Eloquenz schüchterte Jasmin keineswegs ein. Er schien damit nicht prunken zu wollen. Im Gegenteil: Jeder seiner Sätze war in eine wohltuende Natürlichkeit gebettet.

»Und was halten sie nun von dem Bild?«

»Ehrlich?«

»Ich bitte darum.«

Während Jasmin die 1743 gemalte Ölskizze betrachtete, spielte sie unbewusst mit ihren Haaren. Sie hoffte, irgendetwas zu entdecken, das einer Erwähnung würdig wäre. Ein Engel stand auf zwei Teufeln und verwies sie ins Flammenmeer. Sein Gewand schlug hinter ihm in die Höhe, sein Rock wehte dezent empor. »Von allen Bildern«, sagte sie schließlich, »gefällt mir das am besten.«

»Und warum?«

»Weil es so düster ist.«

»Sie finden es düster?«

»Sie etwa nicht?«

»Ich finde es erbaulich. Sehen Sie doch …« Arthur Boenicke trat einen Schritt vor und zeichnete mit seiner Rechten das Geschehen auf der Leinwand nach. »… Michael hat die Teufel besiegt und weist sie nun in Richtung Höllenschlund. Er befreit die Erde vom Bösen. Im Grunde eine heroische Tat.«

»Deshalb wird's aber nicht weniger düster.«

»Die Wege des Gerechten werden selten von Sonne und Herrlichkeit begleitet.«

»Was bedeutet die Schlange unter den Teufeln?«

»Das ist die alte Schlange. Ein Sinnbild Satans.«

»Wie der Drache?«

»Ja, genau«, antwortete Arthur Boenicke. »Wie der Drache auf dem Chorfenster unserer Kirche. Wussten Sie, dass sich unter dem Chorfenster, also unter Michaels Füßen, das Beinhaus befindet?«

»Die Stätte der Toten?«

»Ja. Seit über dreihundert Jahren.«

»Das gefällt mir.«

»Das hab ich mir gedacht.«

Jasmin wandte das Gesicht empor und lächelte zaghaft.

»Dr. Boenicke, darf ich Ihnen eine persönliche Frage stellen?«

»Scheuen Sie sich nicht.«

»Sind Sie ein religiöser Mensch?«

3

Jasmin saß auf dem heruntergeklappten Klodeckel und sammelte ihre Gedanken. Der viele Sekt hatte sie leichtfertig werden lassen. Sie versuchte sich zu entsinnen, wie oft sie in der letzten Stunde einfach dahergeplappert hatte. Hätte der Sekt doch wenigstens ihre Zunge gelähmt. Abgesehen davon fühlte sie sich ausgezeichnet. Das Elend der letzten Monate war zumindest am heutigen Abend vergessen. Sogar der Druck hinter ihren Augen schien abzuebben. Da vernahm sie wie durch einen Tunnel die Anwesenheit von zwei Personen. Waren da Männer auf der Frauentoilette? Oder hatte sie die falsche Toilette gewählt? Die lallende Stimme glaubte sie Robert Krone zuordnen zu können, den vollen Bariton Arthur Boenicke.

»Bist du dir sicher?«, fragte der Direktor.

»Ja, so ziemlich«, antwortete Robert.

»Ist es nicht bloß ein Verdacht?«

»Ich habe den beschissenen Zettel.«

»Es kann sich um eine rein platonische Beziehung handeln. Vielleicht ist er ihr bester Freund.«

»Verdammt noch mal, sie hat keinen besten Freund. Frauen haben nie beste Freunde. Sie kennen höchstens Männer, die so tun, als wären sie ihre besten Freunde.«

»Beruhige dich, das wird schon wieder.«

»Ich habe die Befürchtung, sie will mich verlassen.«

»Mal nicht gleich den Teufel an die Wand.«

»Wir schlafen nicht mehr miteinander.«

Der Satz schien zwischen ihnen zu hängen wie von Kadavern geschwärztes Fliegenpapier. Keine Antwort vermochte die bittere Wahrheit zu entkräften. Jasmin fuhr sich mit der Linken ins Haar und lauschte der Stille. Nach einer Weile hörte sie Robert sagen: »Ich werde dafür sorgen, dass sie mich nicht verlässt. Das schwöre ich.«

»Robert! Mach bitte nichts, was du später bereust.«

»Ich tue, was ich tun muss.«

Ein Wasserhahn wurde bedient, und das Geräusch des Wasserstrahls hallte von den Fliesen wider. Jasmin verstand nur noch Bruchstücke.

»Du kannst … verlieren … aber … darfst dich nicht …«

»Arthur, ich werde … das Schwein …«

»Und dann?«

»… abgerechnet.«

»So wirst … Frau nicht zurück …«

Der Wasserhahn wurde abgestellt.

Dann Roberts Stimme klar und deutlich: »In guten wie in schlechten Zeiten, nicht wahr?«

»Das habe ich früher auch gedacht.«

Die Tür quietschte, Schritte ertönten, und eine Frau rief angeheitert, dass sie sich wohl geirrt habe. Jasmin identifizierte sofort Sabrinas Stimme. Das Sprachzentrum ihrer Freundin hatte hörbar Schaden genommen.

»Die Damentoilette ist auf der linken Seite«, sagte Arthur Boenicke liebenswürdig. Sobald die Tür ein zweites Mal gequietscht hatte, kehrte die bedrückende Atmosphäre zurück. Boenicke riet Robert, er solle nach Hause gehen. Eine Nacht drüber schlafen und morgen sehe die Welt anders aus. Robert blaffte ihn an, dass er gar nichts kapiere. Wie könne er denn auch, wo er das Lieben längst verlernt habe. Dann stürmte Robert aus der Toilette, und Arthur Boenicke folgte ihm.

Jasmin war von dem Gehörten völlig irritiert. Roberts Worten zufolge verdächtigte er seine Frau des Betrugs. Jasmin konnte und wollte sich nicht vorstellen, dass Annett Krone ihren Mann herging. Robert Krone war ein attraktiver, redegewandter und sensibler Mann. In jeder Hinsicht anders als ihr eigener Exfreund. Weshalb sollte sich Annett Krone nach einem anderen sehnen? Sie kannte Annett Krone von einer Spendenaktion.

Bücher für Schulen, das war allerdings ein paar Jahre her. Damals hatte sie nicht wie eine Frau gewirkt, die eine Affäre eingehen würde. Jasmin war die Verbindung Robert und Annett Krone als Inbegriff der perfekten Ehe erschienen. Noch in ihre Gedanken vertieft, trat Jasmin aus der Kabine. Sie wusch sich die Hände, musterte ihr Spiegelbild, zupfte sich den Pony zurecht. In diesem Moment wünschte sie sich, eine heimliche Affäre zu haben. Sehnte sich nach Geheimniskrämerei und Liebesbriefen. Nach Leidenschaft ohne die Bürde des Alltags. Einmal Lügen zu dürfen ohne den Makel von Bosheit. Aber in Jasmins Leben gab es niemanden, den sie hätte betrügen können. Sie huschte aus der Toilette in den Korridor.

»Oh, gleich zwei Typen«, wurde sie lallend von Sabrina empfangen. »Ich hoffe, du hast dir den Mund ausgespült.«

Sonntag

1

Robert Krone lag auf der Ottomane im Büro der Städtischen Kunstsammlung. Irgendwer hatte ihn dorthin geführt und provisorisch gebettet. Eine dünne Decke zu seinen Füßen, ein Sitzkissen unterm Kopf. Durch die Kleidung hindurch verströmte sein Körper den Geruch von Schweiß und Alkohol. Er war erleichtert, dass man ihn nicht ausgezogen hatte. Sein Körpergeruch hätte sich sonst unweigerlich in das Gedächtnis des edlen Samariters eingebrannt.

Sein Kopf fühlte sich an, als befände er sich hundert Meter unter Wasser. Er kannte solche Kopfschmerzen. Er kannte das schwarze Loch in seinem Schädel, das jedes Geräusch aufsog und verstärkte. Für gewöhnlich bekämpfte er den Schmerz mit Tabletten, Zäpfchen und Nasensprays. Jetzt lechzte er danach, sich in den Triptan-Himmel zu spritzen. Nur wusste er nicht, welche Art von Schmerzen ihn gerade mehr plagte. Seine üblichen und die Nachwirkung des Alkohols. Nur widerwillig hob er den Kopf und blickte auf die Uhr über der Schreibkommode. Die schwarzen Ziffern flimmerten vor seinen Augen. Er konnte kaum zwischen Stunden- und Minutenzeiger unterscheiden. Notgedrungen legte er sich auf dreizehn Uhr fünfzehn fest. Dass es auch fünfzehn Uhr sein konnte, nahm er in Kauf. Demzufolge musste die Galerie längst geöffnet haben, entweder seit drei Stunden oder bereits seit fünf.

Der edle Samariter hatte ihm eine Flasche Wasser neben die Ottomane gestellt. Bei jedem Schluck schmerzte ihm jetzt die Kehle. Als hätte er die ganze Nacht Kette geraucht. Eigentlich hatte er das Rauchen während der Schwangerschaft seiner Frau aufgegeben. Doch hin und wieder, insbesondere wenn er besoffen war, konnte er einer Zigarette nicht widerstehen. Im Suff eine Kippe zu rauchen, vermittelte ihm den Anschein seines alten Lebens. Die wilde Zeit mit Annett, die große Sorglosigkeit.

Er stellte die Flasche wieder ab und warf die Decke zurück. Positionierte sachte seine Füße auf den Boden und schaute sich um, als müsste er sich der Raumtiefe vergewissern. Eine Decke, ein Boden, vier Ecken und alles in akkuraten Winkeln. Seine Sinne funktionierten offenbar. Gleichwohl durften seine Augen nicht allzu lang auf Arthurs Exponaten verweilen. Die Arabesken im Möbelholz hätten ihn ins Straucheln gebracht. Dazu die irisierenden Farben der Gemälde. Er hievte sich langsam hoch, wankte zur Bürotür und lauschte.

Er vermeinte, leises Getuschel von draußen zu hören. Sicherlich Besucher der neuen Ausstellung. Touristen, die per Zufall oder Herdentrieb in die Galerie gelenkt wurden. Die wahren Liebhaber spätbarocker Malerei hatten entweder gestern die Eröffnung besucht oder würden unter der Woche kommen. Sonntag war der Tag der Touristen.

Und er hasste Sonntage.

Manchmal dachte er, genau diese Sonntage hätten seine Frau in die Arme eines anderen getrieben. Den Sonntag sollte ein guter Ehemann mit seiner Frau verbringen und nicht auf Arbeit. Aber welcher Kulturbetrieb konnte es sich leisten, sonntags zu schließen? Diese scheiß Touristen brachten den Zaster. Sie bezahlten für das schnelle Glotzen und das flinke Knipsen. Doch Geld war nicht alles, hatte er lernen müssen. Geld war nicht mal die Hälfte von nichts. Denn ohne diese scheiß Touristen mit ihren scheiß Portemonnaies wäre er heute neben seiner Frau aufgewacht. Robert spürte den alten Zorn in sich hochbranden.

Dann ermahnte er sich, dass das alles längst Geschichte war. Kein Grund, darüber in Wut zu geraten. Die letzte Nacht hatte ihm nicht nur Kopfschmerzen beschert, sondern auch einen Neuanfang. Er griff sich in die Hosentasche und zerrte eine zerfledderte Serviette hervor. Das untere Drittel war abgerissen.

Er entfernte sich von der Tür und wankte in die kleine, fürs Personal hergerichtete Badestube. Messinghähne über einem antiken Waschbecken. Verschnörkelte Haken, an denen rosafarbene Handtücher hingen. Die Fliesen waren mit barocken

Ornamenten verziert. Dr. Arthur Boenicke war Ästhet durch und durch, meinte Robert. Ein Mann, der anscheinend in der falschen Epoche geboren worden war.

Hin und wieder glaubte er, dieses Los zu teilen. Dass er ein Mann sei, dessen Seele in einer anderen Zeit verwurzelt war. Robert Krone hätte in der Romantik ein glücklicheres Leben geführt. Damals hätten sie seine Leidenschaft geschätzt und seine Selbstlosigkeit gewürdigt. Er liebte eine Frau, und er liebte sie über alles. Was soll daran falsch sein?, fragte er sich. Er nahm auf dem Klodeckel Platz und betrachtete den Fetzen Papier. Das Stück einer Serviette, die Vorderseite rot, die Rückseite weiß. Auf dem fehlenden Teil der Serviette hatte er gestern Abend geschrieben: »Ich liebe dich«. Mit einem Kugelschreiber und in einer Handschrift, wie sie ihm im Suff noch möglich gewesen war. Darunter hatte er keinen Namen gesetzt, darüber keinen Adressaten. Lediglich ein großes Herz als Ausrufezeichen hatte er zustande gebracht.

Betrunken und euphorisiert war er zu der Frau seines Lebens getorkelt, um ihr den Fetzen zu überreichen. Sie hatte sich gerade mit einer anderen Person unterhalten. Mit wem, vermochte er nicht mehr zu sagen. Viel wichtiger schien ihm, dass Annett sich von der Person abgewandt und ihn nach draußen begleitet hatte. Hinaus auf den Hof der Galerie, in den Schatten der Platane. Er und Annett, derweil die ganze beschissene Welt ihre Bedeutung verlor. In seiner Erinnerung sprühte die Atmosphäre ihres Stelldicheins vor Romantik. Er hatte das Gefühl, all seine Worte und Gesten waren voll Zärtlichkeit gewesen.

Annett, ich wollte nie eine andere als dich.

Annett, wir werden neu anfangen.

Du und ich und unser Sohn.

Du und ich auf ewig.

Du und ich.

Er war vor ihr niedergekniet und hatte ihr den beschriebenen Teil der Serviette überreicht. Hatte dabei zu ihr emporgelächelt. Was nach seinem Kniefall geschehen war, wollte ihm allerdings nicht mehr einfallen. Doch die Ahnung tiefer Zärtlichkeit und noch tieferer Emotionen nährte seinen Optimismus. Jetzt, während er auf dem Klodeckel saß, ließ ihn die Zuversicht auch lächeln. Allmählich verflüchtigten sich seine Kopfschmerzen. Er musste nur lang genug die zerfledderte Serviette anstarren. Das würde helfen. Das würde ihn stark machen. Der Neuanfang war sein neues Triptan.

2

Henry hatte nicht mehr mit einer Antwort gerechnet. Er saß seit acht Uhr morgens im Büro und bearbeitete den Vorgang einer Körperverletzung. Eine Gaststudentin war im Bahnhof Paradies von zwei Betrunkenen angegriffen worden. Linda telefonierte hinter ihrem Schreibtisch mit einer Freundin. Sie lachte ihr Krähenlachen, als wäre Henry nicht im selben Raum. Katrin Cosack, eine Mitarbeiterin am Archiv für Semiotik, hatte ihm eine Bilddatei gesandt. Auf einem gescannten Bogen Papier fanden sich etliche Zeichen. Keines verfügte uneingeschränkt über die in Stamms Fuß eingeritzte Gestalt. Mal war ein Strich zu viel, mal divergierten die Schnittpunkte. Katrin Cosack hatte die einzelnen Zeichen mit knappen Kommentaren versehen. Stammte es beispielsweise aus der chinesischen Schrift oder aus der japanischen? Handelte es sich um ein japanisches Zeichen, dessen Grundlage gleichwohl ein chinesisches war? Henry empfand selbst diese wenigen Kommentare als schwer verständlich.

Notgedrungen reduzierte er die Auswahl auf zwei Optionen, die zumindest Ähnlichkeit mit *seinem* Zeichen aufwiesen. Beide setzten sich aus einem Rechteck und einer einzelnen Geraden zusammen. Genau wie das Zeichen, das Martin Vossler auf Stamms Fuß entdeckt hatte. Das eine Symbol bedeutete »Land«, das andere »Mitte«. Zwei Wörter, die keiner Lesart widersprachen, weil sie gleichermaßen alles oder nichts bedeuten mochten.

Ernüchtert leitete Henry die Mail an Linda weiter. Dann stöberte er in der Datenbank nach Einträgen, die aus Asien stammende Täter aufführten. Dabei verhöhnte ihn sein Buddha mit dem gewohnten Lächeln.

3

Ebenso wie sich seine Kopfschmerzen aufgelöst hatten, waren auch seine letzten Zweifel verschwunden. Er sah nun einer leuchtenden Zukunft entgegen. Aus Glauben war Wissen geworden. Er hatte gestern tatsächlich seine Ehe vor dem Untergang bewahrt.

Am Nachmittag war er wieder fähig, Führungen zu geben. Eine kleine Gruppe japanischer Touristen interessierte sich für Matthäus Günther und seine Fresken. Roberts Enthusiasmus spiegelte sich in seinen Ausführungen über die Motivik wider. In seiner Zunge fand das rührselige Rokoko einen euphorischen Fürsprecher. Die Japaner kicherten hinter vorgehaltener Hand, und Arthur Boenicke nickte Robert ermunternd zu. Der Direktor stand in der Verkaufsgalerie und sortierte neue Postkarten ein. Gemeinhin widmeten die Besucher dem Verkaufsstand mehr Zeit und Geduld als der eigentlichen Ausstellung. Die Sorge, keine Mitbringsel für die Daheimgebliebenen zu erwerben, brachte der Sammlung ein schönes Taschengeld. Roberts Chef war nicht nur Kunstliebhaber, Ästhet und Jenenser. Er galt überdies als Geschäftsmann erster Güte. Die gestrige Ausstellungseröffnung hatte den Spendenbeutel hinreichend gefüllt.

Nachdem die Japaner die Verkaufsfläche erobert hatten, schlenderte Robert durch die leeren Räume. Morgen würde die Sammlung geschlossen haben, morgen wäre sein freier Tag. Dessen ungeachtet würde Arthur in einem Katalog nach interessanten Exponaten stöbern und mit Kuratoren telefonieren. Robert hatte nicht den geringsten Ansporn, es seinem Chef gleichzutun. Er hegte andere Pläne.

Genau wie früher würde er zeitig aufstehen, um seiner Frau das Frühstück zu machen. Er würde sie zur Arbeit chauffieren und ihr versichern, dass er sie pünktlich abholen käme. Während ihrer Arbeitszeit würde er die Wohnung auf Vordermann bringen. Staub saugen, Fenster putzen, Blumen besorgen. Bisher hatte er Annett die Hausarbeit zugeschoben, aber das würde sich nun ändern. Denn alles würde sich ändern. Bei dem Gedanken daran, was eine einzige Nacht zu bewirken vermochte, musste er lächeln.

Der Zufall ließ ihn vor Matthäus Günthers Gemälde des Erzengels Michael stoppen. Das blonde Haar des Engels fesselte seine Aufmerksamkeit. Auch er selbst hatte blonde Haare. Der Engel zwang das Böse in den Höllenschlund, damit das Gute auf Erden gedeihen konnte. Auch ihm lag allein das Gute am Herzen. Das Gute für die Frau seines Lebens. Langsam sank sein Blick hinab zu den Teufeln unter St. Michaels Sohlen.

4

Eigenheimsiedlung Ammerbach. Seine Wohnung empfing ihn mit Leere und Einsamkeit. Augenblicklich schlug seine Euphorie in Enttäuschung um. Wachsam und etwaigen Hinweisen auf den Verbleib seiner Frau nachspürend, durchschritt er alle Zimmer. Er ging ins Schlafzimmer und schnüffelte am Bettlaken. Es roch frisch, beinahe ungebraucht. Er ging ins Badezimmer und betrachtete ihr Schminkzeug. Nichts von all dem schien angerührt worden zu sein. Aber sicher war er sich keinesfalls. Die Vermutung folgte mehr seinem Spürsinn denn konkreten Hinweisen. Dann setzte er sich auf den Badewannenrand, ließ die Schultern hängen und grübelte nach.

Annett musste gestern allein nach Haus gegangen sein. Oder jemand, der nicht betrunken gewesen war, hatte sie kutschiert. Ein edler Samariter, dachte er und verscheuchte gleichzeitig das Bild seines Chefs. Obwohl er sein Gedächtnis anstrengte, konnte er sich nicht entsinnen, wann sich Annett von ihm verabschiedet hatte. Sie hatten zusammen im Hof gestanden und einander ihre Liebe versichert. Er hatte gesprochen, sie hatte gelauscht.

Auf den Kniefall folgte der Filmriss. Die Erinnerung hob erst wieder am nächsten Morgen im Büro an. Vielleicht, so mutmaßte er, hatte sie ihn nicht aufwecken wollen. Obendrein hatte er die schlechte Angewohnheit, im Suff zu schnarchen. Seine Phantasie formte eine Szene, in der Arthur Boenicke seine Frau zur Heimfahrt ermutigt. Sie solle sich keine Sorgen machen. Er würde sich um den lädierten Ehemann kümmern. Arthur Boenicke, sein edler Samariter. Robert sah eine schmunzelnde Annett, die ihm zum Abschied liebevoll über die Haare fuhr.

Ja, dachte er, so muss es gewesen sein.

Dennoch klärte das alles nicht die Frage nach ihrem jetzigen Verbleib. Er schnappte sich sein Handy und wählte ihre Nummer. Seinem neuen Ich war jede Eifersucht fremd. Sein neues Ich war lediglich um das Wohl seiner Frau besorgt. Er wollte nur fragen, wann sie heimkäme, damit er das Abendbrot vorbereiten konnte. Die Zeit des eifersüchtigen Robert Krone war endgültig passé.

Sobald sich ihre Mailbox meldete, legte er auf und wählte erneut. Zum wiederholten Mal ertönte die mechanische Stimme, und er drückte die rote Taste. Er betrachtete das Handy und dachte an den Zettel. Aber nicht an die Serviette mit seinem Liebesbekenntnis, sondern an den Zettel in ihren Unterlagen. Die fremde Handschrift. Die Uhrzeit für ein Date. Das herzförmige Ausrufezeichen. Er verschloss sich dem Gedanken und ging zurück ins Bad.

Dort inspizierte er die Toilette, um Hinweise auf Annetts heutige Anwesenheit zu finden. Er stierte ins Waschbecken, aber die Keramik war trocken. Er nahm sich die Küche vor. Im Mülleimer lagen weder benutzte Filtertüten noch irgendwelche Nahrungsreste. Sicherlich ist sie mit einer ihrer Freundinnen zum Brunch, sagte er sich. Nach einer durchzechten Nacht tat sie das gern. Sektfrühstück mit den Freundinnen, die er plötzlich alle hasste. Freundinnen, die gewiss über ihre Affäre Bescheid wussten. Er spürte, wie er sich seiner dunkelsten Gedanken nicht mehr erwehren konnte. Beidhändig fing er an, seine Schläfen zu massieren.

Nach wenigen Minuten hielt er es nicht mehr aus und wählte die Nummer ihrer besten Freundin. Annett hatte sie ihm vor Monaten gegeben. Damals, als sie kurzerhand beschlossen hatte, ein Leben ohne ihn zu führen. Er hatte in seiner Naivität gemeint, das sei nicht nötig. Wozu sollte er ihre beste Freundin anrufen? Die Freundin sei quasi ihr Freiraum, und eine gute Ehe brauche Freiräume. Mit gespieltem Zähneknirschen hatte er die Nummer eingespeichert.

»Hi, hier ist Robert.«

»Hi.«

Ihre Begrüßung erschien ihm reserviert.

»Na, gute Party gehabt?«

»Ja.«

Sie erkundigte sich nicht, wie ihm die Eröffnung gefallen habe. Das konnte nur heißen, dass Annett schon mit ihr gesprochen hatte. In seinem Kopf entrollten sich gleichzeitig zwei Bilder: Das eine zeigte eine vom Eheglück ergriffene Frau, das andere ein tuschelndes Weib. Und tuschelnde Weiber assoziierte er mit Intrigen und Untreue. Er bohrte weiter, indem er einen Verdacht ins Blaue schoss. »Nett von dir, dass du sie gestern nach Hause gebracht hast.«

»Das hab ich nicht«, sagte sie und lachte los. »Es sei denn, ich hab's in völliger Trunkenheit getan.«

Ihr Lachen wirkte auf ihn gestelzt, als wollte sie irgendwas verbergen. Das Bild tuschelnder Weiber fraß sich erneut in sein Bewusstsein. Frustriert reagierte er mit einer Lüge. »Ich hab euch doch zusammen gesehen.«

»Da musste mich verwechseln.«

»Sicher?«

»Ganz sicher.«

»Hast du eine Ahnung, wo sie ist?«

»Ist sie nicht zu Hause?«

Der Tonfall ihrer Frage kam ihm naiv vor. Übertrieben naiv. Er antwortete schroff, dass sie nicht hier sei.

»Bei dir ist sie nicht?«

»Nein.«

»Komisch.«

»Ja, sehr komisch.«

Die Sätze wurden immer kürzer, die Pausen immer länger. Er merkte, dass er von der Fotze nichts mehr erwarten durfte. Mit emotionsloser Stimme bat er sie, ihn anzurufen, sobald Annett sich melde. Er konnte seine Fassade nicht weiter aufrechterhalten. Die Blendziegel zerbrachen. Ohne sich zu verabschieden, legte er auf.

Und feuerte sein Handy gegen die Wand.

Und rannte hinterher, um zu prüfen, ob es noch funktionierte.

Mit dem Telefon in der Hand kroch er auf sein Bett. Er zog die Knie gegen die Brust und stierte stundenlang das Display an. Dabei rührte er sich keinen Zentimeter, als hätte ihn die Wut in einen Klumpen Lehm verwandelt.

Irgendwann klingelte das Haustelefon. Er grabschte nach dem Hörer, sagte seinen Namen, und der Anrufer legte auf.

5

Schatten krochen von links nach rechts über die Zimmerwände. Das Licht wurde trübe, und er saß noch immer auf dem Bett. Das Handy hielt er in der Faust, das Haustelefon hatte er im Blick.

Er überlegte, wen er alles anrufen könnte. Dabei strich er von seiner imaginären Liste jene Personen, die seiner Frau näherstanden als ihm. Am Ende blieben nur wenige übrig, und ausgerechnet die glaubten, er lebe das Leben eines glücklichen Mannes. Das Gefühl der Einsamkeit war so überwältigend, dass es selbst seine Wut zu zermalmen drohte.

Kurz nach achtzehn Uhr klingelte das Haustelefon. Noch vor dem zweiten Läuten griff er zum Hörer, doch hielt er diesmal seinen Namen zurück. Der Anrufer schwieg ebenfalls, und Robert horchte auf das Rauschen. Er konnte sich nicht vorstellen, wer am anderen Ende der Leitung war. In der Sorge, den Anrufer durch das geringste Geräusch zum Auflegen zu bewegen, dämpfte er seinen Atem. Lauschte und wartete.

Von einer Sekunde zur nächsten wurde die Leitung unterbrochen. Es fühlte sich an, als hätte ihn jemand ins Ohr geschrien. So abrupt und verstörend empfand er das Ende des Telefonats. Unverändert auf dem Bett sitzend, rief er sich das Bild des Erz-

engels Michael ins Gedächtnis. Er dachte daran, wie der Engel
in Richtung Höllenschlund wies. Sah das schroffe Felsgestein
und die krummen Rücken der Gefallenen. Die Abrechnung
im Finale eines falsch gelebten Lebens. Robert Krone wurde
bewusst, dass er seine Frau endgültig verloren hatte. Als das
Telefon zum dritten und vierten Mal läutete, nahm niemand
ab.

6

Die Hände in den Taschen seines Jacketts vergraben, stromerte
Henry die Erlanger Allee entlang. Es war Sonntagabend, und
Lobeda-Ost wirkte so leblos wie ein ausgebranntes Wespen-
nest. Vereinzelte Autos rollten scheinbar führerlos in Richtung
Zentrum. Auf dem Parkplatz vor dem Supermarkt lag ein um-
gekippter Einkaufswagen. Eine kaputte Bierflasche reflektierte
das gelbe Licht der Straßenlaternen. Der Samstagseuphorie war
die Zerschlagenheit erschöpfter Sonntage gefolgt.
    Henry und Linda hatten das Büro gegen fünfzehn Uhr ver-
lassen. Die Ermittlungen im Fall Stamm schrumpften zu einem
Vakuum aus Halbwahrheiten und Nichtwissen. Sie hatten sich
darauf geeinigt, dass sie ab Montag einer neuen Möglichkeit
nachgehen würden. Bandenkriminalität. Clans und Schutz-
gelder. Organisiertes Verbrechen. Doch Henry bezweifelte den
Sinn eines solchen Kurswechsels.
    Erstens schien in Thüringen die Bandenkriminalität von
geringer Relevanz. Verurteilungen wegen des Verstoßes gegen
Paragraph 129 ließen sich an einer Hand abzählen. Zwei Bikerclubs, deren kriminelle Energie nicht zu leugnen war, hatten
zwischen Weimar und Jena ihre Vereinsheime. Laut Akte hatte
Stamm keinen Kontakt zu einem der Clubs gepflegt. Obendrein
hatte Vanessa nichts von einer Mitgliedschaft in einem Club
oder Verein erzählt.
    Zweitens verstand er sich nicht mit Gruppen notorisch ge-
waltbereiter Männer. Allein sein Auftreten würde Ablehnung
hervorrufen. Sofern sich ein Verdacht in diesem Milieu erhärten

sollte, würde er Mikowski um einen Aufgabenwechsel bitten. Mikowski auf die Straße und er hinter den Computer. Recherche statt Verhör, Mausklick statt Drohgebärden.

Eine Möglichkeit, die Henry zeitweilig erwog, war ein zufälliger Streit mit einem Clanmitglied im Rosenkeller. Dann entsann er sich, dass er diesbezüglich alle Möglichkeiten durchexerziert hatte.

Er blieb unschlüssig am Straßenrand stehen. Metall und Abgase bewegten sich von Nord nach Süd, von Süd nach Nord. Seinem Bauchgefühl widerstrebte jeder Gedanke an Testosteron und Lederjacken. Es gab immerhin noch das mysteriöse Zeichen. Ihn trieb die Ahnung voran, dass Stamm einer tieferen Sache wegen gestorben war. Andererseits hatte ihn sein Bauchgefühl schon oft getäuscht. Er redete sich selbst ins Gewissen, auf seinen Verstand zu bauen, auf sein Hirn, seine Logik. Er war ein Kopfmensch, und sein Mantra lautete Kontrolle. Nüchtern sah er die Erlanger Allee hinauf in Richtung Zentrum. Würde er jetzt losspurten, wäre er in zwanzig Minuten bei ihr.

Montag

1

Ruckartig öffnete er die Augen, und sein Blick fuhr automatisch zum Telefon. Nur zögernd registrierte er, dass er anstatt eines Läutens ein Klopfen vernommen hatte.

Robert Krone lag auf dem Bett, noch in seiner Kleidung und das Handy unter dem Kopfkissen. Während der ewigen Warterei hatte ihn gestern Nacht der Schlaf übermannt, und er war einfach zur Seite gekippt.

Aber jetzt hatte das Warten ein Ende. Annett, dachte er, teils dankbar, teils zornig.

Er stemmte sich so rasch aus dem Bett, dass ihm die Gelenke knackten. Mit steifen Schritten erreichte er die Tür und riss sie auf. Entgegen seiner Erwartung bot sich ihm nicht der Anblick seiner Frau. Stattdessen stand ein fremder Mann vor ihm.

»Wo ist Annett?«, fragte der Mann. Er spuckte die Worte aus, als wäre Robert ihm Rechenschaft schuldig. Doch sein Tonfall und seine mickrige Gestalt beeindruckten ihn nicht im Mindesten. Der Kerl brachte bestenfalls siebzig Kilo auf die Waage.

»Sagen Sie mir erst mal, wer Sie sind?«

»Das tut nichts zur Sache«, erwiderte der Mann ruhig. »Ich will wissen, wo Annett ist.«

»Das geht Sie gar nichts an.«

»Und ob.«

»Verpissen Sie sich.«

»Ich frage Sie noch einmal. Wo ist Annett?«

Robert empfand tiefste Antipathie für diesen Kerl. Allein das genügte ihm als Grund, ihm die Auskunft zu verweigern. Sollte der Fremde ruhig glauben, sein Gegenüber wüsste, wo Annett sich aufhielt. Das war Robert nur recht. »Sind Sie taub oder was? Sie sollen sich verpissen.«

»Falls Sie mir nicht sagen, wo Annett ist, dann ...«

»Was dann?«

»Dann rufe ich die Bullen.«

»Tun Sie sich keinen Zwang an.«

»Ich weiß, dass Sie ein Psycho sind.« Der Fremde kam einen Schritt auf Robert zu. Dessen Stirn reichte ihm gerade bis unters Kinn. Aus seiner Froschperspektive starrte er zu ihm herauf. »Sie hat mir viel von dir erzählt.«

Bei diesen Worten durchfuhr Robert eine Welle der Übelkeit. Genauso, wie sie ihn während seines Gesprächs mit Arthur im Hof der Galerie ereilt hatte. Sein Magen zog sich krampfartig zusammen, sein Atem wurde heftiger. »Wer hat Ihnen was erzählt?«, stammelte er.

»Stell dich nicht so blöd«, erwiderte der Fremde. »Deine Frau, wer denn sonst?«

»Was haben Sie mit meiner Frau zu tun?«

»Dinge, zu denen du nicht fähig bist.«

»Und das soll heißen?«

»Du weißt schon, dass bei euch die Luft raus ist?«

Roberts Übelkeit schäumte auf zu blindem Zorn. In derselben Sekunde, als seine Stirn auf das Nasenbein des Fremden hätte treffen sollen, traf ihn ein Faustschlag.

2

Ohne Gegenwehr sackte Roberts Oberkörper nach vorn. Mit beiden Armen umschloss er seinen Bauch und würgte. Die Faust des Fremden hatte ihn knapp über der Magengrube getroffen. Der Schlag war hart und gezielt ausgeführt worden.

Ehe Robert zu Boden stürzte, langte er mit der Linken nach dem Treppengeländer.

Aber offenbar hatte der Fremde anderes mit ihm vor. Er nahm Roberts Kopf in den Schwitzkasten und stieß ihn über die Türschwelle hinein in die Wohnung.

Trotz der Atemnot gelang es ihm, um Hilfe zu rufen. Noch stand die Wohnungstür sperrangelweit offen. Der Fremde drohte ihm, wenn er nicht die Schnauze halte, breche er ihm das Genick. Doch Robert schrie nur noch lauter, worauf ihn der Fremde das Knie in die Brust rammte. Dann stieß er Robert zu Boden, wandte sich ab und schloss die Wohnungstür.

3

»Sie haben also ein Verhältnis mit meiner Frau«, sagte Robert. Er lehnte mit dem Rücken an der Wand und hielt sich den Bauch. Der fremde Mann hockte ihm gegenüber. Erst jetzt realisierte Robert, dass er zwar klein, dafür aber umso kräftiger war. Der Fremde stützte lässig seine Ellbogen auf die Knie. Unter seinem T-Shirt zeichneten sich seine muskulösen Schultern ab.

»Ich heiße Daniel Hafenstein«, sagte der Mann.

Das gefiel Robert nicht. Dass der Fremde einen Namen hatte, dass er Wirklichkeit war. Und dass er sich ihm vorstellte, als wäre rein gar nichts geschehen. Robert blieb stumm und harrte aus.

»Ich arbeite an der Westschule.«

Robert dachte: scheiß Lehrer.

»Ich bin Erzieher«, ergänzte Hafenstein.

Robert dachte: scheiß Erzieher.

»Ich betreue die Klasse, die Annett leitet. Ich bin erst seit diesem Jahr an der Schule.«

Robert schossen die Bilder von der Fensterdeko durch den Kopf. Herbstimpressionen aus Papier. Wolken und Zugvögel. Kraniche in Richtung Süden. Es verwirrte ihn, diesen Mann als Erzieher betrachten zu müssen. Daniel Hafenstein war keine fettarschige Frau mit dem Charisma einer Glucke. Der Mann vor seiner Nase wirkte sportlich und strahlte eine gewisse Attraktivität aus. Robert hasste ihn von Minute zu Minute mehr.

»Ich will, dass Sie verschwinden.«

»Ich werde verschwinden«, sagte Hafenstein. »Aber erst, wenn du mir gesagt hast, wo Annett ist.«

»Ich weiß es nicht.«

»Was hast du mit ihr gemacht?«

»Das Gleiche könnte ich Sie fragen.«

»Wenn ich's wüsste, würde ich kaum herkommen.«

Robert fuhr sich mit den Fingern durch seinen Bart. Dabei funkelte er Hafenstein misstrauisch an. »Vielleicht wollten Sie nur Annetts Sachen holen.«

»Die Tour kannste dir sparen. Wir drehen uns im Kreis.«

»Meine Rede, du Wichser.«

»Andere zu beleidigen, macht dir großen Spaß, nicht wahr?« Robert erwiderte nichts.

»Ich war gestern mit Annett verabredet«, sagte Hafenstein. »Wir wollten uns im ›Black'n White‹ treffen.«

Robert kannte die Bar vom Hörensagen. Annett hatte ihren Namen erwähnt, nachdem sie mit ihrer Freundin unterwegs gewesen war. *Angeblich* unterwegs gewesen war, wie er sich rasch korrigierte. Er versuchte, sich zu erinnern, wann der Name der Bar das erste Mal gefallen war. Etwa vor einem halben Jahr, und sein Gedächtnis trog ihn nicht. Es war die Zeit gewesen, als ihr Sohn aus dem Elternhaus nach Berlin gezogen war. Als sich sein Leben schlagartig verändert hatte.

»Annett hat mir von deinem Anfall berichtet.« Hafenstein senkte leicht den Blick. »Sie musste es gleich loswerden.«

»Welchen Anfall denn?«

»Dein hysterischer Liebesanfall.«

»Jetzt erinnere ich mich. Sie waren auch in der Galerie gewesen.« Prompt lichtete sich ein Stück von Roberts Erinnerung, und was er sah, missfiel ihm. Sein gestriges Gefühl hatte ihn nicht getäuscht. Er hatte seine Frau, seine Ehe, sein altes Leben in dieser Nacht verloren. Jetzt gab es kein Zurück mehr, denn die Zukunft würde ohne sie stattfinden. Ohne Annett, ohne alles. Unvermittelt stürzte er sich auf den Eindringling. Traktierte ihn mit seinen Fäusten, blindlings und kraftlos. Schlug sich die Knöchel an allem blutig, nur nicht am Körper des Wichsers. Robert schrie, und Robert lachte, und im Hintergrund krachte ein Klopfen durch die Tür. Hierauf eine Frauenstimme, die den Zugriff der Polizei ankündigte.

Er saß auf der Treppe und las ein neues Buch, das ihm zwar nicht so heilig war wie das Buch der Bücher, ihm aber immerhin die Zeit vertrieb. Die Stimme in seinem Kopf, die gewissenhaft Zeile für Zeile folgte, war das Lauteste weit und breit, denn an diesem Morgen, und er würde sich später immer daran erinnern, war die Welt vollkommen still. Entgegen der letzten Woche sangen weder die Kleiber von der Dachrinne der alten Werkstatt, noch strich der Wind durch das verbrannte Laub der Bäume. Es war, als setzte die Welt mit ihrer Stille ein Rufzeichen, das einzig und allein jene zu hören vermochten, denen Schweigen und Demut keine Last waren.

Alsbald sollte seine Geduld belohnt werden, und das erste Geräusch dieser verheißungsvollen Morgenstunde rührte von der sich öffnenden Heckklappe des roten Busses. Aber der Mann blieb sitzen, ohne sich zu regen, und ein Junge, zerzaust und schmierig wie ein selbstvergessener Eremit, kroch aus dem Laderaum, rutschte von der Stoßstange in den heißen Staub, erhob sich und floh vierfüßig und ungelenk in das kniehohe Gras. Während der Junge sein Antlitz zu verbergen suchte, ragte sein Gesäß im kotverschmierten Stofffetzen auf geradezu alberne Art über die Rispen, als könnte er aus seinem Anus die Umgebung erkunden. Sich der Scheu des Jungen bewusst, markierte der Mann den Lesenden und beäugte ihn dabei voller Interesse, Mitleid und einem plötzlichen Gefühl von Liebe.

Vierter Teil

*»… Ihr Weg soll finster und schlüpfrig werden,
und der Engel des Herrn verfolge sie …«*
Erstes Buch, Psalm 35,6

*»… The devil lived in every hole
and every corner of the street …«*
»Red Shoes«, Chris Rea

Dienstag

1

Linda Liedke stellte einen Rocksender ein, ließ das Fenster herunter und zündete sich eine Zigarette an. Um Henry den Qualm zu ersparen, brach sie jeden Morgen früher von daheim auf. Sie wusste, dass er eine Kritik über ihre Nikotinsucht standhaft unterdrückte. Allerdings sprach sein Gesicht bei jeder Zigarette, die sie rauchte, Bände. Sternzeichen Krebs, dachte sie oft. Und dann bedauerte sie ihn, weil niemand schuld an seinem Sternzeichen war.

Als die Uhr auf dem Armaturenbrett sechs Uhr dreißig zeigte, klingelte sie bei Henry durch. Drei Minuten später öffnete er die Autotür. Wie immer trug er Jeans und Pullover und sein Jackett mit den Flicken an den Ellbogen. Seine Haare hatte er zu einem straffen Zopf gebunden. Ganz der Lehrer, dachte sie nicht zum ersten Mal. Darauf folgte ihre Begrüßung: »Und, gut geschlafen?«

»So lala«, antwortete Henry.

»Also nicht genügend?«

»So lala.«

Während sie den Wagen startete, öffnete Henry einen dicken Hefter. Linda sah aus den Augenwinkeln ein Foto von Philipp Stamms Leichnam. Die Erinnerung an den Erfurter Kollegen Dörndahl stieß ihr auf. Nicht anders hatte er vor wenigen Tagen neben ihr gesessen und sein Dossier studiert. Vielleicht, so dachte sie, sollte Henry mit dem alten Dörndahl auf Tour gehen. Der alte Mann und das alte Kind. Amüsant fand sie die Vorstellung keineswegs. Sie machte sich zunehmend Sorgen um Samurai Kilmer. »Ich glaube, es ist nicht gut, wenn du Akten mit nach Hause nimmst.«

»Kein Problem«, nuschelte Henry.

»Ich meine, Wenzel sieht das bestimmt nicht gern.«

»Ist meine eigene Akte.«

»Deine eigene?«

»Ich habe sämtliche Fotos und Berichte kopiert.«

Sein naiver Tonfall verstärkte nur ihre Sorge. Schon oft hatten sie das Standardgespräch über Stress und Burn-out geführt. Die Arbeit sollte auf Arbeit bleiben und die Wohnung einen Rückzugsort bieten. »Henry, von Freund zu Freund«, begann sie, doch er schien nur mit einem Ohr anwesend zu sein. »Henry!«

»Mmh.«

»Steigere dich da nicht so rein.«

»Seit einer Woche fischen wir im Trüben.«

»Eben darum.« Linda stellte das Radio ab. »Manche Fälle sind wahre Fallgruben.«

»Fallgruben für was?«

»Fallgruben für ruhelose Seelen.«

»Und was soll das bedeuten?«

»Henry, ich spreche von dir.«

»Mach dir keine Sorgen«, sagte er in sachlichem Ton. »Ich hab alles unter Kontrolle.«

»Du kannst von Glück sagen, dass du keine Freundin hast. Die würde dir nämlich den Arsch aufreißen.«

Als Henry nicht reagierte, stöpselte Linda ihren MP3-Player an. Chris Rea sang »And it's the curse of the traveler ...«

2

Die Teams der KPI Jena versammelten sich im Besprechungsraum. Lennart Mikowski plauderte mit den Kollegen aus seinem Stammteam. Linda und Henry verglichen ihre Unterlagen miteinander. Auf Wenzels Anordnung hin durften die Erfurter Dörndahl und Freese heute länger schlafen. Er wollte die allgemeine Teambesprechung frei von fremden Ohren wissen.

»Einen wunderschönen guten Morgen, Genossen und Genossinnen«, sagte Wenzel und präsentierte sein schiefes Grinsen. »Wir sollten uns bei den Kollegen von Team drei bedanken. Der Kaffee ist tatsächlich mal heiß.«

Applaus und halbherzige Dankesworte.

Linda lehnte sich zurück und genoss die Entspanntheit.

Hier unter den Kollegen herrschte ein beinahe familiäres Miteinander. Henry, der neben ihr saß, starrte aus dem Fenster. Nach einem gemeinsamen Dienstjahr hatte sie gelernt, dass man sich an diesem Verhalten nicht stören durfte. Er war kein Mensch, der bei einem Gespräch sein Gegenüber pausenlos fixierte. Sein in die Ferne gerichteter Blick war nicht das Resultat von Überdruss oder Tagträumerei. Woanders hinzuschauen, half ihm, sich auf das Gesagte zu konzentrieren. Henry war ein guter und gewissenhafter Polizist. Daran glaubte sie fest.

Gleichwohl sah sie für ihn auch die Gefahr der Einsamkeit. In ihm rumorte etwas, das sie nicht fassen konnte. Etwas, das ihn von ihr und dem Rest der Welt entfremdete. Einmal hatte er in ihrer Gegenwart den Namen Patrick gemurmelt. Wie ihr schien, unabsichtlich und in Gedanken versunken. Als sie daraufhin mehr hatte erfahren wollen, hatte sie nur einen kalten Blick kassiert. Seitdem symbolisierte der Name Patrick einen unergründlichen Winkel in ihrem Kollegen.

»Henry?«, flüsterte sie.

»Ja.«

»Kaffee?«

»Ja.«

»Mit Milch?«

»Ja, danke.«

Team eins ermittelte in einem Fall von gefährlicher Körperverletzung. Ein Pizzabote wurde bei einer Liefertour angegriffen. Ein maskierter Mann hatte ihm die Hände mit einer Brechstange mehrfach gebrochen. Bislang war unklar, ob sich hinter dem Raub nicht eventuell ein persönlicher Racheakt verbarg. Team zwei dümpelte unverändert in einer Betrugssache. Nette Herren und leichtgläubige Rentner. Immer das gleiche Spiel. Erst gestern hatten sie zwei Frauen gefasst, die als fingierte Taubstumme auf Spendenfang gewesen waren.

Seit einer knappen Woche erhitzte der Fall von Team drei die Gemüter. Ein Unbekannter hatte Kindern auf dem Schulweg Süßigkeiten angeboten. Laut Zeugen sei er in einem weißen Auto ohne Kennzeichen unterwegs gewesen. Kaum war der Fall in die Presse gelangt, wurde die Leitstelle von Hinweisen überschwemmt. Jede Stunde hatte irgendwer irgendwo einen Fremden in einem weißen Auto gesehen. Nebenher ging Team drei einer Vermisstensache nach. Eine Frau war seit zwei Tagen nicht heimgekommen. Handelte es sich bei den Vermissten nicht um Kinder, erregten solche Fälle kaum den Ehrgeiz eines Polizisten. Das Protokoll verlangte eine Befragung im Umfeld der Vermissten. Linda beneidete ihre Kollegen nicht für diese Angelegenheit. Team drei durfte sich aufs Klinkenputzen und einem Haufen sinnloser Papierarbeit freuen. Die meisten Vermissten kehrten reumütig nach kurzer Zeit heim.

Sobald Linda die Stagnation in der MK Stamm erläutert hatte, machte abermals die Brandstiftung die Runde. Sie fragte sich, weshalb man dafür nicht die Erfurter verpflichten konnte. Seit acht Monaten geisterte ein Feuerteufel durch die Region. In der Ortschaft Kahla war letztes Wochenende eine Scheune bis auf die Grundmauern niedergebrannt. Die Polizeiinspektion Saale/Holzland tappte im Dunkeln. De facto wurde es immer schwerer, das Werk des Brandstifters von dem eines Versicherungsbetrügers zu unterscheiden.

»So, einer hat gesprochen, und zehn haben geschlafen.« Wenzel schob mit angewiderter Miene seine Tasse von sich. »Aber ich nehme es keinem übel. Denn der Kaffee war so heiß wie dünn. Auf Wiedersehen.«

3

Robert Krone starrte vom Bürofenster des Platanenhauses hinab in den Hof. Hinter seinen Augen schwelten gleich einem erstickten Feuer Hass und Verbitterung. In einer halben Stunde würde die Städtische Kunstsammlung ihre Türen öffnen. Er musste sich fragen, weshalb er sich überhaupt zur Arbeit gequält hatte. Heute, am zweiten Tag nach dem Holocaust.

»Gibt es Neuigkeiten, mein Freund?«

Arthur Boenicke trat ans Fenster, und seine Stimme hatte ihren gewohnt warmen Klang. Im Augenblick war sein Chef der einzige Mensch, den er von jedweder Schuld an Annetts Verschwinden freisprach. Der Rest der Welt konnte ihm gestohlen bleiben. Und wer ihm nicht gleichgültig war, den hasste er aus dem Tiefsten seiner Seele. Annetts Familie mit ihrem Geschwätz, sie hätten das Unglück kommen sehen. Annetts Freundinnen mit ihrer heuchlerischen Art: Nein, von einem Liebhaber haben wir nichts gewusst. Nein und Nein und blablabla. Diese hinterfotzigen Weiber, die alle Teil eines riesigen Blendwerks waren. Dazu Annetts Kollegen, Lehrer sowie Erzieher. Und an vorderster Stelle Daniel Hafenstein. Den hasste er so sehr, dass dieses Gefühl den Hass auf alle anderen zu erschöpfen drohte. Den Blick fortwährend aus dem Fenster gerichtet, sagte er: »Nein, sie ist weiterhin unauffindbar.«

»Vielleicht ist sie zu ihrer Verwandtschaft.«

»Dann hätte sie jemanden benachrichtigt.«

»Oder zu Freunden, an die gerade niemand denkt?«

»Ausgeschlossen, Arthur.«

»Und bei ihren Eltern?«

»Ich weiß, wo sie steckt.« Robert hielt kurz inne, dann korrigierte er sich selbst: »Nein, ich weiß, wer sie versteckt.«

»Sie wird von der Polizei gesucht. Ich glaube nicht, dass sie bei einem Liebhaber untergetaucht ist.«

Hätte jemand anderes als Arthur Boenicke derartige Zweifel geäußert, wäre Robert demjenigen an die Gurgel gesprungen. Insbesondere das Wort *Liebhaber* traf ihn wie ein Faustschlag. In der Öffentlichkeit haftete dem Wort ein bitterer Geschmack an. Liebhaber. Jemand, der eine Partnerschaft auf Einladung eines Einzelnen untergräbt

Ein Zerstörer. Ein Kaputtmacher. Verführer, Casanova, Stecher. Heimliche Briefe, heimliches Ficken. Daniel Hafenstein …

Dennoch war es in Roberts Ohren vor langer Zeit ein gutes, ein schönes Wort gewesen. Mein Ehemann und Liebhaber – mit diesen Worten hatte Annett ihn am Tag ihrer Trauung umgarnt.

Jetzt war sein Rivale der Liebhaber und er bloß noch Ehemann, genau genommen ein Ehemann ohne Ehefrau. Ein Nichts.

»Ich bin müde«, sprach er mit gedämpfter Stimme. »Und das Schlimme daran ist, dass ich nicht schlafen kann.«

»Ich weiß«, sagte Arthur.

»Du weißt gar nichts.«

»Oh doch.«

»Du studierst deine Bilder und bist glücklich.«

»Ich studiere meine Bilder und sehe Menschen wie dich.« Arthur rückte nahe an ihn heran, und gemeinsam blickten sie in den Hof hinunter. »Ihre Gesichter sind von Müdigkeit gezeichnet, von Siechtum und undankbaren Zeiten. Eigentlich müssten sie sterben, aber der Zorn lässt sie keinen Frieden finden.« Arthur Boenicke nannte Rembrandt und die Blendung Simons. Sprach von Renis Kindermord zu Bethlehem, nannte die düsteren Gemälde Caravaggios aus seiner Zeit der Verbannung. Und obgleich Robert das alles verstand, konnte es nicht seinen Schmerz lindern. Am liebsten hätte er seinen Chef die ungeschminkte Wahrheit ins Gesicht geschrien. Dass die Kunst nicht die Wunden des Lebens zu heilen vermag. Weil das Leben bloß ein großer Haufen Scheiße ist. Und Scheiße lässt sich nicht schönmalen.

4

Kaum hatten sie ihr Büro betreten, platzte es aus Henry heraus. »Setz dich!«

»Willst du mir einen Heiratsantrag machen?«

»Nein, viel besser.«

»Dich adoptieren lassen?«

»Warte, warte.« Er hatte auf seiner Seite Platz genommen und blätterte seine Notizen durch. Das Rascheln des Papiers erfüllte den Raum, während sich seine Lippen stumm bewegten. Schließlich atmete er tief durch, straffte seine Schultern und sagte: »Hier ist es.«

»Ich bin gespannt.«

»Frau Bräuer hat am Donnerstag gesagt: ›Ein roter Bus. Der fährt hoch und runter, hoch und runter.‹«

»Und?«

»Darauf habe ich sie gefragt: ›Was für ein Bus?‹ Und sie: ›Na, der rote.‹«

»Ich steh grad aufm Schlauch.«

»Annett Krone. Der Vermisstenfall von Team zwei.«

»Und die besitzt einen roten Bus?«

»Linda! Sie wurde gesehen, wie sie in einen roten Bus gestiegen ist. Ab dann war sie verschwunden.«

Linda erhob sich von ihrem Platz, umrundete den Schreibtisch und sah Henry über die Schulter. Er tippte mit dem Kugelschreiber auf seinen Notizblock. In akkurater Linienführung stand dort geschrieben: »Gustav Bräuer erwähnte roten Bus« – dahinter drei Fragezeichen.

»Ich dachte, sie redet wirres Zeug. Du weißt schon, wegen ihrer Demenz. Um wenigstens an ihren Mann zu kommen, hatten wir Visitenkarten im Haus verteilt. Natürlich hatten wir uns von Herrn Bräuer einen Hinweis erhofft.«

»Das kann sich auch um einen Zufall handeln«, gab Linda zu bedenken.

»Klar, am Ende kann sich alles als blöder Zufall entpuppen«, pflichtete ihr Henry bei. Dann schlug er einen unverhüllt ironischen Ton an. »Bräuers Tod und die Gestalt, die Spindler gesehen haben will. Ein rotes Auto, das gleichzeitig in zwei ungelösten Fällen auftaucht.« Er fühlte sich vor den Kopf gestoßen.

Momentan hätte er sich gemeinsam mit Linda stundenlang in wilden Spekulationen verlieren können. Sie waren an einen Punkt gelangt, wo jedes neue Indiz womöglich eine weitere Tür öffnete. Henry wusste um die Gefahr solcher Thesenräume. Einige Kollegen behaupteten, an dieser »Hirnfickerei« wäre allein die »Verkopfung« der Polizei schuld. Obwohl man nicht ausprach, welche Methode aus dem Dilemma führen würde, wusste jeder Bescheid: Geständnisse unter Androhung von Gewalt. Subtil oder ungeschminkt. Der Zweck heiligt die Mittel und so weiter und so fort.

Henry äußerte den Vorschlag, die Zeugin aufzusuchen. Er wolle sich ein eigenes Bild machen.

»Welche Zeugin?«, fragte Linda.

»Jasmin Sander. Die Frau, die den roten Bus gesehen hat.«

»Und warum hast du nichts in der Teamsitzung gesagt?«

»Ich dachte, das wäre unser Fall.«

»*Unser Fall*. So redet man in amerikanischen Krimis.«

Die Hände vor der Brust gefaltet, neigte er sich über die Tischkante. »Gib mir einen Tag. Bitte!«

»Mmh.«

»Wenn's eine Nullnummer ist, vergessen wir es.«

»Und wenn nicht?«

»Dann werde ich Wenzel alles berichten.«

»Ich nehm dich beim Wort.«

»Danke, danke.« Henry klappte seinen Notizblock zu und sprang auf. »Ich bin zum Mittag zurück.«

»Nein, warte«, rief Linda. »Ich komme mit.«

»Und die Erfurter?«

»Die soll Mikowski beschäftigen.«

»Am besten mit Lucha Libre.«

Henry und Linda grinsten einander an.

5

Abwesend schob Jasmin Sander den Bücherwagen über das Parkett. Dass sie die Standorte der auf ihrem Wagen liegenden Titel passierte, bemerkte sie nicht. In Gedanken hing sie der tragischen Geschichte von Robert Krone nach.

Erst gestern war in der Bibliothek die Polizei aufgetaucht. Ihre Kollegen hatten große Augen gemacht, als zwei Beamte sie hatten sprechen wollen. Die Beamten hatten sich über das Fest in der Galerie erkundigt. Wie sie den Worten der Polizisten entnommen hatte, wurde Robert Krones Frau vermisst. Insgeheim hatte sie der unbekümmerte Tonfall der Beamten entsetzt. Offenbar war ihnen die Vermisstenanzeige kaum ein Grund zur Sorge gewesen. Sie wirkten geradezu von ihrer

Arbeit angeödet. Als müsste eine dämliche Katze von einem Ast gerettet werden.

»Jasmin?«

Aus ihren Gedanken gerissen, wandte sie sich um. Ihre Kollegin sagte, ihre neuen Freunde seien wieder da. Auf Jasmins verständnislosen Blick hin rollte sie mit den Augen und sagte: »Die Bullen.«

Binnen Sekunden befielen Jasmin die dunkelsten Gedanken. Dass Frau Krone womöglich tödlich verunglückt oder einem Hirnschlag erlegen war. Oder jemand einen einzelnen Schuh von ihr gefunden hatte. Gestern hatten die Polizisten angekündigt, eventuell auf sie zurückzukommen. Das sei Routine. Aber dass sie dermaßen schnell wieder auftauchen würden, hätte sie nicht vermutet. Sie schob den Bücherwagen an die Wand und ging mit hämmerndem Herzen in den Eingangsbereich. Doch statt der beiden Polizisten sah sie nur ein paar Besucher: eine ältere Frau, die ihre Bücher über den Tresen schob, zwei Jugendliche auf dem Weg ins Computerkabinett. Ein Mann mit Zopf, der die Neuheiten in der Auslage betrachtete. Als sie bei ihrer Kollegin nachfragte, wurde sie prompt an den Langhaarigen verwiesen.

»Sie wollen mich sprechen?«, fragte sie ihn zögernd. Wider besseres Wissen mochte sie nicht glauben, dass dieser Mann ein Polizist sein sollte. Ein Hauptkommissar, wie er sich selbst mit Ausweis vorstellte.

Henry Kilmer fragte, ob sie irgendwo ungestört reden könnten. Jasmin bejahte dies und führte ihn durch die Bibliothek. Auf dem Weg zu den Personalräumen sah sie seinen Blick über die Regale schweifen. Bei seinem Aussehen hätte es sie kaum verwundert, wenn er eine Schulklasse hätte anmelden wollen. Einführung in die Bibliotheksnutzung. Das Einmaleins der Recherche. Aber er ist wegen einer anderen Sache hier, sagte sie sich. Einer grauenhaften Sache. Wie schon wenige Minuten zuvor schwärzten sich ihre Spekulationen. Irgendwas war mit Annett Krone geschehen, das ahnte sie. Dieser Henry Kilmer wollte keine Bücher ausleihen. Er brachte schlechte Nachrichten, und schlechte Nachrichten bemächtigen sich dunkler Boten. Besorgt öffnete sie den Pausenraum und bat ihn herein.

Jasmin nahm an dem einzigen im Raum befindlichen Tisch Platz. Kommissar Kilmer setzte sich nicht. Stattdessen lehnte er sich ans Fensterbrett und musterte den Raum. Sein Aussehen verunsicherte sie ungebrochen. Ein Lehrer, der sich als Kommissar ausgibt. Ein Kommissar, der eigentlich Lehrer sein wollte. Obendrein wirkte er für einen Hauptkommissar sehr jung. Aus dem Fernsehen war sie weitaus ältere Kaliber gewöhnt.

Kilmer fingerte einen schmalen Notizblock hervor und begann, darin zu blättern. Instinktiv spürte sie, dass er selbst nervös war. Dass er sich hinter seinem Notizblock zu verschanzen suchte. Auf parasitäre Art stärkte seine Unsicherheit ihr Selbstvertrauen. Jasmin taxierte ihn so lange, bis er das Wort ergriff.

»Laut meinen Informationen waren Sie die letzte Person, die Frau Krone gesehen hat.«

»Ich weiß nicht, ob ich die Letzte war.«

»Sie haben sie aber in einen Kleinbus steigen sehen?«

»Ja.«

»In einen roten.«

»Ja.«

»Was für ein Typ Bus war das?«

»Ich weiß nicht. Es war dunkel.«

»Wenn Sie raten müssten.«

»So ein eckiger.«

»Ein Kastenwagen?«

»Vielleicht ein alter VW-Bus.«

Henry Kilmer zog ein Handy hervor, tippte einige Befehle ein und legte das Handy auf den Tisch. »Wenn Sie runterscrollen, erkennen sie mehrere Typen. Sagen sie einfach, welcher ihnen ins Auge springt.«

Jasmin brannten weitaus wichtigere Fragen unter den Nägeln. Weshalb war er hier? Weshalb wurde sie erneut befragt? Was war mit Annett Krone geschehen? Letztlich sagte sie, sie könne sich für kein Modell entscheiden.

»Und wenn Sie sich für einen entscheiden müssten?«

»Vielleicht dieser hier.«

»Ein T3?«

»Wenn der so heißt.«

Er linste über seinen Notizblock hinweg auf sie herab. »Hatte der Bus irgendwelche Besonderheiten?«

»Ich glaube, er war ziemlich dreckig gewesen. So an der Unterseite.«

Henry Kilmer machte sich eine Notiz. Dann bat er sie, den Farbton zu präzisieren. Hellrot oder dunkelrot, vielleicht bordeauxrot. Jasmin wiederholte, dass es ein Uhr in der Nacht gewesen sei. Außerdem habe sie zu viel getrunken. Sie grinste ihn verlegen an, doch er schien für derartige Reaktionen nicht empfänglich. Er verschanzte sich weiter hinter seinem Notizblock wie ein Autist mit Inselbegabung.

Dann tauschte er den Block gegen sein Handy. Er wählte eine Nummer und begann offensichtlich einer Kollegin Daten zu übermitteln. Einmal fiel der Name Linda. Er erwähnte die Zulassungsstelle und sprach von Dingen, die sie angesichts seiner nüchternen Sprechweise beunruhigten. Während des gesamten Telefonats machte er den Eindruck, er würde sie nicht wahrnehmen. Automatisch fuhren ihre Finger in den Nacken, wo sie mit ihren Haaren zu spielen anfing. Sie fand Henry Kilmer nicht sonderlich attraktiv. Dennoch fühlte sie sich zu ihm hingezogen. Vielleicht war es sein entrückter Blick. Diese Augen, die einem Teich glichen, der früher einmal vor Leben gestrotzt hatte. Jetzt war nur noch das Sumpfwasser übrig, mattgrün und unergründlich.

Sobald er aufgelegt hatte, nahm er ihr gegenüber Platz. »Entschuldigen Sie, aber der Anruf war wichtig.«

Jasmin nickte.

»Ich würde gern mit Ihnen den Abend vom letzten Samstag rekapitulieren. Erzählen Sie mir alles, was Ihnen einfällt. Ganz egal ob Sie's für irrelevant halten. Jeder Name, jede Begebenheit könnte uns weiterhelfen.«

»Ist denn Frau Krone etwas passiert?«

6

Während ihrer Bewusstlosigkeit waren ihr die Hände hinter dem Rücken gefesselt worden. Mit Kabelbinder, wie man ihn in jedem x-beliebigen Baumarkt zu kaufen bekam. Als sie irgendwann aufgewacht war, hatte sie die Arme unter ihren Hintern nach vorne ziehen können. Jetzt krümmte sich Annett Krone in einer lichtlosen Höhle zusammen und weinte.

Wie lange sie schon auf dem feuchten Steinboden lag, wusste sie nicht. Inzwischen rannen ihr die Tränen nicht mehr als Flüssigkeit aus den Augen. Stattdessen presste sich eine zähe Masse über ihre Lider, um in ihren Wimpern kleben zu bleiben. Gleich dem Wundharz, das aus bereits gefällten Bäumen quoll.

Sie schaute nicht einmal hoch, als das Licht über ihrem Kopf aufleuchtete. Zu oft hatte sie im Schein der Lampe ihre Freiheit zu erbetteln versucht. Zu oft um Gnade gefleht und doch keine Antwort erhalten. Mittlerweile wusste sie, dass es keinen Sinn hatte. In diesem Loch verhallten ihre Worte ohne die geringste Wirkung.

Langsam senkte sich der Lichtkegel auf Annetts dreckigen Leib. Es war stets dieselbe Prozedur, die Scham und Würde zu missachten schien. Als wäre das Licht der verlängerte Arm eines vor sexueller Gier sabbernden Bocks. Entweder leckte es über ihre Brüste oder fuhr ihr zwischen die Schenkel. Indem sie sich wegdrehte, hoffte sie, dem Licht nur auszusetzen, was sich nicht verbergen ließ. Ihre langen Haare, ihren Rücken, ihren Arsch.

Sie hatte das Gefühl, der Route des Strahls blindlings folgen zu können. Wie er vom Kopf über den Nacken und das Rückgrat hinunter zu ihren Hüften wanderte. Am stärksten schämte sie sich ihrer verdreckten Pobacken. Die ganze Grube stank nach Kot und fauligem Wasser, schon seit dem ersten Tag ihrer Gefangenschaft. Hätte das Gestein den Mief wilder Tiere verströmt, wäre es vielleicht erträglicher gewesen. Aber so erschauderte sie allein bei der Vorstellung, was hier vor ihrem eigenen Martyrium geschehen sein mochte. Es war ein Geruch nach Mensch und Sterben, weniger nach Tod und Schluss. Beinahe wie in den Betten einer Palliativstation.

Unbeeindruckt hob sich der Lichtkegel von ihrem Körper und kroch über die rückwärtige Felswand. Als eine Hand die

Lichtquelle abdunkelte, sah sie auf dem Gestein den Schattenriss feingliedriger Finger. Dann begann eine Stimme, die immer gleichen Sätze herzubeten. Aus der Höhe ein Redeschwall über Sünde und Schmerzen. Immer wieder die Worte Vergebung und Reue.

»Du sollst büßen!«, erscholl es so laut, dass Annett zusammenzuckte. Mit den gefesselten Armen schirmte sie ihr linkes Ohr ab. Die rechte Kopfseite presste sie auf den kalten Stein, als horche sie ins Erdinnere.

»Das nützt dir auch nichts«, schallte es hinunter, und sie begriff, dass er über ihre Reaktion erbost war. Seine Stimme schwoll zu einem Kreischen an. Das Licht sprang wild auf und ab, von links nach rechts. »Ich weiß, dass du mich hörst.«

Und lauter: »Also lass das Affentheater!«

Und dann: »ODER WILLST DU FÜHLEN?«

Sie presste die Arme auf ihr Ohr und kniff die Augen zu. Sie dachte an ihren Sohn. Dachte daran, wie sie ihn als Baby in den Armen gewiegt hatte. Versuchte, sich auf dieses eine Bild zu konzentrieren: sein Lächeln, seine winzigen Fäuste. Seine Augen, die noch nicht von üblen Erfahrungen getrübt waren. Plötzlich traf sie ein harter, spitzer Gegenstand im Rücken.

Sie stöhnte auf und krümmte sich weiter zusammen. Sie spürte das warme Blut über ihren Rücken laufen. Dann hörte sie wieder seine entsetzliche Stimme: »Übermorgen bist du fällig, du Scheißtier.«

7

»Noch schnell 'ne Razzia gemacht?«, fragte Linda im Auto. Sie wies auf Henrys Ledertasche, aus der zwei Bücher ragten. »Aha. Bushido – der Weg der Samurai.«

Mit betonter Entschiedenheit schob Henry sein Bein über die Tasche. Er gab ihr zu verstehen, dass sie ihm eine Antwort schuldig war.

»Tut mir leid«, sagte Linda und ließ das Seitenfenster runter. »Kein roter T3 in Jena gemeldet.«

»Vielleicht umlackiert.«

»Ja, vielleicht.«

»Und überhaupt T3s?

»Sechs Fahrzeughalter sind bekannt.« Linda reichte ihm die Adressen. Im Gegenzug nannte ihr Henry all die Personen, denen er einen Besuch abzustatten gedachte. Leute, die ihm nach Jasmin Sanders Bericht wichtig erschienen.

»Henry, das sind zehn Namen.«

»Das schaffen wir bis heute Abend.«

»Aber wir haben nicht mal die Befugnis.«

»Wir tun so, als wollen wir die Vermisstensache protokollieren.«

»Wenn Wenzel davon Wind bekommt, kannste einpacken.«

»Und wenn er hiervon Wind bekommt?« Henry schlug seinen Notizblock auf. »Jasmins Aussage zufolge war das Auto total mit Dreck bespritzt.«

»Dann dürfen wir Stamm als Halter wohl ausschließen.«

Henry war nicht nach Lachen zumute. »Bei dem Dreck könnte es sich um Schlamm handeln.«

»Du denkst an eine unbefestigte Straße.«

»Ich denke an die Gegend oberhalb von Bräuers Fundort.«

Linda blähte ihre Wangen und schaute nach links auf den Carl-Zeiß-Platz. »Okay, okay. Der heutige Tag gehört dir.«

»Danke.«

»Aber nur der heutige.«

»Ja, Sir.«

»Allerdings hab ich noch eine Frage.«

»Ja, es ist ein Buch über Samurais.«

»Das meine ich nicht.«

»Sondern?«

»Warum nennst du die Zeugin beim Vornamen?«

Derweil sie die Kahlaische Straße in Richtung Winzerla fuhren, ließ Henry die Zeugen von der Leitstelle auf Aktenvermerke prüfen. Linda fragte bei Mikowski nach, was die Erfurter trieben. Der sagte, sie seien gemeinsam zum Clubhaus der Underdogs gefahren. Damit war entschieden, dass die Ermittlungen offiziell einem neuen Kurs folgten. Henry spürte förmlich das

215

Verrinnen der Zeit. Bestenfalls noch zwei Tage, und dann würde Wenzel eine Direktive aussprechen. Sämtliche Ermittlungen würden sich fortan auf das Bandenmilieu beschränken. Nach dem Gespräch mit der Bibliothekarin widerstrebte ihm ein Kurswechsel umso mehr. Er hoffte inständig auf die Fahrzeughalter, die in Besitz eines T3 waren. Der rote Kleinbus ist das verbindende Element, dachte er. Und die Kernberge sind der Dreh- und Angelpunkt.

Aus den Augenwinkeln betrachtete er seine Kollegin. Linda hielt einhändig das Lenkrad, während die andere Hand auf ihrem Oberschenkel ruhte. Noch strahlte sie ihre nur schwer zu erschütternde Gelassenheit aus. Einen Tag hatte sie ihm gewährt. Einen verdammten Tag, um seinem Phantom nachzujagen. Er fragte sie, ob sie nicht Chris Rea anstöpseln wolle. Sie lächelte, und er wandte sich seinem Hefter zu. Sobald er das Zeichen zu deuten versuchte, umwölkte sich seine Stirn.

Ein Viereck, durchbrochen von einer Diagonale.

Beides eingeritzt in Philipp Stamms Fuß.

Ihm blieb ein verdammter Tag.

»Son, this is the road to hell«, raunte Chris Rea aus dem Autoradio.

8

Er hatte keine Angst, erwischt zu werden. Erstens besaß er ein frisiertes Kennzeichen, zweitens ließ er sich nichts zuschulden kommen. Er kannte Leute, die seit Jahren ohne Führerschein Auto fuhren. Indirekt zwang ihn die Illegalität sogar zu einem bedachten Fahrstil. Würden die Bullen ihn aus irgendeinem Grund anhalten, könnte das sein Ende bedeuten.

Es wunderte ihn absolut nicht, dass nach der Frau nirgendwo öffentlich gesucht wurde. Wäre jemand anderes verschwunden, hätten längst die ersten Zettel an Lampen und Schaufenstern geklebt. Doch das Verschwinden der Frau schien keine Sau zu interessieren. Selbst einem entflohenen Köter hätte man größeres Interesse geschenkt. Seines Erachtens lag der Grund für die allgemeine Gleichgültigkeit auf der Hand.

Ihre von Falschheit bestimmte Existenz rief bei niemandem Bedauern hervor. Sie hatte ihre Mitmenschen in voller Absicht getäuscht und verletzt. Alle Seife der Welt vermochte ihr Lügenmaul nicht reinzuwaschen. Der Schlange musste man die gespaltene Zunge schlicht und einfach rausreißen. Nur so würde sie keine Lügen mehr verbreiten können. Dass die Gesellschaft seine Methoden nicht absegnen würde, war ihm bewusst. Genau wie der Unterschied zwischen öffentlicher Moral und echten Bedürfnissen.

Er fuhr die Kunitzerstraße entlang, vorbei an dreigeschossigen Neubauten und sauberen Kindergärten. Ohne jeden Verdruss wegen des Tempolimits drosselte er die Geschwindigkeit. Wüssten die Menschen Bescheid, so sagte er sich, würden viele das Verschwinden der Frau begrüßen. Menschen, die ihm hinter zugezogenen Gardinen applaudieren würden. Die dem Glauben an einen Verein, der bloß noch aus Duckmäusern und Kinderfickern zu bestehen schien, abgeschworen hatten. Menschen, die ihn in ihre Gebete einschlossen, auf dass er seine gerechten Taten fortführe. Denn dies war ein echtes Bedürfnis der Menschen: das Verlangen nach Gerechtigkeit.

Als er Jena in Richtung Nordosten hinter sich ließ, verlor die Welt ihre Begrenztheit. Schon bald fuhr er durch dichte Kiefernwälder, über Hügel und Berge. Aus Familienhäusern wurden Gehöfte, später aus den Höfen verwaiste Grundstücke. Überall brach die Natur zwischen Fundamenten und Gebälken hervor. Dürre Birken stießen ihre Wurzeln durch Mauern und Fassaden. Vögel nisteten unter zersiebten Rinnen, Eulen und Mäuse in modrigen Dachstühlen. Die alte Ordnung erhob ihren Anspruch auf das Holzland. Städter und Fremde verirrten sich selten in diese Region. Und zog es sie dennoch hierher, so trugen sie Jagdgewehre und Jagdmesser und spielten sich als Übermenschen auf.

Unweit einer von Greisen und Halbaffen bewohnten Siedlung parkte er hinter einem Backsteinhaus. Hier war der Ort seiner Geburt, hier hatte er zu überleben gelernt. Noch kurze Zeit vor seiner Geburt war das Haus als Werkstatt genutzt worden. Doch allein seine Erinnerung konnte die einstige Nutzung bezeugen. Jetzt waren sämtliche Räume leer geräumt. Keine Maschinen, kein Baulärm. Kein Staub, der durch die Luft wirbelte und Männern die Gesichter weißte. Die Stuckwerkstatt war schon lange dem Verfall anheimgegeben. Einen rechtmäßigen Eigentümer hätte man vergebens gesucht.

Er stieg aus dem Bus, öffnete die Heckklappe und zog aus dem Laderaum eine schwarze eingerollte Plane. Indem er sie über ein von Baum zu Baum gespanntes Seil hievte, faltete er sie beidseitig auf. Dann säuberte er die Plane mit einem Scheuerlappen von oben bis unten. Bei der eintönigen Arbeit rauchte er eine Zigarette und hing seinen Gedanken nach. Manchmal drängte ihn eine Stimme dazu, die Werkstatt wieder auf Vordermann zu bringen. Die Stimme sagte: Krempel die Arme hoch, spuck in die Hände und setze fort, was ein anderer begonnen hatte. Aber er war außerstande, einen Nagel senkrecht in die Wand zu schlagen.

Nach getaner Arbeit begab er sich ins Haus. Was ihn dort erwartete, machte ihn traurig. Über die letzten Jahre war die Nässe in die Wände gekrochen. Hier breitete sich der Hausschwamm aus, dort zeigten sich Stockflecken vom Schimmel. Um das von der undichten Decke tröpfelnde Regenwasser einzufangen, hatte er im ganzen Haus Eimer aufgestellt. An der Tür zum letzten trockenen Raum hing ein funktionierendes Schloss. Er öffnete die Tür, und sofort stieg ihm der kaum wahrnehmbare Geruch von Kalk und Mörtel in die Nase. Es war gleichzeitig der Geruch seiner Kindheit und der des Lebens, das er vor seiner Geburt geführt hatte.

9

Jeder Fahrzeughalter, der einen registrierten VW-Bus vom Typ T3 besaß, erwies sich als Nullnummer. Kein einziges Auto mit roter Lackierung, kein Auto, das vor Kurzem umlackiert

worden war. Henry ließ die Suche nach den Transportern über-
regional anlaufen. Er wollte sämtliche Kleinbusse im Großraum
Thüringen erfasst wissen. Die ortsansässigen Behörden sollten
sich dann um eine rasche Überprüfung kümmern.

Nachdem er und Linda vergebens die halbe Stadt abgeklappert hatten, pausierten sie an einem Imbiss. Henry
blieb bei einer Cola, Linda bestellte Bratwurst und Pommes.
Ihre gespielte Empörung, weil er nichts aß, ignorierte er
demonstrativ. Über die letzten Monate hatte sich aus ihrem
Unverständnis und seinem Diätwahn eine Art Spiel entwickelt. Irgendwann, so hatte sie einmal gemeint, räche sich sein
Körper mit einer unentrinnbaren Fressattacke. Damals hatte
er ihren Worten sogar ein wenig Glauben geschenkt. Heute
wusste er, dass er sich unter Kontrolle hatte und auch immer
die Kontrolle wahren würde. »Wir haben etwas übersehen«,
sagte er unvermittelt.

»Das glaube ich mittlerweile auch.«

Lindas Zuspruch beruhigte ihn. Gerade jetzt, wo er allmählich das Schwinden seiner Kritikfähigkeit befürchtete. Mit
jedem weiteren Misserfolg schien seine Verkopfung zu bröckeln.
Er durfte nicht den Überblick verlieren. Was ihm beim Essen
gelang, musste sich ebenso in seiner Arbeit durchsetzen lassen.
»Kontrolle«, murmelte er vor sich hin. »Kontrolle.«

»Wie bitte?«

»Nichts. Hab nur laut gedacht.« Er leerte in einem Zug das
Glas, wischte sich den Mund. »Zuerst Arthur Boenicke von der
Kunstsammlung.«

»Und wieder laut gedacht?«

»Nein, so heißt unser nächster Zeuge.«

»Im Platanenhaus war ich schon mal«, sagte Linda. »In irgendeiner Bauhaus-Ausstellung.«

Ohne auf Lindas Kommentar einzusteigen, berichtete Henry,
Boenickes Familie sei bei einem Autounfall gestorben. »Seitdem
lebt er allein für die Kunst.«

»Aha, und woher hast du die Informationen?«

»Von Jasmin Sander.«

»Deine neue Freundin?«

»Meine Dealerin«, erwiderte Henry und deutete auf die Bücher in seiner Umhängetasche. Ein Lächeln huschte über sein Gesicht, bevor es einen Moment später wieder Opfer seiner grüblerischen Miene wurde.

10

In der Städtischen Kunstsammlung wurden sie von einer jungen Studentin empfangen. Sie sagte, Dr. Boenicke habe sie informiert, dass zwei Beamte der Kriminalpolizei vorbeikämen. Henry registrierte ihren zwischen Respekt und Neugier pendelnden Blick. Offenbar wusste sie um den Anlass des Besuches. Das Verschwinden von Frau Krone war sicherlich ein größeres Thema in diesen Räumen als die aktuelle Ausstellung.

Die Studentin brachte ihnen Milch und Kaffee, um sich dann wieder hinter den Tresen der Verkaufsgalerie zu postieren. Mit der Tasse in der Hand schlenderten Henry und Linda durch das Erdgeschoss. Schweigend betrachteten sie die Werke von Matthäus Günther. Ölskizzen neben Federzeichnungen. Entwürfe für Fresken und Altarbilder. Henry blieb andächtig vor dem Ölbild des Erzengels Michael stehen. Das Motiv erregte so sehr seine Aufmerksamkeit, dass ihn beinahe Arthur Boenickes Erscheinen entgangen wäre

»Eine Leihgabe aus Augsburg«, sagte Boenicke. Er reichte erst Linda, dann Henry die Hand.

Henry war über die Stattlichkeit des Direktors verblüfft. Er hatte eine Person mit krummer Haltung und dicken Brillengläsern erwartet. Eher das Klischee eines Büchernarren. Eine Seele, die sich ganz der Kunst verschrieben hatte und für Alltag und Außenwelt untauglich war. Aber er hatte sich getäuscht. Allein Dr. Boenickes Händedruck belehrte ihn eines Besseren.

Nachdem sie einander vorgestellt hatten, instruierte er die Studentin, dass er nicht gestört werden wolle. Er führte die Kommissare einen Stock hinauf ins Büro.

Henry kam nicht umhin, das Mobiliar mit dem ihrer eigenen Zelle zu vergleichen. Als er Lindas Blick erhaschte, ahnte er: Auch sie stellte die beiden Büros nebeneinander. Funktionale Hässlichkeit neben filigrane Handwerkskunst. Arthur Boenicke bot ihnen das weiche Polster einer Ottomane an. Er selbst begnügte sich mit einem steifen Sessel. Er machte den Eindruck, er sei immer und überall auf alles vorbereitet. Seine Gesten wirkten abgestimmt, seine Stimme war tief wie ein fernes Meeresgrollen. »Herr Krone ist aufgrund der Umstände daheimgeblieben«, begann er. »Nicht auszudenken, wie man an seiner Stelle reagieren würde.«

»Haben Sie näheren Einblick in das Privatleben Ihres Assistenten?«, fragte Henry. Die Gegenwart des Direktors ließ ihn aufrechter sitzen, als er es ohnehin schon tat. Linda schnappte sich seinen Notizblock und übertrug ihm damit die Gesprächsführung. Heute war *sein* Tag, sein einziger verdammter Tag.

»Ich kenne Herrn Krone ganz gut«, antwortete Arthur Boenicke. »Wir arbeiten seit Jahren zusammen.«

»Dann kennen Sie sicherlich auch seine Frau.«

»Ja, Annett Krone.«

»Hatten Sie mit Frau Krone am letzten Samstag Kontakt?«

»Ja, wir hatten uns über dieses oder jenes Bild ausgetauscht. Sie interessierte sich für Günthers Elisabeth-Thema. Kennen Sie das?«

»Nach unseren Informationen hat Frau Krone an diesem Abend die Galerie allein verlassen.«

Arthur Boenicke zögerte.

Henry beschlich das Gefühl, der Direktor wittere die Lüge. Sie hatten von niemandem die Informationen, dass Frau Krone allein die Ausstellung verlassen habe. Einigen Zeugen fällt es leichter, Informationen zu korrigieren, als welche zu geben. Die Methode glich dem Wurf mit einem Kieselstein über einen riesigen See. Henry vermisste seinen Notizblock, an dem er sich hätte festhalten können.

»Ich habe da leider andere Informationen«, sagte Boenicke voller Bedauern. »Wie Sie gewiss erfahren haben, stand es um die Ehe zwischen Herrn und Frau Krone nicht gut.«

Henry und Linda nickten synchron.

»Ich weiß nicht, ob jemand sie nach Hause begleitet oder gar mitgenommen hat«, fuhr Dr. Boenicke fort. »Ich weiß nur, dass ich sie in Gesellschaft eines Mannes die Sammlung verlassen sah.«

»Kannten Sie den Mann?«, fragte Linda in ihrer brüsken Art.

»Nur vom Sehen. Ich glaube, er ist ein Kollege von Frau Krone.«

»Und sie sind nicht wieder aufgetaucht?«

»Dafür kann ich bürgen.«

»Ihr Wort genügt uns.«

Während Linda sich eine Notiz machte, wurde sie von Arthur Boenicke aufmerksam beäugt. Sein mit Lindenwasser fixiertes Haar glänzte unter der schummrigen Lampe. Geduldig wie ein Mentor vor seinen Zöglingen saß er im Sessel und wartete auf die nächste Frage.

»War Frau Krone betrunken?«

»Nicht stärker als andere.«

»Auf einer Skala von eins bis zehn?«

»Fünf.«

»Und ihr männlicher Begleiter?«

»Zehn.«

»Also stark alkoholisiert?«

»Nein, zehn für absolut nüchtern.«

Linda notierte jedes Wort von Arthur Boenicke. Dann fragte Henry ihn, ob er einen roten VW-Bus gesehen habe. Der Direktor schüttelte den Kopf, und Henry machte sich eine imaginäre Notiz: Dieser Mann war ein geborener Redner, und nun hatte er zum ersten Mal statt einer verbalen Antwort eine Geste bemüht. Die Beamten verabschiedeten sich mit der Ankündigung, eventuell auf ihn zurückzukommen.

11

In Robert Krones Gedanken drehte sich alles um den Tod eines anderen Menschen. Er hatte mit seinem Auto nahe der

Westschule geparkt. Durch einen fingierten Anruf hatte er herausbekommen, dass Daniel Hafenstein heute auf der Arbeit erschienen war. Irgendwann musste dieses Arschloch Feierabend haben. Bis dahin würde Robert auf der Lauer liegen wie ein Krokodil im Brackwasser.

Er hörte die CD, die ihm seine Frau zum Geburtstag geschenkt hatte. »The River.« Ketil Björnstad am Piano, David Darling am Cello. Die letzte Nacht war für ihn eine Tortur gewesen. Nur mit Hilfe von Alkohol und stupiden TV-Sendungen war es ihm gelungen, einzuschlafen.

Am nächsten Morgen hatte er wieder eine klare Sicht auf die Ereignisse gehabt: Gestern hatte er die Liebe seiner Frau zurückgewonnen. Mit einem Bekenntnis, geschrieben auf einer Serviette. Annett war gerührt und gleichermaßen dankbar gewesen. Endlich wusste sie um ihre Fehler. Wusste sie, dass die letzten Monate von Blindheit und Verwirrung bestimmt waren? Angesichts seiner selbstlosen Hingabe hat sie entschieden, ihr Leben wieder in die richtige Bahn zu lenken. Aber nicht erst morgen oder gar bald, sondern sofort an Ort und Stelle.

Während Robert im Hof der Kunstsammlung gewartet hatte, war sie dem Mann gegenübergetreten, der sie geblendet hatte. Sie gab ihm zu verstehen, dass Schluss war. Dass er die Feier jetzt verlassen konnte. Dass er nicht auf sie warten, sich keine Hoffnung machen sollte. Weil sie nun wusste, wohin sie gehörte. Nämlich zu ihrem Ehemann. Robert Krone. Dass es keinen Besseren für sie gab.

Doch Hafenstein wollte nicht kapieren. Sein kranker Stolz wollte sich nicht abweisen lassen. Deshalb hat er sie mit Sicherheit dazu gedrängt, ihn zu begleiten. Und sie hat garantiert den Kopf geschüttelt und ihn angefleht, er möge bitte gehen.

Doch wahrscheinlich hat er sich sturzbesoffen auf die Knie geworfen und zehn Minuten ihrer Zeit erbettelt. Bloß nicht hier vor den ganzen Kunstheinis und Neunmalklugen, hat er garantiert gesagt. Ein letzter Spaziergang, und dann verschwinde ich auch und belästige dich nie wieder. Und seine Worte hat er bestimmt mit einem Schwur untermauert. Einen Schwur bei allem, was ihm lieb und teuer war.

Und Annett hat garantiert an den Mann gedacht, ohne den sie nicht mehr sein mochte. Er würde verstehen, dass sie Hafenstein ein letztes Gespräch unter vier Augen gewähren musste. Weil seine Annett eine Frau mit einem großen Herzen war. Eine Frau, die nicht einmal ihren ärgsten Fehler mit Füßen trat. Bestimmt hat sie gedacht: fünf Minuten für Daniel, dann ein ganzes Leben für Robert. Und somit eingewilligt, Hafenstein nach draußen zu begleiten. Nur ein Stück die Straße hinunter, nicht mehr. Das musste er ihr versprechen. Hafenstein hat zwei Finger gehoben und den Dankbaren markiert, und dann haben sie gemeinsam die Galerie verlassen.

Doch alles kam anders.

Daniel Hafenstein hatte nicht vor, in Frieden auseinanderzugehen. Stattdessen hat er sie, kaum dass sie allein waren, aufs Gröbste bedrängt. *Los, komm mit. Dein Idiot von Ehemann wird nichts merken. Ein letztes Mal, das bist du mir schuldig.* Doch als Annett sich nicht beirren ließ und ihm erst die flache Hand ins Gesicht geklatscht und ihn dann angeschrien hat, dass sie keine Hure ist, kein Flittchen, über das er frei verfügen kann, und dass er sich zum Teufel scheren soll, da ist in diesem Daniel Hafenstein das letzte Fünkchen Hoffnung erloschen und die Sicherung durchgebrannt.

Sofort hat er angefangen, sie zu bedrohen. Wenn sie ihm nicht folgt, wird er Robert auflauern. Und plötzlich hatte Annett große Angst, nicht um sich, sondern um den Vater ihres Sohnes. Sie wusste, dass Hafenstein fähig war, einen anderen Menschen ins Krankenhaus zu prügeln. Brutal hat er sie ins Auto gezerrt, sie in den Sitz gedrückt und sich ihr mit gierigen Lippen genähert, dass Annett garantiert übel wurde und sie ihn angewidert weggestoßen hat, und dann hat er skrupellos seine Fäuste gehoben. Fäuste, die fähig waren, einen erwachsenen Mann schwer zu verletzen …

Während des Schlafs hatten sich für Robert die Ereignisse zu einem großen Ganzen gefügt. Daniel Hafenstein hatte seine Frau auf dem Gewissen. Daran gab es für ihn keinerlei Zweifel.

Anders war auch nicht zu erklären, weshalb Hafenstein morgens bei ihm geklopft hatte. Hafenstein wollte der Welt das Unschuldslamm vorgaukeln. Den besorgten Liebhaber.

Automatisch befühlte Robert die Blessuren auf seiner Bauchdecke. Die Erinnerung an Hafensteins Rohheit ließ ihn frösteln. Dieser Mann war tatsächlich zu allem fähig. Er drehte die Musik ein wenig lauter, um seine Gedanken zu beruhigen.

Nach zwei Stunden sah er einen Passat vor der Schule parken. Er rutschte tiefer in den Sitz und linste knapp über den unteren Fensterrand hinweg. Eine dunkelblonde Frau und ein Typ mit Zopf stiegen aus dem Auto. Die Frau raffte ihre Lederjacke über ein Waffenholster, nickte in Richtung Schule und umrundete den Wagen. Neben dem Typen stehend, fachte sie sich eine Zigarette an.

Robert begriff augenblicklich, dass es sich bei dem Gespann um Bullen handelte. Er fragte sich, was die hier an der Schule zu suchen haben?

Das Verschwinden seiner Frau war bereits gestern zur Anzeige gebracht worden. Der zuständige Beamte hatte ihm gegenüber behauptet, man müsse zunächst ein paar Tage abwarten. Die meisten Vermisstenfälle würden sich binnen einer Woche aufklären. Bei Erwachsenen gestalte sich das Prozedere ohnehin anders als bei Jugendlichen. Erwachsene seien niemanden Rechenschaft schuldig, wohin sie gehen, reisen, was auch immer. Solange kein Verdacht auf eine Gewalttat vorliege, ermittle man im ersten Gang. Frau Krone sei vielleicht mit der prekären Situation überfordert gewesen und habe die Flucht ergriffen. Sie wissen doch, wie Frauen ticken, hatte der Beamte kommentiert.

Dass er jetzt die Bullen an der Schule sah, missfiel Robert. Sobald die Frau aufgeraucht hatte, gingen die beiden Polizisten ins Schulhaus. Robert blieb in Deckung und dachte nach. Gewiss provozierte die Brutalität, mit der Hafenstein ihn niedergestreckt hatte, den Argwohn der Kripo. Jetzt hinge die Erfüllung seines Plans davon ab, ob sie Hafenstein verhaften würden. Mitnichten wollte er ihn in Handschellen sehen, in irgendeiner gemütlichen Zelle. Er wollte das Schwein sterben sehen.

12

»Das Thema lautete«, sagte Daniel Hafenstein, »was wir im Herbst machen wollen.« Der Erzieher trug auf dem Kopf einen Zylinder aus Pappmaché. Um seine Mundwinkel spielte ein gütiges Lächeln. Weder Linda noch Henry gaben sich irritiert über den Anblick.

Vor knapp zwei Stunden hatte Linda Kunstwerke aus dem achtzehnten Jahrhundert betrachtet. Jetzt schweifte ihr Blick über bunte Bilder, gezeichnet oder hingekleckst von Kinderhänden. In ihrer eigenen Kindheit hatten zwar männliche Lehrer existiert, aber männliche Erzieher waren undenkbar gewesen. Wie nebenbei musterte sie Daniel Hafenstein, den Geliebten von Frau Krone. Durch sein T-Shirt zeichneten sich die Konturen seines kräftigen Oberkörpers ab. Unter den Kolleginnen musste er bestimmt nicht um Aufmerksamkeit buhlen, dachte Linda. Sie fragte ihn, welche Klassenstufe er betreue.

»Eine vierte.«

»Das ist ein gutes Alter.«

»Kennen Sie ein schlechtes?« Er grinste Linda auf sympathische Weise an. Gleichwohl blieb ihr der Schatten über dem Grinsen nicht verborgen. Seine Augen sprachen von Sorge, die Ringe darunter von Nächten ohne Schlaf, ohne Ruhe. Sein Zylinder war die rote Nase eines ausgedienten Clowns.

Er öffnete die Tür zu einer schmalen Kammer. Stundenpläne und Karikaturen über Erzieher und Eltern dekorierten die Schränke. Zwei Tische waren mit diversen Kannen bestückt. Auf jeder Kanne klebte ein Heftpflaster, das den Inhalt verriet. Kaffee, Früchte- und Schwarztee. Es roch, als habe hier jemand verbotenerweise geraucht. Hafenstein zog das Fenster auf und schob einen Duden in den offenen Spalt.

Während Henry sich an einen Schrank lehnte, setzte sich

Linda. Hafenstein stellte drei Tassen auf den Tisch, nahm ebenfalls Platz und begann ungefragt zu erzählen. »Wir wollten in eine gemeinsame Wohnung ziehen. Aber noch nicht sofort. Annett ist eine sehr umsichtige Person. Sie handelt nicht einfach aus einer Laune heraus. Außerdem hatte sie Angst, ihr Mann würde sich in seiner Wut an ihren Sachen vergreifen.«

»Hat sie das Ihnen gegenüber geäußert?«, fragte Linda.

Hafenstein erzählte von einer tränenreichen Zeit, in der Robert Krone ihr sehr zugesetzt habe. Auf die Frage, ob der Ehemann gewalttätig geworden sei, schüttelte Hafenstein den Kopf. Ein solches Verhalten habe Annett ihm zu keiner Zeit zugetraut. Er selbst nannte Robert Krone einen Choleriker, der seine Fäuste in den Taschen behält.

»Aber laut ihrer Aussage«, entgegnete Linda, »hat er Sie angegriffen.«

»Das war ein Verteidigungsreflex. Ich habe ihn praktisch herausgefordert.«

»Also kein Angriff?«

»Kein ernst zu nehmender.«

»Und weshalb haben Sie ihn herausgefordert?«

»Weil ich dachte, er hätte irgendwas mit Annett angestellt?«

Linda hob zweifelnd ihre Brauen. »Sie haben doch eben behauptet, Sie trauen ihm keine Gewalttat zu.«

»Das behaupte ich auch weiterhin. Der wirft bloß mit Worten um sich und plustert sich auf. Kerle, die ihre Frauen verprügeln, erkenne ich sofort.«

»Aber wenn Sie sich keine Sorgen gemacht haben, weshalb sind Sie dann bei ihm aufgetaucht?«

Hafensteins Lippen bewegten sich stumm wie die entblößten Kiemen einer Auster. Als fände er für einen einfachen Umstand nicht die richtigen Worte. Dann stützte er die Ellbogen auf, neigte sich vor, und die Krempe seines Zylinders verdunkelte sein Gesicht. »Frau Liedke«, sagte er bestimmt. »Ich hatte Panik, er hätte längst schwere Geschütze aufgefahren. Sie etwa eingesperrt. Oder ihr mit Gewalt gegen sich selbst gedroht.«

»Sie dachten an Erpressung durch angedrohten Suizid?«

»Genau an solche Dinge. Er wirkt auf mich sehr labil.«

In dem Moment, als er sich wieder zurücklehnte, wechselte Linda das Thema. »Sie sind die letzte Person, die mit Frau Krone gesehen wurde.«

»Wo denn?«

»In der Galerie.«

»Da waren viele.«

»Beim Hinausgehen«, präzisierte Linda. »Danach sind weder Sie noch Frau Krone wiedergekommen.«

»Das stimmt.«

»Haben Sie sie nach Hause begleitet?«

»Nein, nur ein Stück die Straße hoch.«

»Bis wo genau?«

»Bis zur Haltestelle Steinweg.«

»Und warum ist sie nicht mit zu Ihnen?«

»Sie hatte Angst.«

»Vor Ihnen?«

»Ach, Unsinn«, sagte Hafenstein und neigte sich abermals vor. Seine Stimme blieb freundlich und ruhig. Linda merkte, wie er den Kripobeamten die nötige Aufmerksamkeit zu schenken versuchte. Zunächst schaute er sie an, darauf ihren Kollegen. Dann wanderte sein Blick wieder zurück. Er beherrschte die Regeln der Kommunikation, was wohl in seiner Arbeit begründet lag. »Sie hatte Angst vor Robert«, sagte er schließlich. »Er hatte sie an dem Abend ziemlich bedrängt.«

»Inwiefern?«

»Er hat sie mit Liebesschwüren und Versprechungen belegt. Dass er fortan alles anders machen will und so weiter. Die ewige Litanei.«

In Lindas Kopf entstand das Bild eines Mannes, der mit geröteten Augen um Liebe bettelt. Sie fragte sich, ob dieser Robert Krone dabei einen Zylinder getragen hatte.

»Am Ende hatte sie die Nase gestrichen voll«, fuhr Hafenstein fort. »Sie wollte ein paar Sachen holen und mit dem Taxi zu mir kommen. Die Situation war günstig. Robert war noch in der Galerie.«

»Und weshalb sind Sie nicht mit?«

»Sie hat gesagt, es wäre endgültig. Sie wollte sich von der Wohnung verabschieden. Allein. Immerhin hatte sie dort ihren Sohn großgezogen. Das wollte ich respektieren. Doch jetzt weiß ich, dass ich einen großen Fehler gemacht habe.« Daniel Hafenstein legte eine Hand auf seine muskulöse Brust und atmete tief durch. »Robert muss früher als erwartet heimgekehrt sein.«

13

Linda musste feststellen, dass Henrys Grübelfalten sich nicht glätteten. Mit gesenktem Kopf saß er auf dem Beifahrersitz und überflog ihre Notizen. Weder Daniel Hafenstein noch Dr. Boenicke hatten einen roten VW-Bus gesehen. Das hatten zumindest beide ausgesagt. Linda grübelte, ob es sinnvoll wäre, eine großflächige Befragung durchzuführen. Annett Krone war das letzte Mal von Dr. Boenicke gegen ein Uhr gesehen worden. Im Gegensatz zu Philipp Stamm musste sie den Weg anderer Passanten gekreuzt haben. An einem Samstag und zu dieser Stunde waren Jenas Straßen noch belebt. Touristen und Studenten. Einheimische, in und vor ihren Stammkneipen. Zudem schien Annett Krone eine äußerst attraktive Frau zu sein. Vielleicht war sie von einem Betrunkenen angemacht worden, vielleicht hatte ihr jemand nachgepfiffen. Für Wenzel sollte es einen geringen Aufwand darstellen, eine Hundertschaft fürs Klinkenputzen einzufordern. Allerdings würde er ohne konkrete Anhaltspunkte keinen Finger rühren.

Insgeheim hegte Linda große Zweifel an Henrys Theorie. Natürlich konnte ein roter VW-Bus Frau Krone eingesackt haben. Aber je mehr sich Linda in diese Frau hineinversetzte, desto stärker favorisierte sie einen anderen Verdacht: Frau Krone hatte nur fliehen wollen. Bloß weg von den Männern. Ganz gleich, ob es sich um den eifersüchtigen Gatten handelt oder den neuen Liebhaber. Linda hätte an Annett Krones Stelle schon lang die Flucht ergriffen. Sie hätte auch genau gewusst, wohin. Ihre beste Freundin wohnte oben an der Küste.

Um zur Ruhe zu kommen, hätte sie bei ihr Unterschlupf gefunden. Distanz gewinnen und leiden, nachdenken und leiden. Saufen und leiden, aufwachen und weniger leiden. Den Teufelskreis durchbrechen. Annett Krone hätte einen solchen Entschluss bereits am frühen Abend fällen können. In diesem Fall hätte sie sich zunächst von ihrem Mann verabschiedet und danach von ihrem Liebhaber. Es erschien Linda denkbar, dass Annett Krone jetzt mit einem Cocktail an irgendeinem Strand lag.

Linda sah, wie Henry das Foto des Toten mit dem der Vermissten verglich. Zwei Gesichter, zwei Geschichten. Ein Gewalttäter und eine untreue Ehefrau. Ein Mann, dem man die Kehle aufgeschlitzt hatte. Eine Frau, die in einen roten Kleinbus gestiegen war. Zwei Geschichten ohne Zusammenhang. »Henry?«

»Ja.«

»Lass uns zu Robert Krone fahren.«

»Ja.«

»Und dann …« Linda zögerte, weil sie ihren Entschluss kaum auszusprechen wagte. Henry starrte unverdrossen auf die beiden Porträts, als würden sie ihm jeden Moment ihre Geheimnisse offenbaren. Sie legte ihm die Hand auf die Schulter, atmete durch und sagte: »Und dann ist Feierabend. Okay?«

»Wie bitte?«

»Dann ist Feierabend.«

»Du hast mir einen Tag gewährt.«

»Es hat doch keinen Zweck.«

»Aber der Bus!«

»Und wenn Jasmin Sander sich mit der Farbe geirrt hat? Es war nachts gewesen und die Zeugin obendrein betrunken.« Sie konnte spüren, wie er sich eine Entscheidung abzuringen versuchte. Henry war kein x-beliebiger Ermittler, darauf baute sie. Nur leider würde ihn das, was ihn auszeichnete, noch oft ins Straucheln bringen. Er hatte die Neigung, sich in den Fällen zu verlieren.

»Du hast recht«, sagte er unerwartet. Er schenkte ihr ein

schüchternes Grinsen. »Falls das nächste Gespräch in die Hose geht, vergessen wir die Sache.«

Linda wusste, dass er gelogen hatte.

14

Sobald Robert Krone den Liebhaber seiner Frau erkannte, funktionierte er wie ein Uhrwerk. Hafenstein verabschiedete sich offensichtlich von einer Kollegin, ein dickes Muttertier mit einer viel zu engen Jeans. Sie berührte ihn liebevoll an der Schulter, wobei sie ihm den Kopf zuneigte. Robert fragte sich, ob er auch sie gefickt hatte. Vielleicht war ihm das Aussehen anderer Menschen bedeutungslos.

Dann kam ihm der Gedanke, dass die Kollegin von seinem Verhältnis mit Annett wusste. Das Tätscheln seiner Schulter war eventuell eine Geste des Trostes. Daniel Hafenstein als Unschuldslamm. Der fürsorgliche Liebhaber und der tyrannische Ehemann. Das hättest du wohl gern, dachte Robert Krone verbittert.

Als Hafenstein in sein Auto gestiegen war, startete er seinen Wagen. Er scherte aus der Parklücke und fuhr Hafensteins Opel nach. Dann klappte er den Sonnenschutz herunter, um sein Gesicht zumindest teilweise zu verbergen. In Hafenstein durfte kein Misstrauen aufkeimen. Das Schwein muss bluten, dachte Robert und entschied kurzerhand, dass es stellvertretend für alle Schweine dieser Welt bluten sollte.

Sie fuhren Richtung Jena-Nord. Anscheinend wohnte Hafenstein in einem der seltenen Plattenbauten. Unwillkürlich malte sich Robert aus, wie Hafenstein Annett hierhergelockt und anschließend verführt hatte. In eine dieser Wohnungen, deren Wände so dünn wie Papier waren. Wo man jedes Geräusch der Nachbarn hören konnte, ob man wollte oder nicht. Das Geschrei, das Gekeife, das Gestöhne. Die Lustschreie enthemmter Paare. Allein die Vorstellung machte ihm Kopfschmerzen.

Nachdem Hafenstein sein Auto abgestellt hatte, parkte er selbst in unmittelbarer Nähe. Er wartete im Wagen, bis hinter

Hafenstein die verglaste Haustür zugefallen war. Indes sein Blick die Fassade des Fünfgeschossers emporschoss, witterte er den Geruch von Latex und Sperma. Das Geräusch eines sich abrollenden Kondoms reizte seine Ohren. Es war nicht zum Aushalten. Er öffnete sein Handschuhfach und langte nach einem Zäpfchen.

15

Henry drückte zum achten Mal auf die Klingel. Er schaute über die Schulter zurück und bemerkte eine Frau hinter den Gardinen des gegenüberliegenden Hauses. Die Siedlung nördlich von Ammerbach gab sich als musterhafte Gegend. Jedes Wohnhaus besaß eine eigene abschließbare Müllstation und eine Tiefgarage. Unter den Fenstern wuchsen Rosenbüsche, die Hausaufgänge rochen nach Scheuermilch. Als Henry erneut auf die Klingel drückte, meinte Linda, dass es keinen Zweck habe. Robert Krone sei nicht daheim. Schlagartig verfinsterte sich Henrys Miene. Zudem schien die Nachbarin sich mit ihrer Penetranz in seinem Nacken festgebissen zu haben. »Hat die blöde Kuh nichts Besseres zu tun?«

»Gelangweilte Rentner sind gute Wachhunde«, erwiderte Linda. Sie drehte sich um und winkte freundlich. Darauf tauchte die Frau hinter der Gardine in den Halbschatten ihrer Wohnung.

Henry schlug vor, die Nachbarn zu befragen. Vielleicht ließe sich so erfahren, ob Annett Krone doch noch ihre Wohnung aufgesucht habe. Unter Zähneknirschen sprach er von einer Freundin, mit der sie eventuell ein paar Sachen geholt haben könnte. Kleidung, Koffer, Schminkzeug. Linda hatte gegen seinen Vorschlag nichts einzuwenden. Sie hatte ihn eine letzte Befragung gewährt und würde sich bis zum Feierabend jeden Kommentar verkneifen. Sie würde ihr Wort halten. So kannte er Linda. Gleichwohl spürte er, wie ihr allmählich die Geduld abhandenkam. Ihr Gesicht offenbarte eine Wahrheit jenseits des guten Willens. Erste Züge von Müdigkeit zeigten sich, und was er gern ignoriert hätte: ein deutlicher Zug, der ihre Ernüchterung verriet.

In dieser Situation sah Henry sich gezwungen, seine Motivation zu erklären. Wie ein Junge, der vor seiner Mutter den letzten Wutanfall gutmachen will. Doch ihm war auch bewusst, dass sich seine Argumente längst erschöpft hatten. Letztlich offenbarte Lindas Gesicht nur das, was beide ohnehin schon wussten.

16

Robert wunderte sich nicht, weshalb auf dem Tisch ein schwarzer Zylinder aus Pappmaché lag. Er wunderte sich über gar nichts mehr. Er saß in der Küche des Mannes, der seine Ehe zerstört hatte. Blut lief aus seiner Nase, die Oberlippe begann anzuschwellen.

»Hier, das hilft.«

Daniel Hafenstein reichte ihm einen rosafarbenen Kühlakku. Robert bedankte sich mit einem vagen Nicken. Der Zorn war einer nicht minder qualvollen Scham gewichen. Er wickelte den Kühlakku in ein Geschirrtuch, neigte den Kopf nach hinten und drückte den Akku auf seine Lippen. Die letzten Minuten erschienen ihm wie die Szenen eines Films, den er abgeschaltet hätte. Sein Klingeln bei Hafenstein, das Geplänkel, seine Drohung, ihn grün und blau zu schlagen. Darauf sein erbärmlicher Angriff.

Hafenstein war nicht nur stärker, sondern auch versierter in seinen Bewegungen. Worauf Hafensteins Fäuste zielten, landeten sie mit hoher Effizienz. Robert begriff, dass Hafenstein ihn viel schlimmer hätte zurichten können. Niemand hätte den Erzieher einer Gewalttat bezichtigt. Robert war in dessen Wohnung eingedrungen, nicht umgekehrt. Robert hatte die Prügel kassiert, genau wie letztes Mal. Das Schamgefühl schien zu unbegrenztem Wachstum fähig.

Daniel Hafenstein stellte zwei Schnapsgläser und eine Flasche Wodka auf den Tisch. In seinen Augen schimmerte nicht der geringste Funken Aggressivität. Seine muskulöse Statur klebte an der Stuhllehne wie ein sanftmütiger Prediger auf einem Felsen. »Das hilft manchmal«, sagte er und goss die Gläser randvoll.

»Danke«, murmelte Robert. Er kippte den Wodka und schob das Glas zurück in die Tischmitte. Er hatte tausend Fragen, deren Antworten er nicht hören wollte.

Wo hast du sie gefickt?

Wie hast du's ihr besorgt?

Hat sie hier auch übernachtet?

Ihm war bewusst, dass es keine Antwort ohne passenden Schnappschuss gab. Und da jeder dieser Schnappschüsse auf ewig in seinem Schädel toben würde, schwieg er.

An seiner Stelle ergriff Daniel Hafenstein das Wort. Er berichtete von den letzten Minuten, die er mit Annett verbracht hatte. Robert konnte sich denken, dass Hafenstein die pikanten Details ausklammerte. Die Küsse und Umarmungen, die Liebesschwüre. Statt eines leidenschaftlichen Tons bemühte Hafenstein Distanz und Sachlichkeit. »Nachdem wir uns voneinander getrennt hatten, bin ich zurück.«

»In die Galerie?«

»Ja, ich hatte meine Jacke vergessen.«

»Ich hab dich nicht gesehen?«

»Du warst voll bis oben. Und das soll kein Vorwurf sein.« Hafenstein goss ihnen ein weiteres Glas ein. »Außerdem hast du einen der Gäste zugelabert.«

»Ich? In meinem Zustand?«

»Frag mich nicht, wie und warum. Du hast jedenfalls den Standascher umarmt, während jemand neben dir gehockt hat. Ich kann mich genau erinnern.«

»Scheiß Alkohol. Meine Erinnerung bricht irgendwann ab.« Robert leerte das Schnapsglas und schenkte sich selbst nach. Eigentlich konnte er den Moment, an dem seine Erinnerung abbrach, exakt benennen. Er war vor seiner Frau in die Knie gegangen, um ihr die ewige Liebe zu schwören. Er hatte ihr die beschriebene Serviette überreicht, darauf der Filmriss. Doch das wollte er jetzt nicht ausplaudern, schon gar nicht vor dem Stecher seiner Frau.

»Ehe du nachfragst«, sagte Hafenstein. »Ich bin deiner Frau nicht hinterher. Ich bin heimgefahren und habe hier bis vier gewartet. Erst hab ich's auf ihrem Handy versucht, später bei euch zu Hause.«

»Dann warst du das.«

»Als ich deine Stimme hörte, habe ich aufgelegt.«

»Und dann?«

»Habe ich diese Flasche geöffnet.«

Robert betrachtete die halb leere Flasche. Trotz seiner Abscheu vor Hafenstein hatte er eine Ahnung davon, wie er sich in dieser Nacht gefühlt haben mochte. Die Warterei auf eine Frau, die man liebte, war das reinste Martyrium. Er hob das zweite Glas Wodka, und der Alkohol brannte auf seiner blutigen Lippe. Angestrengt versuchte er sich zu erinnern, mit wem er im Suff gesprochen hatte. Viel weniger als der Alkohol half ihm die Gegenwart von Annetts Stecher. Beiderseitiges Verständnis schafft noch lange keine Sympathie. Er hievte sich hoch, griff sich den Zylinder und verließ ohne ein weiteres Wort die Wohnung. Er konnte noch hören, wie ihm Hafenstein nachrief, er solle in diesem Zustand nicht Auto fahren. In diesem Zustand, dachte Robert irritiert. Was hatte er damit gemeint? Seine Trunkenheit oder seinen Schmerz? Oder das übermächtige Gefühl der Scham? Sobald er in seinem Wagen saß, setzte er sich den Zylinder auf.

17

Annett Krone war an die vordere Beckenwand gehüpft. Vor ihr nun der beinahe vertikale Abhang, der hinauf zur Felsbank führte. Drei Meter über ihrem Kopf hatte vor Stunden der Mann mit dem Licht gestanden und herabgeleuchtet. Er hatte sie nicht nur angestrahlt, er hatte sie vielmehr mit seinem verlängerten Arm begrabscht.

Dieses Verhalten machte Annett besonders Angst. Es war nicht nur eine Präsentation seiner Macht. Das Abtasten schien Ausdruck von etwas Sexuellem zu sein. Ein unterdrücktes Bedürfnis, das nicht mehr lang mit einem Scheinwerfer und einem Blick abzuspeisen wäre. Aber sie war kein totes Tier, dessen Fleisch man fraß oder ignorierte. Sie war lebendig, und er hatte sie beschnuppert, wie ein Köter am Hintern eines anderen schnüffelt. Sie hatte Angst vor dem, was der Hundeschnauze folgen würde.

Sie tastete mit ihren gefesselten Händen das Gestein ab. Vom Boden bis in Höhe von etwa einem Meter war es feucht, darüber trocken. Als hätte das Becken vor nicht allzu langer Zeit Wasser getragen. Sie dachte an einen unterirdischen See. Ihr Sohn hatte ihr einmal von einer Höhle in den Kernbergen berichtet. Die Teufelslöcher oder Teufelsfenster oder einfach die Teufelsdinger. Ihre Erinnerung war verschwommen.

Ihr Sohn studierte in Berlin Ingenieurswesen. Er hätte sie jetzt über die Beschaffenheit der Höhle aufklären können. Wahrscheinlich hätte er mit Begriffen wie Erosion und Holozän um sich geschmissen. Im Gegensatz zu seinem Vater war er ein reiner Kopfmensch. Ein Wissenschaftler, gezeugt von einem cholerischen Traumtänzer. Eigentlich war es lachhaft.

Indem sie die Augen zukniff, versuchte sie die Gedanken an ihren Sohn auszublenden. Solche Gedanken schwächten sie, und sie durfte nicht schwach sein. Sie hatte genug geweint. Hatte lange genug darauf gewartet, von jemandem befreit zu werden. Aber weder ihr Sohn noch ihr Mann oder ihr Liebhaber waren auf der Felsbank erschienen. Niemand hatte ihr die Hand gereicht, niemand ihr ein Seil heruntergeworfen. Sie war auf sich allein gestellt. Und das Monster mit dem Licht gierte danach, wonach alle Monster gieren.

Auf Zehenspitzen stehend, ertastete sie oberhalb ihres Kopfes eine Bruchstelle. Aus der Felswand ragte eine spitze Kante hervor, nicht weit, vielleicht fünf Zentimeter. Sie streckte die Arme hoch und begann den Kabelbinder über die Bruchkante zu reiben. Ihre Handgelenke scheuerten sich wund am Stein, sodass ihr das Blut über die Unterarme rann. Sie musste längere Pausen einlegen. Zu schnell verlor sie die Kraft aus Armen und Beinen.

Dann sank sie zurück auf die Fersen und entspannte die Muskeln, regulierte ihre Atmung und sammelte Kraft. Sagte sich, dass ihr Sohn im fernen Berlin streunenden Hunden und fremden Mädchen nachsah. Dass er ein sorgenfreies Leben führte. Sie lächelte den Felsen an wie ein neolithischer Schamane seine Höhlenmalerei. Dann hob sie wieder die Arme und spannte die Fesseln über die Steinkante. Als ihre offenen Knöchel das Gestein berührten, drohte sie ohnmächtig zu werden. Der blanke Knochen jaulte vor Schmerz. Erst im letzten Moment fing sie sich auf, atmete tief durch und griente ihrem Sohn ins Gesicht.

18

Linda und Henry waren zurück ins Büro gefahren. Die Befragung von Krones Nachbarn hatte ihnen kaum neue Erkenntnisse geliefert. Lediglich die Vermutung, dass Annett Krone in der betreffenden Nacht ihre Wohnung nicht aufgesucht hatte, wurde erhärtet. Eine Nachbarin, die ihres schnarchenden Gatten wegen im Gästezimmer schlief, hatte weder ein Auto noch ein Türklappen vernommen. Zwar wolle sie darauf keinen Schwur leisten, aber sicher sei sie sich trotzdem. Linda hatte ihr für den Fall der Fälle ihre Karte ausgehändigt.

»Morgen schnappen wir uns Wenzel«, sagte Linda. Sie streifte sich die Schuhe ab und schob ihre Füße auf den Schreibtisch. »Wir müssen unseren Alleingang beichten.«

»Okay«, murmelte Henry.

»Und wir beteuern, all unsere Kraft dem neuen Kurs zu widmen.«

»Okay.«

»Ist das ein echtes Okay?«

»Ja.« Henry konnte seine Enttäuschung nur schwer verbergen. Robert Krone war seine letzte Hoffnung gewesen. Dennoch vermochte er nicht zu sagen, was er von ihm hätte hören wollen. Was hätte er ihnen auftischen müssen, damit der Fall Philipp Stamm eine neue Wendung bekäme? Welcher Satz hätte die Erschöpfung aus dem Gesicht seiner Kollegin gewischt?

Jede Antwort, die ihm einfiel, erschien ihm absurd und unglaubwürdig.

1. Annett Krone hatte eine Affäre mit Philipp Stamm. Deshalb musste er sterben. Deshalb wurde sie entführt.

2. Philipp Stamm hatte Annett Krone erpresst, weil er sie in Begleitung von Daniel Hafenstein gesehen hatte. Deshalb musste er sterben. Deshalb hatte sie sich aus dem Staub gemacht.

3. Robert Krone hatte ein Verhältnis mit Philipp Stamm. Deshalb hatte Annett Krone den Geliebten ihres Mannes getötet. Deshalb wurde sie anschließend vom Ehemann entführt.

Unvermittelt platzte das Gelächter aus Henry hervor. Er lehnte sich zurück, lachte und hielt sich den Bauch. Er wollte aufhören, doch das Gelächter ließ sich nicht ersticken. Hätte er sich selbst von außen betrachten müssen, wäre ihm nur ein Wort eingefallen: wahnsinnig. Ein Mann am Rande des Wahnsinns. Auf Lindas Frage, ob sie mitfeiern dürfe, war er nicht imstande zu antworten. Er gab seinem Stuhl Schwung und drehte sich zum Fenster. Lachte und schnappte nach Luft und hatte plötzlich Angst, Tränen zu vergießen. Hatte Angst, das Gelächter könnte sich einen Weg in die Trauer bahnen.

In seine Kindheit.

Zu Patrick Kramer.

Hinter die Maske einer falschen Existenz.

Schweiß trat ihm auf die Stirn, sein Atem kam stoßweise. Nur mit Mühe gelang es ihm, seinen Gefühlen die Zügel anzulegen. Kontrolle, wiederholte er im Geiste. Kontrolle, Kontrolle, Kontrolle. Bis das Mantra seines Lebens Wirkung zeigte.

Als er sich zurück ins Büro drehte, sah er seine Kollegin telefonieren. Sie hob den Zeigefinger, um ihm zu signalisieren, dass es wichtig sei. Zehn Minuten später saßen die Kommissare wieder im Auto. Eine Nachbarin von Familie Krone hatte sich gemeldet. Sie habe Robert Krone nach Hause kommen sehen. Es war zehn vor sieben, und die Dämmerung senkte sich über Jena wie eine schmierige Mullbinde.

19

Robert Krone verlangte keinerlei Erklärung. Ohne Umschweife geleitete er die Beamten in seine Wohnung, wo ihnen der unverkennbare Geruch von Alkohol entgegenschlug. Robert Krone hatte nicht einmal den Mund öffnen müssen.

Das Wohnzimmer war zweigeteilt. Im hinteren Bereich stand eine Couchgarnitur, im vorderen befand sich eine Essecke. Aus dem rückwärtigen Teil warf der Fernseher blaue Schemen auf Robert Krones Gesicht. In der Essecke sitzend, kratzte er sich selbstversunken am Bart. Weder Linda noch Henry nahmen Platz. Henry wusste, dass Lindas Stehvermögen entsprechend ihrer Sehnsucht nach einem baldigen Feierabend wuchs.

»Ich bin nicht bescheuert«, grummelte Krone und langte nach der Weinflasche. »Sie verdächtigen mich, meine Frau entführt zu haben. Also sparen Sie sich Ihr Larifari, kapiert?«

Seine Stimme wurde hörbar vom Alkohol gelenkt. Eigentlich hätten sie in dieser Situation keine Befragung durchführen dürfen. Jegliche Aussage verlor durch seine Trunkenheit an Gültigkeit. Andererseits waren sie auch nicht offiziell hier.

»Wir verdächtigen niemanden«, sagte Linda streng. »Wir wollen Ihre Frau finden, kapiert?«

Robert Krone glotzte sie aus wässrigen Augen an. Mit Lindas ruppigem Ton hatte er offenbar nicht gerechnet. Henry schlug seinen Notizblock auf und überflog Daniel Hafensteins Aussage. Dann fragte er Robert Krone, wann er seine Frau das letzte Mal gesehen habe.

»Immer die gleichen dummen Fragen«, antwortete Robert Krone. »Habt ihr nichts Gescheites in euren Schädeln? Zum Beispiel eine Antwort darauf, wo meine Frau ist?« In einem Zug leerte er sein Glas. Henry fühlte sich dazu bewogen, ihm das Glas aus der Hand zu nehmen. Gleichzeitig befürchtete er, genau das könnte Robert Krone zu einer Handgreiflichkeit motivieren. Die Folgen, wenn man ihren Besuch offiziell protokollieren würde, mochte er höchst ungern abschätzen. Sicherlich würde er nicht nur sich erklären müssen, sondern hätte auch seiner Kollegin ans Bein gepinkelt.

»Herr Krone«, sagte Linda unverhofft liebenswürdig, »keiner will Ihnen was Böses.«

»Versuchen Sie jetzt, einen auf nett zu machen?«

»Wir versuchen nur zu erfahren, was am 5. Oktober geschehen ist.«

»Sie meinen, an diesem beschissenen Samstag.« Robert Krone schenkte sich ein weiteres Glas ein. Doch anstatt den Wein in sich hineinzukippen, schwenkte er das Glas im ruhigen Rhythmus. Als suche er auf der dunklen Oberfläche des Weins sein Abbild. Henry wollte dem schon ein Ende machen und ihm das Glas abnehmen. Da begann Krone seine Eindrücke von besagter Nacht zu schildern.

Während Henry sich jeden Satz notierte, stand Linda reglos neben ihm. Es hatte den Anschein, als würde sie Robert Krone mit einem Röntgenblick durchleuchten. Er hob nicht ein einziges Mal die Augen. Sein Blick klebte unverdrossen auf dem Wein, seine Sätze strotzten vor Enttäuschung und Selbstmitleid. Das Gejammer des Mittvierzigers füllte bald mehrere Seiten in Henrys Notizblock.

Nach zwanzig Minuten erreichte Krones Schilderung einen Höhepunkt. Er erzählte ihnen, wie er vor seiner Frau auf die Knie gefallen war. Daraufhin sei sie abgerauscht und habe ihn im Hof des Platanenhauses zurückgelassen. Aus welchen Gründen, das könne er heute nicht mehr nachvollziehen. Er habe zweifellos zu viel getrunken gehabt.

Ein tiefes Brummen ertönte, und Linda zückte ihr Handy. Sie hielt es demonstrativ hoch und entschuldigte sich. Henry blieb mit Robert Krone allein im Wohnzimmer.

»Warum sind Sie ihr nicht gefolgt?«, fragte Henry.

»Ich hatte alles gesagt, was es zu sagen gab.«

»Und haben Sie an eine neue Chance geglaubt?«

»Was für eine Chance?« Robert Krones Tonfall gewann wieder an Schärfe. »Entweder man liebt oder man liebt nicht. Und wir haben uns immer geliebt. Sie hatte nie ernsthaft daran gedacht, mich zu verlassen.«

»Wir haben allerdings andere Informationen.«

»Ich kann mir denken, von wem Sie den Dreck haben. Hören Sie, ich nehme es ihm nicht übel. Kein bisschen. Er ist krank vor Liebe. Er leidet unter der Vorstellung, er hätte mit Annett eine echte Beziehung führen können.«

Henry merkte, dass sie sich im Kreis drehten. Zwei Männer schoben einander den Schwarzen Peter zu. Versuchten, sich gegenseitig mit ihren Liebesschwüren zu übertrumpfen. Schauten zur selben Zeit in denselben Spiegel und erkannten doch nur die Fratze des Rivalen. Henry strich sich über den Zopf. Fragte: »Was haben Sie gemacht, nachdem ihre Frau die Galerie verlassen hatte?«

Robert Krone harrte in Stille aus. Nur seine Pupillen wanderten, als geisterte ihm eine fundamentale Erkenntnis durchs Hirn, von links nach rechts. Nach einer Weile sagte er mit nüchterner Stimme: »Ich hätte den Heimweg nicht mehr geschafft. Also hab ich mich ins Büro gelegt.«

»Gibt es dafür Zeugen?«

»Ist mir ein bisschen peinlich.«

»Wir sind die Polizei, nicht die ›Bild‹-Zeitung.«

»Nun gut, Dr. Boenicke hat mich ins Bett gebracht.«

»Und da blieben Sie bis zum nächsten Morgen?«

»Ja.«

»Kann das jemand bezeugen?«

»Klar, ich habe die ganze Nacht mit meinem Chef gevögelt.« Robert Krone trank sein Glas leer. Dann stieß er auf und lachte Henry mit irrem Blick ins Gesicht. Sein Lachen klang so humorvoll wie das Geheul einer Hyäne.

Henry zeichnete ein dickes Fragezeichen unter seine Notizen. Er wollte diese Wohnung schnellstmöglich verlassen. Ihm schien Robert Krone nur einen Schritt davon entfernt, heftig auszurasten.

Wenzels Stimme dröhnte belehrend durch seinen Schädel. Was hatten sie dort zu suchen? Weshalb haben sie nicht die Bikerclubs überprüft? Warum befolgen die Erfurter meine Direktive und die eigenen Leute nicht?

»Ein letzte Frage, Herr Krone.«

»Ach, zum Henker. Verpisst euch einfach!«

»Kennen Sie jemanden mit einem roten VW-Bus?«

Robert Krone schaute wieder in sein Glas. Obgleich es leer war, begann er es langsam zu schwenken. Plötzlich sprang er hoch und warf das Glas gegen die Wand. Einen Moment später stürmte Linda ins Zimmer. Ihre Lederjacke war zurückgeschlagen, ihre Hand lag auf dem Waffenholster.

»Keine Ahnung«, sagte Robert Krone kraftlos, scheinbar ungerührt. »Keine Ahnung, wer so'n bescheuertes Auto fährt. Vielleicht das Hippieschwein aus der Schule. Dieser Karatetyp, der meine Frau gefickt hat.« Dann ließ er sich aufs Sofa fallen und sagte, dass er allein sein wolle.

20

Linda zündete sich eine Zigarette an und startete den Wagen. Im Augenblick war es ihr gleich, dass Henry sich am Qualm störte. Mikowski hatte ihr schlechte Nachrichten übermittelt, und sie fragte sich nun, wie sie Henry davon unterrichten sollte.

Sie lenkte den Passat in Richtung Innenstadt. Für heute hatte sie die Schnauze gestrichen voll. Sie sehnte sich nach einem heißen Bad. Nach ihrem Mann, nach einer strunzdummen TV-Show. Das Wichtigste schien ihr momentan, Abstand zu gewinnen. In einer halben Stunde würde sie Henry in Lobeda-Ost abgeliefert haben. Sie würde ihm sagen, dass er den morgigen Tag freinehmen solle. Immerhin war er schon zwei Wochen am Stück im Dienst. Er musste einmal ausspannen. Das würde nicht nur für ihn gesund sein, sondern für das gesamte Team. Aber vorher würde sie ihm die schlechte Nachricht beibringen müssen. Eine Nachricht, die man allein einem verbohrten Polizisten als eine schlechte verkaufen durfte.

Sie wandte sich an Henry und musste erkennen, dass er wieder sein Dossier auf dem Schoß hielt. Noch ehe sie das Wort ergreifen konnte, meinte er, Robert Krone habe ihm nicht die Wahrheit gesagt.

»Du glaubst, er hat gelogen?«, fragte Linda.

»Ich würde sagen, er hat etwas verschwiegen.«

»Spricht da deine Intuition?«

»Nein, ich vertraue meinen Ohren.«

Henry erzählte ihr, dass Robert Krone das Geschehen nach der Flucht seiner Frau nur zögernd wiedergegeben hatte. Daraufhin meinte Linda, der Mann sei verwirrt. Die Zurückweisung habe ihn tief verletzt, und jetzt drehe er am Rad. Gekränkte Eitelkeit und falscher Stolz, sagte sie. Eben der ganze Müll.

Henry schüttelte den Kopf. »Ich bin der Meinung, er hat nicht aus Verwirrung gestockt.«

»Sondern?«

»Aus Kalkül.«

»Du meinst, er hat uns was vorgemacht?«

»Nicht, solange er emotional war.«

Linda blies den Rauch über das halb offene Fenster hinaus. Es fiel ihr nicht schwer, Henrys Einwand nachzuvollziehen. So wie sich Kopfmenschen in ihren Ausbrüchen verhaspeln, liefern sich Emotionale in Phasen plötzlicher Grübelei ans Messer. Dessen ungeachtet glaubte sie, dass hier eher der Wunsch Vater des Gedankens war. Sie sprach aus, was sie seit Mikowskis Anruf wusste. »Dem alten Bräuer ist einfach das Herz stehen geblieben.«

»Wer sagt das?«

»Das hat die abschließende Obduktion ergeben. Außerdem steht in seiner Krankenakte, dass er seit Jahren an Herzrhythmusstörungen litt. Svenja war erneut bei Frau Bräuer gewesen, und die hatte seine Krankheit bestätigt. Offenbar hatte sie davon gewusst, es aber – aus welchen Gründen auch immer – verdrängt.«

Henry schloss das Dossier, verstaute es in seiner Ledertasche und wandte den Blick zum Seitenfenster. Linda schnippte ihre Zigarette hinaus auf die Straße. Dann tätschelte sie ihm mit der Rechten die Schulter und bat ihn, morgen freizunehmen. Sie würde ihn am Abend anrufen und über den Fortgang der Ermittlungen informieren. Außerdem wolle sie mit Wenzel sprechen.

Henry erhob keinen Einwand, leistete auch keinen Widerstand. Mit teilnahmsloser Miene sagte er: »So bleibt der Statistik wenigstens ein Mord erspart.«

21

Nachdem Linda ihn in der Otto-Militzer-Straße abgesetzt hatte, wartete er, bis sie außer Sichtweite war. Dann trat er wieder durch die gläserne Eingangstür und machte sich auf den Weg zur Straßenbahn. Er fuhr mit der Linie 34 in die KPI.

Er nickte dem Pförtner zu, besorgte sich am Automaten einen Kaffee und suchte sein Büro auf. Er hatte keinen Bammel, Linda zufällig in der KPI zu begegnen. Im Geiste sah er seine Kollegin in der Badewanne liegen, während ihr Mann im Türrahmen lehnte. Er balancierte ein Glas Wein auf dem Knie und lauschte den Geschichten ihrer stressigen Arbeit. Liedkes wunderbare Ehe. Liedkes idyllisches Heimspiel. Sie würde hier garantiert nicht auftauchen. Wie predigte sie immer: Man müsse hinter sich die Tür zumachen.

Und Henry nahm sie beim Wort. Er schloss leise die Tür und schaltete die Schreibtischlampe ein. Dann trug er sämtliche Akten zum Vorgang Stamm und zur Vermisstensache Krone zusammen. Die Dunkelheit presste sich von draußen ans Fenster. In der Scheibe das Spiegelbild eines Mannes, der vor den Vermisstenfällen der letzten Jahre brütete.

Laut Intranet verschwanden im Großraum Thüringen jährlich um die siebenhundertfünfzig Personen. Der Großteil fand sich früher oder später wieder ein. Jugendliche und Kinder, die ausbüxten. Solche, die keinen Bock auf Elternhaus, spießbürgerlichen Mief oder Thüringens Pseudoidylle hatten. Bis zum heutigen Tag galten circa hundertdreißig Personen als dauerhaft vermisst. Nachdem er die eingescannten Akten aller Erwachsenen ausgedruckt hatte, sortierte er die Einträge in chronologischer Reihenfolge. Angesichts der Überschaubarkeit empfand er ein Gefühl der Erleichterung.

Er beabsichtigte, jeden Akteneintrag genau zu studieren. Seine Hoffnung: irgendein Detail zu finden, das eine Gemeinsamkeit mit dem aktuellen Fall ans Licht förderte. Sein Wunsch: ein Vermerk über einen roten VW-Bus.

Er ahnte, dass diese Nacht lang werden würde. Bisweilen las er anstelle des Namens der vermissten Person den Namen Patrick Kramer. Dann lehnte er sich zurück und kniff mehrmals die Augen zusammen. Der Schlafentzug der letzten Tage machte sich bemerkbar.

Linda hatte die Signale seines Körpers, die Signale seiner

geistigen Erschöpfung richtig gedeutet. Sie hatte ihm eine Auszeit verschrieben, und er hatte ihrer Fürsorge die kalte Schulter gezeigt. Sie hat ein gutes Gespür, dachte er jetzt. Doch darüber, was tatsächlich schieflief und schiefgelaufen war, hatte sie keinen Schimmer. Er brauchte keine Pause wegen der letzten zwei Wochen, sondern eine Auszeit dank der letzten zwanzig Jahre. Er fasste sich mit der linken Hand hinter das linke Ohr. Der Geruch von verbrannter Haut benebelte seine Sinne, der Schrei eines Kindes echote durch seinen Kopf.

»Haltet ihn fest.«

»Alter, er pisst sich voll.«

»Ich lach mich tot.«

»Er soll flennen wie ein Baby!«

Vor Henrys Augen verschwammen die Buchstaben, und sein Kopf sackte abwärts. In den Dokumenten tat sich ein Schlund auf, der nichts mit den Vermissten zu tun hatte. Erst als er versehentlich den Kaffeebecher umstieß, wurde er seiner dunklen Phantasie entrissen. Die braune Plörre schwappte über das Foto einer Vermissten, und Henry fluchte leise. Er wischte das Foto an seinem Hosenbein ab und ließ die Papiere über dem Mülleimer abtropfen. Danach legte er sie – mehr ein Reflex als ein sinnvolles Rettungsmanöver – auf die abgedrehte Heizung.

Während er den Tisch abtrocknete, öffnete sich die Tür. Lennart Mikowski, den Wenzel aus Team zwei zur Mordkommission beordert hatte, erschien. Mit verblüffter Miene starrte er Henry an. Es war halb zehn. Eigentlich hätte der eine wie der andere nicht hier sein müssen.

22

»Lass mich dir schnell helfen«, bot Mikowski an. Er hatte sein Sportzeug in der KPI vergessen und zufällig das Licht im Büro bemerkt. Eine der Reinigungskräfte, fügte er hinzu, sei eine Blondine in den Zwanzigern. Er hatte einfach einen Blick riskieren müssen, doch statt der Blondine begegnete er Samurai Kilmer. Henry mochte Mikowski, doch befürchtete er jetzt, unnötige Fragen zu provozieren. Mit gespielter Beiläufigkeit sagte er: »Ich komm schon klar.«

»Das sehe ich«, sagte Mikowski. Er trat an den Schreibtisch und deutete auf die Dokumente. »Ich nehme an, du gehst diese Akten durch.«

»Ja, aber …«

»Dann halbier mal den Haufen«, unterbrach ihn Mikowski und setzte sich wie selbstverständlich an Lindas Platz. Während er das erste Dokument durchblätterte, fragte er, was sie eigentlich suchten. Henry konnte es ihm nicht in knappen Sätzen erklären. Er wusste nicht einmal, ob Mikowski über die heutige Zeugenbefragung informiert war. Gemeinsam mit den Erfurtern hatte der Kollege in Richtung Banden-kriminalität ermittelt. Henry beschloss, ihm nur das Nötigste an Informationen mitzuteilen. Immerhin säße auch Linda in dem Boot, das längst mit Schlagseite über zu hohe Wellen schlingerte.

Also sagte Henry, dass sie nach einem roten VW-Bus Aus-schau hielten. Vielleicht stoße er auf die läppische Notiz einer scheinbar belanglosen Zeugenaussage. Oder auf einen Vermiss-ten, dessen letzter bekannter Aufenthaltsort in den Kernbergen verortet wurde. Unversehens schoss Henry eine neue Idee durch den Kopf. Mikowski solle auch nach Vermissten suchen, die straffällig geworden waren. Dann fragte ihn Henry, weshalb er denn sein Sportzeug brauche.

»Zum Squash-Spielen«, antwortete Mikowski.

»Um diese Uhrzeit?«

»Die Halle hat bis zwölf auf.«

»Und du hast dafür noch die Power?«

»Das brauch ich zum Abschalten«, sagte Mikowski und drückte seinen Rücken durch. »Die einen steigen in die Wanne, ich schwinge den Schläger.«

»Krasser Typ.«

»Und was treibst du so, um abzuspannen?«

Nach einer Stunde besorgte Mikowski zwei Becher Kaffee.

Einen davon reichte er Henry, den anderen kippte er selbst hinunter. »So, das war's. Ich verzieh mich.«

»Tausend Dank.«

»Kein Ding.«

Resigniert betrachtete Henry den Stoß an Dokumenten, der letztlich nicht zu neuen Erkenntnissen geführt hatte. Ein roter VW-Bus war nirgends aufgetaucht, und in den Kernbergen hatte keine Sau verschwinden wollen. Er wischte sich beidhändig übers Gesicht. Seine Haut fühlte sich trocken und ausgezehrt an. Lennart Mikowski klopfte ihm brüderlich auf die Schulter. »Mach Schluss, Junge. Morgen ist auch noch'n Tag.«

»Morgen habe ich frei.«

»Herzlichen Glückwunsch.«

»Auf Befehl. Nicht freiwillig.«

»Willst du jetzt mein Mitleid?« Mikowski ging um den Schreibtisch herum ans Fenster. Er schaute in die Dunkelheit hinaus, und Henry dachte, er würde jeden Moment von der Demaskierung eines Luchador berichten. Aber stattdessen griff er nach der Akte, die Henry auf den Heizkörper gelegt hatte. »Hübsche Frau«, stellte Mikowski fest. »Hat nur leider Kaffee im Gesicht.«

»Und wird leider vermisst.«

»Mannomann, seit fast zehn Jahren.«

»Die wird wohl niemand mehr finden.«

»Vielleicht will sie gar nicht gefunden werden.«

»Gut möglich, würde Linda jetzt sagen.«

»Ihr Name ist Ute Leutnatz. Oh Scheiße!«

»Was denn?«, fragte Henry und schwang seinen Sessel in Mikowskis Richtung. »Kennste die?«

»Nee, hier unten steht bloß, dass sie verlobt war.«

»Das Schicksal schenkt einem nichts.«

»Tja, arme Schweine, wohin man auch sieht.« Mikowski hielt Henry die Dokumente hin. Der Kaffee hatte auf den ausgedruckten Seiten braune Flecken hinterlassen. So ein Mist, dachte Henry und überflog die Papiere. Schließlich landete sein Blick auf dem Vermerk, von dem Mikowski seine Informationen hatte.

»Verlobter stellte Vermisstenanzeige. Name des Verlobten:
Arthur Boenicke.«

23

Unter seinen Sohlen spürte er die leichte Vertiefung einer Rei-
fenspur. Doch er war zu spät gekommen. Der rote VW-Bus
stand nicht dort, wo er hätte stehen müssen.

Er schritt um das Haus herum zur Straße. Ohne recht zu
wissen, was er nun tun sollte, schaute er in die Ferne. Einzelne Hochhäuser hoben sich wie Säulen dem Nachthimmel
entgegen. Er steckte die Hände in die Taschen und grübelte.
Dieser Zustand kam nicht oft vor in seinem Leben: dass er nicht
weiterwusste. So richtungslos und voller Zweifel. Vor seinen
Augen verschwammen die Hochhäuser, und da erschienen
sie ihm gleich wuchtigen Feuersäulen. Mit ihren flackernden
Mattscheiben und Küchenlichtern unter dem schwarzen Fir-
mament. Er wusste das Zeichen zu deuten und suchte erneut
die Rückseite des Hauses auf.

Machte mit seinem Feuerzeug Licht und prüfte, ob er tatsächlich die Reifenspuren gesehen hatte. Er hatte sich nicht
getäuscht: Das Profil zeichnete sich deutlich auf dem Erdboden
ab. Doch nur weil der Bus hier gestanden hatte, musste das
nichts Schlimmes bedeuten. Er sagte sich, dass es ebenso viele
Kleinbusse gab wie dumme Polizisten. Dennoch konnte er sich
nicht zum Gehen überwinden. Stattdessen entschloss er sich,
wenigstens ein paar Minuten zu warten. Die Feuersäule würde
ihn sicher durch die Nacht leiten. Er klopfte an die Vordertür,
lauschte und benutzte schließlich seinen Schlüssel.

24

Henry traf um Punkt zweiundzwanzig Uhr in der Bar »Black'n
White« ein.

Alle Tische waren besetzt von jungen Leuten, mal zu zweit,

mal in Gruppen. Aus verborgenen Lautsprechern säuselte die Musik einer fernen, nicht besseren Zeit. Eine schwarze Diva sehnte sich nach einem Kerl, der zum Teufel gehen sollte. Die Bibliothekarin saß an einem der hinteren Tische. In die Karte vertieft, schien sie seine Gegenwart nicht zu bemerken. Er streckte ihr seine Rechte hin und fand seine Geste unangemessen steif. Mit einem krampfhaften Lächeln versuchte er darüber hinwegzutäuschen. Als Jasmin Sander seinen Gruß erwiderte, hatte er das Gefühl, sie parodiere seine Förmlichkeit. Sofort bedrängte ihn die Angst, er könnte sein Anliegen vielleicht nicht adäquat vorbringen.

Einem plötzlichen Impuls folgend, hatte er sie aus der KPI angerufen. Es seien noch Fragen über jene Nacht offen, in der Frau Krone verschwand. Er hatte ihr erklärt, er benötige die Informationen eines Außenstehenden. Dann hatte er sich mehrmals für die späte Störung entschuldigt.

»Sind Sie noch im Dienst?«, fragte Jasmin.

»Warum wollen Sie das wissen?«

»Im Fernsehen trinken Polizisten nicht im Dienst.«

»Eine der wenigen Dinge, die Polizisten im TV nicht dürfen«, sagte Henry. Er war dankbar für ihre offene, unkomplizierte Art. »Ansonsten genießen sie ja alle Freiheiten. Türen aufbrechen, Geständnisse erzwingen, ohne Blaulicht durch die City rasen.«

»Meistens trinken nur die Kaputten.«

»Das kommt vom amerikanischen Rollenmodell.«

»Mögen Sie das nicht?«, fragte Jasmin.

»Das Trinken oder die Kaputten?«

»Beides.«

»Keine Ahnung. Mögen Sie es denn?«

Jasmin entschied sich für einen Longdrink. Henry fühlte sich von dem reichhaltigen Angebot überfordert und bestellte ein Glas Cola. Er hoffte, das Koffein würde seine Gedanken in Bewegung halten. Während sie auf die Getränke warteten, boten sie einander das Du an. Henry berichtete ihr von seiner zufälligen Entdeckung. »Du hast gemeint, Boenicke hätte seine Familie bei einem Unfall verloren.«

»Ja, ich erinnere mich.«

»Jedenfalls hab ich gedacht, auch seine Frau wäre gestorben.«

»Sorry, da habe mich blöd ausgedrückt. Sie war seine Verlobte gewesen.«

»Meine Schuld«, beschwichtigte Henry und zückte seinen Notizblock. »Ich hätte selbst recherchieren müssen.«

»Soweit ich weiß, sind bei dem Unfall seine beiden Kinder zu Tode gekommen. Das war kurz vor dem Hochzeitstermin gewesen.« Sie machte eine Pause und kratzte mit dem Zeigefinger am Nagel ihres Daumens. »Ich weiß noch, dass er mit seinem Sohn häufig die Bibliothek besucht hatte. Sie liehen stapelweise Bücher aus.«

»Sicherlich Bildbände?«

»Ach, alles Mögliche. Ich hatte den Eindruck, dass Dr. Boenicke mit dem Lehrplan der Schule unzufrieden war. Er wollte seinem Sohn wohl das eine oder andere selbst vermitteln.«

Die Getränke wurden serviert, und die kalte Cola erfrischte Henrys Kehle, belebte seine Konzentration. Er atmete dankbar auf. Jasmin Sander beschrieb einen Jungen, der auch ohne seinen Vater viel Zeit in der Bibliothek verbracht hatte. Er sei ein stiller Junge gewesen, und meist habe er sich mit ein paar Wälzern in eine Nische verkrochen. Damals habe sie gedacht, dass er später Karriere machen würde. Vielleicht würde er in die Fußstapfen seines Vaters treten. Damals habe Boenicke einen Posten im Stadtrat bekleidet, hatte ihr eine ältere Kollegin erzählt. Er sei ein richtig hohes Tier gewesen. Doch seit dem Unfall könne man Arthur Boenicke allenfalls im Platanenhaus antreffen. Sie glaube, dass er mit der wirklichen Welt abgeschlossen hatte. Der wandle höchstens noch auf dem vernarbten Strand der Erinnerungen.

»Vernarbter Strand?«, hakte Henry nach. »Das klingt poetisch.«

»Ist leider nicht von mir.«

»Sondern?«

»Aus dem ›Endymion‹ von Keats.«

Henry kannte weder Werk noch Dichter und notierte beides auf seinem Block. Je länger er Jasmin zuhörte, desto mehr entspannte er sich. Er hatte die Bibliothekarin als schüchterne Person eingeschätzt, der er alles aus der Nase ziehen musste. Aber das Gegenteil war der Fall. Sie plauderte ungezwungen drauflos, als hätte sie lange vor ihrer Verabredung von seinen Fragen gewusst.

Möglicherweise war diese Entspannung auch dafür verantwortlich, dass er sich einen Drink bestellen wollte. Er fragte Jasmin, wozu sie ihm rate, und sie schlug ihm einen Cuba Libre vor. Wie zur Entschuldigung erklärte er, dass er morgen freihabe. Er präsentierte ihr seine Uhr, als stünde der Zeiger nicht auf elf, sondern auf Dienstschluss. Dann fragte er, ob sie eine Ahnung habe, weshalb Dr. Boenickes Verlobte verschwunden war.

»Ich nehme an, wegen dem Unfall.«

»Bestimmt das Schlimmste, was einer Mutter passieren kann.«

»Einer Mutter und Täterin«, nuschelte Jasmin, während sie am Strohhalm sog. Beim Trinken ließ sie den Strohhalm im Glas rotieren. Das Eis klirrte, und die Zitronenscheibe wirbelte hinunter auf den Glasboden.

»Was hast du eben gesagt?« Henrys Stimme klang ernster als gewollt. »Mutter und Täterin?«

»Boenickes Verlobte hatte den Wagen gefahren.«

»Verfluchter Mist«, entfuhr es Henry. »Jede Katastrophe braucht wohl ihre eigene scheiß Akte.« Ohne eine Erklärung zu bemühen, öffnete er seine Ledertasche und zog die Kopie der Akte Ute Leutnatz heraus. Er verkündete, dass sie das eigentlich nicht zu Gesicht bekommen durfte, er ihr jedoch vertraute. Und dann sagte er zu seiner eigenen Überraschung: »Ich darf das nicht mal selbst mit rumschleppen.«

»Also doch im Dienst«, sagte Jasmin und lächelte.

Henry war unfähig, ihr Lächeln zu erwidern. Der Zwiespalt, der sich vor ihm auftat, entpuppte sich als sein persönliches Dilemma. Im Grunde müsste er in die KPI fahren, die Unfallakte ermitteln und Kopien ziehen. Allein durcharbeiten. Oder Linda aus dem Feierabend klingeln, um ihr ein neues

Puzzleteil anzubieten. Ein Teil für ein Puzzle ohne Motiv, ohne Rahmen.

Er beobachtete, wie die Bibliothekarin die Papiere durchblätterte und beim Foto von Ute Leutnatz hängen blieb. Das Foto einer vermissten Person hatte etwas Erschreckendes, selbst wenn die Person das schönste Lächeln darbot. Jasmins rechte Hand lag auf den Kopien, derweil ihre linke seinen Unterarm berührte. Die Geste wirkte so beiläufig wie zwanglos. Henry bemerkte zum ersten Mal, dass sie am rechten Nasenflügel einen unscheinbaren Ring trug. Erkannte, dass ihre Oberlippe geschwungen war wie ein sanfter Wellenkamm. Dass sich die feinen blonden Härchen über ihren Lippen bei jedem Atemzug hoben. Dass seinem Unterarm die Kraft fehlte, ihrer Berührung standzuhalten. Abrupt schob er die Dokumente zusammen und stopfte sie in seine Tasche, entschuldigte sich und suchte die Toilette auf.

Der Mann und der Junge streiften ziellos durch die alte Werkstatt. Bisweilen deutete der Junge auf Gegenstände wie eine Zentrifuge, einen Tisch mit kruden Gerätschaften, darauf mit Gips bestäubte Handschuhe, darunter eine fuchsbraune Bockflinte. Ein andermal bückte sich der Junge und tippte auf einen Sack Mörtel, als würden die Dinge erst durch seine Berührung Wirklichkeit werden, und der Mann nickte wortlos und ließ sich ebenso wortlos von dem Jungen weiterführen.

Der Mann hatte die vage Ahnung, dass dem Jungen der museale Charakter dieser Räume bewusst war, auch wenn er die bittere Wahrheit niemals so in Worte hätte fassen können. Wer hier gearbeitet und geschaffen hatte, würde nie wieder Kalk und Gips vermengen, würde nie wieder eine Leiter erklimmen und mit Finger und Spachtel efeuähnliche Stuckornamente formen. Wer hier gearbeitet hatte, war für immer aus der Welt verbannt worden.

Vorsichtig fragte der Mann den Jungen, ob er irgendetwas, ganz gleich, was immer es auch sei, für ihn tun könne. Doch der Junge blieb stumm.

»Hast du Durst?«, fragte der Mann.

Aber der Junge blieb stumm.

»Hast du Hunger?«

Der Junge blieb stumm.

»Willst du wegfahren?«

Der Junge blieb stumm.

»Soll ich dir vorlesen?«

Und der Junge blieb stumm.

»Bitte, sprich mit mir!«

»Weißt du, wer meine Eltern getötet hat?«

Fünfter Teil

*»… Denn mein Vater und meine Mutter verlassen mich,
aber der Herr nimmt mich auf …«*
Erstes Buch, Psalm 27,10

*»… and all you got to do is walk away
walk away from the shadow of the big man …«*
»Shadows of the Big Man«, Chris Rea

Mittwoch

1

Robert Krone konnte sich nicht entsinnen, wann er das Bewusstsein verloren hatte. Die leere Weinflasche stand auf dem Beistelltisch, seine Kleidung lag verstreut im Wohnzimmer. Der Mief einer gescheiterten Existenz ließ ihn das Fenster öffnen. Der Alkohol hatte seinen Hass über Nacht nicht abbauen können. Er war noch genauso wütend wie gestern und vorgestern, nicht weniger enttäuscht und mitnichten von neuer Hoffnung beseelt.

Sobald sein Blick die Nachbarhäuser streifte, fragte er sich, ob gestern Abend das Wohnzimmerlicht gebrannt hatte. In dem Fall hatten sich die lieben Nachbarn garantiert an seinem Absturz ergötzt. Mit schmalen Augen musterte er die Fenster des gegenüberliegenden Hauses. Dort wohnte eine alte Klatschbase, deren Weg er schon des Öfteren hatte kreuzen müssen. Einmal hatte sie ihm von ihrem schnarchenden Gatten erzählt. Sie könne nicht mehr das Schlafzimmer beziehen, weil sie sonst verrückt werden würde. Roberts Vater schnarchte auch, und Roberts Mutter litt deswegen Qualen. Aber sein Vater würde niemals dulden, dass seine Ehefrau in einem anderen Zimmer schlief. Bisher hatte Robert diese Einstellung seines Vaters nicht verstanden. Denn was hieß das schon? Ein anderes Zimmer. Ein anderes Bett. Andere Laken, andere Kissen. Allein unter einer viel zu großen Decke. Jetzt, während er der Nachbarin den Tod ihres Liebsten wünschte, konnte er seinen Vater verstehen.

Er stelzte ins Bad, riss den Spiegelschrank auf und langte nach seinen Tabletten. Dieser Pharmascheiß half noch weniger als Wichsen und Alkohol. Wenn der Kopfschmerz kam, dann kam er. Also konnte er die Tabletten ebenso gut aus reinem Vergnügen schlucken.

In der Küche füllte er sich ein Glas Wasser, glotzte zum Fenster hinaus und dachte: Ihr habt alle gewusst, dass meine Frau fremdfickt. In einem anderen Zimmer, auf einem anderen Bett. Ein anderes Laken, ein anderes Kissen. In *ihrem* Fleisch *sein* Fleisch.

Er warf sich mehrere Tabletten ein und den Kopf in den

Nacken. Eine Weile blieb er wie angewurzelt stehen. Plötzlich schwankte er, ließ das Glas fallen, suchte beidhändig an der Spüle Halt. Mit zittrigen Armen stützte er sich aufs Spülbecken. Robert Krone sah den Mann, dem er sein Herz ausgeschüttet hatte, deutlich vor sich. Die Erinnerung brach sich in sein Bewusstsein wie ein hinstürzender Baum ins Erdreich. Im Schatten der Platane zwei Männer. Einer alkoholisiert, der andere nicht. Als stünden sie in dieser Minute neben ihm, vernahm er den Klang ihrer Worte.

Er hatte von Falschheit gesprochen.

Robert hatte ihm beigepflichtet.

Er hatte von Sünde gesprochen.

Robert hatte ihm beigepflichtet.

Er hatte von der Schlange gesprochen.

Robert hatte ihm beigepflichtet.

Er hatte gesagt, er würde das regeln.

Robert hatte sich dankbar gezeigt.

2

Er hielt auf dem Bürgersteig des Löbdergrabens und sah über die Fahrbahn hinweg zur Galerie. Es war zehn Uhr dreißig. In anderthalb Stunden würde sein Dienst beginnen. Möglicherweise hoffte Dr. Boenicke, sein Assistent würde den Rest der Woche krankfeiern. Oder gar nicht mehr im Platanenhaus erscheinen.

Das Bild, das Robert von Arthur Boenicke über die letzten Jahre gewonnen hatte, war zerstört worden. An diesem Vormittag bei einem Glas Wasser und einer Handvoll Tabletten. Dennoch wollten ihm die Hintergründe der Tragödie nicht einleuchten. Sosehr er auch seinen Verstand bemühte, er entdeckte darin keinerlei Logik. Als wäre das letztlich die Natur jeglichen Wandels, jeglichen Umbruchs. Der Mangel an Logik, sagte er sich und wusste zugleich, dass Arthur Boenicke eines Verbrechens schuldig war.

Er ließ die CD seiner Frau erklingen, lehnte sich zurück und atmete durch. Er würde ihn zur Rede stellen, unter Umständen mit Hilfe von Gewalt. Gestern hatte er gelernt, dass seine Fäuste keinerlei Wirkung erzielten, aber das sollte heute nicht ins Gewicht fallen. Arthur war alt und er selbst voller Liebe und Jähzorn. Künftig galt ihm der Mangel an Logik als Richtschnur zu seinem Ziel. Und das Ziel hieß gnadenlose Vergeltung. »Jetzt«, sagte er laut und schaltete die Musik ab.

Doch in dem Moment, als er aus dem Wagen steigen wollte, verließ sein Chef die Städtische Kunstsammlung. Irritiert prüfte Robert die Uhrzeit. Es war tatsächlich erst halb elf. Um sich zu vergewissern, ob die junge Studentin heute nicht früher Dienst hatte, rief er in der Galerie an.

Niemand nahm ab.

Lediglich der AB meldete sich und teilte ihm Arthurs Handynummer mit. Seiner Erinnerung zufolge hatte Arthur das Platanenhaus nicht ein einziges Mal während der offiziellen Öffnungszeiten geschlossen. Sobald sich einer der Mitarbeiter krankgemeldet hatte, war für Ersatz gesorgt worden. Robert rief erneut in der Galerie an, und abermals meldete sich der AB.

Arthur stieg in sein Auto und fuhr auf den Löbdergraben. Robert fühlte sich zu einer raschen Entscheidung gezwungen. Sein Chef hielt auf der Rechtsabbiegerspur in Richtung Fischergasse. Gleich würde Robert den Sichtkontakt mit seinem Auto verlieren. Er fasste nach seiner Richtschnur, startete den eigenen Wagen und folgte ihm.

Durch Roberts Hirn ratterten die Fakten, die ihm aus dem Leben seines Chefs bekannt waren. Das traurige Schicksal, das Arthur vor Jahren ereilt hatte. Der Verlust von Frau und Kindern. Aber das musste vor ihrer ersten Begegnung geschehen sein. Diese Informationen waren nur vom Hörensagen zu ihm gedrungen, und er hatte es nicht für nötig erachtet, nachzubohren. Arthurs Vergangenheit war in ihrer gemeinsamen Arbeit nie Thema gewesen.

Sein Chef hatte weder Anzeichen von Trauer noch Depressionen offenbart. Ganz im Gegenteil: Wenn eine Person anderen mit Rat und Tat zur Seite stand, so war es Dr. Arthur Boenicke. Klarer Fall von Verdrängung, hatte Annett einmal gesagt. Er helfe anderen, um sich mit seinem eigenen Leid nicht befassen zu müssen. Deshalb opfere er sich auch für die Kunst auf. Robert konnte sich an ihre Worte genau erinnern. Annett hatte neben ihm im Bett gelegen. Wenn ihr Sohn sterben würde, hatte sie geflüstert, könnte sie nicht weiterleben. Sie würde so ein Schicksal nicht verkraften. Niemals. Dann hatte sie ihren Kopf auf Roberts Brust gebettet und sich an ihn geschmiegt. Zu jener Zeit hatte ihr gemeinsamer Sohn nur zwei Zimmer weiter gewohnt. Damals in den guten Tagen, dachte Robert und ließ einen Laster zwischen sich und Arthurs Wagen.

Sie fuhren über die Stadtrodaer Straße nach Wöllnitz. Hier erstarb der Verkehr, und Robert wahrte größeren Abstand. Linker Hand erhoben sich jetzt die Kernberge. Der Schatten des Waldes dehnte sich über die Wöllnitzer Straße zur Westseite hin. Zwischen den Bäumen behauptete sich eine karge, farblose Vegetation. Arthur Boenicke nahm den ersten Anstieg und parkte nach etwa fünfhundert Metern an einer Wegscheide. Robert hielt in sicherer Entfernung. Sein Blick senkte sich auf den Beifahrersitz, wo Hafensteins Zylinder lag. Er strich mit der Hand über die Krempe und hätte beinahe lauthals gelacht. Hafenstein war eine arme Sau, dachte er. Ein Mangel an Logik hatte sie beide aufeinandertreffen lassen wie die letzten Krieger zweier befeindeter Heere. Er schob den Zettel, der heute Morgen hinter seiner Tür geklemmt hatte, unter den Zylinder. Auch der schien das Resultat von Irrsinn und fehlender Logik zu sein. Dann sah er den alten Mann aus dem Wagen steigen und im Dämmer der Baumzone verschwinden.

3

Henry wählte die Handynummer seiner Kollegin. Wie er vermutet hatte, saß Linda bereits im Auto und war auf dem Weg in die KPI. Heute allerdings ohne ihn. Er hatte offiziell frei, zumindest sobald Linda mit Wenzel gesprochen hatte.

»Solltest du nicht im Bett sein?«, fragte sie.

»Ich bin nicht krank.«

»Ich dachte, gesunde Menschen schlafen aus.«

Er presste ein humorloses Lachen durchs Telefon. Dann sagte er, dass er nicht aus Langeweile anrufe. Er habe Informationen, die der dringenden Überprüfung bedurften. Das Beste wäre, schlug er vor, sie spare sich den Besuch bei Wenzel. In einer halben Stunde könne er im Büro sein.

»Das lass mal schön bleiben!« Es klang mehr wie ein Befehl denn wie ein gut gemeinter Ratschlag. »Mach an deinem freien Tag, was du willst. Geh meinetwegen joggen. Power dich richtig aus. Aber wenn du hier auftauchst, mach ich dir die Hölle heiß.«

»Ich will bloß eine Sache abchecken.«

»Ich lege jetzt auf.«

»Linda!«

»Dann beantworte mir eine einzige Frage.«

»Okay.«

»Und zwar mit Ja oder Nein.«

»Okay.«

»Hast du eine echte Spur, oder jagst du weiter roten Bussen nach?«

»Ich habe die Vermutung ...«

»Wir sehen uns morgen«, unterbrach sie ihn. Keine Sekunde später war die Leitung tot, und Henry kroch das Zittern in die Hände. Eine Backpfeife hätte ihn nicht stärker treffen können.

Er sah seinen Finger bereits die Wahlwiederholung drücken, als er sich doch noch besann. Er trat an die Wand, wo eigentlich ein Fernseher hätte stehen müssen. Es war die Wand, deren Anblick jeder seiner Kollegen mit Unverständnis quittiert hätte. Ein guter Polizist durfte sich mit der Waffe im Anschlag fotografieren lassen. Ein guter Polizist durfte auf einer Linken-Demo die Sau rauslassen. Ein guter Polizist durfte in der Umkleide seinen Frust über Asoziale, Migranten und Pädos ablassen. Aber ein guter Polizist pinnte sich keine Tatortfotos an seine Wohnzimmertapete. Keine Tatortfotos, keine Obduktionsberichte, keine Leichenbilder. Keine Notizen über Vermisste, keine Adressen von Zeugen. Nichts von all dem.

Henry vertiefte sich in den Bericht der Spurenanalyse. Auf Stamms weißer Auslegware hatten sie feinste Partikel von Gips entdeckt. Präziser: ein Gemisch aus Gips und Kalk. Doch weder in Stamms Wohnung noch in seinem Keller hatten sich Baumaterialien gefunden. Mikowski hatte daraufhin die Baumärkte abgeklappert, aber niemand hatte auf Stamms Foto positiv reagiert. Auch konnte Stamm keine Schwarzarbeit nachgewiesen werden. Die Spur war schnell vom Schirm der Ermittler gerückt.

Jetzt stellte er die Begriffe Gips und Jena nebeneinander in die Suchmaschine. Unter den Anzeigen von Baummärkten fanden sich einige Artikel über regionale Sehenswürdigkeiten. In einem Bericht, der die Geologie des Mittleren Saaletales behandelte, fielen die Worte Muschelkalk und Gipslager. Was Henrys Gedanken jedoch viel stärker inspirierte, war ein Foto der Kernberge. Während er die karge Hochfläche betrachtete, ermahnte ihn eine weibliche Stimme: *Bräuer hat nichts mit der Sache zu tun. Sein Tod ist ein trauriger Zufall. Im Kopf bleibt im Kopf.*

»Aber«, entgegnete er mit sich selbst redend, »Bräuer hat den roten Transporter erwähnt.« Die verdreckte Karosserie sprach eindeutig für eine Fahrt über unwegsames Gelände. Nach kurzer Zeit führte ihn seine Recherche zu den Teufelslöchern. Er erinnerte sich an die gemeinsame Begehung mit Svenja Freese. Seine Gedanken begannen, sich zu endlosen Ketten zu verbinden. Er dachte Höhle, er dachte Kerker und Gefangenschaft. Er dachte Philipp Stamm und Annett Krone. Um sich abzureagieren, boxte er ein paarmal in die Luft. Dann sank er zurück auf die Couch. Er scrollte ans Ende des Artikels und konnte lesen, was er nicht lesen wollte. Die Eingänge der Teufelslöcher waren seit Jahren verschlossen. Im Kopf bleibt im Kopf, dachte er resigniert. Ein Henry Kilmer würde stets die Ersatzbank hüten müssen. Er strich sich über den Zopf und spürte, wie seine Motivation abflaute. Fast schon desinteressiert klickte er auf einen Artikel über Mörtel. Zwei weitere Klicks brachten ihn zu einem Eintrag, der sich mit Stuckarbeiten befasste. Er überflog die Zeilen, als läse er den Beipackzettel von Hustentropfen. Dachte einen Moment lang an die Ausstellung im Platanenhaus.

Auf verquere Weise hatte sein Herumgeklicke einen Bogen von den Teufelslöchern in die Galerie geschlagen. Die Kernberge und der Gips, der Mörtel und die Fresken.

Er schlurfte in die Küche, um sich eine Kanne Kaffee auf-

zubrühen. Dabei stellte er sich einen Philipp Stamm vor, der
eine Zimmerdecke mit Gipsrosen verziert. Philipp Stamm,
von Beruf Stuckateur und Freskenmaler. Allein die Phantasie
erschien ihm befremdlich. Aber vielleicht hatte Philipp Stamm
in einer Stuckwerkstatt als Handlanger schwarzgearbeitet. Noch
ehe das Wasser kochte, kehrte er zurück auf die Couch. Per
Internet suchte er nach regionalen Werkstätten.

In Jena und Umgebung arbeiteten drei Stuckateure im klassi-
schen Sinne. Ansonsten lag das Gewerbe brach wie das Handwerk
der Stellmacherei. Das Foto einer maroden Werkstatt illustrierte
diesen Niedergang. Ein Backsteinbau mit zersplitterten Fenstern
und besprühter Fassade. Henry las den Namen der ehemaligen
Firma, schaute zu seiner Wand, las den Namen erneut.

4

Als Arthur Boenicke im Höhleneingang verschwand, fiel Robert schlagartig ein, woher er diesen Ort kannte. Johannes, sein
Sohn, hatte einmal von den Höhlen gesprochen. Teufelsfenster
oder Teufelslöcher hatte er sie genannt. Er war davon überzeugt
gewesen, man könne dort eine illegale Party veranstalten. Unter
der Parole »Tanz im Teufelsloch« oder so ähnlich. Robert hatte
ihm geraten, lieber zu büffeln, sonst würde er in Jena versumpfen
und nichts von der weiten Welt sehen. Jetzt bereute Robert
seine Worte. Johannes hätte der Heimat niemals den Rücken
kehren dürfen.

Er schaute den Pfad zurück und überlegte, ob er sich die
Taschenlampe aus dem Auto holen sollte. Aber die Furcht,
Arthur Boenicke zu verlieren, war zu groß. Zögerlich trat auch
er in den Höhleneingang. Das Ende des Stollens war für ihn
nicht erkennbar. Entweder machte der Weg irgendwann eine
Biegung oder stürzte in Tiefen, die sich nur erahnen ließen.
Die linke Hand am Gestein folgte Robert der Felswand. Die
Erde war mit Fledermauskot besprenkelt. Farblose Motten, die
er aufgescheucht hatte, flatterten aus der Düsternis hervor. Mit
jedem Meter wurde das Tageslicht schwächer und schwächer.

Der Stollen führte tatsächlich in eine Tiefe, die er für undenkbar gehalten hätte. Die Worte seines Sohnes kamen ihm wieder ins Gedächtnis: Tanz im Teufelsloch.

Als er zurückschaute, war der Höhlenausgang zu einem flirrenden Lichtpunkt geschrumpft. Sein Chef hatte sich in ein Reich begeben, das nach Ammoniak und Pisse stank. Verunsichert horchte er auf etwaige Geräusche, doch Arthur schien bereits außer Hörweite. Er hätte einfach nach ihm rufen können, aber was sollte Robert ihm sagen?

Plötzlich wusste er nicht mehr recht, weshalb er ihm gefolgt war. Der Gestank und die Düsternis lähmten seine Gedanken. Oder war es die reine Angst? Er wusste auch das nicht. Er hätte einen Finger für ein paar Tabletten oder eine Injektion Sumatriptan geopfert. In seinem Kopf pulsierte das schwarze Loch, das ihn schon seit Jahren quälte. Als wollten sich Schädel und Höhle zu einem großen Dunkel vereinen. Unvermittelt flimmerte die Erinnerung auf: Er hatte Arthur zur Rede stellen wollen.

Die Nacht des Festes. Sein Gespräch im Hof. Das Lächeln des Jungen. Dieser Satz: Ich werde das regeln. Und heute Morgen dieser Zettel in seiner Tür.

Mit ausgestreckten Armen blieb Robert im Dunkel stehen. Dann ließ ihn ein Flüstern panisch zusammenzucken.

»Bis du das?«

»Ich bin's. Robert.«

Im nächsten Moment traf ihn ein Gegenstand an der Schläfe. Er sackte zusammen und verlor die Kontrolle über seinen Körper. Die Füße traten aus, die Schulten zuckten. Er biss sich auf die Zunge, spuckte Blut und übergab sich. Dann stammelte er seinen letzten Satz, und es sollte kein zweiter folgen.

»Ich bin's, Robert.«

5

Kniend beugte sich Dr. Arthur Boenicke über den Körper eines anderen Mannes. Er hielt seine stabförmige, metallene Taschenlampe in der Hand, und seine Finger bebten.

Angeekelt warf er die Taschenlampe beiseite. Dann umfasste er blindlings den Kopf seines Assistenten, hob ihn an und neigte sich zu ihm hinab. Mit flüsternder Stimme fragte er, was er getan habe. Was er sich um Gottes willen dabei gedacht hätte?

Doch der Mann antwortete nicht mehr. Sein Name würde auf alle Zeit das Letzte sein, was über seine Lippen gekommen war. Als Arthur Boenicke sich vom Hinterkopf zu den Schläfen tastete, wischten seine Finger über warmes Blut. Er wusste, dass das Blut von den Schläfen stammte, aber es war kaum ein sicheres Todeszeichen.

Er raffte Krones T-Shirt hoch und legte das Ohr auf dessen entblößte Brust. Es fiel ihm schwer, den eigenen Herzschlag von dem seines Assistenten zu unterscheiden. Schweiß tropfte von seiner Nasenspitze auf die fremde Haut. Er umschloss mit seiner Linken seine Rechte und hoffte, das Zittern wegdrücken zu können. Aber es wollte nicht funktionieren. Eine zitternde Hand, die eine andere zitternde Hand zu beruhigen versucht. Es war so töricht, wie all seine bisherigen Entscheidungen töricht waren. Den Blick tief in die Höhle gewandt, flüsterte er abermals: »Was hast du getan?«

Er wusste nicht, was er mit Robert Krone machen sollte. Welche Strafe erwartete ihn, wenn man das Leben zu seinen Füßen retten würde?

Für versuchten Mord sicherlich eine hohe Freiheitsstrafe.

Eine Freiheitsstrafe ohne Verjährung.

Aber vielleicht war es genau das, was das Schicksal von ihm einforderte. Eine heroische Tat, deren Abbildung nach den Pinselstrichen alter Meister verlangt hätte. Für einen Moment träumte er sich zurück in die Räume seiner Galerie. Die Ausstellungseröffnung war ein voller Erfolg gewesen. Er hatte den Besuchern einen Eindruck vermittelt, wozu ein beseelter Maler imstande war. Wahre Kunst ist unvergänglich, sinnierte er und ließ von Robert Krone ab. Wahre Kunst überdauert das Leben, und wahre Kunst krönt das Leben. Nun musste er nicht mehr ans Ende des Stollens vordringen. Was hinter der Stahltür gefangen war, sollten andere befreien.

Er packte Robert Krone unter den Achseln und zerrte ihn

bis zum Höhlenausgang. Versuchte, ihn dort auf seine Schultern zu hieven, doch fehlte es ihm an Kraft. In der Not schleifte er ihn den Abstieg hinunter bis zur nächsten Weggabelung. Dort positionierte er den Körper so, dass er nicht zu übersehen war. Anschließend fingerte er die Visitenkarte dieser Polizistin aus der Westentasche und wählte ihre Nummer. Sobald sie sich vorgestellt hatte, nannte er seinen Aufenthaltsort. Sagte ihr, dass er am Tod eines Menschen schuld sei. Noch ehe die Polizistin das Wort hätte ergreifen können, warf er das Handy ins Unterholz.

6

Henry betätigte den Türklopfer und wartete. Unbewusst fingerte er an dem Holster unter seinem Jackett herum. Erst nach einigen Minuten wurde die Tür einen Spaltbreit geöffnet. Er konnte sich leicht ausmalen, was Timo Spindler in seiner Räucherstube getrieben hatte. »Henry Kilmer«, sagte er. »Sie erinnern sich?«

»Der Herr von der Kripo.«

»Genau. Ich bin wegen ihres Phantoms hier.«

»Meines Phantoms?«

»Wir wollten doch eine Zeichnung anfertigen.«

»Ich erinnere mich.« Vorsichtig schob Timo Spindler seinen Kopf hinaus. »Aber wo ist der Zeichner?«

Henry schlug seinen Block auf und zeigte ihm das Porträt, das er von Vanessa Fiebig im Krankenhaus skizziert hatte.

»Wollen Sie mich verarschen?«

»Ganz und gar nicht.«

»Das ist doch nur hingekritzelt.«

»Immerhin hat die Skizze zur Festnahme eines Täters geführt«, log Henry. »Also lassen Sie's uns versuchen, okay?«

Die Wände des Korridors schienen mit Narbengewebe tapeziert, mit Karzinomen gemustert. Beide Männer wurden von schweren Rauchschwaden umflort. Henry hustete angestrengt, worauf Spindler ihm eine Zigarette unter die Nase hielt.

Henry lehnte dankend ab.

Wie auch bei seinen früheren Besuchen lief im Wohnzimmer der Fernseher. Der Ton war abgestellt, und auf dem Bildschirm glitt eine Drachenmuräne von einer Felsspalte zur nächsten. Entgegen seiner Gewohnheit nahm Henry in dem verschlissenen Sessel Platz. Spindler ließ sich auf die Couch plumpsen, warf seine Arme über die Rückenlehne und musterte Henry aus trüben Augen.

Er fragte ihn, ob er gut geschlafen habe, worauf Henry zurückfragte, weshalb er das wissen wolle. Ohne Umschweife bescheinigte Spindler ihm, beschissen auszusehen. Wie nächtelang durchgefeiert. Er hievte sich hoch, verließ den Raum und kam mit zwei Dosen wieder. »Keine Bange, ist kein Alk«, sagte er und lächelte.

»Ein Muntermacher?«

»Ja, greifen Sie zu.«

»Tausend Dank.«

Dem Reißen der Metalllasche folgte das vertraute Zischen. Henry schüttete sich das halbe Getränk in den Rachen. Als er die Dose abstellte, entdeckte er einen Flyer von der Städtischen Kunstsammlung. Unter dem Foto des Platanenhauses prangte das Logo: ein schwarzer Baum, der Henry an eine platt gebügelte Spinne erinnerte. Er fragte Spindler, ob er sich für Kunst interessiere.

»Höchstens für die Kunst des Müßiggangs«, lachte Spindler.

»Ich frag nur wegen des Flyers.«

»Der Scheiß lag im Briefkasten. Benutze ich bloß zum Filterbauen.«

»Wir haben immer alte Fahrkarten verwendet.«

Auf Spindlers Gesicht der Anflug echter Verblüffung. »Sie und kiffen?«

»Das war vor hundert Jahren in Berlin.«

»Sie flunkern doch.«

»Na ja, müssen wir nicht vertiefen.«

Henry bat ihn, die Person nochmals zu beschreiben, die Philipp Stamm und seinen Freunden gefolgt war. Er rutschte vor und legte seinen Block in die Tischmitte, sodass Spindler den Linien folgen konnte. Spindler nannte ihm untrügliche

Merkmale, die er sofort aufs Papier übertrug. Beim Zeichnen berichtete er wie nebenher von der Ausstellung. Matthäus Günther habe hochinteressante Fresken entworfen. Nur leider ließen die sich nicht in die Galerie verfrachten. Es sei denn, man würde sie aus den Chören und Kuppelgewölben brechen. Bedauerlicherweise gebe es kaum noch so begnadete Stuckateure wie damals, so richtige Künstler eben. Als Spindler ihm keine neuen Informationen lieferte, fragte Henry ihn, ob alles in Ordnung sei. Spindler kniff die Lippen zusammen und schüttelte den Kopf. Henry spürte in sich eine ungeheure Anspannung.

Dann sagte Spindler: »Ihre Zeichenkunst in Ehren, aber Sie haben den Kopf versaut.« Dazu grinste er gleichmütig. Henry fragte ihn, weshalb er nicht selbst einen Versuch starte, und schob das Papier über den Tisch. Spindler zündete sich eine Zigarette an, wendete den Bleistift und radierte den Kopf aus der Skizze.

Henry hatte genug gesehen. »Das Zeug treibt ganz schön«, sagte er mit gespielter Nervosität. »Dürfte ich Ihre Toilette benutzen?«

»Klar. Im Flur hinten links.«

7

Eine halbe Stunde nachdem der Anruf bei ihr eingegangen war, traf Linda am Tatort ein. Robert Krone lag auf einer Trage und wurde in den Rettungswagen des DRK geschoben. Er war von einer silbernen Aludecke umhüllt. Einer der zuständigen Sanitäter erklärte, er schwebe in Lebensgefahr. Der Puls sei schwach, die Pupillen zeigten keine Reaktion. Vermutlich ein Schädel-Hirn-Trauma unbekannten Ausmaßes. Sie brächten ihn ins Klinikum, sagte er gehetzt und knallte die Beifahrertür zu. Der Rettungswagen war noch nicht außer Sicht, als die Erfurter Kollegen den Tatort erreichten.

Svenja Freese fragte Linda, weshalb ausgerechnet sie informiert wurde. »Ich dachte, die Vermisstensache wird von Team drei bearbeitet?«

»Weil der Täter mich persönlich angerufen hat.« Linda öffnete und schloss unablässig ihre Zigarettenschachtel.

»Hat er seinen Namen genannt?«

»Nein, aber seine Nummer wurde übertragen.«

»Aus Berechnung oder Dummheit?«

»Dr. Boenicke handelt nicht kopflos.«

Freese und ihr Kollege Dörndahl schauten Linda verdutzt an. Linda brauchte einen Moment, um sich zu sammeln. Sie entfachte eine Zigarette und reichte die Schachtel gedankenlos ihrem Nebenmann. Wie selbstverständlich zündete sich Dörndahl eine Kippe an. Ihr Erstaunen darüber, dass er hier und jetzt rauchte, rief sie zurück in die Realität.

»Frau Freese, könnten Sie bitte die Bereitschaft einweisen? Das Gelände absperren, Spuren sichern et cetera. Unten an der Straße alle Kennzeichen erfassen und sie mit den Anwohnern abgleichen.«

»Aber woher hatte der Täter Ihre Nummer?«, wollte Svenja Freese wissen. Linda vertröstete sie mit einer lapidaren Antwort auf später. Nicht, ohne demonstrativ die Stirn zu runzeln, entfernte sich Svenja Freese in Richtung zweier Einsatzwagen.

Linda und Dörndahl blieben gemeinsam vor ihrem Passat stehen. Sobald sie sich Handschuhe übergestreift hatte, breitete sie auf der Motorhaube die von Krone mitgeführten Gegenstände aus: eine leichte Jacke, zwei Schlüsselbunde, der Fetzen einer zerrissenen Serviette. »Kein Perso«, sagte sie zu Walter Dörndahl.

»Das heißt, er war wohl spontan hier«, meinte ihr Kollege.

»Gehst du nie ohne Perso aus dem Haus?«

»Waffengesetz Paragraph 38«

»Also gehst du nicht ohne Waffe raus?«

»Nicht mal zum Bäcker.«

»Okay.« Linda verdrehte die Augen. Dann benannte sie laut, was durch ihre Finger ging. »Wir haben hier ein Stück Serviette. Womöglich das Überbleibsel einer wichtigen Notiz. Außerdem haben wir einen Wohnungsschlüssel und einen …«

Sie hatte den Satz noch nicht beendet, da hing Dörndahl bereits am Telefon und erfragte das Kennzeichen von Krones Auto.

Drei Minuten später öffneten sie den Wagen, der an der Weggabelung abgestellt worden war. Auf dem Beifahrersitz lag ein schwarzer Pappzylinder. Linda wollte erst gar nicht darüber nachdenken, wie Hafensteins Hut in dieses Auto gekommen war. Im Augenblick überschlugen sich die Ereignisse in einer Geschwindigkeit, die ihren Verstand zu lähmen schien. Als sie den Zylinder anhob, entdeckte sie darunter einen Zettel.

Dann forderte sie Dörndahl auf, er solle sie einmal kneifen. Ohne eine Miene zu verziehen, stupste er sie zaghaft an der Schulter.

»Sollte das ein Kneifen sein?«, fragte Linda.

»Ich kneife keine Frauen.«

»Wenn du das hier siehst, wirst du dich selbst kneifen.« Linda reichte Dörndahl den Zettel.

»Seien sie beruhigt«, las er vor. »Die Schlange wird für ihre Schuldigkeit büßen.«

»Die Schlange«, wiederholte Linda und schüttelte perplex den Kopf. Dachte fortwährend: Wenn Henry das nur sehen könnte. Wenn er jetzt hier wäre, hier bei ihr und diesen Zettel in den Fingern halten dürfte. Unter dem Zweizeiler prangte das gleiche Zeichen, das sie auf Stamms Fuß gefunden hatten: ein Viereck, dessen untere Längsseite von einer Diagonalen zerschnitten war. Ein Symbol, dessen Bedeutung sie bislang nicht hatten entschlüsseln können. Die Verbindung zweier Fälle, an die bisher nur einer hatte glauben wollen.

Ein Pfiff ertönte.

Linda schob den Zettel in den Beweisbeutel und lief zu der Stelle, wo man Robert Krone gefunden hatte. Svenja Freese sagte, dass Krone wohl kaum vom Himmel gefallen sei. Linda gab ihr recht und erwähnte ferner das Fehlen von Reifenspuren. Svenja Freese deutete auf eine Spur, die sie gemeinsam als Schleifspur interpretierten. Ein zweiter Pfiff ertönte, und Walter Dörndahl gesellte sich zu ihnen. Mit zwei Uniformierten im Schlepptau erklommen sie den Anstieg.

Schnell waren sich die Kripobeamten darüber einig, dass Krone den Pfad heruntergezogen worden war. Neben einer breiten Aufschürfung, die wohl sein Rumpf verursacht hatte, zeichneten sich die Abdrücke seiner Hacken ab. Boenicke musste ihn an den Schultern gepackt haben, meinte Linda. Sie erkundigte sich, ob die Fahndung schon raus war. Svenja Freese antwortete, dass alles längst erledigt sei. Zwei Kollegen seien auf dem Weg zum Platanenhaus und zwei weitere zu seiner Meldeadresse.

»Ist das der Eingang einer Höhle?«, fragte Dörndahl.

»Ja, die sogenannten Teufelslöcher«, sagte Linda.

»Kenn ich nicht.«

»Ist auch nicht wichtig.«

Mit ihrem Handy leuchtete Linda ins Halbdunkel, doch der Lichtkegel erstarb schon wenige Meter vor ihnen. Frustriert über die bescheidene Qualität schickte sie einen der Uniformierten zum Einsatzwagen. Er solle Lampen, Beweisbeutel und Kaffee besorgen. Und alles so schnell wie irgend möglich. Der Uniformierte rannte, stolperte, schlug in den Dreck. Mit einer Salve herber Flüche erhob er sich und rannte weiter.

Plötzlich bedeutete Linda ihren Kollegen, die Schnauze zu halten. Sie entschuldigte sich nicht für ihre Wortwahl. Die Ruhe, mit der sie manche Kollegen auf die Palme bringen konnte, erhielt sich bestenfalls noch äußerlich. In ihrem Innern tobte eine kaum zu unterdrückende Erregung. »Habt ihr das gehört?«

Niemand sagte etwas.

»Jetzt wieder.«

»Es kommt aus der Höhle«, sagte Dörndahl. »Eindeutig aus der Höhle.«

»Da schreit jemand um Hilfe«, sagte Linda. Sie griff unter ihre Lederjacke, öffnete das Holster und zog die Pistole. Schubste den Uniformierten beiseite und folgte dem Stollen in die Dunkelheit.

8

Henry lehnte an der schmierigen Duschkabine und überlegte, was er jetzt tun sollte. Er war mit seinem Latein am Ende, wollte sich aber nicht zum Idioten degradieren lassen. Nicht von Linda, nicht von Mikowski, schon gar nicht von diesem Mädchen aus Erfurt. Die Ängste einer längst vergangenen Zeit schürten in ihm Zweifel und Unsicherheit. Hatte man ihn ausnahmsweise in eine Mannschaft gewählt, war er zu Erfolg und Bestleistungen verpflichtet worden. Denn ohne Erfolg hätte er beim nächsten Spiel wieder die Reservebank drücken müssen. Doch woran er schon damals gescheitert war, vermochte keine Heldentat mehr auszulöschen. Das Versagen in seiner Kindheit war ins Lebensbuch gestanzt und würde auf ewig Auskunft geben. Mit dem Rücken an der Duschkabine rutschte er in die Knie. Er zückte das Handy und war kurz davor, Linda anzurufen.

»Im Kopf bleibt im Kopf« waren ihre Worte gewesen. Worte, die seinen Hirngespinsten gegolten hatten.

Im Kopf bleibt im Kopf. Sollte das nicht auch für seine Ängste gelten?

Zögernd schob er das Handy zurück ins Jackett. Er bemühte sich, die Situation zu *verkopfen*. Stöberte in seinem Hirn nach Fakten, die ihn beruhigten, weil sie eben nichts anderes waren als kalte Fakten. 1984 hatte Gary Ridgway der Polizei Informationen zu den Green-River-Morden angeboten. Dass Ridgway bereits einundvierzig Frauen zum Opfer gefallen waren, hatte niemand geahnt. Das war keine Tatsache, mit der man diesen Fall hätte lösen können. Allenfalls für ihn ein Beweis, dass sein Hirn noch funktionierte. Er öffnete die Tür und trat hinaus in den verrauchten Korridor. Wiederholte dort sein Mantra, das ihn schon in Kindertagen beschützt hatte. Auch wenn er sich oft mit der Reservebank hatte abfinden müssen, hatte er auf ihr nie geflennt. Kaum dass er die Badtür geschlossen hatte, vernahm er das Knacken der Haustür. Im Bruchteil einer Sekunde öffnete Henry sein Waffenholster.

9

Das Geschrei, das durch die Stahltür drang, erschütterte Linda bis ins Mark. Diese Stimme auf der anderen Seite glich nicht der

Stimme eines Menschen. Dort hatte eine unbegreifbare Angst etwas Primitives aus ihrem Schoß geworfen.

Linda versuchte der Gefangenen klarzumachen, dass sie sich von der Tür entfernen sollte. Sie rief gegen die Tür, erklärte wieder und wieder aufs Neue, hier draußen stünde die Polizei. Doch die Düsternis ringsum schien ihre Worte zu verschlucken. Die Frau schrie unentwegt weiter, als lauere in der Höhle ein unfassbares Grauen.

Sobald der Uniformierte mit dem Scheinwerfer angerannt kam, sahen die Polizisten, was sie bisher nur ertastet hatten. Die Tür war aus Stahl, und das Schloss würde sich nicht einfach öffnen lassen. Linda bat wiederholt, die Gefangene solle sich vom Eingang entfernen. Es ginge um ihre eigene Sicherheit.

Aber das Geschrei fand kein Ende, die Warnung der Polizei kein Gehör.

Da befahl Linda ihren Kollegen, für einen Moment die Klappe zu halten. Sie stützte sich am Türrahmen ab und sagte mit ernster, unmissverständlicher Stimme: »Oder wollen Sie, dass er wiederkommt?«

Das Geschrei verstummte. Das Klopfen brach ab.

»Wir werden das Schloss zu öffnen versuchen. Bitte entfernen Sie sich von der Tür. Wenn Sie mich verstanden haben, klopfen sie zweimal.«

Es wurde zweimal geklopft.

»Gut, wir setzen die Brechstange an.«

Der Uniformierte stemmte sein ganzes Gewicht gegen die Stange, stöhnte und fing an zu schwitzen. Beim zweiten Versuch wurde aus dem Stöhnen ein Knurren. Linda hörte Dörndahl im Hintergrund mit der Feuerwehr telefonieren. Dennoch wollte der Uniformierte nicht kapitulieren, er drückte und stöhnte und schwitzte Bäche. Linda legte ihm die Hand auf den Unterarm und schüttelte stumm den Kopf. Dann ging sie in die Hocke, neigte sich zur Tür hin und begann die Frau mit sanften Worten zu beruhigen.

Keine zwanzig Minuten später fraß sich der Trennjäger in den Stahlmantel. Ein ohrenbetäubender Lärm hallte von den Felswänden wider. Im Geflacker des Funkenflugs ähnelten die

Gesichter der Polizisten den blutleeren Fratzen von Zombies. Linda wollte gleichzeitig ihre Ohren und Augen abschirmen. Die Erregung, die in ihrem Innern tobte, hatte offenbar die Außenwelt infiziert. Alles kreischte auf und wurde grell. Abermals fragte sie sich, was Henry zu all dem sagen würde.

»Weichen Sie zurück«, schrie der behelmte Feuerwehrmann. »Weichen Sie verdammt noch mal zurück!«

Mit brachialer Gewalt trat er gegen das Türschloss. Ein Knall ertönte, und der Stahl brach unter seiner Sohle. Linda hob ihre Pistole in den zweihändigen Anschlag.

10

Diesen Anblick würde sie niemals vergessen. Das war ihr bewusst, noch ehe sie ihre Pistole zurück ins Holster geschoben hatte. Diesen Anblick und das Wimmern, diesen Anblick und den bestialischen Gestank. Sie sah sich mit einer Gestalt konfrontiert, in der sie widerwillig Annett Krone zu erkennen glaubte.

Walter Dörndahl trat neben Linda in den Hohlraum. Aus den Augenwinkeln bemerkte sie, dass er den Blick auf die Frau vermied. Ihre Nacktheit schien ihm keine Wahl zu lassen. Indes wusste Linda nicht, ob der Zustand der Frau noch eine Vorstellung von Würde und Schamhaftigkeit erlaubte. Das Bild ihres Sohnes, der ins Bett gepinkelt hatte, lebte in ihr auf. Darauf das Bild ihres Mannes, der sich im Vollrausch vor ihren Füßen erbricht. Gefolgt von dem Bild eines sechzehnjährigen Mädchens, das sich mit dem Cutter ihres Vaters die Unterarme ritzt.

Das Licht des kreisenden Scheinwerfers traf ihr Gesicht, und Linda hob schützend die Hand. Dörndahl meinte, der Ort sei sicher. Die Sanitäter stürmten in den Hohlraum, da breitete Dörndahl seine Arme aus. »Vorsicht! Hier ist eine verdammte Grube.«

»Das ist ein ausgetrockneter See«, sagte Linda und verspürte angesichts der Situation nicht das geringste Erstaunen. Sie zog Svenja Freese, die noch immer auf Annett Krone starrte, am Ärmel heraus. Gemeinsam flohen sie zurück ins Tageslicht.

Es war Oktober, der Tag kein Sonntag, die Stunde ohne Bedeutung. Linda schloss die Augen und atmete durch. Sie hatte das Gefühl, der Geruch von Moder und Fäkalien hafte an ihren Nasenschleimhäuten. Ungeniert schnäuzte sie mehrmals in die Luft, dann der Griff zur Zigarette.

Svenja Freese stand dicht neben ihr. Sie wirkte zumindest äußerlich gefasst, und Linda dachte: vom Typ Schlucker. Der Armen wird erst heute Abend die Galle überlaufen. Sie sagte: »Wenn die Krone raus ist, schnappst du dir den Scheinwerfer und leuchtest die Höhle ab.«

Svenja Freese nickte mechanisch.

»Vom Eingang bis zu diesem Rattenloch, okay?«

Svenja Freese nickte abermals.

11

Henry stand in dem schmalen Flur, die Hand am Holster, das Gesicht erstaunt. Arthur Boenicke stand unter dem Türsturz, den Schlüssel in der Hand, sein Gesicht nicht weniger erstaunt. Ohne die geringste Regung beäugten sie einander. Wie zwei Raubkatzen, die sich zufällig an der Grenze zum Revier der anderen trafen.

Im selben Moment, in dem Arthur Boenicke den Schlüssel einsteckte, nahm Henry die Hand vom Holster. Darauf flammte in beider Gesichter ein gestelzt höfliches Lächeln auf. Erst jetzt bemerkte Henry den Dreck an Boenickes Kleidung. Hose und Hemd waren teilweise von grauem Modder eingesaut. Wie automatisch entsann er sich Jasmin Sanders Aussage, dass die Karosserie des Busses verdreckt gewesen sei. »So an der Unterseite«, hatte sie gemeint.

Arthur Boenicke öffnete den Mund, um etwas zu sagen, doch versagte ihm beim ersten Laut die Stimme. All die Sicherheit und Kontrolle, die er während ihrer letzten Begegnung ausgestrahlt hatte, schien erloschen. Zögernd trat er über die Schwelle und schloss die Tür. Henry den Rücken zugewandt, stützte er sich am Türrahmen ab. Der Kommissar konnte hören, wie Boenicke nach Luft rang. Sein langer, schmaler Rücken hob und senkte sich mit seinem Atem. Ohne sich umzudrehen, fragte er Henry, was er hier suche. Gleichwohl sich seine Stimme um Stärke bemühte, war das Echo seiner Erschöpfung unüberhörbar.

»Ich musste einige Details prüfen«, antwortete Henry.

»Details?«, fragte Boenicke. »Was für Details?«

»In einer Ermittlungssache.«

»Wegen der armen Frau Krone?«

»Im Grunde schon.«

»Und haben Sie gefunden, was Sie suchten?«

»Sogar mehr, als ich erwartet habe.«

»Ich glaube, Sie jagen einer falschen Spur nach.« Boenicke drehte sich abrupt um. Seine Augen glichen Pfützen auf Granit, doch machte er nicht den Versuch, seine Tränen zu verbergen. Um seine Mundwinkel zuckte erneut der Anflug eines Lächelns. Es war das traurige Lächeln eines Geschlagenen, eines ewig Zweitplatzierten. »Ich habe Frau Krone entführt«, sagte er. »Die Polizei ist bereits verständigt.«

12

Mit einem Beweisbeutel in der Hand kam Walter Dörndahl aus der Höhle geeilt. Die Gestalt des Kollegen wirkte auf Linda seltsam entrückt von der Wirklichkeit. Vielleicht muss er pinkeln, dachte sie und wählte Mikowskis Nummer.

»Und, hat Boenicke einen Eintrag?«, fragte Linda ins Telefon.

»Yepp«, antwortete Mikowski. »Und zwar in der Akte einer gewissen Leutnatz oder so ähnlich.«

»Leutnatz? Den Namen höre ich zum ersten Mal.«

»Frag einfach Henry. Der weiß Bescheid.«

»Wieso Henry?«

»Der hat sich gestern die Akte ausgedruckt.«

»Unmöglich. Der war den ganzen Tag mit mir zusammen.«

»Ich red von gestern Abend. Gegen neun.«

»Da muss er längst zu Hause gewesen sein.«

»Dann hat er einen Zwillingsbruder.«

»Vergiss es«, sagte Linda ungewollt ruppig. »Was steht denn in dieser Leutnatz-Akte?«

Um nachzusehen, sagte Mikowski, müsse er in ihr Büro flitzen. Linda vernahm das Schlagen einer Tür und den Laufschritt ihres Kollegen. Im nächsten Moment wedelte Dörndahl mit dem durchsichtigen Plastikbeutel vor ihrer Nase herum. Zwei dreckverschmierte Zigarettenstummel lagen in der Tüte. Dörndahl deutete auf seine Fingerkuppen, und Linda verstand sofort. Dann eilte Dörndahl zu einem Auto, wo er einen Beweiskoffer öffnete.

Während Linda ihren älteren Kollegen beobachtete, vernahm sie durch die Leitung das Klackern von Schlüsseln. Dann hörte sie Mikowski sagen, die versiffte Akte liege noch auf dem Kopierer. Offenbar hatte sich Henry ein sauberes Exemplar gezogen. Er beschrieb ihr das Malheur mit dem verschütteten Kaffee. Linda hatte direkt das Geschehen vor Augen. Wäre jemand dabei gewesen, hätte sich Henry für das Missgeschick an die tausend Mal entschuldigt. Dass er allerdings in die KPI gefahren war, um weiter am Fall zu arbeiten, fand sie unverzeihlich. Wut über ihren verbohrten Kollegen machte sich in ihr breit. Allein Mikowskis sachliche Wiedergabe des Akteninhalts lenkte sie ab. Er sagte, Ute Leutnatz sei die Verlobte von Arthur Boenicke gewesen. Dieser Boenicke habe auch die Vermisstenanzeige gestellt. Linda hörte, wie Mikowski den Computer hochfahren ließ. Nach einer kurzen Pause ergänzte er, dass Ute Leutnatz vor ihrem Verschwinden in einem folgenschweren Unfall involviert gewesen war.

»Waren noch andere am Unfall beteiligt?«, fragte Linda.

»Ja, eine Familie Spindler.«

»Mann und Frau?«

»Ein Ehepaar.«

»Ach du Scheiße, ich erinnere mich.« Linda stampfte mit dem Fuß auf, sodass unter ihren Schuhen der Matsch hervorspritzte. Sie bedankte sich bei Mikowski und kündigte an, ihn gleich zurückzurufen.

Die Stirn von Falten zerfurcht, die Kieferknochen zuckend, entfernte sie sich vom Tatort. Sie versuchte, sich krampfhaft an etwas zu erinnern. Einen Satz, verbunden mit einer Geste. Sie lief ein paar Schritte nach links, machte kehrt, lief ein paar Schritte nach rechts. Sie hätte sich unter den nadellosen Kiefernzweigen ohrfeigen mögen. Das Ereignis lag erst ein, zwei Wochen zurück. Vielleicht sollte sie Dörndahl bitten, ihr eine zu scheuern.

Dann aus heiterem Himmel die Geste: ein selbstgefälliges Grinsen über einer spendierfreudigen Hand. Darauf der Satz: Ich rieche Lungenkrebs auf hundert Meter.

Linda hetzte zu Dörndahl, öffnete den Beweiskoffer und zog den Beutel mit den Kippen heraus. Sie hielt ihn gegen das Licht, damit sich die Inschrift vor dem Filter erkennen ließ. Tatsächlich: West Red. Sie hätte ihren Arsch darauf verwettet, dass es dieselbe Marke gewesen war. Welche Rolle der Junge in dem ganzen Chaos spielte, hätte sie allerdings nicht beantworten können. Ihr waren nicht im Mindesten die Zusammenhänge klar, aber an eines glaubte sie felsenfest: Entweder war der Junge in der Höhle gewesen. Oder Arthur Boenicke vor seinem Anruf bei dem Jungen, was ihr plausibler erschien. Hatte der Direktor der Kunstsammlung überhaupt geraucht? Und wenn ja, hätte er sich von dem Jungen eine Zigarette anbieten lassen? Aufgeregt wählte sie Henrys Nummer. Vor ihm durfte niemand anderes diese Neuigkeit erfahren. Trotz ihrer Wut hatte sie das Gefühl, es ihm schuldig zu sein.

13

Henry wusste nicht, wie er auf Boenickes Geständnis reagieren sollte. Vor ihm stand ein Mann, der sich eines Verbrechens schuldig bekannte. Jemand, dem er keinen Drogenmissbrauch, keine Geisteskrankheit, kein Delirium unterstellen mochte. Besser hätte dieser verfahrene Fall nicht gelöst werden können. Nach Protokoll hätte er ihn an Ort und Stelle festnehmen müssen. Doch so gern Henry auch die Handschellen gezückt hätte, so zweifelhaft erschien ihm Boenickes Geständnis. Ohne sich von der Stelle zu rühren, fragte er Boenicke, weshalb er hierhergekommen sei. »Und warum haben Sie einen Schlüssel für dieses Haus?«

»Ich habe ein Zimmer gemietet. Bin sozusagen Untermieter.« Er hob das Kinn und schaute den Flur hinunter, als würde an einer der Türen sein Namensschild prangen.

»Aus welchem Grund mieten Sie ausgerechnet hier ein Zimmer? Sie haben eine Wohnung in der Altstadt, ein wunderschönes Büro.«

»Ich brauche Abstand.«

»Abstand von was?«

»Muss ich Ihnen das sagen?«

»Nach Ihrem Geständnis werden sie noch ganz andere Dinge beantworten müssen.«

»Abstand von der Kunst«, sagte Boenicke. Aus seinen Augen rannen die Tränen still und beständig. »Ich liebe sie und kann mir kein Leben ohne sie vorstellen. Aber bisweilen überfordert sie mich. Ich kriege die Bilder nicht aus meinem Schädel, verstehen Sie das?«

Boenickes Frage ignorierend, erwiderte Henry: »Also haben Sie sich in diesem Loch ein Zimmer genommen?«

»So ist es.«

»Gibt es einen Mietvertrag?«

»Alles wurde per Handschlag geregelt.«

»Gestehen sie noch immer die Entführung?«

»Dafür werde ich die volle Verantwortung tragen.«

»Und weshalb haben Sie das getan?«

»Weil die Gemeinde keine Sünder duldet.«

Die unvermutet fromme Wortwahl beeindruckte Henry keineswegs. »Sie spielen auf Frau Krones Affäre an?«

»Verhaften Sie mich nun, oder soll ich noch mehr Unheil über die Menschen bringen?«

»Wo ist Frau Krone?«

»Hinter einer Stahltür.«

Henry schwieg.

»In den Teufelslöchern. Und jetzt verhaften Sie mich endlich!« Arthur Boenicke hielt Henry beide Hände hin und weinte stumm. Er glich dem Paradebeispiel eines reuigen Mörders. Man hätte ihn seiner jämmerlichen Gestalt wegen bemitleiden oder auslachen können. Doch allein die Information, Annett Krone sei in den Teufelslöchern gefangen, ließ Henry erschaudern. Woher wusste Dr. Boenicke, dass diese Region der Dreh- und Angelpunkt seiner Ermittlungen war? In Anbetracht seiner verdreckten Kleidung ließ das nur einen Schluss zu.

Henry sagte: »Bitte drehen Sie sich mit dem Gesicht zur Wand.«

Und Arthur Boenicke wandte sich um und schob seine Hände auf den Rücken. Henry fragte ihn, wo der rote VW-Bus abgestellt sei. Ohne zu antworten, streckte Boenicke seine Arme nach hinten, und Henry entdeckte den Ring an seinem linken Ringfinger. Ute Leutnatz und das Eheversprechen vor dem Unfall. Plötzlich schrillte sein Telefon. Er langte in die Tasche, sah Lindas Nummer, lächelte. Er wollte den Anruf annehmen, als der kühle Lauf einer Jagdflinte seinen Nacken berührte.

»Wer den Gerechten hasst, muss büßen, du Wichser.«

Augenblicklich ließ Henry das Handy fallen und hob beide Hände hinter den Kopf.

14

Henry nahm einfach nicht ab. Linda wollte nicht glauben, dass er tatsächlich seinen freien Tag genoss. Sie dachte an das morgendliche Telefonat. Insbesondere daran, wie sie ihn abgewimmelt hatte, weil freihaben nichts anderes als *freihaben* bedeuten sollte. Wenn du hier auftauchst, hatte sie gesagt, mache ich dir die Hölle heiß.

Jetzt wusste sie, dass die Hölle hinter einer Stahltür lauerte und kalt und dunkel war. An einem Ort, der sich absurderweise als Lichtstadt bezeichnet. Inzwischen war ihr auch der Grund für Henrys Anruf klar. Er hatte sie über den Akteneintrag Arthur Boenicke/Ute Leutnatz informieren wollen. Sollte sie nun seine Verbohrtheit oder ihre Ignoranz beklagen? Ein perfektes Team, dachte sie voller Zynismus und prüfte, ob sie die richtige Nummer gewählt hatte. Sicherlich machte Henry schon den ganzen Vormittag über Sport. Schwitzte seine Aggressionen aus, versuchte den Fall in die Distanz zu boxen. Sagte sich bestenfalls, dass morgen auch noch ein Tag war. Sie hätte ihm nichts anderes gepredigt.

An erster Stelle stand zunächst für sie, Timo Spindler zu treffen. Der junge Mann war ihr einige Erklärungen schuldig. Die Fahndung nach Arthur Boenicke war angelaufen, seine Wohnung wurde überwacht. Auf diversen Internetseiten würden schon bald die ersten Meldungen kursieren.

Sie wählte Timo Spindlers Nummer und ließ das Telefon extra lange läuten. In ihren Gedanken saß Spindler benebelt auf seiner Couch und zappte durch die TV-Landschaft. Sie empfand großes Mitleid für ihn. Die Möglichkeit, dass er in die Entführung von Frau Krone verwickelt war, ließ sie nur bedingt zu. Ihrer Meinung nach gehörte Spindler zu jener Sorte Mensch, die vom Unglück angezogen wurden wie Mungos von Giftschlangen. Der Tod seiner Eltern. Sein Leben als Waise, sein Leben als Einsiedler. Die angedrohte Prügel von Stamm. Das Haus, das nach seinen Eltern roch und jeden Abschied unterband.

Linda lauschte dem sinnlosen Läuten. Dann drückte sie die rote Taste, wartete eine Minute, steckte sich eine Kippe an und drückte auf Wahlwiederholung.

15

Timo Spindler presste das Gewehr gegen den Hinterkopf des Polizisten. Sie standen zu dritt im Wohnzimmer. Der Fernseher flimmerte stumm, irgendwo schrillte ein Telefon. Timo befahl dem Polizisten, seine Pistole abzulegen. Ohne den geringsten Widerstand zog Kilmer seine Waffe aus dem Holster, ging in die Knie und legte sie ab. Timo kickte die Waffe mit der Fußspitze unters Sofa. Dann sagte er: »Nimm die Handschellen und kette dich ans Heizungsrohr.«

Der Polizist zögerte.

Timo stieß den Flintenlauf in Kilmers Nacken, und sofort

wurde seiner Anweisung Folge geleistet. Derweil drängte sich Boenicke in die Nische zwischen dem Fernseher und einer leeren Vitrine. Seine Finger glitten über das Holz der Vitrine, das mangels Pflege stumpf und glanzlos war. Er fragte sich, ob die Katastrophe hätte verhindert werden können. Ob nicht gerade er ein anderes Ende hätte bewirken können.

Was wäre geschehen, wenn er gestern Timo angetroffen hätte? Er hatte hinter dem Haus nach dem Bus geschaut, aber Timo war unterwegs gewesen. Daraufhin hatte er im Haus gewartet, vielleicht eine halbe Stunde, vielleicht weniger. Auf alle Fälle, wie er sich jetzt vorwarf, nicht lang genug.

Als Kilmer auf den VW-Bus zu sprechen gekommen war, hatten seine Alarmglocken geschrillt. Er hatte sofort geahnt, dass es sich nur um *einen* Bus handeln konnte. Nämlich um eines der Fahrzeuge, die kein Kunstwerk aus seinem Gedächtnis zu löschen vermochte. Die Dreifaltigkeit seines eigenen Unglücks:

ein Fahrzeug, mit dem seine Frau ihm die Kinder genommen hatte;

ein Fahrzeug, das Timos Eltern nicht vor dem Tod bewahrt hatte;

ein Fahrzeug, in dem ein Junge sich wochenlang versteckt hatte.

Den ganzen Tag über hatte Boenicke mit dem Entschluss gerungen, die Galerie zu verlassen. Doch allmählich war in ihm die Hoffnung aufgekeimt, dass Kilmer einfach ins Blaue gefragt hatte. Dieser Kilmer war kein Hellseher, sondern ein stinknormaler Ermittler in einer stinknormalen Stadt. Gewiss hatte die Kripo keinen Hinweis auf das genaue Kennzeichen, geschweige denn den Fahrzeughalter. Weshalb sollten sie sonst nach einem *roten* VW-Bus fahnden?

Dessen ungeachtet hätte er gestern im Haus auf den Jungen warten sollen. Das wäre er ihm schuldig gewesen, glaubte Arthur Boenicke nun. Das hätte die Katastrophe zwar nicht verhindert, aber womöglich ihren Ausgang beeinflusst. Denn dass Katastrophe nicht gleich Katastrophe war, hatten ihn die alten Meister gelehrt. Es gab einen Unterschied zwischen trockener und feuchter Lepra, einen Unterschied zwischen zwei Toten und einem Kontinent voller Pestkranker.

Aus der Nische heraus flehte er Timo an, den Polizisten laufen zu lassen. Sagte, er allein würde alle Schuld tragen. Er würde einen Eid darauf leisten, Annett Krone entführt zu haben. Aber seine Worte waren vergebens. Es war kein Eindringen in den Jungen.

»Halt dein armseliges Maul«, sagte Timo. »Unser Weg ist vorbestimmt.«

»Du hast niemanden getötet, Timo. Du bist verstört, das wird jeder Psychologe feststellen.« Um Bestätigung flehend, schaute Arthur Boenicke auf den Polizisten. Aber dieser Kilmer wagte nicht einmal zu nicken. Er lehnte an der Heizung, die linke Hand am Rohr gefesselt, das Waffenholster leer.

»Ich fürchte mich nicht«, sagte Spindler. »Nur das Packzeug sinkt in die Grube.«

»Aber nicht mit Hilfe von Gewalt.«

»Du kapierst nichts, einfach nichts. Heißt es nicht, das Schwert möge sie töten?

»Aber nein.«

»Zweifelst du etwa?«

»Nicht am Wort.«

»Dann halt die Fresse«, schrie Spindler, wandte sich ab und fixierte Kilmer. »Und du, Bulle, wirst sterben, weil du dich schuldig gemacht hast.«

16

Linda rief Svenja Freese und Walter Dörndahl heran. Dörndahl solle vor Ort das Kommando übernehmen, Svenja Freese ins Krankenhaus fahren. Sobald sich Frau oder Herr Krone irgendwie äußern würden, solle sie umgehend Linda informieren. Ganz gleich, was sie von sich gäben, betonte Linda, sie wolle über jeden Furz unterrichtet werden. Sie selbst fahre zu Timo Spindler.

»Wer ist Spindler?«, fragte Dörndahl.

»Ein Zeuge«, antwortete Svenja Freese hastig.

Anstatt ihren Beweggrund zu erläutern, wandte Linda sich ab, stieg in ihren Passat und drückte aufs Gas.

17

Henry hatte sich mit seinen eigenen Handschellen ans Heizungsrohr ketten müssen. Aus Angst, Spindler wie einen aggressiven Hund zu provozieren, scheute er jeden Blickkontakt.

»Willst du über deine Schuld reden?«, fragte Spindler mit sanfter Stimme. Er trat dicht an ihn heran, und Henry vernahm den üblen Geruch, den Spindlers Hemd ausströmte. Spindler musste sich das Hemd übergestreift haben, als er Arthur Boenicke im Korridor hatte verhaften wollen. Jetzt nickte Henry zögernd. Die Lüge lag bereits auf seinen Lippen.

»Wir hören.«

»Ich habe meine Freundin betrogen.«

»Du hast die Schickse eines anderen gefickt?«

»Nein«, antwortete Henry und starrte zu Arthur Boenicke hinüber.

»Was heißt das nun?«, fragte Spindler. »Ja oder nein?«

»Sie war solo.«

»Also hast du dich verführen lassen?«

»Ja.«

»Deine Geilheit war dir wichtiger als deine Liebe?«

»Ja.«

»Weißt du, was du bist? Ein dreckiger Fotzenknecht.«

»Ja, das bin ich«, sagte Henry kleinlaut.

»Ab jetzt bist du ehrlich, ja?«

Noch während Henry nickte, traf ihn Spindlers Schuhsohle am Kopf. Sein Schädel schnellte wie der einer Strohpuppe zur Seite, worauf er einen heftigen Knacks im Nacken verspürte. Sofort stieß ihm ein brüllender Schmerz in den Hinterkopf. Er kniff die Augen zusammen, und grelle rote Punkte leuchteten in der Finsternis auf. Henry Kilmer hatte furchtbare Angst.

Als er die Augen wieder öffnete, sah er zunächst Arthur Boenicke in der Nische stehen. Sein zu einer Grimasse verzehrtes Gesicht bot das passende Spiegelbild zu Henrys Schmerzen.

»Deine billigen Lügen machen mich wütend«, sagte Spindler.

»Ich hab nicht gelogen«, stotterte Henry.

Spindler neigte sich vor und brüllte ihn an: »Und ob und ob und ob!«

»Ich hab nicht gelogen.«

»Deine Lügenfresse geht mir aufn Sack.«

»Bitte, ich hab nicht gelogen.«

»Du bist genauso verkommen wie alle anderen.«

Henry fuhr bei jedem von Spindlers Worten zusammen. Sein Gebrüll war mehr als die Summe von Schall und Atem. Als durchbreche es Henrys Bauchdecke, um an seinen Eingeweiden zu zerren.

»Unter deiner Zunge ist nur Unheil, verstehst du das?«

Henry nickte eifrig.

»Du bist ein erbärmliches Schwein. Verstehst du das auch?«

Und Henry nickte panisch.

»Alle, die böse sind, hassen das Licht, Fotzenknecht.« Der stählerne Lauf der Flinte traf Henry am Kopf. Aber diesmal wollte Spindler ihn nicht verletzen. Der Schlag hatte eher das Ausrufezeichen am Ende seiner Predigt, seiner Tirade, seines frommen Geschwätzes, illustriert.

Sowie Spindler sich anschickte, erneut den Fuß sprechen zu lassen, sprang Boenicke aus der Nische hervor. Unbeholfen stürzte er sich zwischen Spindler und Henry. Im Gerangel krachte die Flinte gegen den Heizkörper. Metall traf auf Metall, und alle zuckten zusammen. Dann packte Spindler Boenicke am Kragen, zerrte ihn vor den Fernseher und drückte ihn dort zu Boden.

Henry schloss die Augen, er hatte noch nie einen Menschen sterben sehen. Tote, die hatte er schon des Öfteren erblickt und keinen einzigen vergessen. Sein Großvater im eigenen Bett, ein Obdachloser im U–Bahn-Schacht. Leichen auf dem Sektionstisch, Selbstmörder hängend, sitzend, liegend oder zerfetzt auf blutigen Gleisen. Philipp Stamm und später Gustav Bräuer. Er wollte nicht sehen, was nicht zu verhindern war.

Doch weder ein Schuss noch Geschrei ertönten. Stattdessen beugte sich Spindler hinunter, bettete seinen Kopf auf Boenickes Rücken und strich ihm sanft über die bebende Schulter. Das Gesicht Henry zugewandt, sagte er: »Fällt dir jetzt deine Schuld ein?«

Und seine Hand liebkoste unverdrossen Boenickes Schultern und Rücken. Henry wusste, welche Intention sich hinter diesem Blick, dieser zärtlichen Geste verbarg. Rede oder ich töte, las Henry aus Spindlers Augen. Rede oder du wirst sehen müssen, was du nicht verhindern kannst. Wirst sehen, wie jemand stirbt. Der auf dem Boden kauernde Arthur Boenicke zitterte am ganzen Leib. Seine Haare waren vom Angstschweiß durchnässt.

Henry hatte keine Wahl. Er senkte den Kopf und sagte: »Ich bin schuld am Tod eines Jungen.«

18

Arthur Boenicke lag unverändert am Boden, ohne sich zu rühren. Henry hatte keine Ahnung, ob er überhaupt sein Geständnis vernommen hatte. Mit der freien Hand wischte er sich den Schleim von der Nase.

Bisher hatte er mit niemandem über die Ereignisse gesprochen, die ihn nach Jena geführt hatten. Die Narbe hinter seinem linken Ohr schmerzte gleich einer frischen Brandwunde. Er hatte noch immer Angst. Aber keine lähmende Angst, wie sie den Doktor im Griff hatte. Sein Gefühl ähnelte mehr dem Grausen, das ein Bär in einem Fangeisen verspüren mochte. Der Bär würde entweder den Hungertod erleiden oder vom Jäger den Gnadenschuss empfangen. Eine ausweglose Situation, die dennoch zwei Möglichkeiten bot, und eine Möglichkeit hielt zumindest den Lebenswillen aufrecht.

Timo Spindler wandte seinen Blick von der Zimmerdecke in Richtung Heizung. Minutenlang hatte er emporgestarrt, als müsste er Henrys Geständnis erst verdauen. Jetzt bewegte er sich wie in Zeitlupe durch die Stube. Fast geräuschlos. Mit gerunzelter Stirn und schmalen Augen. Irgendwas schien das Geständnis in ihm ausgelöst zu haben.

Er fasste Arthur Boenicke unter die Arme und hievte ihn hoch. Boenickes Entkräftung machte sich in einer trägen Ergebenheit deutlich. Offenbar hatten ihn die letzten Minuten von der Nichtigkeit seines eigenen Willens überzeugt. Spindler legte ihm die Flinte in die Hand, bog sachte seine Finger um den Abzug und sagte: »Wenn er sich wehrt, drückst du ab. Hast du verstanden?«

Boenickes Schweigen schien Spindler als Antwort zu genügen.

»So kannst du sein erbärmliches Leben vor der Grube retten.«

Keine Reaktion.

»Hast du verstanden?«

Sie schauten einander einige Sekunden an. Dann nickte Spindler wortlos und ging vor Henry in die Knie. Als er seine Schuhe berührte, zuckte Henry unmerklich zusammen. Er wiederholte sein Mantra, wiederholte es wie niemals zuvor und ahnte, was nun folgen würde.

»Ich schenke dir das Leben«, sagte Spindler. »Aber du wirst nicht ohne das Zeichen durch die Welt gehen. Nie mehr.« Er streifte Henry Schuh und Socken vom linken Fuß. Schob sich das Bein unter die Achsel und bog den Spann abwärts, sodass sich sein Fußrücken spannte. Er fuhr mit den Fingern über die gestraffte Haut, und die Sanftheit dieser Berührung schnürte Henry die Kehle zu. Er presste sich rücklings gegen den Heizkörper, umfasste mit seiner freien Hand eines der Rohre. Hielt krampfhaft seinen Urin zurück.

»Es wird wehtun, und es wird für die Ewigkeit sein«, sagte Timo Spindler. Dabei blickte er Boenicke, der die Waffe hielt, eindringlich an. Boenicke blieb starr, während sich der Lauf der Flinte auf Henry richtete. Dann zog Spindler aus dem Leder, das ihm seitlich am Gürtel hing, ein Messer.

Er setzte die Messerspitze auf Henrys Fußspann und begann, ein Viereck in dessen Haut zu ritzen. Henry wollte schreien und mit den Füßen austreten. Doch die Furcht, Spindler dadurch zu anderen Maßnahmen zu bewegen oder ihn schlichtweg zu verärgern, ließ ihn schweigen. Stattdessen biss er die Zähne zusammen und dachte an seine morgendliche Laufstrecke. Dachte daran, wie er jedes Mal am Gipfelkreuz stoppte und wieder bergab lief. Dachte daran, dass er bei Spindlers Vorgehensweise richtiggelegen hatte. Fixieren und ritzen. Er flehte wen auch immer um eine zweite Chance an.

Der Bär und die Falle. Hungertod oder Gnadenschuss. Immerhin zwei Möglichkeiten.

Für einen kurzen Moment ließ der Schmerz nach. Spindler hatte das Viereck vollendet. Blut rann über Henrys Fuß auf den Teppich und tränkte die Fasern. Spindler setzte erneut das Messer an, und Henry sah, wie Arthur Boenicke den Mund öffnete. Aber kein Laut gelangte nach draußen. Mit stummem Entsetzen starrte er auf das absurde Theaterspiel, während der Lauf der Waffe ins Zittern geriet.

Spindler schnitt eine Diagonale durch die untere Seite des Vierecks. Ritzte ein letztes Mal in die Haut, wobei er so konzentriert wirkte wie ein Holzschnitzer in Ausübung seiner Kunst. Als wollte er dem von Nägeln durchbohrten Fuß eines Märtyrers Leben einhauchen. »Schwert und Schild«, nuschelte Spindler.

»Das Wappen von der Werkstatt deines Vaters«, stöhnte Henry. »Nicht wahr?«

»Halt die Schnauze.«

»Sag es mir.«

»Du weißt nichts, Fotzenknecht.«

»Ich habe recht, oder?«

»Die Werkstatt meines Vaters hatte kein Wappen. Schwert und Schild sind die Waffen des Erzengels.« Spindler erhob sich, verstaute sein Messer im Leder und nahm Boenicke das Gewehr ab. Der Doktor glitt einer Staubfluse gleich gegen die hintere Wand. Sein Gesicht war binnen weniger Minuten um Jahre gealtert. Auf diese Dinge hatten ihn weder sein tragisches Schicksal noch die Kunst vorbereiten können.

»Du hast mir den richtigen Weg gezeigt, Vater«, flüsterte Spindler.

»Ich bin nicht dein Vater«, antwortete Boenicke.

»Doch, das bist du. Genauso wie ich dein Sohn bin.«

»Timo, ich flehe dich an. Es ist noch nicht zu spät.«

»Akzeptiere endlich, dass ich dein Kind bin.«

»Das habe ich nicht gewollt.«

»Ich war im Bauch des Wals. Erinnerst du dich? Du hast mich gerettet.«

»Nein, Timo.«

»Du hast mich gelehrt, das Unrecht zu bekämpfen.«

»Ich habe mich geirrt.« Boenicke klebte unverändert an der Wand. »Das war der falsche Weg.«

»Nein«, schrie Spindler. »Es war der richtige Weg. Nur bist du zum *falschen* Mann geworden.«

Boenicke sagte nichts.

»Sieh dich an«, fuhr Spindler fort. »Stehst da wie ein Jammerlappen, der's verlernt hat, zwischen Gut und Böse zu unterscheiden. Aber ich werde dir und dem Rest der Welt ein Zeichen senden.«

»Hast du eine Ahnung, weshalb meine Frau betrunken war?«, fragte Arthur Boenicke plötzlich.

»Spar dir dein Gefasel für die Galerie.«

»Ute hat mich verlassen wollen.«

»Sag nicht noch einmal ihren Namen!«

»Ich hab sie betrogen. Mit einer Studentin.«

»Ich weiß, dass du das Bullenschwein nur retten willst«, sagte Spindler und berührte mit einer sanftmütigen Geste Boenickes linke Wange. Sie blickten einander in die Augen, und man hätte nicht mehr sagen können, wer im Schatten des anderen stand. Wer sich ohne die Liebe, ohne den Schutz des anderen eher verlöre. Die furchteinflößende Größe des Jüngeren schien über die stattliche Größe des Älteren zu triumphieren. Spindler ließ von Boenicke ab, bekreuzigte sich und verschwand mit der Waffe durch die Tür.

19

Hinter Lindas Passat fuhr Mikowski in seinem Fiat Bravo. Sie nahmen die Stadtrodaer Straße Richtung Lobeda-Ost. Unermüdlich hatte Linda Henry zu erreichen versucht. Weil der Sturkopf nicht abnahm, rauchte sie eine Zigarette nach der anderen. Sie machte sich Sorgen und wusste nicht, wie sie die zerstreuen sollte. Normalerweise gab es immer einen Polizisten, der in der KPI die Fliegen zählte. Den hätte sie in die Otto-Militzer-Straße schicken können, um nach Henry zu sehen. Doch heute befand sich die KPI im Ausnahmezustand. Die Suche nach Arthur Boenicke entwickelte sich zur Großfahndung.

Als sie die Betonfabrik nahe dem Bahnhof Neue Schenke passierte, klingelte ihr Telefon. Es war Svenja Freese, die aus dem Krankenhaus anrief. Sie sagte, Frau Krone habe einige Brocken gesprochen. Allerdings kaum verständlich und scheinbar ohne Zusammenhang. Danach sei sie wieder in eine Art Apathie gestürzt. Eine Befragung ihrerseits hätten die Ärzte verhindert. Sie wisse ja, stöhnte Svenja Freese, wie diese Weißkittel sind.

»Und was genau hat sie gesagt?«, erkundigte sich Linda.

»Irgendwas von einem Jungen.«

»Von ihrem Sohn?«

»Frau Krone hat wortwörtlich gesagt …« Svenja Freese blätterte hörbar in ihren Notizen. »… ›Der Junge hat die Tür geschlossen.‹«

»Das war alles?«

»Das war alles.«

»Danke.«

Sobald der Anruf beendet war, schlug sie mit der offenen Hand auf Lenkrad. »Du krankes Arschloch. Du verdammtes krankes Arschloch. Du verdammtes …«

20

Henry zerriss sein T-Shirt, sodass er es trotz der Handschellen vom Oberkörper abstreifen konnte. Dann verband er sich mit dem Stofffetzen den Fuß. Arthur Boenicke folgte seinen Strapazen, wie man wohl ein verletztes Tier beobachten würde. Dann forderte Henry ihn in schroffem Ton auf, ihn loszubinden, doch Boenicke reagierte nicht.

»Machen Sie schon«, versuchte es Henry erneut.

»Ich kann nicht.«

»Wollen Sie noch größeres Unheil anrichten?«

»Ich wollte niemandem schaden.«

»Nein, Sie wollen nur teilnahmslos zusehen …«

»Nein, nein, nein.«

»… wie andere Menschen leiden.«

Von draußen drang das Aufheulen eines Motors in die Stube. Henry sah den roten VW-Bus langsam am Fenster vorbeifahren. Vermutlich hatte er ihn die ganze Zeit über hinter dem Haus geparkt. Hätten er oder Linda zufällig einen Blick durchs Fenster geworfen, wäre die Entführung von Annett Krone verhindert worden. Bräuers Kommentar hätte sie zwangsläufig an Timo Spindler denken lassen.

Angesichts seines Ärgers über diese Möglichkeit vergaß Henry beinahe die Schmerzen. Die Schnitte in seinem Fuß schätzte er als ziemlich tief ein. Garantiert eine Fleischwunde, die genäht werden musste. Er atmete langsam aus und bemühte sich, nicht gehetzt zu klingen: »Wollen Sie, dass Timo Amok läuft?«

»Sein Schwert verschont die Gerechten«, antwortete Boenicke.

»Haben Sie das auch geglaubt, als er mir den Fuß verstümmelt hat?«

»Davon werden Sie nicht sterben.«

»Ihr Ziehsohn ist verrückt. Merken Sie das nicht?«

»Halten Sie den Mund!« Boenickes Befehl verhallte ohne Nachdruck.

»Früher oder später wird er Unschuldige töten«, sagte Henry. »Und was machen Sie dann?«

»Nein, das wird er nicht.« Mit gesenktem Haupt lehnte Boenicke an der Wand. Sein Hemd war von Angstschweiß und Tränen durchnässt, sein Anblick eine Studie in verwischter Kohle.

»Werfen Sie mir den Schlüssel zu«, sagte Henry. »Oder wollen Sie, dass Timo durch eine Kugel stirbt? Meine Kollegen denken bestimmt, ich wäre tot, und mit Polizistenmördern kennt man kein Erbarmen. Da wird aus Gefahrenabwehr schnell ein Hinrichtungskommando.«

Boenicke hievte sich hoch, strauchelte zum Couchtisch und griff nach dem Schlüssel für die Handschellen. Aus jeder seiner Bewegungen sprach die Müdigkeit eines vollendeten Lebens. Henry spürte, dass ihn keine Kunst mehr vor dem Abgang bewahren konnte.

21

Sobald er aufs Gaspedal trat, streute sein linker Fuß eine Bombe Schmerzen. Die anderen Autofahrer mussten ihn für einen lausigen Fahrer halten, was er tatsächlich auch war. In jeder Aktion offenbarte sich seine mangelnde Fahrpraxis. Selbst der Griff zum Schaltknüppel wurde von Unsicherheit begleitet. Gleichwohl war es ihm gelungen, sich an den roten VW-Bus zu hängen. In einem Abstand von drei, vier Autos schossen sie die Erlanger Allee hinauf. Henry hatte keinen Schimmer, wohin Spindlers Flucht führen würde. Wusste nicht einmal, ob Spindler seinen Verfolger oder Boenickes Auto erkannt hatte. Vielleicht, so dachte Henry, war Spindler längst in seiner ureigenen Höhle gefangen.

Notdürftig hatte er sich sein Jackett über den nackten Oberkörper geworfen. Er fror und schwitzte gleichzeitig. Wusste, dass sein Fuß die Kälte in seiner Brust verursachte. Spindlers Transporter fuhr von der Erlanger Allee auf die Stadtrodaer Straße. Linker Hand nun Wöllnitz und die Kernberge. Bestimmt würde Spindler jeden Moment auf die linke Spur wechseln und somit den Kreis schließen. Das Finale in den Kernbergen. Doch entgegen seiner Vermutung schoss der Kleinbus in Richtung Zentrum. Henry betete, dass sich seine Notlüge, Spindler könne Amok laufen, nicht bewahrheitete.

Vor seinem geistigen Auge spulten sich wieder und wieder die letzten Minuten in Spindlers Haus ab. Dem Hexenhaus, der Räucherstube, dem Heim für verwaiste Seelen. Noch waren ihm die Bande zwischen Timo Spindler und Arthur Boenicke ein Rätsel. Hatte allein der tragische Unfall die beiden Männer aneinandergekettet? Damals hatten vier Menschen ihr Leben lassen müssen. Zwei Kinder in einem Auto, zwei Erwachsene in einem anderen Auto. Die Täterin galt seither als verschwunden, während ein Erwachsener und ein Kind zurückgeblieben waren. Der Streich eines gehässigen, von seiner Schöpfung angeödeten Gottes. Als Spindlers Bus in die Fischergasse einbog, befürchtete Henry das Schlimmste.

Port Arthur 35.

Hungerford 16.

Winnenden 15.

Erfurt 17.

Wie viele in Jena?

Er und Spindler fuhren ins Stadtzentrum, direkt in die Altstadt.

22

Linda mochte nicht recht glauben, soeben mit Henry telefoniert zu haben. Was er ihr im fiebrigen Tonfall berichtet hatte, ließ sich nur als kranke Scheiße bezeichnen. Sie fragte sich, ob ein Kollege ihn über Robert und Annett Krone informiert hatte. Über die Höhle und die Zigaretten und Annett Krones Behauptung. Wie sollte er sonst den Weg zu Spindler gefunden haben?

Andererseits wusste sie um seine Rolle in der KPI und allgemein im Kollegium. Sicherlich hatte kein Zweiter so engen Kontakt zu ihm wie sie. Zwangsläufig dachte sie an die junge Freese aus Erfurt. Immerhin waren die beiden einige Tage gemeinsam unterwegs gewesen. Das junge Ding hatte ihn vielleicht um den Finger gewickelt oder – passenderweise – Henry die kleine Freese. Doch so schnell der Verdacht aufgeflammt war, so schnell erstickte sie ihn wieder.

Als sie Spindlers Grundstück passiert hatte, sah sie im Rückspiegel Mikowskis Fiat in die Einfahrt fahren. Er würde dort die Lage abchecken und bestenfalls Arthur Boenicke festsetzen. Henry hatte am Telefon gemeint, vor diesem Mann sei nichts mehr zu befürchten. Man müsse wohl eher für dessen eigene Sicherheit sorgen. Linda hatte sofort verstanden und den Notarzt benachrichtigt.

Sie bog gerade mit Blaulicht in die Fischergasse ein, als Henry erneut anrief. Er sagte, Spindler sei in die Kirche gerannt.

»In welche?«, fragte Linda.

»St. Michael.«

»Okay, wir treffen uns davor.«

»Er hat ein Gewehr dabei.«

»Das SEK ist längst informiert.«

In der Ferne wimmelte es von rotierenden Blaulichtern, die allesamt in Richtung Kirchplatz fuhren. Gaffer und Winker flankierten die Straße, als zöge eine Parade tolldreister Clowns vorüber. Ein Kind klatschte begeistert in die Hände, während die Mutter es vom Bordstein zu zerren versuchte. Lindas entspanntes Gemüt war nur noch Teil einer wehmütigen Erinnerung.

»Henry?«, rief sie aufgeregt ins Telefon.

»Ja.«

»Wo stehst du?«

»Auf der Südseite.«

»Okay, bis gleich.«

»Ich geh rein.«

»Nein.«

»Ich muss.«

»Das ist nicht deine Aufgabe.«

»In der Kirche sind Besucher.«

»Verdammt, Henry, warte!«

Keine Antwort.

23

Henry zog die Waffe aus dem Holster und hob sie in den beidhändigen Anschlag. Er humpelte über die acht Stufen des Gerichtsportals in die Kirche. Rutschte auf allen vieren hinter die letzte Bankreihe und verblieb dort in Lauerstellung. Vorsichtig linste er über die hölzernen Bänke hinweg ins Sanktuarium.

Das zentrale Chorfenster zeigte den apokalyptischen Engel. Unter seinen Füßen der Teufel in Gestalt des Drachens. Henry blickte zurück und sah, dass sich unter der Orgelempore ein Informationsstand befand. Auf einem Tresen lagen Postkarten, Broschüren, Prospekte. Von dort aus könnte Spindler ihn jederzeit außer Gefecht setzen. Dann spähte er hoch in die Empore des Seitenschiffs. Von dieser Höhe aus betrachtet, gab er ein noch leichteres Ziel ab. Dass er im denkbar ungünstigsten Winkel Deckung gesucht hatte, machte ihn wütend. Er hätte seiner eigenen Naivität wegen kotzen können. Scheiß Amateure, dachte er. Scheiß Amateure!

Gegen die Rückenlehne der Holzbank geduckt, rief er nach etwaigen Besuchern. Er fragte, ob irgendjemand verletzt sei, doch niemand antwortete. Er sagte, dass er von der Polizei sei und eine Waffe habe. Nannte seinen Namen und seine Dienststelle. Die Augen brannten ihm vom Schweiß, unter dem Jackett juckte ihn die nackte Haut. Er rief mehrmals Spindler beim Vornamen, aber nichts tat sich. Mittlerweile hatte sich das um seinen Fuß gewickelte Shirt zu einem roten Bündel vollgesogen. Als lägen darin die zertrümmerten Leiber ungewollter Welpen.

Dann ein Geräusch aus der Information. Henry schreckte auf, wodurch er mit dem Kopf gegen die Rückenlehne stieß. Die Panik, einem Angriff hilflos ausgeliefert zu sein, lähmte ihn einen Moment lang.

Unverhofft eine Frauenstimme: »Nicht schießen. Bitte, nicht schießen.«

Indem er aufatmete, löste sich seine Starre. Er robbte zur Information hinüber, und seinem linken Fuß folgte eine Blutspur. Hinter dem Tresen empfing ihn das vor Angst entstellte Gesicht einer Frau. Sie reckte eine Schere in seine Richtung, zitternd, drohend, zu allem bereit. Er zeigte ihr seinen Ausweis, worauf sie zögerlich meinte, der Mann habe den Turmschlüssel verlangt.

Henry fragte, welcher Turmschlüssel, und sie sagte, zum Turm. Er fragte, welcher Turm, und sie sagte, der Kirchturm. Sein Verstand mochte nur noch akzeptieren, was er zu hören imstande war. Mit zitternder Hand wies er unter die Orgelempore auf einen Hinterausgang. Er sagte, Turm, und sie nickte stumm. Erst als er sich abwandte, ließ sie die Schere sinken. Zwischen ihren Beinen hatte sich ein Bächlein gebildet.

24

Unter Schmerzen erklomm er die steinerne Wendeltreppe. Jeder Schritt war untermalt vom Protest seines Fußes. Die Wände aus roten Ziegeln. Die Stufen von erschöpften Sohlen über Jahrhunderte glatt poliert. Es roch nach Kalk, und der Wind pfiff mit jedem Höhenmeter lauter. Nach sechzig oder hundert Stufen erreichte er einen Lagerraum. Turmfragmente aus einer vorsintflutlichen Zeit lehnten an den Wänden. Skulpturen mit freudlosen Gesichtern. Ein Ziffernblatt ohne Zeiger und in der Mitte zwei Stühle wie eine Einladung zur Andacht oder Kapitulation.

Henry wischte sich den Schweiß von der Stirn. Er konnte nicht mehr die Waffe im Anschlag halten. Er ließ den erschöpften Arm hängen und suchte mit der rechten Hand am Gemäuer Halt. Hoffte, dass Spindler nicht hinter der nächsten Kehre saß – mit der Flinte im Schoß und einer Miene, die das baldige Ende eines anderen verrät. Henry würde ein wehrloses Opfer sein, würde nicht einmal ausweichen können. Wohin denn auch?, dachte er frustriert und hasste im selben Moment den Turm und Gott und seinen linken Fuß.

Nach über hundert oder zweihundert Stufen passierte er den Glockenstuhl. Ein Gitter versperrte Unbefugten den Zutritt, was Henry mit Dankbarkeit quittierte. Dann hinauf bis zur Uhrenstube. Das Ticken unsichtbarer Zahnräder drang durch die verschlossene Holztür und übertönte seinen Herzschlag. Er war jetzt über dem Dach des Kirchenschiffs. Vielleicht vierzig Meter Fallhöhe, schätzte er leichtfertig. Er zwang sich weiterzugehen und hasste noch immer den Turm und Gott und seinen linken Fuß. Auf einigen Steinen prangten lateinische Inschriften. Eine Sprache, die er nie gelernt hatte, es sei denn für die Phrasen der Kriminalistik.

Status quo:

ein Toter in einem Fluss; ein Toter in einem Wald; ein Mann im Koma, eine Frau unter Schock. Ein Zeichen auf dem Fuß. Hinter ihm jetzt zweihundert oder dreihundert Stufen. Er durfte nicht stoppen und hatte keinen Schimmer, warum nicht.

Modus Vivendi:

eine Frau, mit der er ins Bett wollte; eine Frau, die er nicht verstand; eine Frau, die ihn beschützte; eine Frau, die ihn berührt hatte. Zu viele Zeichen auf einem Fuß.

Henry versuchte, seinen Atem zu beruhigen. Vor ihm lag nun das Ende der Wendeltreppe. Er hob beidhändig die Pistole, nahm die letzte Stufe und trat in die Turmhaube. Aus Mauerwerk wurde Balkenwerk, aus einem Alleingang die Zweisamkeit bewaffneter Männer.

25

Die Größe der Turmhaube bestürzte Henry. Sie mochte einen Durchmesser von zehn und eine Höhe von nahezu zwanzig Metern haben. Spindler hatte mit dem Gewehr die Scheiben sämtlicher Fenster eingeschlagen. Der Wind peitschte in den Turm, wirbelte zwischen den Balken umher und ließ Spindlers blonde Haare emporlodern wie kalte Flammen. Er saß auf der Bank des Südfensters, hinter ihm Lobeda und die Kernberge. Den Flintenschaft gegen die Hüfte gestemmt, hielt er den Finger am Abzug.

Henry blieb nahe der Schwelle stehen, hatte noch immer die Pistole im Anschlag und wartete. Sie zielten aufeinander, wobei Spindlers Haltung jede Anspannung vermissen ließ. Sein Blick taxierte Henry vom Kopf über die nackte Brust bis hinab zum blutigen Klumpen. Er sagte: »Du kannst deine Pistole ruhig senken.«

»Will ich aber nicht.«

»Ich seh doch, wie deine Arme zittern.«

»Treffen werde ich trotzdem.«

»Ich will dich nicht töten.«

Spindler griente ihn an. »Ich hätte es längst tun können oder etwa nicht?«

Henry verkniff sich eine Antwort. Er spürte, dass sich seine Entkräftung nicht mehr lange kaschieren ließ.

»Hast du Angst vor dem Tod?«, fragte Spindler.

»Wäre schlimm, wenn nicht.«

»Wenn ich schieße, sterben wir beide.«

»Da wäre ich mir nicht so sicher.«

»Und was passiert, wenn ich das hier tue?« Spindler führte in Zeitlupe den Schaft vom Körper weg und den Lauf unters Kinn. Die weißen Hemdsärmel streckten sich zum Abzug. »Was willst du jetzt machen? Zugucken, wie ich mir das Hirn wegpuste?«

»Lass das! Das bringt niemandem etwas.«

Spindler schloss die Augen.

Henry spürte, wie ihm eine Faust ins Herz griff.

Spindler machte »bumm«, Spindler blinzelte.

Henry stöhnte vor Erleichterung auf. Er würde es nicht erlauben, dass der Junge sich vor seinen Augen umbrachte. Also senkte er langsam seine Waffe und gehorchte Spindlers Worten.

»Und jetzt geh ans Westfenster!«, befahl Spindler.

Henry durchquerte die Turmhaube, wobei er die Pistole neben dem rechten Bein hielt. Sein Arm war ihm für die Entlastung dankbar. Er blieb vor dem Fenster stehen und warf einen flüchtigen Blick hinaus. Der Jentower, die Johannisstraße, der Eichplatz. Orte, die er immer zu umgehen versuchte.

»Und was siehst du?«, wollte Spindler wissen.

»Die Altstadt.«

»Und was noch?«

»Einen Haufen Menschen.«

»Einen Haufen gesichtsloser Idioten«, sagte Spindler. »Nachdem du mir gebeichtet hast, ist mir vieles klar geworden. Zum Beispiel, dass der Tod eines Wichsers eben nur der Tod eines Wichsers ist. So was lässt die Leute kalt. Verstehst du das?«

Henry nickte. Er sah rotierendes Blaulicht und Uniformierte, die hektisch herumrannten. Gaffer und Touristen, die zwischen Bratwurst und Historie ein neues Highlight erhofften. Irgendwo da unten musste Linda umhergeistern, aber er konnte sie nicht ausmachen. Anscheinend hatte Timo Spindler die Wahrheit gesagt: Sie alle waren gesichtslos. Unwillkürlich dachte Henry an Charles Whitman, der vom Turm einer texanischen Universität siebzehn Menschen erschossen hatte. Ihm dämmerte, was Spindler ihm hatte mitteilen wollen. Es ging nicht mehr um die Bestrafung eines Philipp Stamm, einer Annett Krone, eines Sünders und einer Sünderin. Spindler hatte von einem Zeichen gesprochen, das er Arthur Boenicke und dem Rest der Welt senden wollte.

Amoklauf, dachte Henry voller Schrecken. Als hätte die Lüge, mit der er Boenicke zur Aufgabe bewogen hatte, die Zukunft prophezeit. Er musste handeln, ganz gleich, was ihn erwartete.

Er ging in die Knie, ignorierte das Geheul seines Fußes, wandte sich um und hob die Waffe …

26

Der Mann hatte den Schlüssel aus alten Tagen, wie fast alles, was ihm gehörte, aus alten Tagen stammte oder zumindest Zeugnis abgab über die alte Zeit und jene, die nicht nur er »die alten Meister« nannte. Der Junge merkte sich, wohin der Mann den Schlüssel verstaute, und merkte sich auch sonst alles, was der Mann tat und auf welche Weise er's tat, gerade so, als sei der Mann nicht nur sein Ziehvater, sondern auch sein Studium. Als der Mann schließlich seinen Kopf senkte, die Stirn an die Stahltür lehnte und zu schluchzen begann, umarmte ihn der Junge und drückte ihn, so fest er konnte.

Er wollte nicht, dass der Mann weinte, denn er liebte ihn, und er wollte nicht, dass die Frau hinter der Stahltür zu schreien und um ihr Leben zu betteln aufhörte, auch wenn es seinem Ziehvater sichtlichen Kummer bereitete. Der Junge flüsterte ein Vaterunser und hoffte, der Mann würde mit einstimmen, damit sie in Zweisamkeit diese schwere und für ihn erhebende Stunde erleben durften. Doch stumm und in aller Heimlichkeit betete er, die Frau würde noch lange schreien. Betete, dass Durst und Hunger und Finsternis sie zugrunde richten würden, wie sie sein Leben und das Leben des

Mannes zerstört hatte. Die Schlange sollte sterben, und wäre es allein nach ihm gegangen, hätte er sie über der Grube geschächtet und mit ihrem Blut die Stahltür bestrichen, wie es in dem Buch der Bücher geschrieben steht.

Aber der Mann hatte gesagt, es gehe um Gerechtigkeit und nicht um Rache, es gehe darum, der alten Schlange Ketten anzulegen und sie zurück ins Loch zu stoßen und das Loch auf alle Zeit zu verschließen. Der Junge hatte begriffen. Er kannte den Wortlaut jener Passagen auswendig, die sein Vater aus dem Buch der Bücher zu zitieren pflegte.

Und plötzlich war die Frau nah an der Tür, denn er konnte das Brechen ihrer Fingernägel hören und später das dumpfe Geräusch, als sie von innen ihren Kopf gegen den Stahl hämmerte. Zu dieser Zeit war der Mann schon fort, hatte sich weinend in die Welt seiner alten Meister geflüchtet, während er, der Junge, geblieben war, um ihrer Bettelei und ihrem Geschrei zu lauschen. Irgendwann, kurz bevor sie auf immer schweigen sollte, vernahm er ein Flüstern, als habe sie die Kraft zum Schreien endgültig verloren. Sie fragte, wer dort draußen sei, und der Junge legte seine Lippen auf den Stahl und sagte den Namen des Engels.

Die Waffe im Anschlag, sah Henry zunächst Spindlers Rücken das gesamte Südfenster ausfüllen, und im nächsten Moment sein jungenhaftes Gesicht, das sich ihm zeigte und lächelte und stumm »Bis bald« sagte und dann einen grauen Himmel hinterließ und einen Schrei auf den Lippen eines jungen Polizisten.

Spindler war gesprungen.

Lag auf dem Kirchplatz.

Das Gewehr nicht weit.

Seine Beine ragten in einem widernatürlichen Winkel vom Körper ab. Beinahe wie zwei fleischgewordene Engelsflügel. Henry löste den Blick von Spindlers Leiche und sank auf den Holzboden. Er lauschte dem Wind, der durch die offenen Fenster in den Turm schlug. Dachte voll Verbitterung: sieben auf einen Streich. Wie gerecht du bist, Herr im Himmel.

Epilog

»… I found a level that feels just right
there's no mistaking where I'm going tonight …«
»Nothing's Happening by the Sea«, Chris Rea

Später

1

Als Linda das Krankenzimmer betrat, saß Henry fast aufrecht im Bett und las in einem Buch. Eigentlich war wegen seines Fußes eine stationäre Unterbringung kaum notwendig. Aber Linda hatte mit einem Händchen für Beziehungen und einem Augenzwinkern seinen Aufenthalt verlängern können. Er hätte sich niemals freiwillig ans Bett fesseln lassen, das wusste sie. Doch auch ein Henry Kilmer brauchte eine Auszeit.

»Die Blumen habe ich mir gespart«, sagte sie und zog sich einen Stuhl ans Bett. »Dafür habe ich das hier.« Sie schob ihm einen MP3-Player unter das Kopfkissen. »Dreimal kannste raten, was drauf ist.«

»Soll ich dich in Zukunft Josephine nennen?«, fragte Henry.

Linda zwinkerte ihm zu. Sie fand, dass sein Gesicht langsam wieder menschliche Züge annahm. Er hatte ihnen allen einen Mordsschrecken eingejagt, den Kollegen inklusive den Erfurtern und sogar dem obersten Genossen Wenzel. Dass sein Fehlverhalten Folgen haben würde, stand außer Frage. In dieser Hinsicht unterstellte sie ihm auch keinerlei Naivität.

»Und was ist mit Boenicke?«, fragte Henry.

»Der ist unauffindbar.«

»Du willst mich verarschen.«

»Mikowski hat niemanden im Haus angetroffen.«

»So ein Mist.«

»Das Bild des Erzengels ist auch verschwunden. Wie du dir denken kannst, sind die Verleiher darüber ziemlich verärgert.«

Henry starrte gegen die pastellfarbene Tapete. Seine Finger ließen die Buchseiten gleich einem Daumenkino abblättern. Nach einer Weile sagte er: »Ich wette, den Doktor sehen wir nie wieder.«

»Genau wie seine Verlobte.«

»Und Robert Krone?«

»Liegt noch immer im Koma.«

»Und Frau Krone?«

»Auf dem Weg der Besserung.«

»Wer weiß, wie viele Vermisstenfälle auf Spindlers Konto gehen.«

»Jeden Fall zu überprüfen, wird eine Heidenarbeit.«

»Das Leben ist einfach zum Kotzen.«

»Nicht das Leben«, entgegnete Linda. »Unser Job ist zum Kotzen. Aber lass uns jetzt von was anderem reden. Ich hab Urlaub und will den ganzen Scheiß vergessen, zumindest bis der Papierkram fällig ist. Stefan wird's mir danken.«

»Hat dein Mann auch Urlaub?«

»Klaro.«

»Wo soll's denn hingehen?«

»Nach Thailand.«

»Ihr beiden macht alles richtig.«

Beiläufig zupfte Linda an seiner Bettdecke. Als wollte sie nur prüfen, ob das Klinikum Weichspüler benutzte oder nicht. Dann sagte sie sanft: »Das kannst du auch.«

»Meinst du?«

»Ruf doch mal diese Bücherfrau an.«

»Ich weiß nicht.«

»Du hast bloß Schiss, dass sie dir zu nahekommt.«

»Ist doch blanker Unsinn.«

»Henry, im Kopf bleibt im Kopf.«

2

Samstag, 12. Oktober. Die Hände in den Hosentaschen vergraben, starrte Henry aus dem Fenster. Linda rekelte sich gewiss an irgendeinem Strand, dessen Sand so glitzerte wie der auf Vanessas Fotos. Hier dagegen ließ sich zwischen den Wolken nur selten ein Stück blauer Himmel erkennen. Er dachte an die letzten Wochen, an das Ende eines öden Septembers und den Anfang eines dunklen Oktobers.

Auf seine Laufrunde würde er wohl in nächster Zeit verzichten müssen. Er betrachtete seinen bandagierten Fuß und sah das Lächeln eines jungen Mannes. Beide hatten sie den Turm erklommen. Beide waren sie bewaffnet gewesen, beide unfähig zu schießen. Beide hatten sie wieder einen Weg nach unten gefunden. Im Augenblick hätte Henry nicht sagen können, welcher Weg der bessere gewesen war. Der Abstieg oder der freie Fall.

Nicht zum ersten Mal wünschte er sich eine Zeitmaschine. Er wollte all jene Menschen aufsuchen, deren Blick ihn in schmerzvoller Weise getroffen hatte. Er wollte zu ihnen zurückkreisen, um noch vor der Sekunde, wenn sie ihn anschauen würden, den Blick zu senken. Statt zu vergessen, wollte er die Erfahrung im Moment ihres Ursprungs ausmerzen. Aber Zeitmaschinen, dachte er, werden nur von Menschen bedient, die ebenso wenig existieren.

Er nahm an seinem Schreibtisch Platz, öffnete die unterste Schublade und langte nach einem Bündel Akten. Er schob das Bündel vor sich auf den Tisch. Unter der Packschnur ein Zettel mit dem Vermerk »Patrick Kramer«. Direkt neben den Akten lag eine schlichte Genesungskarte, die er von einer Bibliothekarin erhalten hatte. Zusammen mit den Genesungswünschen fanden sich darin zwei Buchtipps und ihre private Telefonnummer. Jasmin, die einen blassen Leberfleck vor ihrem rechten Ohr hatte. Jasmin, die ihn zu einem Drink verleitet hatte. Jasmin, deren Name auf keiner Akte geschrieben stand.

Der Abend war noch jung. Sollte er in seiner Vergangenheit wühlen oder in eine ihm fremde Welt treten? Sollte er die alten Geister willkommen heißen oder das Ungewisse riskieren? Henry betrachtete erst die Akten, dann die Telefonnummer, schaute aus dem Fenster, entschied sich und griff zu …

Schon seit Tagen streunten sie durch das nördliche Holzland, er voran und sie dichtauf – wie zwei abgezehrte Hunde in einer Welt, die den besten Freund des Menschen zum ärgsten Feind erhoben hatte. Der Junge war zwei Jahre älter als das Mädchen, und in einer anderen Zeit, an einem anderen Ort hätten sie Geschwister sein können. Doch hier im Holzland, wo das Blut und seine heiligen Bande an Macht verloren, waren sie einfach Junge und Mädchen oder eben auch nur Hunde in Menschengestalt.

Beide trugen sie über ihren Schultern zerschlissene Leinenbeutel, in denen sie ihr Spielzeug verwahrten, und das Mädchen führte zudem einen metallenen Gehstock, den ihr der Junge vor nicht allzu langer Zeit geschenkt hatte. Als sie gemeinsam in die Lichtung traten, sahen sie am Horizont ein rotes Haus, und der Junge wusste sofort, dass dies der Ort war, den sie zwar nicht gesucht, aber hatten finden sollen. Nachdem sie im Eilschritt ihr Ziel erreicht hatten, sah der Junge, wie das Mädchen über das ganze Gesicht zu strahlen anfing, und allein dieser Anblick ließ ihn schnell das Spielzeug auswickeln und sein Zauberwerk beginnen.

In weniger als einer Stunde hockten sie im Lichtschein, der dem Backsteinhaus entstieg, beobachteten das Aufpeitschen der Flammen, lauschten dem Bersten des Gebälks, dem Krachen der Türen, dem Klirren der Fenster, folgten den Rauchschwaden, die in stetig neuen Formen zum Himmel hinaufwogten, und als das Mädchen den Arm hob und ausrief: »Da, ein Engel!«, schaute der Junge ihr in die Augen und sagte: »Ich werde für dich noch hundert Engel fliegen lassen.«